Carrie Jones – Steven E. Wedel

SPIRIT
DU GEHÖRST MIR

DIE AUTORIN

Carrie Jones' »Flüsterndes Gold« und auch die weiteren Bände ihrer Romantasy-Serie standen wochenlang auf der Bestsellerliste der New York Times. In ihrer Heimat in New Hampshire hatte die Autorin mal eine Seance mit der Komikerin Sarah Silverman.

Weitere lieferbare Titel von Carrie Jones:

Flüsterndes Gold (Band 1, 30819)
Finsteres Gold (Band 2, 30862)
Verhängnisvolles Gold (Band 3, 30859)
Verräterisches Gold (Band 4, 30927)

DER AUTOR

Steven E. Wedel ist hauptberuflich Highschool-Lehrer und lebt mit seiner Familie in Oklahoma. Er hat bereits Fantasyromane für Erwachsene geschrieben und SPIRIT ist sein erstes Jugendbuch.

CARRIE JONES –
STEVEN E. WEDEL

SPIRIT

DU GEHÖRST MIR

Aus dem Englischen
von Ute Mihr

cbt

Kinder- und Jugendbuchverlag
in der Verlagsgruppe Random House

MIX
Papier aus verantwortungsvollen Quellen
FSC® C014496

Verlagsgruppe Random House FSC® N001967
Das für dieses Buch verwendete FSC® zertifizierte Papier *Pamo House* liefert Arctic Paper Mochenwangen GmbH.

1. Auflage
Deutsche Erstausgabe Juni 2015

Die Originalausgabe erschien 2011 unter dem Titel
»After Obsession« bei Bloomsbury U.S.A.
Children's Books, New York.
Übersetzung: Ute Mihr
Außenlektorat: Werner Wahls
Umschlaggestaltung und Artwork:
© Isabelle Hirtz, Inkcraft
MI · Herstellung: kw
Satz: Uhl + Massopust, Aalen
Druck: GGP Media GmbH, Pößneck
ISBN: 978-3-570-30901-8
Printed in Germany

www.cbt-buecher.de

Für Emily Ciciotte, Rena Morse und Shaun Farrar,
weil sie mir immer zeigen, wie ich der Angst am
besten begegne.

C.J.

Für meine Frau Kim und die Kinder.
Danke für eure Geduld.

S.E.W.

1
Aimee

Du gehörst mir.

Du wirst immer mir gehören.

Seit der Vater meiner Freundin Courtney tot ist, höre ich diese Worte jeden verdammten Morgen. Sie schwirren den ganzen Tag durch meinen Kopf, bis ich fast verrückt werde. Und heute ist keine Ausnahme. Sogar hier draußen im Garten höre ich sie, wo ich mit meinem Freund Blake halb nackt im Gras liege. Eigentlich sollten wir in den Himmel hinaufschauen und die träge Stimmung nach dem Rumknutschen genießen …

»Aimee, du bist die Beste«, sagt Blake. »Du bist die beste Freundin der Welt und gehörst für immer zu mir. Ja?«

Die Worte erinnern mich an meine Traumstimme, und obwohl mein Kopf auf Blakes Brust liegt, bin ich nicht so ruhig wie sonst, wenn wir zusammen sind. In meinem Magen nistet sich Übelkeit ein. Blakes Herzschlag klingt wie der Rhythmus zu einem Blut-Song, den ich aber nicht höre. Blake ist Sänger. Er hat immer ein Lied im Kopf, und ich stelle mir vor, dass dieses Lied ihn vollkommen ausfüllt, durch sein Blut strömt, sich in den Kapillaren verteilt und in jede Zelle vordringt, so wie Worte es bei mir tun. Mein Seufzen übertönt das Klopfen seines Herzens.

»Gramps und Benji kommen bald heim.«

»Der Wink mit dem Zaunpfahl?«, fragt er. Er greift nach seinem T-Shirt und lächelt sein Rockstar-Lächeln, das jeden dahinschmelzen lässt.

»Sozusagen«, entschuldige ich mich.

Um uns herum gibt es nur den Wald und den Fluss und das Haus. Es fühlt sich an, als würden sie uns beobachten und uns zu verstehen geben, dass es vollkommen in Ordnung ist, jung zu sein und glücklich. Aber es ist nicht in Ordnung, jung und glücklich zu sein, wenigstens nicht heute. Nicht jetzt. Nicht wenn Courtneys Vater tot ist. Ich darf nicht glücklich sein, wenn ihr Inneres von einem einzigen großen Schmerz zerfressen wird. Diesen Schmerz habe ich selbst erlebt. Courtney hat das Meer den Vater genommen; mir hat der Fluss die Mutter genommen. Das ist schon lange her, aber der Schmerz ist immer noch da.

Blake lehnt mich an eine große Kiefer, aber ich spüre eigentlich nichts. Die letzten paar Wochen habe ich immer weniger gefühlt, wenn ich mit Blake zusammen war, und das macht mir große Sorgen, denn wir passen perfekt zueinander. Alle sagen das.

Blake stöhnt. »Wir müssen in Psycho ein Referat über unsere größten Ängste schreiben.«

»Aha?« Seine Augen sind so grau. Augen wie das Meer, denke ich oft. Obwohl das Meer für mich kein so großartiges Bild mehr ist. Aber ich schlucke den Köder und frage: »Und was sind deine?«

Er fährt mit seinen Händen von meinen Schultern die Arme hinunter bis zu meinen Handgelenken und umfasst sie, während er achselzuckend meint: »Keine Ahnung. Eigentlich habe ich nicht vor viel besonders große Angst. Vor Feuer, vielleicht. Oder davor, in Stanford nicht angenommen zu werden.«

In mir schwappt etwas herum, das Übelkeit erregt wie alter, abgestandener Kaffee. Von einem Baum fliegt eine Krähe auf, schwarze Flügel schlagen durch die Luft.

»Wovor hast du denn Angst?«, fragt er.

Ich denke nach und dann sage ich ihm einfach die Wahrheit. »Ich habe Angst vor mir selbst.«

Seine Augenbrauen ziehen sich verwirrt zusammen.

Ich atme hörbar aus: »Ja, vor mir. Am meisten fürchte ich mich vor mir selbst.«

Ein paar Dinge über mich kann ich nicht erklären: Manchmal sehe ich in meinen Träumen Ereignisse, bevor sie geschehen. Bei meiner Mom war das auch so. Deshalb denke ich auch, dass es eine gewisse genetische Veranlagung zu dieser ganzen »Psycho-Kiste« gibt. Ja, ich weiß, das ist seltsam, und ja, ich habe Sachen im Zusammenhang mit Courtney gesehen, und ja, ich sehe einen mir unbekannten Jungen mit markanten Zügen und dunklem Teint. Und ja, vor ein paar Wochen habe ich von Männern geträumt, die ertrunken sind, aber der Nebel war so dicht und das Licht so schlecht, dass ich sie nicht erkannte und das Unglück nicht verhindern konnte. Ich habe einfach nicht gesehen, dass einer von ihnen Courtneys Vaters war.

Die Träume sind so was von ätzend.

Und es sind nicht nur Träume. Wenn jemand krank ist oder verletzt, genügt manchmal eine Berührung von mir, und er fühlt sich besser oder wird langsam gesund. Manchmal sieht man förmlich, wie sich die Wunden schließen. Ich weiß nicht, ob meine Mom diese Fähigkeit besaß. Sie hat nicht so lange gelebt, dass ich sie hätte fragen können.

Ich bin nicht verrückt.

Bevor Blake endgültig abfährt, küssen wir uns lange und langsam, und er drückt mich gegen die Karosserie seines alten Volvos.

»Ich wünschte, du müsstest nicht gehen«, sage ich.

Er zieht den Kopf zurück und streicht mir ein paar Haarsträhnen aus dem Gesicht. Seine Worte berühren sanft meine Wange: »Ich auch.«

Ich trete einen Schritt zur Seite. Der Wind bläst mir

die Haare wieder ins Gesicht. Blake schaut an unserem Haus hinauf: ein großes mit Holzschindeln verkleidetes Einfamilienhaus mit einer Veranda nach vorn hinaus, angebauter Garage und so. »Euer Haus sieht einfach gemütlich aus«, meint er.

»Gemütlich?«

»Es sieht einfach nett aus. Ich stelle mir gern vor, wie du dort nachts schläfst.«

Ich drehe mich auch zum Haus um und lehne mich zusammen mit ihm an sein Auto. »Es sieht wirklich gemütlich aus. So ganz anders als Courtneys Haus jetzt wirkt. Manchmal fühlt es sich schrecklich an, dort zu sein, verstehst du?«

»Ich glaube, das ist ganz normal.« Er zieht mich am Handgelenk wieder dichter an sich. »Ruf Courtney an und lad sie zu euch ein. Vielleicht geht's euch dann beiden besser.«

Als Blake weg ist, schreibe ich Courtney, ob sie mit mir Kajak fährt. Von Gramps habe ich die Nachricht, dass er und Benji erst in einer Stunde heimkommen.

Es dauert nicht lange, bis Courtney da ist. Wir schnappen uns die Schwimmwesten und Paddel und gehen zu dem langen Holzsteg am Fluss. Bis zur Bucht und dem Meer, wo Courtneys Vater gestorben ist, ist es nur einen guten halben Kilometer. Bis zur Stadt ist es genauso weit, mit dem Auto sogar ein bisschen weiter. Courtney schaut eine Sekunde lang in Richtung Meer. Bestimmt denkt sie an ihren Vater, denn ihre Augen trüben sich und ihre Mundwinkel gehen nach unten. Aber sie schüttelt den Gedanken ab, und ich kann regelrecht sehen, wie sie ihre Züge wieder so in den Griff bekommt, dass sie glücklich aussieht.

»Stell dir vor, was mir heute passiert ist.« Der Wind bläst ihr die Haare aus dem Gesicht. Sie schüttelt den Kopf, als wäre die Erinnerung schon zu viel.

»Was?« Ich halte das Kajak fest, während sie in den vorderen Einstieg gleitet.

»Es ist so was von peinlich.« Sie lehnt sich nach vorn und hält sich am Steg fest, sodass ich mich hinten hineinsetzen kann. »Echt. Peinlich wie die ›Peinlichen Vorfälle aus dem wirklichen Leben‹ in den Frauenzeitschriften.«

Wir stoßen uns mit den Paddeln ab und gleiten rasch über das Wasser. Ich will nicht daran denken, dass Courtneys Vater tot ist, und auch nicht daran, dass meine Mom tot ist. Von ihr wissen wir wenigstens, wo sie gestorben ist – nämlich genau hier. Aber das sind schlechte Gedanken. Ich verbanne sie aus meinem Kopf.

»Erzähl schon, was passiert ist«, bitte ich lächelnd. Es tut so gut, dass sie sich wieder verhält wie früher, nicht übermäßig traurig ist und redet.

»Okay. Also, Justin Willis hat in Bio einen Kuli gebraucht und ich hab einen aus meiner Handtasche gezogen.« Während sie redet, schneidet unser Kajak in stetigem Auf und Ab durch das Wasser.

»Ja?«, sage ich, denn sie hat innegehalten, um sich eine Bestätigung zu holen.

»Ich nehme also den Kuli und halte ihn hoch, aber er sagt immer noch ›Ich brauch einen Kuli. Hat jemand einen Kuli für mich?‹ Und ich darauf ›Hier, du Blödmann!‹ Und ich wedle mit meinem Kuli vor seinem Gesicht herum, denn ich bin total sauer, dass er mich ignoriert, und denke *Was ist los? Ist mein Kuli nicht gut genug für dich, Justin Willis*?«

»Und ob er das ist!« Ich empöre mich an Courtneys Stelle.

»Nein. Nein. Warte …« Sie hört auf zu paddeln, dann lacht sie und dreht sich zu mir um, damit ich ihr Gesicht sehe, während sie mir den Rest der Geschichte erzählt. »Dann schaue ich den Kuli in meiner Hand endlich an und – es ist gar kein Kuli.«

»Es ist kein Kuli?«, frage ich in die Stille hinein. Courtney ist echt gut im Geschichten erzählen. Sie sollte Comedian werden.

»Es ist kein Kuli! Es ist ein Tampon! Ich wedle Justin Willis mit einem *Tampon* vor dem Gesicht herum!« Sie legt den Kopf in den Nacken und lacht so sehr, dass das Kajak wackelt. Aber vielleicht wackelt es auch, weil ich auch lache.

»Das ist sooo peinlich!«

»Ja, aber echt!«

Wir hören beide auf zu paddeln und lassen uns

einfach treiben, denn das Leben ist manchmal sehr komisch.

»Ich mag dich wirklich, Courtney«, sage ich zu ihr. »Du bist der größte Kindskopf auf Erden und ich hab dich lieb.«

»Ha!«, lacht sie. »Ich weiß.«

Eine Wolke schiebt sich vor die Sonne und wirft Schatten auf den Fluss. Wir sind zu nah an der Bucht, wo ihr Vater gestorben ist, und ihre Stimme ist ganz traurig, als sie sagt: »Lass uns zurück Richtung Stadt paddeln, okay?«

Mein Großvater und Benji kommen wenige Minuten, nachdem Courtney gegangen ist. Ich suche gerade im Kühlschrank nach etwas Essbarem, als sie hereinplatzen. In dem Augenblick, in dem sie hereinkommen, fällt am anderen Ende des marmornen Küchenblocks eine Kartoffel hinunter, schlägt auf dem Boden auf und kullert durch die Küche. Ich greife sie mir. Kartoffeln riechen so erdig wie der Boden draußen, und normalerweise mag ich den Geruch, aber jetzt lässt er mich schaudern. Keine Ahnung, warum. In Momenten wie diesen zweifle ich manchmal daran, ob ich alle Tassen im Schrank habe.

Gramps küsst mich auf die Stirn. »Wie war's beim Fußball?«

»Gut«, antworte ich. »Und wie war's bei den Pfadis?«

»Langweilig.« Benji wirft sein nasses Schwimmzeug achtlos in einem feuchten Haufen auf den Boden. Die Nässe färbt das Blau seiner Badehose dunkel, sodass es fast aussieht, als strecke ein Seehund den Kopf aus dem Meer. Eine Sekunde lang gleite ich in diesen merkwürdigen Zustand, der sich immer einstellt, wenn ich diese Visionen habe. Ich sehe einen Seehund, einen richtigen Seehund. Er schaut mich ganz verloren an, aber ... in seinen Augen ist noch etwas anderes. Eine Warnung? Ich schüttle den Kopf und vertreibe damit das Bild.

»Heb das auf, Benji, sonst fängt es an zu stinken. Bei den Pfadis war's gut. Wir sind beim Y geschwommen«, sagt Gramps. Dann runzelt er die Stirn. »Heb das auf, Benji, *und zwar sofort.«*

Benji trottet zurück und hebt seine nassen Sachen auf. »Gramps hat wieder geflirtet.«

»Echt?« Ich nehme mir einen Apfel vom Küchenblock und beiße hinein. »Aber Gramps flirtet doch nie.«

»Genau, niemals«, sagt er, aber seine alten Männeraugen glitzern kokett.

»Wirklich! Ich kenne keinen, der weniger anfällig fürs Flirten ist als du«, ziehe ich ihn auf und entferne mich langsam.

»Wohin gehst du?«, fragt Gramps und ruft dann in die Waschküche hinunter: »Leg das nasse Zeug in die Waschmaschine, nicht in den Wäschekorb, Benji!«

»Wenn's sein muss!«, ruft Benji zurück.

Gramps hebt die Augenbrauen, um seiner Unzufriedenheit Ausdruck zu verleihen, und nimmt sich dann auch einen Apfel aus der Schale. »Was ist das für ein Ton.«

»Ich geh hoch malen«, sage ich ihm.

Gramps möchte immer gern wissen, was wir tun. Das gibt ihm das Gefühl, zuständig zu sein und die Kontrolle zu haben. Die perfekte Ersatz-Mom. »Ich bin heute fürs Abendessen zuständig. Wie wär's mit Steaks?«

»Ja.« Ich bleibe auf der Treppe stehen. »Kommt Dad zum Essen?«

»Er hat eine späte Besprechung mit den Ärzten.«

»Schon wieder?«

Er seufzt. »Ja, schon wieder. Wie geht's Courtney?«

»Heute kam es mir vor, als wäre sie ein bisschen besser drauf.« Traurigkeit überkommt mich. »Aber sie denkt, ihr Vater könnte noch …«

»… am Leben sein?« Gramps schüttelt den Kopf. »Das Wasser in Maine ist zu kalt. Das hält niemand lange aus. Man muss den Tatsachen ins Auge schauen.«

»Ja.« Ich hole tief Luft und versuche, mich nicht an das Traumbild von den Männern im Wasser zu erinnern, die mit den Händen nach etwas greifen, an dem sie sich festhalten können, aber nur Nebel vorfinden.

Gramps steht auf einmal neben mir und fasst mich am Arm. »Ganz ruhig, Mädel.«

»Tut mir leid. Es ist einfach so … es ist so traurig.

»Ich weiß. Das Leben ist manchmal traurig.«

»Heute ist ihr Cousin gekommen«, erzähle ich ihm, »und ihre Tante, ich glaube, irgendwo aus dem mittleren Westen. Sie wollen helfen, das Haus in Ordnung zu halten.«

Gramps lässt mich los. »Gut. Sie brauchen weiß Gott alle Hilfe, die sie bekommen können.«

Eine knappe Stunde später, ich bin mit meinen Hausaufgaben durch und male, ruft Gramps die Treppe herauf: »Aimee! Benji! Essen!«

Benji stürmt aus seinem Zimmer, streckt mir die Zunge heraus und poltert die Treppe hinunter. Ich folge ihm und rufe: »Ich krieg dich! Du bist ja sooooo langsam!«

Das ist eine absolute Lüge, denn ich versuche es nicht einmal.

»Gewonnen!« Er lässt sich an seinen Platz bei Tisch fallen und verkündet: »Ich liebe Steak!«

»Tote Kuh. Lecker«, sage ich, während ich mich setze und mir das Leben der armen Kuh vorstelle, die krank und einsam in einem Massentierhaltungsbetrieb vor sich hin vegetiert. Ich sehe sie ganz deutlich vor mir, aber weil so was nicht gut ist für die psychische Gesundheit, sortiere ich meine Gedanken neu und betrachte meinen Großvater. Er sieht ein bisschen müde aus. Da mein Vater sechzig Stunden pro Woche arbeitet, kümmert er sich hier um alles. »Den Tisch hätte ich doch decken können, Gramps.«

»Ich weiß, aber du warst beschäftigt. Außerdem braucht ein alter Mann das Gefühl, nützlich zu sein.« Er spießt ein Steak auf und legt es mir auf den Teller. »Habe ich dir von Benjis und meinem kleinen Projekt erzählt?«

Ich schüttle den Kopf und schneide währenddessen mein Fleisch. »Nö.«

»Benji.« Gramps zeigt mit der Gabel auf den Kühlschrank.

Benji legt seine Gabel ab, springt auf und stürzt hinüber zum Küchenblock. Er schwingt sich hinauf, greift nach oben auf den Kühlschrank und schnappt etwas in einer Zip-Plastiktüte, dann springt er vom Küchenblock herunter und schlenkert die Tasche vor meinem Gesicht herum. Ich inspiziere ihren orangefarbenen Inhalt.

»Ein Cheeto?«

»Nicht einfach irgendein Cheeto, stimmt's Gramps?«, sagt Benji.

Gramps reibt sich die Hände. »So viel ist sicher.«

Ich untersuche die orangefarbene, industriell verarbeitete Lebensmittelmasse und überlege, was ich sagen soll. »Okay. Es ist, ähm, es ist …«

»Marilyn Monroe!«, verkündet Benji.

»Was?« Ich schaue Gramps Hilfe suchend an.

»Marilyn Monroe. Sie war früher einmal ein großer Filmstar. Blonde Haare und …«

»Riesige Titten!«, unterbricht Benji.

»Benji!«, schreie ich ihn an.

Er lässt sich kichernd auf seinen Platz fallen. Gramps schmunzelt.

»Männer sind zum Kotzen.«

»In dieser Familie sagt man nicht ›zum Kotzen‹«, rügt mich Gramps streng.

Ich zeige mit der Gabel auf ihn, sodass ein Stück Steak runterfällt: »Nein, aber wir sagen ›Titten‹. Es lebe die Gerechtigkeit. Egal, ich weiß, wer Marilyn Monroe ist. Ich versteh bloß nicht, was sie mit dem Cheeto zu tun hat.«

Benji verdreht die Augen. »Sie *ist* das Cheeto.«

»Wiedergeboren?« Ich spieße ein Stück Steak auf.

»Nein.« Gramps schnappt Benji die Tüte weg und hält sie mir vor die Nase. »Schau genau hin. Sieht das etwa nicht wie Marilyn aus?«

Ich überlege. »Ähm. Na ja, ein paar Wölbungen sind schon zu erkennen.«

Benji zeigt auf den oberen Teil des Cheeto. »Schau mal, da sind ihre Haare. Du siehst sie doch, Amiee, oder? Sie sehen genau aus wie ihre.«

Er ist total süß in seinem Eifer. Von oben ertönt ein lautes Rumsen und ich zucke vor Schreck zusammen. Meine Gabel fällt klirrend auf den Teller.

»Da ist nur ein Buch runtergefallen«, erklärt Gramps, kann aber damit meine Gänsehaut nicht verscheuchen. »Siehst du sie in dem Cheeto?«

»Klar.« Ich nehme meine Gabel wieder in die Hand. »Klar sehe ich es.«

»*Sie*«, korrigiert er mich.

»Sie. Ich sehe sie. Wow.« Ich nicke heftig. »Das ist ja total cool. Und was habt ihr mit eurem Marilyn-Monroe-Cheeto vor?«

Benji hüpft vor lauter Aufregung auf und ab: »Wir verkaufen sie auf eBay.«

Ich verschlucke mich fast und bringe irgendwie »eBay?« heraus.

»Das ist eine Versteigerungsseite im Internet«, erklärt Gramps. »Benji, iss jetzt.«

»Ich weiß, was eBay ist.« Diesmal lege ich meine Gabel absichtlich hin und wiederhole seinen Satz, um sicher zu sein, dass ich ihn wirklich verstanden habe. »Ihr verkauft sie auf eBay.«

»Jep!«, sagt Benji. »Die ersten Gebote sind schon da.«

»Weiß Dad davon?«, frage ich.

»Er würde es wissen, wenn er mal daheim wäre«, sagt Benji. Sein Lächeln ist verschwunden. Er stopft sich Kartoffeln in den Mund, kaut hörbar und schluckt. »Ich wette, wir bekommen tausend Dollar.«

Er tut mir in der Seele leid.

»Was meinst du, Aim? Wie viel können wir kriegen?«, fragt Gramps.

»Ach«, lüge ich. »wahrscheinlich mindestens zweitausend Dollar.«

Benjis Augen leuchten auf.

Ich sattle noch drauf, als ob ich noch eine Farbschicht auftragen würde: »Vielleicht sogar mehr.«

Nach dem Abendessen wasche ich im oberen Bad den Farbverdünner von meinem Fächerpinsel Größe 2. Die winzigen gelben Spritzer auf dem Stiel gehen nicht ab, aber das ist okay. So sieht man, dass er häufig benutzt wird. Leise Schritte sind zu hören, als ob Benji herumschleichen würde.

Langsam lege ich den Pinsel hin und spähe, den Schaber fest in der Hand, durch die offene Badezimmertür in den Flur. Dort ist natürlich nichts.

Als ich klein war, brachte meine Mom mir ein Gebet bei. Ich musste ihr versprechen, dass ich es jeden Abend sprechen würde.

»Es wird die Träume nicht ganz vertreiben, aber es wird dafür sorgen, dass sie nicht so schlimm sind«, sagte sie. »Bei anderen hat es auch funktioniert.«

Lieber Gott, Schöpfer von Himmel und Erde,
schütze mich vor den Träumen dieser Nacht.
Zerstöre jeden Succubus, bevor er werde,
Und lass keinen Incubus gewinnen an Macht.

Ich spreche es vor dem Schlafengehen im Bett, aber es vertreibt die Träume nicht. In ihnen bin ich unter Wasser gefangen und etwas Böses saugt das Leben aus mir heraus. Es ist dunkel. Das Wasser lastet immer schwerer auf mir, und in der Ferne ertönt ein böses, geisterhaftes Lachen und ein Wehklagen, das bin ich, ich schreie und schreie und schreie. Etwas greift nach mir und hebt mich hoch. Zuerst ist es angsteinflößend und pelzig und stark, nur Muskeln und Klauen, und es sieht aus wie ein Puma, aber dann verwandelt es sich in einen Jungen, einen riesengroßen Jungen. Seine dunklen Augen schauen mich an, sie sind voller Angst und feucht, aber irgendwie auch stark und entschlossen.

»Wir müssen sie retten«, sagt er.

»Wen?«, frage ich. »Wen?«

Er verwandelt sich wieder in einen Puma und knurrt. Nur noch Zähne und Knurren. Ich wache auf, schlecht gelaunt und voller Angst, denn jemand ist in Gefahr, aber ich weiß nicht, wer oder wie ich helfen kann, nur dass ich es herausfinden muss, bevor es zu spät ist. Wow, ich hasse Träume.

2
Alan

»Was soll das heißen, Football gibt es nicht?«, frage ich.

Einen Augenblick lang ist Mrs. Wood, die Beratungslehrerin, sprachlos.

»Das ist eine Highschool. Da muss es Football geben.« Ich schaue meine Mutter auf dem Stuhl neben mir an. »Warum gibt es hier kein Football? Hast du das gewusst?«

»Tut mir leid, Alan«, sagt die Beratungslehrerin. Sie scheint wirklich bestürzt zu sein und schaut dauernd meine Mutter an. »Ich meine, ich hätte das erwähnt.«

»Mom? Du hast es gewusst, stimmt's? Du hast gewusst, dass ich hier nicht Football spielen kann, und ich musste trotzdem hierher umziehen. Stimmt's?«

»Ja.« Sie schlägt die Beine übereinander. »Es tut mir leid, Alan.«

Viele meiner Freunde zu Hause in Oklahoma City hätten ihre Mütter auf der Stelle übel beschimpft. Aber das bringe ich nicht fertig, obwohl ich schrecklich wütend bin. Ich sacke nur auf meinem Stuhl zusammen wie ein Ballon, aus dem auf einmal alle Luft entweicht.

»Alan war letztes Jahr in der zweiten Mannschaft der Landesliga in der Klasse 5A«, erklärt Mom. »Er ist ein richtig guter Footballspieler. Er spielt Runningback.«

»Gibt es in einer anderen Schule Football?«, frage ich.

»Nicht im Umkreis von achtzig Kilometern. Wir haben Fußball, Geländelauf und Ringen«, bietet Mrs. Wood an.

»Fußball? Als Fußballspieler bekomme ich kein Football-Stipendium an der OU.«

»Alan will schon immer für die University of Oklahoma Football spielen«, erklärt meine Mutter, bevor sie ihre Aufmerksamkeit wieder mir zuwendet. »Komm, Alan, wir wollen das Beste daraus machen.«

Es war nicht meine Idee, nach Maine zu kommen. *Maine?* Im Ernst, wer zieht schon nach Maine? Höchstens meine Mutter, die uns hierhergeschleppt hat, damit wir bei meiner Tante und Cousine wohnen, weil die jetzt ehemann- und vaterlos sind. Zu uns ist auch niemand gekommen, nur weil ich vaterlos war, und ich bin das schon mein ganzes Leben lang.

»Dann tragen Sie mich eben für den Geländelauf ein.« Mehr Zugeständnis geht nicht. »Haben Sie im Frühling wenigstens Leichtathletik?«

»Ja.« Mrs. Wood reckt vor lauter Erleichterung fast die Faust in die Luft. Sie schreibt mich für Geländelauf und

Leichtathletik ein, während der Computer meinen Stundenplan ausspuckt.

»Danke.« Meine Mutter ist ein einziges tröstliches Lächeln. »Wir sind am Wochenende erst hier angekommen. Der Mann meiner Schwester ist vor Kurzem auf dem Meer ums Leben gekommen, beziehungsweise wird vermisst. Er besaß ein Fischerboot und …«

»Oh, ja, die *Dawn Greeter*.« Mrs. Woods dunklen Augen ist anzusehen, dass sie um das Unglück weiß. Sie schaut mich an: »Dann bist du Courtneys Cousin?«

»Ja.«

»Sie ist ein sehr nettes Mädchen«, verspricht Mrs. Wood. Keine Ahnung. Ich habe sie gestern Abend nur kurz ein paar Minuten lang gesehen und sonst sind wir uns nur zweimal im Leben begegnet. »Es war eine Tragödie für die ganze Stadt, als das Schiff vermisst wurde. Die ganze Mannschaft kommt von hier. Drei Schüler, einschließlich Courtney, haben ihre Väter verloren.«

»Wie furchtbar«, sagt Mom. »Ich habe nie verstanden, wie Lisa damit klarkam, dass Mike jeden Tag aufs Meer hinausfährt.«

»Das ist das Leben hier.« Mrs. Woods Blick streift die Bilder von Schiffen an den Wänden ihres Büros und die Messingglocke über der Tür. »Sicher sind auch in Oklahoma arbeitende Männer jeden Tag irgendwelchen Gefahren ausgesetzt.«

»Ja, aber wenn etwas passiert, gibt es wenigstens einen Leichnam, den man begraben kann.«

»Das stimmt.« Mrs. Wood will noch mehr sagen, aber es klingelt, und der Flur vor ihrem Büro füllt sich mit Teenagern. »Die erste Stunde ist vorbei. Wenn es draußen ruhiger ist, soll unsere Bürohilfe dir dein Schließfach zeigen und dich kurz durch die Schule führen. Danach bringt er dich in deine Biologie-Stunde.«

Heimlich beobachte ich die vorbeiströmenden Schüler. Viele schauen durch das Glasfenster zu mir herein. Ich unterscheide mich schon sehr deutlich von ihnen und das prägt sich ihnen ein. Meine dunkle Haut und meine langen schwarzen Haare sind anders als alles, was ich in dem Menschenstrom vor dem Büro sehe. Mein Vater, den ich nie kennengelernt habe, ist Navajo-Indianer. Ich wappne mich schon mal gegen den üblichen Müll im Hinblick auf meine indianische Abstammung. Sie nennen mich »Häuptling«, erzählen Reservats-Witze und bitten mich um Zigarren oder um Fünf-Cent-Stücke aus Holz, bis ich die Beherrschung verliere und jemanden verprügle. Danach respektieren sie mich widerwillig.

Es klingelt noch einmal, und die letzten paar Schüler rennen zu offenen Türen, an denen schon Lehrer warten. Ein großer Typ mit kurzen schwarzen Haaren kommt ins Büro der Beratungslehrerin und legt einen Stapel Bücher auf einen kleinen Schreibtisch, der ein bisschen abseits steht.

»Blake?«, ruft Mrs. Wood. »Das ist Alan Parson. Heute ist sein erster Tag bei uns. Führst du ihn ein bisschen rum?«

»Klar«, sagt Blake und mustert mich. Dann nickt er mir zu, ich nicke zurück und folge ihm aus dem Büro hinaus. Mom ruft mir ein »Tschüss« hinterher, aber ich winke nur, denn ich bin wegen der Football-Geschichte immer noch sauer. Blake ist ein bisschen größer als ich und er geht sehr schnell. Er trägt ein blaues T-Shirt mit dem Aufdruck GOFFSTOWN HIGHSCHOOL GELÄNDELAUF auf dem Rücken.

»Du machst Geländelauf?«, frage ich.

»Ja. Du auch?«

»Jetzt schon, wie's aussieht«, antworte ich. »Nicht zu fassen, dass ihr keine Football-Mannschaft habt. In Oklahoma gibt's in jeder popligen Schule auf dem platten Land eine.«

»Football ist hier kein großes Ding«, meint Blake, während er mich einen Flur hinunterführt. »Außerdem ist Football ein sehr teurer Sport, und wie du vielleicht gemerkt hast, hat diese Schule nicht viel Geld. Wir haben hier Sportarten, die nicht viel kosten.«

»Ach so.« An die Kosten hatte ich nicht gedacht. »Ist die Geländelauf-Mannschaft gut?«

»Ziemlich gut«, antwortet er. »Ich war letztes Jahr Landesbester. Wir hatten zwei Jungs und drei Mädchen bei den Landeseinzelmeisterschaften. Dieses Jahr stellen wir das ganze Team.«

»Cool.« Das war doch wenigstens etwas.

»Das ist dein Schließfach«, sagt er, als wir um eine Ecke biegen. Er zeigt auf eine hohe gelbe Tür. »Versuch dich mal an dem Schloss.« Während ich den Einstellring auf die Ziffern drehe, die man mir gegeben hat, fragt er: »Du kommst aus Oklahoma?«

»Ja.«

»Und was hat dich nach Maine verschlagen?«

Beim Erzählen schließe ich die Tür und wende mich dann wieder Blake zu. Der schüttelt mit dem Kopf. »Ach, Courtney. Ja, Scheiße, das mit ihrem Vater.«

Ich folge Blake von einem Flur in den anderen, während er mir die Toiletten zeigt, die Aula, Klassenzimmer und die Cafeteria. Auch zu einigen Lehrern gibt er Kommentare ab, und ich merke bald, dass er zu den Typen gehört, die alle Lehrer lieben. Allem Negativen, das er über einen Lehrer sagt, folgt etwas Positives. »Mrs. Baileys Unterricht ist echt heftig, aber sie selbst ist total cool. Freitags bringt sie immer Kekse mit.«

Schließlich stehen wir vor einer Klassenzimmertür und Blake klopft an. Ein Junge, der in der Nähe der Tür sitzt, springt auf und betrachtet uns durch die schmale Luke, bevor er die Tür öffnet. Er und Blake stoßen zum Gruß die Fäuste gegeneinander, dann richtet Blake seine Aufmerksamkeit auf den Lehrer.

»Mr. Swanson, das ist Alan Parson. Er ist neu. In der zweiten Stunde hat er bei Ihnen Unterricht.«

Über ein Dutzend Augenpaare durchbohren mich mit ihrem Blick. Sie beobachten, urteilen und spinnen sich aus, warum ich wohl hier bin. Mr. Swanson ist ein großer Mann mit einem dünnen grauen Ziegenbart und ergrauenden blonden Haaren. Tränensäcke scheinen seine Augen nach unten zu ziehen. Er geht sehr gemächlich auf mich zu und bleibt dann vor mir stehen.

»Hallo, Alan«, sagt er. »Setz dich doch einfach mal dort hin. Ich wollte gerade eine Aufgabe stellen. Sobald alle anderen arbeiten, bring ich dich auf Stand.«

Ich gehe zu dem Pult und setze mich hinter einen Jungen, der eine Diät bitter nötig hätte, und vor ein rothaariges Mädchen, das energisch Kaugummi kaut. Während ich warte, muss ich mich dazu zwingen, nicht mit der Hand den Medizinbeutel zu berühren, den ich unter meinem T-Shirt verborgen trage. Normalerweise, das heißt zu Hause, trage ich ihn offen.

Zu Hause würde ich jetzt in Gemeinschaftskunde bei Coach Baldwin sitzen. Ich unterdrücke ein Seufzen und versuche so zu tun, als würden meine Mitschüler alle in ihre Bücher schauen, statt mich anzustarren.

Mit knapper Not überstehe ich eine sehr merkwürdige Busfahrt nach Hause und steige einfach an derselben Haltestelle aus wie Courtney.

»Tut mir leid, dass ich mich nicht neben dich gesetzt habe«, sagt sie, als wir die Einfahrt hinaufgehen. »Mom hat extra gesagt, ich soll dir das Gefühl geben, willkommen zu sein.«

»Mach dir darüber keine Gedanken.« Ich schaue sie zum ersten Mal, seit ich Samstagabend spät in Maine angekommen bin, richtig an: Sie ist klein, wahrscheinlich nicht mal einen Meter fünfzig, sehr dünn und blass. Ihre langen, glatten Haare hängen schlaff herunter und fallen ihr ins Gesicht. Hinter ihrer Brille trägt sie zu viel Eyeliner. Sie hat einen AFI-Kapuzenpulli an und ausgeblichene Jeans. Will wohl ein Emo sein. Ob sie sich auch ritzt?

»Hat Mom dir schon einen Schlüssel gegeben?« Ich schüttle den Kopf. Das Haus ist schön und ich habe ein eigenes Zimmer. »Macht sie bestimmt noch.«

In der Einfahrt stehen keine Autos. Ist meine Mutter schon zu Hause? Sie hatte ein Vorstellungsgespräch in der Papierfabrik, wo auch Tante Lisa arbeitet.

»Ihr wohnt eine Weile bei uns, sagt Mom.« Ich höre nicht heraus, ob sie das gut oder schlecht findet oder ob sie überhaupt eine Meinung dazu hat.

»Sieht so aus. Ist das okay für dich?«

»Keine Ahnung. Ja. Es ist alles sehr merkwürdig, seit Dad weg ist. Mom hatte Angst, dass sie das Haus aufgeben muss, bis Tante Holly angeboten hat, uns zu helfen.« Wir betreten die Veranda und Courtney zieht den Schlüssel aus der Tasche. »Ich bin froh, dass wir es nicht aufgeben müssen.«

»Ich auch.« Ich muss zwar höchstwahrscheinlich meinen Traum von einer Zukunft als Runningback bei den Oklahoma Sooners und einer sich daran anschließenden Profikarriere begraben, aber wenigsten behalten Tante Lisa und Courtney ihr Haus. »Warum seid ihr nicht einfach nach Oklahoma gezogen? Deine Mom ist doch da aufgewachsen.«

Courtney bedenkt mich mit einem Blick, der sagt, dass ich die blödeste Kreatur bin, die jemals auf zwei Beinen gestanden ist. »Mein Dad wird vermisst, kapiert? *Vermisst.* Vielleicht ist er auf irgendeiner Insel und wartet auf Hilfe. Er könnte gerettet werden und morgen nach Hause kommen. Und wenn wir dann nicht da wären? Was, wenn er heimkäme und wir wären weg?«

Ich merke, dass ich sie ein paar Mal anblinzle, während ich mir klarmache, dass sie das wirklich glaubt. Kann das sein?

»Passiert so was wirklich?«, frage ich. »Werden Menschen in einem Unwetter vermisst und tauchen später wieder auf?«

»Kann schon passieren.« Courtneys Stimme ist auf einmal ganz schrill. Sie dreht sich von mir weg und rennt durch das Wohnzimmer zur Treppe. Ich bleibe in der offenen Eingangstür zurück.

Ein plötzlicher, kalter Windstoß fegt über die Veranda, aber er ist ebenso schnell weg, wie er gekommen ist. Ich betrachte die trockenen Blätter, die an mir vorbeigetrieben werden und dann auf den Boden segeln. Mit dem Windstoß jagt ein Schatten vorbei. Merkwürdig. Oben knallt eine Tür.

Über meinem Kopf kratzt etwas in dem Zwischenraum zwischen den Innen- und den Außenwänden des Hauses. Ich halte es nicht für nötig hochzuschauen. Mäuse sind Mäuse, egal ob sie in den Great Plains oder an der Ostküste leben.

Weil ich nichts anderes zu tun habe und es in Tante Lisas Haus kein Pay-TV gibt, mache ich meine Hausaufgaben. Ich habe gerade fertig gelesen, was wir in Bio aufhatten, als Tante Lisas Auto die Einfahrt hochrumpelt.

»Ich hab den Job«, ruft Mom, kaum dass sie das Haus betreten hat. In ihren sandblonden Haaren hängen immer noch gelbliche Hobelspäne, und ihre Wangen glühen, als sie sich an ihrer Schwester vorbeidrängt, um mich zu umarmen.

Ich erwidere die Umarmung, allerdings mit wenig Begeisterung.

»Du hättest schon Bescheid sagen können«, ziehe ich sie auf.

»Ich hab eine Nachricht hinterlassen«, sagt sie und zeigt auf das Telefon hinter mir. Am Anrufbeantworter blinkt ein rotes Licht.

»Oh, ich wusste nicht, ob ich ihn abhören darf«, sage

ich, auch wenn ich das blinkende Licht gar nicht bemerkt hatte.

»Sei nicht albern, Alan«, meint Tante Lisa. »Du wohnst hier. Mia casa is dein-a-casa.«

Das ist der erste Satz von Tante Lisa, der nicht von Schmerz durchtränkt ist, deshalb zwinge ich mich dazu, über ihre Spanischverhunzung zu schmunzeln.

»Okay, ich denk dran. Glückwunsch zum Job, Mom. Du hast gleich angefangen, was?« Ich pflücke eine Holzlocke aus ihren Haaren. Sieht aus wie Kiefer.

Lachend fährt Mom sich mit beiden Händen in die Haare und schüttelt sie. »Du hast gesagt, sie wären alle weg, Lisa.«

»Du bist eben Anfängerin, Holly«, sagt meine Tante und zieht im Vorbeigehen weitere Sägespäne aus den Haaren meiner Mutter. »Hat Courtney was zu essen gemacht?«

Ich zögere und überlege, ob ich meine Cousine in Schwierigkeiten bringe, wenn ich die Wahrheit sage. Aber sie merken es ja ohnehin gleich: »Nein. Sie ist gleich nach oben gegangen und seither hab ich sie nicht gesehen. Ich habe massenweise Hausaufgaben.«

»Das schaffst du schon«, meint Mom. »Ist Courtney okay?«

»Ich denk schon.« Ich bin kein Seelenklempner, aber zu glauben, dass dein toter Vater heimkommt, wenn sein Boot im Nordatlantik vermisst wurde, klingt für mich nicht okay. Ich habe Titanic gesehen. Ich weiß, dass Menschen in kaltem Wasser nicht allzu lange überleben, schon gar nicht in einem Sturm.

»Also, ich finde, wir sollten essen gehen – zur Feier deines neuen Jobs und eures Umzugs nach Maine«, schlägt Tante Lisa vor.

Den Umzug nach Maine feiern? Ja, klar! Mom klatscht in die Hände und meint, das sei der beste Vorschlag, den sie seit Wochen gehört hat. Sie könne es kaum erwarten, frische Meeresfrüchte zu essen.

»Ja, gut«, sage ich. »Warum nicht? Ich gehe hoch und hole Courtney.«

Courtneys Zimmer liegt am Ende des Flurs direkt neben meinem neuen Zimmer. Der Flur kommt mir sehr dunkel vor, obwohl die Deckenbeleuchtung eingeschaltet ist. Irgendwas stimmt nicht. Die Haare an meinem Arm stellen sich auf, als ich mich Courtneys geschlossener Tür nähere, und mir ist kalt, als würde ich vor einem undichten Kühlschrank stehen.

»Courtney?« Ich klopfe an. Wieder höre ich das Kratzen, diesmal direkt unter meinen Füßen. Ich überlege, ob ich aufstampfen soll, um die Mäuse zum Schweigen zu bringen, aber ich lasse es sein. Warum soll ich Tante Lisa darauf hinweisen, dass ich von den Nagern in ihrem Haus weiß?

»Courtney?« Ich klopfe noch einmal ein bisschen lauter.

Die kalte Luft um mich herum verschwindet. Sie wurde unter Courtneys Tür hindurch wieder eingesogen. Da sie immer noch nicht reagiert, drehe ich an dem Türknopf und drücke. Einen Augenblick lang spüre ich einen Widerstand, dann geht die Tür leicht auf.

Courtney liegt mit offenen Augen auf dem Bett, die Arme starr neben ihrem Körper und die Handflächen gegen die Schenkel gepresst. Es sieht total unheimlich aus.

»Courtney? Alles in Ordnung?«

Langsam wendet sie den Kopf und schaut mich an. Ihre Augen hinter der Brille kommen mir fremd vor, groß und viel zu hell.

»Wir gehen zum Essen aus. Bist du fertig?«

»Klar. Ich komm gleich runter«, antwortet sie und wirkt dabei ein wenig benommen.

Ich schließe die Tür und trete einen Schritt zurück. Hinter der Tür höre ich, wie sie sich bewegt. Ihre Kleider rascheln, als sie sich im Bett aufsetzt. Vermutlich geht es ihr gut und sie ist eben emo-verrückt. Ich gehe wieder runter. Tante Lisa klaubt die letzten Sägespäne aus Moms Haaren und erzählt von einem Kollegen aus der Fabrik.

Ein paar Minuten später hüpft Courtney die Treppen herunter. Ihre Augen sehen wieder normal aus. Sie umarmt ihre Mutter: »Wohin gehen wir? Zu Charlie's?«

»Klingt gut«, antwortet Tante Lisa. »Seid ihr fertig?«

Mom und ich folgen ihr nach draußen zu ihrem SUV. Ich setze mich zu Courtney auf den Rücksitz.

»Du hast zusammen mit meiner besten Freundin Unterricht«, sagt Courtney, als wir in die Straße einbiegen.

»Ach ja? Wer ist das?«

»Aimee Avery.«

Ich schüttle den Kopf und ziehe die Schultern hoch. »Ich kennen noch nicht viele Namen. In welchem Fach?«

»Hat sie nicht gesagt.«

»Wie sieht sie aus?«

»Fantastisch, auch wenn sie selbst findet, dass sie aussieht wie ein Muppet. Sie hat rote Haare.«

Ich erinnere mich an die schmatzende Kaugummikauerin in Swansons Biologieunterricht. »Ich glaub, ich weiß, wen du meinst.«

»Sie ist nett«, fügt Courtney hinzu. »Schau mal da, die Bullen.«

Ein großer Polizist drückt einen Mann auf die Motorhaube eines Geländewagens und legt ihm Handschellen an. Der Typ wehrt sich heftig. »Was er wohl verbrochen hat?«

»Wahrscheinlich ist er betrunken«, erklärt Tante Lisa. »In letzter Zeit betrinken sich immer mehr Leute und benehmen sich dann daneben. Fast täglich hört man von Schlägereien. Muss am Wetter liegen.«

In der Nacht erwache ich von einem Traum und setze mich im Bett auf. Mit aufgerissenen Augen starre ich vor mich hin, ohne etwas zu sehen. Es war ein Totemtraum, eine Vision. Onawa, mein Totem-Puma, wollte mir etwas sagen. Ich lege mich wieder hin und taste auf dem Tisch neben meinem Bett nach dem Lederriemen meines Medizinbeutels. Ich ziehe ihn zu mir, drücke ich ihn mir mit beiden Händen an die Brust.

Mein Herz rast immer noch.

Onawa hatte Angst. Wir waren in einem Wald. Daran erinnere ich mich. Sie stand auf einem Felsen, sodass ihr wunderschöner lohfarbener Kopf auf einer Höhe mit meinem Gesicht war. Hinter ihr jedoch … war alles schwarz, als ob der Wald von einem schwarzen Nebel verschluckt worden wäre. Und in der Dunkelheit bewegten sich Schatten.

Onawa hat etwas gesagt. Etwas Wichtiges. Ich presse den Medizinbeutel fester an mich und denke nach, versuche mich zu erinnern.

Ich war abgelenkt. Da war noch jemand in meinem Traum. Ein Mädchen? Ja, ein Mädchen. Sie trug eine Fackel oder sonst irgendein rotes Licht. Oder vielleicht hatte sie auch rote Haare? Vielleicht. Aber da war auch etwas mit Licht. Sie brachte Licht. Onawa hat mir etwas erzählt, und jetzt kann ich mich nicht mehr daran erinnern, was.

Da kratzen die Mäuse wieder unter dem Fußboden.

Das Licht des Mondes dringt durch den dünnen Vorhang vor meinem Fenster. Ich bin mir sicher, dass vor wenigen Minuten nicht so viel Licht in diesem Zimmer war. Als ich aufwachte, war es stockdunkel. Und als die Mäuse kratzten, war es immer noch dunkel. Wolken? Vielleicht.

Ich muss wieder eingeschlafen sein, denn mein Wecker fängt plötzlich an zu piepen, viel zu früh, und reißt mich zurück ins Bewusstsein. Ich stelle ihn aus und rolle mich aus dem Bett. Das blanke Holz unter meinen Füßen ist kalt. Das ist verrückt. In Oklahoma ist es am Anfang des Schuljahrs nie so kalt. Ich streife mir den Lederriemen meines Medizinbeutels über den Kopf und lasse den Beutel los. Meine linke Hand ist ganz verkrampft, weil ich ihn so lange… vier Stunden oder auch fünf, festgehalten habe. Ich bewege sie, während ich mit der Rechten in einem Karton mit Klamotten wühle und ein schwarzes Metallica-T-Shirt *Kill 'Em All* für den heutigen Tag auswähle. Es ist ein bisschen zerknittert, aber was soll's. Ich schlüpfe hinein, zögere kurz und ziehe dann den Medizinbeutel hervor, um ihn über dem T-Shirt zu tragen. Dann zerre ich den Rest meiner Uniform für den heutigen Tag heraus: schwarze Jeans, schwarze Socken und meine Springerstiefel.

Ich bin nicht gut in Mathe. In Algebra bin ich mit einer drei minus hierhergekommen, und es sieht so aus, als könne es damit nur abwärts gehen, als ich in der ersten Stunde Mrs. Bailey dabei zuschaue, wie sie mit Kreide Zahlen und Buchstaben an die Tafel kritzelt. Sie ist klein, Ende dreißig, und nicht hässlich für eine Frau in ihrem Alter, aber was sie mit diesen Zahlen und Buchstaben anstellt, kommt mir sündhaft vor. Sie bittet uns, die Aufgaben auf Seite 42 zu bearbeiten und geht zu ihrem Pult.

Endlich klingelt es. Bücher werden zugeklappt, Füße schlurfen, Rucksäcke werden hochgehievt und die Schüler rücken wie Pawlowsche Hunde zum nächsten Zwinger weiter. Ich bewege mich mit ihnen und versuche, mich an den Weg zum Biologieunterricht zu erinnern.

»Da ist er.«

Ich schaue über die Schulter zurück. Neben einem offenen Schließfach stehen drei Mädchen. Alle drei sind sie sorgfältig darauf bedacht, mich nicht anzustarren. Ich wende mich ab und gehe weiter. Als ich das Klassenzimmer betrete, klingelt es.

Da ist sie.

Rotschopf.

Courtneys Freundin. Das hübsche Mädchen mit den roten Haaren. Auf einmal ist der Traum wieder da. Aneinandergeklammert sind wir gefallen, während sich die Dunkelheit um uns gedreht hat. Onawa war auch da gewesen.

Das Mädchen schaut zu mir auf, und ich stelle fest, dass ich stehen geblieben bin und sie anstarre. Ich bringe meine Füße wieder dazu, sich zu bewegen, aber ich kann nicht aufhören, sie anzusehen. Ich sehe etwas in ihren Augen. Als ob wir uns wiedererkennen würden.

Dann setze ich mich auf meinen Platz und löse den Blickkontakt, weil ich nach vorn schauen muss.

»Hi.«

Sie ist es. Wie war noch mal ihr Name? Angel? Agnes? Irgendwas mit A. Ich drehe mich um und sage: »Hallo.«

»Wie war dein erster Tag?«, fragt sie.

»Ganz gut.«

»Echt? Du bist Courtneys Cousin.«

Das klingt nicht wie eine Frage, aber ich nicke. »Ja.«

»Sie ist meine beste Freundin.«

»Hat sie mir schon erzählt, aber ich habe deinen Namen vergessen.«

»Aimee, Aimee Avery.«

»Stimmt.«

»Aber alle sagen Aim oder …«

»Rotschopf. Sie sagen Rotschopf zu dir.«

Erstaunt zieht sie die Augenbrauen hoch. »Ja. Das stimmt. Weißt du das von Courtney?«

Ich erzähle einem Mädchen, das ich gerade erst kennengelernt habe, bestimmt nichts von meinen Visionen. Und ganz sicher nichts von Onawa. Egal wie scharf sie ist oder wie gut sie aus der Nähe riecht.

»Ja, Courtney hat's mir gesagt«, lüge ich.

»Miss Avery, wenn Sie dann vielleicht fertig damit sind, unseren neuen Schüler zu unterhalten?« Ich hatte gar nicht bemerkt, dass Mr. Swanson hereingekommen war. Ich zwinkere Aimee rasch zu und drehe mich um.

»Ja, Mr. Swanson«, sagt Aimee hinter mir. »Er gehört jetzt ganz Ihnen. Bitte unterrichten Sie uns.«

Biologie ist nicht viel einfacher als Algebra, aber wenigstens ein bisschen interessanter. Doch jedes Mal, wenn Aimee sich hinter mir bewegt, hüllt mich eine Wolke ihres Parfüms ein und lenkt mich ab. Ich spüre, wie ihr Fuß einen Rhythmus auf das hintere Bein meines Tisches klopft. Es klingelt und das Ritual der schlurfenden Schritte zur Tür beginnt von vorn.

»Bis später, Alan.« Aimee drängelt sich an mir vorbei. Sie hebt die Hand und winkt mit den Fingern. Sie sehen aus wie ein Flügel eines Schmetterlings, der davongaukelt. Bevor mir einfällt, was ich sagen könnte, ist sie verschwunden.

Eines ist überall gleich: Schulessen ist Schulessen, egal, ob du in Oklahoma bist oder in Maine. Die Hamburger schmecken wie gewürzte Pappe und die Kroketten nach gar nichts, bis ich sie komplett mit Salz bedeckt habe. Ich sitze allein am Tisch und kaue auf dem Mist herum, als ich auf einmal von Mädchen umringt bin. Vier stellen ihre Tabletts auf dem Tisch ab.

»Dürfen wir uns zu dir setzen?«, fragt eine. Sie ist blond, hat große blaue Augen und eine winzige Nase.

»Du hast so einsam ausgesehen«, erklärt eine Brünette in einer Cheerleader-Jacke.

»Ja, wahrscheinlich.« Ein Cheerleader? Sehe ich aus wie ein Typ, der an einer Unterhaltung mit Cheerleadern interessiert ist? Sie setzen sich alle hin und bombardieren mich mit Fragen.

»Du kommst aus Texas?«

»Oklahoma.«

»Da gab's die gewaltigen Staubstürme, richtig?«

»Ähm, ja, vor achtzig Jahren.«

»Hast du dort ein Pferd?«

»Nein.«

»Ich hab gehört, du spielst Football?«

»Hmmm.«

»Football gibt's bei uns nicht«, sagt der Cheerleader.

»Hab's gehört.«

»Magst du Li'l Wayne oder hörst du nur das Headbanging-Zeug .«

»Nur Headbanging-Zeug.«

»Warum? Ich seh da so gar keinen Sinn drin.«

»Na ja, Li'l Wayne, Little Boosey und all die anderen Little-Typen haben den Synthetic Pop-Markt beherrscht.« Aha! Sie können auch schweigen. Acht Augen schauen mich an. Klimper, klimper. Neustart. Dann reden sie weiter, als wäre nichts gewesen.

»Hast du auf einer Farm oder einer Ranch gelebt?«

»Ist Oklahoma wirklich ein einziges großes Weizenfeld?«

»Alan? Du wolltest dich doch zu uns setzen, Mann. Weißt du nicht mehr?« Ich schaue von dem Hamburger auf, den ich eingehend beäugt hatte, und da steht Blake, die Hilfskraft der Beratungslehrerin.

»Komm. Das Geländelauf-Team hockt dort zusammen.«

»Ach, ja. Das hab ich komplett vergessen«, sagte ich. »Entschuldigung, meine Damen.« Ich schnappe mein Tablett und folge Blake.

»Du erregst ganz schön Aufsehen«, meint er, als wir die Cafeteria durchqueren.

»Nicht absichtlich.«

»Du bist neu. Du bist anders. Hier gibt's nicht viele, die anders sind«, sagt er. »Aimee hat mich geschickt, um dich zu retten. Wir haben eine Weile zugeschaut, aber als du offensichtlich abgedriftet bist, hat sie mich geschickt, dich zu holen.«

Dort sitzt sie. Blake führt mich zu dem Tisch, wo Aimee zusammen mit Courtney und drei anderen sitzt. Ich stelle mein Tablett ab und schaue zu, wie Blake auf den Platz neben Aimee gleitet, einen Arm um sie legt und sie rasch an sich drückt.

»Blake, der Retter in der Not«, sagt er.

In mir bricht etwas zusammen.

3
Aimee

Der Schulvormittag zieht sich. Endlich ist Mittagspause. Blake rettet Courtneys Cousin Alan vor den Mädchen, die jedes männliche Wesen anmachen müssen.

»Ich hasse Schule«, sagt Blake gerade zu Alan, als sie an unseren Tisch treten. »Ich tue so, als würde ich gern hingehen, sonst würde ich nie im Leben in die National Honour Society aufgenommen. Da gibt's diese blöden ›charakterlichen Voraussetzungen‹, was im Grund bedeutet, dass du den Lehrern in den Arsch kriechen musst. Das ist Regel Nummer eins.«

Courtney nickt und schaut mich an. Sie weiß, dass ich negative Einstellungen zu irgendwas absolut nicht ausstehen kann. Sie nennt mich ihre kleine Friedenstaube. Und sie meint das wirklich nicht böse. Egal. Damit Blake wegen der Aufnahmeregeln der National Honour Society nicht noch stinkiger wird, will ich ihn zum Lachen bringen, indem ich meinen Vater nachahme, einen stengen »Mustervater« aus den alten TV-Serien der Fünfzigerjahre, auch wenn er damals noch gar nicht auf der Welt war. »Weißt du, Blake, *hassen* ist ein starkes Wort mit ernsten Konnotationen.«

Er täuscht an, als wollte er mir seinen Bagel ins Dekolleté werfen. Ich stoße einen vorgetäuschten Schrei aus, sodass die Aufsicht führende Lehrerin Mrs. Los Santos ihren Finger mit dem schwarz lackierten Nagel wie einen Dolch auf mich richtet. Ich lächle und sie ist besänftigt. Dann wende ich mich wieder an Blake:

»Willst du mir damit etwa drohen?«, sage ich im Tonfall eines Mafiosi. »Dann lass dir eines gesagt sein: Drohungen kommen bei mir gar nicht gut an. Und Drohungen mit Bagels schon gar nicht. Weißt du eigentlich, mit wem du es zu tun hast?«

Alan lacht sich schlapp, und ich komme nicht umhin zu bemerken, dass er ausgesprochen süß ist, wenn er lacht. Er ahmt die Antwortstimme nach: »Ich denke schon. Ich glaube, wir haben es mit einem absolut sturen Bock zu tun.«

Und in diesem Augenblick weiß ich, und zwar zu hundert Prozent, dass sich etwas in meinem Leben unwiderruflich verändert hat. Das ist der Junge aus meinen Träumen. Direkt vor mir. Und wir werden zusammen etwas tun müssen, etwas retten, gemeinsam. Ich weiß nur nicht, was.

»Aimee ist heute wunderbar verrückt.« Blake beißt in

seinen Bagel. Er redet, als wäre ich gar nicht da. »Und sie hat Farbe an den Händen.«

Das stimmt. »Die Farbe geht schwer ab.«

»Malst du?«, will Alan wissen.

Das ist der erste Satz, den er direkt an mich richtet. Ich schaue ihm in die Augen. Ein großer Fehler. »Ja.«

Ich kann nicht wegschauen und er schaut auch nicht weg. Er war in meinem Traum. Er hat mich rausgezogen. Er war es. Und obwohl ich sonst niemandem von meinen Träumen erzähle, ihm will ich sie erzählen. Ihm will ich alles erzählen – und so sollte ich auf einen x-beliebigen Jungen, den ich gerade eben kennengelernt habe, eigentlich nicht reagieren, wenn ich einen festen Freund habe!

Courtney kratzt mit ihrem Delphin verzierten Fingernagel an der Farbe auf meiner Haut herum. Sie drückt so stark auf, dass es wehtut. »Keine Ahnung, warum wir es mit ihr aushalten.«

»Alle, die über mich reden, aufgepasst: Ich. Bin. Direkt. Hier«, sage ich und entziehe Courtney meine Hand. Dann begebe ich mich auf sicheres und konfliktfreies Terrain. »Pass auf, Alan, ich werde dich nicht zu Oklahoma oder eurem Umzug befragen – nimm's mir nicht übel, aber ich bin sicher, dass es total scheiße für dich ist und dich ankotzt. Und deshalb hole ich dich einfach schwuppdiwupp mitten im mein Leben, außer du willst, dass ich die üblichen Fragen stelle, dann tu ich das natürlich, denn ich interessiere mich für dich, aber ich möchte nicht … ich weiß nicht. Ich möchte dich nicht mit immer demselben alten Käse langweilen.«

Seine Lippen zittern, dann lehnt er sich zurück und fängt wieder an zu lachen.

»Aimee!«, schimpft Blake.

»Schon gut.« Alan legt seine große Hand flach auf den Tisch. »Schon gut. Das wäre toll. Es geht mir echt auf den Keks, was die Leute alles von mir wissen wollen.«

Ich nicke. Es ist, als säßen wir allein am Tisch. Um uns herum wuselt es, aber das spielt keine Rolle. »Also, egal, mein Gramps …«, fange ich an.

»Großvater«, unterbricht Blake wissend und legt besitzergreifend den Arm um mich. Das macht er heute dauernd. Passt eigentlich gar nicht zu ihm. In letzter Zeit habe ich sowieso den Eindruck, als würden unsere schlechten Eigenschaften die Oberhand über uns gewinnen: Blake ist besitzergreifend. Ich bin unsicher. Courtney ist zickig. Blake nervt mich weiter mit seinem blöden Getue: »Ist sie nicht süß.«

»Er will mich ärgern«, sage ich zu Alan und fahre fort. »Also, er und mein Bruder Benji haben ein Cheeto gefunden, das ihrer Meinung nach aussieht wie Marilyn Monroe.«

»Das ist die alte, tote Filmschauspielerin, wisst ihr. Sie war ziemlich gut gebaut und hat wahrscheinlich mit den Kennedys geschlafen. Sie sang *Diamonds Are a Girl's*

Best Friend«, erklärt Courtney, »und dieses *Happy Birthday, Mr. President*-Stück. Es gibt ein Poster von ihr. Da steht sie über einem Schacht oder so und hält mit beiden Händen ihren Rock fest, damit er ihr nicht über den Kopf weht.«

»Ich weiß schon, wer sie ist. Ich versteh bloß nicht, was sie mit dem Cheeto zu tun hat.« Alan schaut mich Hilfe suchend an. Mein Herz spielt wieder verrückt.

»Sie finden, das Cheeto sieht aus wie sie.« Ich glaube, diese Geschichte macht keinen guten Eindruck, deshalb will ich sie auf einmal gar nicht mehr erzählen.

»Und? Ist es so?«, fragt Courtney.

Ich seufze. »Nein. Es hat schon Wölbungen wie ihre Brüste und so, aber es könnte jede beliebige weibliche Figur sein.«

Courtney schnaubt Wasser aus ihrer Nase. Ich kreische auf, während sie hysterisch lachend die Hände vors Gesicht legt.

Blake drückt mir einen Packen Servietten in die Hand und auch Alan greift sich ein paar. Beide fangen wir an, den Tisch abzuwischen. Ich tupfe an Courtneys Nase herum, als er ruhig fragt: »Haben sie es gegessen?«

»Das will ich euch ja gerade erklären. Sie haben es nicht gegessen. Gramps hat ein Foto gemacht und es bei eBay eingestellt.«

Courtney haut mit der Faust auf den Tisch. »Oh, verdammt – ALTER!«

»Aufhören. Aufhören. Aufhören!« Blake lacht so sehr, dass er sabbert. Ich reiche ihm eine feuchte Serviette.

»Sie haben es in einen Zip-Beutel gepackt, den Gramps oben auf dem Kühlschrank versteckt, damit niemand Marilyn versehentlich aufisst«, erkläre ich.

»Das ist so was von daneben«, sagt Blake.

»Total gaga.« Courtney reibt sich die Hand an der Stelle, die auf die Tischplatte geknallt ist.

»Ja, klar.« Ich lächle sie an, denn einen Augenblick fühlt es sich an, wie es war, bevor Courtneys Vater starb. Blake ist nicht mürrisch, Courtney nicht traurig und wir alle lachen.

»Hat schon jemand geboten?«, fragt Hayley und beugt sich zu mir herüber. Ihre wunderschönen, braunen Haare kommen meinem Frischkäse bedenklich nahe, deshalb weiche ich mit meinem Bagel aus. Sie wird rot: »'tschuldigung. Ich habe gelauscht.«

»Das ist ja auch was zum Lauschen«, stimmt Courtney zu und alle warten auf meine Antwort: Courtney, Alan, Blake, Hayley, Hayleys Freund Eric und Erics und Blakes bester Freund Toby.

»Jemand hat fünfhundert Dollar geboten.«

Alle kreischen auf und fangen an von Verkaufskonzessionen für Cheeto-Doppelgänger zu träumen: Elvis oder Jesus oder Barack Obama.

»Britney Spears!«, ruft Courtney. »Ich würde hundert Dollar zahlen für ein Cheeto, das wie Britney aussieht.«

Es fühlt sich alles gut und sorglos an. Wir lachen und teilen uns dann wieder in zwei Gruppen. Und wie immer in der Mittagspause zitiert Courtney Sex-Tipps aus der *Cosmo*. Blake fährt mit seinem Fuß aufreizend an meinem Bein auf und ab, was mich aber aus irgendeinem Grund überhaupt nicht anmacht, sondern eher ein bisschen nervt. Alan und Courtney diskutieren über Hummer, die einen anschauen, wenn man sie isst, und ich spiele die Friedenstaube und werfe dann Alan einen raschen Blick zu. Er ist der Junge aus meinem Traum, ganz bestimmt. Und das bedeutet, dass er in Gefahr ist.

Blake reicht mir ein Blatt mit neuen Songtexten, die er geschrieben hat. Er ist total aus dem Häuschen wegen seines Hip-Hop-Trios. Wir loben die Texte und finden sie brillant, nur Alan nicht.

Court mustert uns eindringlich und schaut dann ihren Cousin an, der sich auf die Überreste seines Hamburgers konzentriert: »Was meinst du, Alan?«

Eine unbehagliche Stille entsteht.

Courtney durchbricht sie: »Unser Heavy Metal-Actionheld-Cowboy hier mag weder Hip-Hop noch Rap noch Hummer noch sonst irgendwas im ganzen Staat Maine.«

Meine Güte ist sie giftig. Als wäre sie auf einmal eine völlig andere Person. Unheimlich. Es klingelt und wir stehen alle auf.

»Von der Klingel gerettet.« Blake lacht, aber er ist

offensichtlich gekränkt. Der arme süße Blake braucht viel Lob. Er beugt sich zu mir herüber, küsst mich auf die Wange und verschwindet mit Courtney zum Unterricht.

Alan und ich bleiben zurück. Der Tisch zwischen uns trennt uns. Er kommt zu mir herüber. »Die sind aber schnell verschwunden.«

»Sie haben jetzt ganz dort drüben im Fremdsprachen-Flügel Unterricht und kommen immer zu spät. Ich muss in die andere Richtung«, erkläre ich. Ich werde rot und ziehe ein Päckchen Kaugummi heraus. »Willst du einen?«

Die Entscheidung scheint ihm schwerzufallen: »Klar.«

Er streckt die Hand nach dem Kaugummi aus. Seine Finger berühren meine Finger und auf einmal bin ich wieder in meinem Traum. Ich falle nach unten. Etwas zieht an mir. Überall ist Wasser und meine Lungen drohen zu platzen.

»He … Aimee …« Seine Hände umfassen meine Arme und reißen mich zurück. Meine Knie zittern, und ich brauche eine Sekunde, bis ich ihn klar sehe. Sein Gesicht ist direkt vor mir. Ich möchte ihn anfassen, seine Haut mit meinen Fingern berühren. Warum? Mein Gott. *Fass ihn nicht an!* Er kneift die Augen zusammen, als wollte er in meinen Kopf hineinschauen. Aber er kann nicht in meinen Kopf hineinschauen. Ich lasse ihn nicht.

»'tschuldigung.« Ich richte mich auf und achte darauf, dass ich ihn nicht berühre. Ich lüge, denn wenn ich ihm die Wahrheit erzähle, denkt er, ich wäre verrückt. »Mir ist ein bisschen schwindelig.«

Er legt den Kopf schief.

»Schwindelig?«, fragt er. »Wird dir öfter mal schwindelig?«

Er weiß es. Er weiß, dass ich lüge.

»Äh, ich komme zu spät. Danke«, sage ich und versuche die ganze Geschichte mit der Berührung zu vergessen. Seine langen Haare fallen ihm ein bisschen ins Gesicht.

Er lässt die Hände sinken, und ich gehe mit schnellen Schritten zu dem Ausgang der Cafeteria, der zum Sozialkunde- und Literaturunterricht-Flügel führt.

»Ich muss auch in die Richtung.« Seine Stimme ist leise, und er spricht noch langsamer als die Jungs von hier – das will was heißen. Seine Stimme klingt voll. Auf seinem schwarzen T-Shirt steht der Namenszug von irgendeiner Heavy-Metal-Band. Ich hasse schwarze T-Shirts. Und ich hasse Heavy-Metal.

Wir sind Nachzügler und verlassen die Cafeteria sehr spät. Amber, das süße Mädchen aus dem Show-Chor vor uns, bemerkt uns nicht, sodass die Tür vor meiner Nase zufällt. Alan greift mit ausgestrecktem Arm über mich hinweg und stößt sie für mich auf. Echt supermannmäßiges Verhalten. Ich verstehe schon, warum die Cheerleader auf ihn geflogen sind.

Ich möchte ihm alles erzählen. Ich möchte ihm von meinen Träumen erzählen. Und von meinen Visionen. Ich will ihm alles erzählen, aber so bin ich nicht. Ich erzähle den Leuten *nichts* – niemals. Ich bin nicht mehr die verrückte Aimee. Ich bin Aimee, die mit Blake geht, Sport treibt und malt.

»Danke«, sage ich in Erinnerung an meine Manieren. »Tut mir leid, dass Court so ... so merkwürdig zu dir war. Sie war irgendwie gemein.«

Er zuckt die Achseln. »Ist sie nicht immer so?«

»Nein.« Wir gehen den Flur hinauf. Ich muss fast joggen, um mit ihm Schritt zu halten. Er bemerkt es und geht langsamer. »Normalerweise ist sie wirklich nett, mehr als nett. Diese ganze Sache mit ihrem Vater ... hat ihren Kopf irgendwie ein bisschen durcheinandergebracht.«

Er nickt und schluckt mühsam. Als ob er heftig darüber nachdenken würde, was er sagen könnte.

Ich plappere einfach weiter, weil ich mich irgendwie davor fürchte, was er zu mir sagen könnte. »Blake und ich sind schon ewig zusammen.«

»Oh.«

Ich zucke zusammen. Ich spüre richtig, wie sehr ich zusammenzucke. »Tut mir leid. Ich meine ... ich denke, sie fühlt sich wohl manchmal wie das fünfte Rad am Wagen, das hilft also nicht viel. Und ... es ist einfach schwer für sie. Aber für dich muss es auch schwer sein, der Umzug hierher, kein Football, kein Einkaufszentrum oder so.«

»Kein Einkaufszentrum ist okay. Und Football? Ja, das ist ganz schön heavy«, räumt er ein. Er hat breite Schultern. Wenn er mit mir spricht, neigt er den Kopf nach unten, als ob er Angst hätte, dass seine Stimme nicht bis zu mir nach unten vordringt.

»Ja … ja … absolut. Aber es ist echt toll von dir, echt mutig. Die meisten Leute würden ausflippen.«

»Ich glaube, ich gehöre nicht zu den meisten Leuten.« Er schaut mich direkt an. Sein rechter Mundwinkel hebt sich in einem Lächeln. Der linke rührt sich nicht vom Fleck.

»Nein, das glaube ich auch nicht.« Ich erwidere sein Lächeln.

In Englisch II für Fortgeschrittene schickt Court mir eine SMS, was gegen alle Schulregeln verstößt: Erinnerst du dich an die Séance? Sie weiß genau, dass ich mich nicht daran erinnern will.

Nach dieser Séance in der siebten Klasse rannten alle aus unserem Haus hinaus zu ihren Müttern ins Auto und dachten, ich wäre verrückt geworden. Nur Courtney und Chuck nicht. Direkt nach der Séance hatte ich die Vision, dass Chuck auf dem Heimweg stirbt, aber das war nach der anderen irren Geschichte, die geschah, nachdem alle weg waren.

In meiner Vision sah ich, wie ein Saab in den Subaru seiner Mutter krachte, als sie wartete, um dann links in den Tideway Market einzubiegen. Ich sah, wie ihr Auto direkt vor einen Containerlaster, der Hummer geladen hatte, geschoben wurde. Ich sah Chucks Körper eingeklemmt auf dem Rücksitz, seine Mutter schluchzte und ihr weißes T-Shirt war voller Blut. Sie hatte den Arm gebrochen, versuchte aber dennoch, die Sanitäter wegzustoßen und Chuck festzuhalten.

Wahrscheinlich habe ich aufgeschrien, denn Chuck, der immer noch lebendige, atmende Chuck sprang von mir weg und stieß dabei mit dem Bein gegen den Couchtisch. »Was? Was hast du gesehen?«

Ich schüttelte den Kopf und schaute ihn und Courtney an, bevor ich schließlich log: »Nichts.«

Er starb. Natürlich starb er. Er starb genau so, wie ich es gesehen hatte. Er starb an diesem Tag auf dem Heimweg. Ich schüttle die Erinnerung ab. Was ist bloß in Court gefahren? Sie weiß doch, dass ich mit dieser Erinnerung überhaupt nicht klarkomme.

Ich sitze an meinem Platz und fahre mit dem Finger das Graffiti nach: ALLES SCHEISSE. Pubertär, aber wahr.

Irgendwie fühle ich mich nicht besser, nur weil jemand hier auf diesem Platz saß und sich genau so gefühlt hat wie ich. Ich beäuge Blake und Court, die auf der anderen Seite des Raums sitzen. Unsere Plätze sind uns zugewiesen worden – als wären wir Viertklässler, dabei ist das ein Kurs für Fortgeschrittene. Aber unsere Lehrerin Mrs. Bloom benimmt sich, als wäre sie Cheerleader für die Mannschaft der klassischen Autoren.

Court zieht eine Grimasse, die mir sagt, ich solle mir Mrs. Blooms heutige Garderobe anschauen. Sie trägt einen Pullover, der viel zu sehr Ton-in-Ton auf einen weiten Faltenrock abgestimmt ist, und dazu braune, nicht ganz bis zum Rocksaum hochgezogene Herrensocken, die aussehen, als gehörten sie ihrem Mann.

»Wun-der-schön«, forme ich lautlos mit den Lippen in Richtung Court.

Courtney antwortet ebenfalls lautlos: »Mir gefällt's.«

Briley Flood funkelt mich wütend an. Sie sitzt vor Blake, und er pikt ihr den Finger in die Schulter, damit sie sich umdreht. Briley ist sonst immer freundlich. Keine Ahnung, warum sie so wütend guckt. In letzter Zeit sind alle hier genervt, sogar Blake.

Mrs. Bloom klatscht in die Hände und zwitschert: »Aufgepasst! Ich bin ganz aufgeregt. Heute setzen wir unsere Diskussion über Shakespeares klassisches Drama *Hamlet* fort.«

Ich sacke auf meinem Stuhl zusammen, denn ich könnte genauso gut auf der Stelle sterben.

»Miss Avery! Setzen Sie sich ordentlich hin!«, sagt Mrs. Bloom. »Wie wär's, wenn Sie die Rolle der Ophelia lesen würden?«

Ich täusche ein Lächeln vor. Großartig. Diese verrückte Frau. Perfekt, wenn man bedenkt, wie mir zumute ist.

Mrs. Bloom zieht unter ihren Achseln an ihrem BH, als ob er ihr unangenehm wäre, und fängt an zu dozieren: »Zuerst wollen wir über Ophelia sprechen. Wer ist Ihrer Meinung nach der langweiligste, eindimensionalste Charakter in *Hamlet*?«

Das ist echt schwer. Ich strecke den Finger, denn ich brauche ein paar Bonuspunkte, nachdem ich mich auf meinen Stuhl gelümmelt habe. Mrs. Bloom zeigt mit einer Begeisterung auf mich, die nur eine Englischlehrerin aufbringen kann, die gerade ihren BH zurecht gezogen hat. »Miss Avery?«

»Ophelia«, sage ich und komme mir sehr brillant vor, denn das sollte genügen, um ihr zu zeigen, dass ich zuhöre und dass sie mich trotz meines Rumgelümmels in dieser Stunde nicht noch einmal aufrufen muss.

Mrs. Bloom zwitschert weiter. »Ja, genau. Aber warum? Aimee?«

Scheiße. Ich bin auch für die Folgefrage verantwortlich, wenn nicht irgendein Arschkriecher in die Bresche springt. *Drei ... Zwei ... Eins ...* Es ist Court. Nur dass sie keine Arschkriecherin ist, sondern meinen Arsch rettet. Sie gibt sich locker, lehnt sich zurück und streckt die Beine aus wie eine selbstbewusste Sportlerin. Während sie mit ihrem Stift auf die Tischplatte klopft, sagt sie: »Ophelia ist echt langweilig, weil sie dieses ganze

Potenzial hat, nicht wahr? Als ob sie die ganze tragische Heldinnenrolle ausfüllen könnte, aber dann gibt sie sich einfach dem Wahnsinn hin und verliert ihr ganzes Heldinnenpotenzial und wird einfach nur zur tragischen Figur.«

»Richtig!« Mrs. Bloom strahlt.

»Aber …« Das Wort hat meinen Mund verlassen, bevor ich es verhindern kann.

»Was ist, Miss Avery? Möchten Sie dem etwas hinzufügen?«

Ich schlucke und mein Magen verknäult sich. »Ich glaube … ich glaube bloß nicht, dass man sich dem Wahnsinn hingeben kann. Eine psychische Erkrankung beruht normalerweise auf einer chemischen Unausgewogenheit oder einer Störung. Es gibt eine genetische Veranlagung. Es ist nicht nur eine Frage des sich Aufgebens.«

»Genetische Veranlagung?«, spottet Court leise. »Sie muss es ja wissen.«

Ich wette, alle im Raum haben sie gehört, nur Mrs. Bloom nicht, die sich absichtlich taub stellt. Etwas in mir explodiert und höhlt mich aus. *Was hat sie?* Ich schließe die Augen und versuche alle im Raum zu verscheuchen. Aber ein Bild meiner Mutter blitzt immer wieder in meinem Kopf auf. Ihre Hände ragen aus dem schwarzen Wasser des Flusses und greifen nach mir. Ihre Stimme ruft meinen Namen und bittet mich, jemanden zu retten… aber wen? Ich öffne die Augen und sehe, wie Blake Court einen wütenden Blick zuwirft, wofür ich ihm total dankbar bin. Dafür hat er was gut.

»Ganz richtig, Miss Avery!« Mrs. Bloom konzentriert sich jetzt voll auf mich. Ihre blauen Augen strahlen vor Begeisterung. Ich habe das Reich der Lieblingsschüler betreten. »Warum, meinen Sie, hat Shakespeare das so gemacht?« Sie wendet sich von mir ab und schreitet nach vorn, glücklich wie ein Pudel bei einer großen Hundeschau, der lächelnd mit hoch gerecktem Schwanz vor dem Publikum paradiert. Keiner hat die Chance zu antworten: »Shakespeare macht das, weil Ophelias Wahl die Wahl Hamlets spiegelt. Er benutzt den Wahnsinn, um einen thematischen Standpunkt zu unterstreichen.«

Mrs. Bloom merkt gar nicht, wie durcheinander ich bin, und macht einfach mit ihrem Unterricht weiter. Schon erstaunlich, dass Lehrer so gar keine Ahnung haben, was in uns vorgeht. Immerhin zeigt Courtney Blake den Stinkefinger. Blake packt den Finger und flüstert ihr was ins Ohr.

Wir fangen an, *Hamlet* mit verteilten Rollen zu lesen, aber ich klinke mich aus, wenn Ophelia nicht dran ist, und denke an meine Mom. Das ist gefährlich.

Als ich noch ganz klein war und meine Mutter noch gelebt hat, wachte ich eines Nachts auf und stieg aus meinem Bett. Ich hatte geträumt, dass meine Mutter mit dem Kopf nach unten im Fluss treibt. Ihre langen

Haare lagen auf dem Wasser und Fische knabberten an ihren Zehen. Ihr Körper war aufgebläht, als wären Luftballons unter ihrer Haut, und sie hatte eine merkwürdige Farbe.

Ich fürchtete mich so, dass ich mein Bett verließ, um mich zu vergewissern, dass es ihr gutgeht. Auf Zehenspitzen ging ich die Treppe hinunter und an meinem Dad vorbei, der auf dem Sofa eingeschlafen war. Ich schaute in das Schlafzimmer meiner Eltern, aber das Bett war leer.

Alle in der Klasse blättern um. Ich blättere auch um, lese meine Zeilen. Noch eine Seite. Ich überfliege die nächsten Seiten. Erst mal keine Ophelia, also gehe ich zurück zu meiner Erinnerung, wie ich in das Schlafzimmer meiner Eltern schaue. Ich erinnere mich an Dinge, an die ich mich ganz im Sinne von Ophelia besser nicht erinnern sollte.

»Mommy?«, flüsterte ich in das leere Schlafzimmer hinein, »Mommy?«

Aber ich wusste, wo sie war.

Ich wusste es, weil ich es geträumt hatte.

Jetzt rannte ich an meinem Vater vorbei und achtete nicht darauf, wie laut ich war. Ich stürmte durch die Tür und rannte so schnell ich konnte durch unseren Garten, durch den Wald bis zum Fluss. Der Vollmond stand hoch am Himmel.

Zwischen den Bäumen am Fluss stand eine Frau. Ich

war sicher, dass es eine Frau war, denn ich erkannte den Umriss. Ihre Gestalt war dunkler als die Nacht um sie herum. Und im Fluss stand ein Mann. Er winkte sie zu sich. Wasser floss aus seinem Mund. Seine Augen waren keine Augen, sondern kohleschwarze Löcher. Und er wollte sie.

»Mommy?«

Sie antwortete nicht.

Ich rannte, so schnell ich konnte, was nicht so einfach war, denn mein Nachthemd war so eng, dass meine Beine nicht ausgreifen konnten. Die Kiefernnadeln und Zweige pikten schmerzhaft und schnitten mir die Füße auf. Ich rannte weiter.

»Mommy?«, flüsterte ich, als ich mich dem dunklen Fluss näherte und dem Mann und ihr und schließlich stehen blieb. »Mommy?«

Es roch faulig wie alte Gurken im Kühlschrank, die matschig geworden sind.

Ich machte einen Schritt auf sie zu, streckte die Hand aus, und meine Finger berührten ihre Finger. Ihr Gesicht war ausdruckslos wie der Mond. Sie hatte sich zurückgezogen. Schon damals. Sie war weit weg, am Himmel, auf dem Mond oder vielleicht auch den Sternen oder einfach in der schwarzen Leere dazwischen.

»Mommy?« Meine Finger fühlten sich warm an und voller Kraft, als würden sie glühen. Ich drückte ihre Hand so fest ich konnte und versuchte, ihr alle Liebe zu geben, die ich in mir hatte: Ich versuchte zum allerersten Mal, jemanden zu heilen.

Nichts geschah. Aber dann bewegten sich ihre Finger und ergriffen meine und hielten sie, hielten sie fest, zu fest. Da war mir klar, dass sie anders war als andere Mütter. Etwas ging hier vor. Ich wusste nur nicht, was.

»Aimee?« Ihre Stimme war zart wie das Wispern des Windes. »Bist du gekommen, um mich zu holen? Um dafür zu sorgen, dass er mich nicht kriegt?«

»Hmm-hmmm«, sagte ich, denn das hatte ich wohl getan.

Sie nahm mich auf den Arm. »Wir wollen uns gegenseitig nach Hause tragen.«

Als ich zum Fluss zurückschaute, war der Mann weg, unter der Wasseroberfläche verschwunden.

Nur dieses eine Mal hatte eine meiner Visionen etwas Gutes bewirkt, nur dieses eine Mal. Dieses eine Mal hatte ich sie tatsächlich gerettet.

4
Alan

Ich versuche, mich auf den zweiten Akt von *Macbeth* zu konzentrieren, aber ich kann nur an Aimee Avery denken. Mrs. Carey gibt sich alle Mühe, Shakespeare interessant zu machen, und was ich gelesen habe, war tatsächlich okay – für Shakespeare. Die Hexen gefallen mir und das Komplott, aber Shakespeare erfordert Aufmerksamkeit und Konzentration, und beides kann ich gerade nicht aufbringen. Zumindest nicht für Bill Shakespeare.

Aimee hat gesagt, sie würde mich später treffen. Aber wir haben uns nicht verabredet oder so. Es war einfach eine ganz normale Verabschiedung gewesen. Kein Versprechen. Shakespeare hätte »Lebe wohl« oder so geschrieben.

Sie hat einen Freund. Blake. Es klingelt und ich gehe zum Kunstunterricht. Statt in einem Buch zu lesen, halte ich einen Pinsel in der Hand und betrachte ein Stück Leinwand. Auf dem Pinsel ist rote Farbe und die erinnert mich an die rote Farbe auf Aimees Hand. Sie ist Künstlerin. Sie hat rote Haare.

... Rotschopf ...

Der verdammte Traum. Er ist nicht verschwunden. Vielleicht weil ich jetzt weiß, dass das Mädchen Aimee ist. Aber wenn normalerweise ein Traum immer wieder kommt wie dieser – und wenn Onawa in dem Traum vorkommt –, dann geht es um mehr als nur um Kopfkino.

Meine Hand bewegt sich. Ich lasse sie. Ich denke gar nicht darüber nach, was ich tue. Ich bin wie ferngesteuert. Ich male und denke und halte beides getrennt. Ich male nicht oft. Und ich bin nicht besonders gut, aber ich mache es gern. Ich habe unglaubliche Bilder im Kopf, aber meine Hände sind schlecht darin, sie umzusetzen.

Ein Cheeto, das wie Marilyn Monroe aussieht? Ich lächle bei der Erinnerung daran. Nach den Erzählungen sind Aimees Opa und ihr kleiner Bruder ziemlich cool. Wer zum Teufel bietet fünfhundert Dollar für ein Cheeto?

Ich erstarre. Mein Pinsel verharrt reglos über der quadratischen Leinwand. Ich habe meine Vision gemalt: Aimee schaut mich über die Schulter hinweg an, die roten Haare fliegen ihr ums Gesicht, die grünen Augen sind weit aufgerissen, der Mund steht offen. Hinter ihr erkenne ich Onawas grüne Augen, und beide umgibt eine Schwärze, die erfüllt ist von wirbelnden Gestalten.

Das ist verrückt. Wahrscheinlich sieht sonst niemand die Gestalten in der schwarzen Farbe. Niemand erkennt, wen ich gemalt habe. Oder?

»Das ist sehr schön, Alan.«

Scheiße. Mr. Burnham steht neben mir. Das Kinn in die Hand gestützt beäugt er mein Werk. Er ist so um Ende zwanzig, mit kurzen schwarzen Haaren, die er gegelt hat, damit sie über der Stirn hochstehen. Am linken Handgelenk trägt er ein Stammes-Tattoo, weshalb ich ihn für den coolsten Lehrer an dieser Schule halte. Dennoch will ich nur, dass er abhaut.

»Du hast schon mitbekommen, dass es vor ein paar Minuten geklingelt hat, oder?«, fragt er.

Kein Wunder, dass es so still ist. Ich schaue mich um. Im Zeichensaal sind keine Schüler mehr.

»Vermutlich habe ich es überhört«, sage ich.

»Du warst ziemlich intensiv bei der Sache. Ich kann dir eine Entschuldigung für den nächsten Lehrer schreiben, aber du musst noch aufräumen. Die Pinsel wasche heute ausnahmsweise ich für dich aus«, sagt er. Und jetzt bin ich mir sicher, dass er der Coolste ist. »Sag mal, wirbeln diese Geister hier in der Dunkelheit der Unterwelt herum?«

»Ja, wahrscheinlich«, antworte ich.

»Und die grünen Augen?«

»Puma.«

»Persönliches Totem?«

Ich weiß nicht recht, was ich sagen soll. Ich betrachte sein Tattoo. Diese Dinge sind so nichtssagend. Jeder Angeber, der sich urig fühlen will, besorgt sich eines. Es bedeutet gar nichts. »Sie kennen sich mit Totems aus?«

»Ein bisschen.«

»Ja. Das ist es.«

»Wir alle sollten einen Geistführer haben. Das würde das Leben leichter machen.«

»Haben Sie einen?«

»Nein. Bei meinen Vorfahren mütterlicherseits gibt es irgendwo ein bisschen Penobscot-Blut, aber in mir ist es zu dünn. Ich bin einfach ein Allerweltsheide. Allerdings erzähle ich das nicht allzu vielen. Die Leute hier sind ziemlich konservativ, falls du das noch nicht bemerkt hast.«

Ich nicke. Ich möchte Holzbearbeitung schwänzen und hier weiter mit ihm reden, aber Mr. Burnham nimmt mir den Pinsel aus der Hand.

»Wasch dir die Hände«, sagt er. »Das ist meine Vorbereitungszeit. Ich stelle Aimee und deinen Puma weg und wasch die Pinsel aus, wenn ich dir eine Entschuldigung geschrieben habe.«

»Sie wissen, wer das ist?«

»Aimee Avery ist die beste Malerin an dieser Schule. Deshalb gehört sie natürlich zu meinen Lieblingsschülern. Du weißt, dass sie einen Freund hat? Blake Stanley.«

Ich werfe ihm einen so belämmerten Blick zu, dass ihn ein Blinder verstehen würde. »Sie ist der einzige Mensch, der wirklich mit mir redet.«

»Sie ist ein nettes Mädchen«, sagt er, während er die Entschuldigung auf die Rückseite von einem Stück Papier schreibt. »Wer ist dein Lehrer?«

Nach Holzverarbeitung heißt es ab in die Umkleide und umziehen für das Lauftraining. Zu Hause trainieren die Jets für das Freitagsspiel gegen die Chickasha Fighting Chicks. Wenn die Jets die Chicks schlagen, haben sie sicher einen Startplatz in den Playoffs. Können sie ohne mich gewinnen? Vielleicht. Ich denke am besten nicht mehr darüber nach.

Das Laufteam versammelt sich vor der Sporthalle, und Coach Treat, eine dünne Frau mit mausgrauen Haaren und blassen Sommersprossen, beschreibt die Strecke, die wir heute laufen. Da ich die Straßennamen nicht kenne – natürlich nicht –, muss ich mich an jemanden halten, der ortskundig ist. Wie sich herausstellt, ist dieser Jemand Blake, der sich schnell vom Feld absetzt. Ich hole ihn ein und laufe neben ihm.

»Ich kenne die Route nicht«, erkläre ich. »Die Straßennamen.«

»Die hast du schnell drauf, wenn du ein paar Mal mitgelaufen bist«, antwortet er. Er atmet ganz normal. Seine Worte werden vom Klang seiner Schritte auf dem

Asphalt betont. Obwohl es kalt ist, tragen wir alle kurze Hosen. Ich schaue auf Blakes Beine hinunter. Sie sind straff, aber dünn, ohne viel Muskelmasse. Seine Wadenmuskeln ziehen sich zusammen, aber die Muskeln in seinen Oberschenkeln sind fast gar nicht definiert. Er macht nur Ausdauertraining, kein Krafttraining. Keine Kniebeugen.

Wir rennen ungefähr vierzig Minuten lang schweigend nebeneinander her. Dann kommt die letzte Abzweigung. Auf der einen Seite befindet sich ein kleiner Lebensmittelladen mit Zapfsäulen, auf der anderen ein Drogeriemarkt. Die Schulsporthalle ist noch ungefähr zwei Blocks weit entfernt.

»Lass sehen, was du drauf hast«, fordere ich ihn heraus. Blake wirft mir einen Blick zu, der sagt, dass es dumm von mir ist, ihn herauszufordern.

»Los!« Er sprintet nach vorn gebeugt los. Ich auch. Der Rest der Mannschaft hinter uns feuert uns an. Überwiegend sind es allgemeine Ermunterungsrufe, aber hin und wieder höre ich ein »Los, Blake!« heraus.

Ich überhole ihn locker und jetzt höre ich ihn schwer atmen. Dann höre ich ihn nicht mehr. Er fällt zurück. Zehn Meter. Zwanzig. Ich jage an dem Zaun um das Fußballfeld vorbei. Coach Treat steht mit der Stoppuhr in der Hand vor der Sporthalle. Da stelle ich mir die letzten Meter zwischen mir und einem Touchdown vor, der den Jets einen Start bei den Playoffs sichert, und lege noch einen Zahn zu. Ich presche an der Trainerin vorbei. Sie drückt auf die Stoppuhr, und ihr Blick folgt mir, als ich langsamer werde.

Blake kommt gute vier Sekunden nach mir ins Ziel. Ich gehe zurück und strecke ihm die Hand hin. Einen Augenblick lang zögert er, dann ergreift er sie. Sein Atem kommt stoßweise in Dampfwolken aus seinem Mund. Auch ich atme ein bisschen schneller, aber nicht so schnell wie er. Der Rest der Mannschaft trudelt langsam ein. Coach Treat nennt die Zeiten und ihr Schülerassistent notiert sie. Als alle da sind, ruft sie mich zu sich.

»Bist du immer so schnell?«

Ich zucke die Achseln. »Keine Ahnung. Wahrscheinlich schon.«

»Alan, wenn du diese Zeit halten kannst, hast du eine gute Chancen auf einen Platz im Landesteam«, sagt sie. »Gut gemacht.« Dann wendet sie sich an alle. »Auf geht's unter die Dusche.«

In der Umkleide gratulieren mir auf einmal alle, die bislang kein Wort mit mir gesprochen haben, und zerreißen sich den Mund darüber, wie schnell ich bin. Ich bin ein ziemlich guter Sportler, das weiß ich, aber das ganze Lob ist mir irgendwie peinlich. Schließlich bin ich nicht Adrian Peterson oder Barry Sanders. Ich stehe an der mittleren Bank, die von zwei langen Reihen mit kastanienbraunen Spinden eingefasst wird, höre zu und lasse alles auf mich wirken. Dann beuge ich mich nach vorn, um meine Schnürsenkel zu lösen. Ich schaue auf den kalten Betonfußboden und verberge ein Lächeln.

»Das liegt daran, dass er Indianer ist. Er hat früher Skalpe geklaut und musste weglaufen, damit er nicht geschnappt wird.«

Auf einmal ist es totenstill in der Jungenumkleide. Nur hinter den Spinden rauscht eine Dusche. Die Luft wird eisig kalt und dann heiß, als ob der Hass höchstpersönlich vorbeispaziert wäre. Mit einem höhnischen Platsch fällt ein Handtuch zu Boden. Die paar Jungs vor mir treten beiseite. Ein kleiner, dürrer Typ steht neben Blake. Ich weiß nicht, wie er heißt, aber offensichtlich hat er diese Bemerkung gemacht. Er erwidert meinen Blick. Er ist höchstens einsfünfundsechzig groß und wiegt nicht mal sechzig Kilo. Ich habe gute fünfzehn Zentimeter und fast zwanzig Kilo mehr.

»Hast du was gesagt?«, frage ich. Auch wenn es nicht in Ordnung ist, gehe ich einen Schritt auf ihn zu. Es ist wirklich nicht in Ordnung. Ich mache noch einen Schritt. Die anderen weichen vor mir zurück. Der Junge schaut zu Blake, aber der ignoriert ihn. Noch einen Schritt. »Hast du was von Skalpen gelabert?«

»He, Mann, das war doch nur Spaß.« Er hebt flehend eine Hand und weicht in Richtung eines offenen Spinds zurück, in dem ein Jockstrap an einem Haken baumelt.

»Spaß? Du sagst, ich stehle Skalpe und renne dann feige weg, und das nennst du Spaß?«

»Ach, Mann. Du weißt doch, wie im Film. Die *indigenen Ureinwohner* skalpieren doch dauernd Leute … du weißt doch …«

»In der Tat, weiß ich«, sage ich. Ich stehe direkt vor ihm, sein Gesicht ist auf der Höhe meiner Brust. Er muss zu mir aufsehen, während ich zu ihm hinunterspreche. Er ist keine Bedrohung. Vielleicht dachte er, Blake würde ihm helfen. »Ich weiß alles über die alten Filmindianer. Und jetzt sag ich dir was. Keine Ahnung, wie ihr Jungs in Maine so was regelt, aber wenn in Oklahoma einer einen anderen beleidigt, dann stehen wir nicht rum und diskutieren, sondern wir prügeln uns.«

»He, Mann, echt, ich hab nur Spaß gemacht.« Er weicht nach hinten aus, aber ich bleibe dicht vor ihm.

»Mann, Alan«, sagt hinter mir jemand. »Matt ist ein Depp. Ignorier ihn einfach.«

»Er sagt dauernd irgendeinen Mist und dann steht er nicht dazu«, meint jemand anders.

Matts Augen sind voller Angst. Für dieses Mal reicht es. »Hör zu, kleines Bleichgesicht. Ich warne dich nur ein einziges Mal. Noch ein ›Indianer‹-Witz, und es könnte passieren, dass ich dir die Haare vom Kopf reiße, nachdem ich dich verprügelt habe. Kapiert?«

»Ja, Mann. Wieder alles klar mit uns?« Er streckt mir die Hand hin.

Langsam schaue ich von der Hand zu seinen Augen. Sie flehen mich an. Man kann viel in den Augen von Menschen lesen. Matt ist schwach. Er denkt, er ist lustig. Ich nicke, aber ich nehme seine Hand nicht.

»Alles klar mit uns.«

Die Anspannung löst sich und die Jungs ziehen sich an. Mom hätte mich gekillt, wenn ich mich am zweiten Tag an einer neuen Schule geprügelt hätte. Ich dusche, ziehe mich so schnell wie möglich an, ohne das zu offensichtlich zu zeigen, und steure den späten Bus an.

5
Aimee

Auf dem Heimweg vom Training benimmt sich Blake die ganze Zeit wie der letzte Idiot, was eigentlich gar nicht zu ihm passt. Ich bin total verschwitzt und er mosert: »Du tropfst alles voll, Aim.«

»Und du nicht?« Ich rutsche auf meinem Sitz mehr zur Tür hin.

»Das ist was anderes.«

»Warum ist das was anderes?«

Er hält inne. »Weil ich ein Junge bin.«

»Nein«, sage ich in einem Ton, der hoffentlich energiegeladen und schwungvoll klingt. »Du bist der miesepetrige Mister Miesepeter.«

Chris Paquette sitzt mit Eric im Fonds. »Friede, Kinder. Einigen wir uns darauf, dass Blake frauenfeindlich und miesepetrig ist, und dann kann's weitergehen.«

»Soll ich euch sagen, was ich bin? Ich bin stocksauer«, gibt Blake zu. Er dreht die Musik leiser, damit niemand die harten Slow-Beats übertönen muss. Dann funkelt er mich böse an, statt auf die Straße zu schauen. »Willst du mich nicht fragen, warum?«

Ich schlucke den Köder, obwohl ich eigentlich nicht will. An Blake mag ich nämlich besonders, dass er eigentlich ein sehr positiver Mensch ist. Vor allem Negativen scheue ich eher zurück. Dennoch frage ich: »Warum?«

»Courtneys blöder Cousin hat mich besiegt. Er hat sich aufgeführt wie eine Art Superheld«, sagt Blake.

»Er hat ihn regelrecht auseinandergenommen.« Eric beugt sich zwischen den Sitzen nach vorn. »Er wird die Nummer eins sein. Blake die Nummer zwei. Ich Nummer drei. Und Toby und Dalton? Nummer vier und fünf. Wir haben dieses Jahr auf Landesebene echt eine Chance, und zwar nicht nur in der Einzelwertung, sondern im Team.«

»Ich hasse es, gegen so einen zu verlieren«, murmelt Blake.

Eric und ich wechseln Blicke.

»So einen?«, wiederhole ich und drehe mich in meinem Sitz wieder nach vorn. Meint er, weil er amerikanischer Ureinwohner ist? Oder weil er arm ist? Oder Metal-Fan? Nichts davon ist gut. Zorn kriecht in meine Kehle und Scham trifft mich mitten in die Brust. »Was willst du damit sagen?«

»Nichts«, knurrt Blake.

Nichts? Ich wische mir über die Stirn und versuche zu

ergründen, was in letzter Zeit in den süßen, netten Streber Blake gefahren ist. Wie kann sich die Persönlichkeit von jemandem so verändern? Und er ist nicht der Einzige. Irgendwie sind alle launischer und boshafter geworden. Als läge irgendwas in der Luft. Wir fahren an der Stadtkirche vorbei die Bucksport Road hinunter.

»Lass mich zuerst raus«, sage ich.

Ich bin kaum durch dir Tür, da reicht Gramps mir einen Haferflockenkeks mit Rosinen und sagt: »Dein Bruder hat schlechte Laune.«

Ich beiße in den noch warmen Keks. »Wir kommt's?«

»Irgendein Bengel in der Schule hat ihn verprügelt.« Gramps wirft sich ein Geschirrhandtuch über die knochige Schulter. »Die Rektorin sagt, dass es jeden verdammten Tag Raufereien gab. Sie hat keine Ahnung, was los ist. Sie klang so, als wäre sie kurz davor aufzugeben. Egal, ich hab deinem Bruder gesagt, dass er zurückschlagen muss. Aber er meinte, er wäre Pazifist. Da hab ich ihm gesagt, dass Pazifisten zu diesem Haus keinen Zutritt haben. Red mit ihm, Aimee.«

»Ich?«

»Er braucht die Zuwendung einer Frau. Und du bist so gut darin, Leute zu beruhigen.« Gramps versucht sich an einem charmanten Lächeln. »Ich back auch noch mehr Kekse.«

»Super.«

Über Benji nachzudenken, hält mich vielleicht davon

ab, über Alan nachzudenken. Vielleicht hält mich das geistig gesund. Wer weiß? Vielleicht hält es mich sogar davon ab, mich an meine Träume zu erinnern.

Der arme Benji war in das Baumhaus geklettert, das wir ihm letztes Jahr zum Geburtstag geschenkt haben. Es besteht nur aus einer Sperrholzplatte und einem Dach, aber von dort oben hat man einen ziemlich geilen Blick auf den Fluss. Heute riecht die Luft nach dem Salz des Meeres. Ich liebe diesen Duft.

Benji liegt nicht zusammengerollt wie ein Embryo in der Ecke und heult sich die Augen aus dem Kopf, wie ich befürchtet habe, sondern er hockt dort oben und wirft kleine Äste hinunter – so fest und so weit er kann. Als ich die Leiter hinaufsteige, landet gerade Ast in einer hohen Tanne. Ein Eichhörnchen regt sich schrecklich darüber auf.

»Du bist ein richtiger Junge«, sage ich.

Er knurrt.

»Doch.«

Er zuckt die Achseln, aber in seinem Gesicht verändert sich etwas. Er bricht einen Zweig in zwei Teile und kickt ein paar Kiefernnadeln von der Sperrholzplatte. Dann macht er Großputz und fegt alle Nadeln runter.

»Also, was ist in der Schule los?«

»Ist dir doch sowieso egal.«

»Ja, genau! Deshalb bin ich hier hochgeklettert und

schaue dir dabei zu, wie du Kiefernnadeln auf den Boden schmeißt, statt dass ich was esse oder Hausaufgaben mache oder male.«

»Du gehst nur Gramps aus dem Weg.«

Ich setze mich auf den Holzboden der Veranda und ziehe die Knie an die Brust. »Manchmal ist Gramps ganz schön nervig.«

»Aber er ist wenigstens da«, sagt Benji. Er greift in die Po-Tasche seiner Jeans, zieht ein sehr gebrauchtes Tempo heraus und putzt sich die Nase.

»Wie meinst du das?«

»Mom ist nicht da.«

»Sie *kann* nicht mehr da sein, Benji. Das weißt du. Sie ist gestorben.«

Er kratzt an seinem Augenwinkel herum, als ob er sich den »Schlaf« aus den Augen reiben wollte, der sich über Nacht dort festsetzt, nur dass es nicht Morgen ist. Dann meint er: »Dad ist auch nie da.«

»Er muss arbeiten.« Das klingt nach einer lahmen Entschuldigung, genauso wie wenn Dad es sagt, aber es stimmt. Dad ist kein schlechter Vater. Er ist nur ein Vater mit einem anstrengenden Job. Ich ändere meine Taktik. »Du hast ja eine fürchterliche Beule auf der Stirn. Hast du dich geprügelt?«

»Der Typ hat gesagt, Mom sei verrückt gewesen.«

Ich hole tief Luft. »Mom war krank. Sie war manisch-depressiv, ja? Und das weißt du.«

Er zuckt die Achseln.

»Sie war nicht verrückt.« Ich erkläre es Benji genau so, wie Gramps es mir x-mal erklärt hat, nachdem Mom gestorben war. »Sie war nicht verrückt. Sie war krank. Sie war immer noch schön und gut und freundlich, aber manchmal hatte sie ihre Gefühle nicht im Griff.«

»Was ist der Unterschied zwischen verrückt und krank?«, will Benji wissen.

Ich denke daran, wie lieb unsere Mom fast immer war. Wie sie die Hand auf meine Stirn legte, wenn es mir nicht gut ging. Wie sie mich in den Arm nahm und ich mich so sicher fühlte. Wie sie Schlaflieder sang mit einer Stimme, die weicher war als die Schwingen eines Vogels. Aber manchmal war sie einfach nicht sie selbst.

Aber ich spreche das nicht aus, sondern sage nur: »Ich weiß auch nicht genau.«

Das Eichhörnchen schleudert uns eine Tirade von Beschimpfungen entgegen. Es hüpft auf einem Ast auf und ab und schüttelt seine Pfoten-Fäuste gegen uns.

»Dieses Eichhörnchen hat ein echtes Problem«, erkläre ich Benji.

Eine lange Pause entsteht, als würde die ganze Welt darauf warten, was Benji als Nächstes sagt. »Ich glaube, in unserem Haus spukt es«, sagt er.

»Das glaube ich auch.«

Seine Miene hellt sich auf. »Echt?«

»Ja. Ich dachte, es ist vielleicht Mom, die uns besucht,

einfach mal reinschaut, weißt du? Manchmal kann ich ihre Vanille-Seife förmlich riechen. Schau mich nicht an, als wäre ich verrückt, Benji.« Ich will noch mehr sagen, aber das verdammte Eichhörnchen bewirft mich mit einer Eichel. Eine Eichel! Sie trifft mich an der Schulter. »Zum Kuckuck!«

Benji reißt die Augen auf. »Es hat dich angegriffen!«

Noch eine Eichel prasselt herab. Sie fällt auf die Veranda und kollert über die Seite hinunter zu Boden.

»Lass meine Schwester in Ruhe!«, schreit Benji und bewirft das Eichhörnchen mit Zweigen.

»Ich dachte, du bist Pazifist.«

Benji zieht die Augenbrauen hoch. »Nicht, wenn es um meine Schwester geht. Mann! Ich wollte Gramps doch nur ärgern.«

»Schau mal! Es hat Unterstützung bekommen.« Ich zeige auf zwei andere Eichhörnchen.

»Angriff!«, schreit Benji.

Ich werfe einen Kiefernzapfen. »Lasst uns in Ruhe!«

»Loser!«

»Idioten!«

Wir bewerfen die Eichhörnchen mit Zapfen und Zweigen. Keine Ahnung, was wir tun würden, wenn wir tatsächlich eines treffen oder so, aber es tut irgendwie gut. Benji und ich kämpfen gegen den Rest der Welt. Die Eichhörnchen huschen von Ast zu Ast springend weiter hinauf in die Baumkrone.

»Sie fliehen!« Benji hüpft auf und nieder und stößt die Faust in die Luft.

»Mann, wir rocken.« Damit hebe ich die Hand zu einem schicken Teufelsgruß und er umarmt mich. Ich frage ihn nicht, ob er sich jetzt besser fühlt – im Hinblick auf den Schlägertypen. Und ich mache auch sonst keine blöde Bemerkung oder sage was, was Eltern sagen würden, oder versuche ihn aufzumuntern. Das ist alles gar nicht nötig. »Tut dein Kopf weh?«

»Ein bisschen.« Er kratzt mit dem Fuß über das Sperrholz und schiebt ein paar letzte Kiefernnadeln weg. »Willst du die Beule berühren?«

»Soll ich?«

»Manchmal sorgst du dafür, dass sich was besser anfühlt.«

Er sagt das ganz sachlich. Meine Handfläche drückt sacht gegen die Beule an seinem Kopf, und genau dort, wo ich ihn berühre, fängt meine Haut an zu prickeln. Seine Gesichtszüge entspannen sich. Ich ziehe die Hand weg. »Besser?«

»Viel besser.« Er fasst sich an die Stirn. »Ist sie kleiner geworden?«

»Nur noch halb so groß«, bestätige ich lächelnd.

»Ich möchte das auch können. Gramps hat gesagt, dass Mom es konnte. Ich habe Dad danach gefragt, aber er ist total wütend geworden.«

»Ist doch nicht der Rede wert.«

»Das sagst du immer. Dass es nicht der Rede wert ist. Malen ist nicht der Rede wert. Fußball spielen. Das geht mir auf den Keks!« Er schaut mich böse an.

»'tschuldigung«, lenke ich ein.

»Hmmm. Warum wird Dad wegen so was wütend?«

»Wahrscheinlich weil er Mom dann zu sehr vermisst«, sage ich, füge aber nicht dazu, dass er sich wahrscheinlich Sorgen macht. Wenn ich ihre heilenden Kräfte geerbt habe, könnte ich auch ihre psychische Störung geerbt haben. Stattdessen inspiziere ich das Sperrholz des Baumhauses: »Willst du, dass ich das bemale?«

Er reißt die Augen auf. »Echt?«

»Ja.«

»Vielleicht wie ein Wandgemälde mit Drachen und Rittern und so?«

Ich stelle mir die Szenen auf dem schrägen Sperrholz vor: Ritter bei der Verteidigung der Ehre ihrer Damen. Drachen, die feurige Drohungen ausspeien. »Das wäre cool.«

»Und ich darf helfen?«

»Na klar.« Ich wuschle ihm durch die Haare, wie das jedes gute amerikanische Schwesterherz tun würde. Und eine Sekunde lang sind wir der amerikanische Traum.

Aber in Wirklichkeit sind wir davon meilenweit entfernt. Unsere Mutter ist tot. Unser Vater ist fast immer

»im Kampf vermisst«. Mein Freund ist insgeheim vielleicht ein Rassist, was bedeutet, dass er nicht mehr mein Freund sein kann. Meine beste Freundin ist schrecklich traurig.

Und ich?

In letzter Zeit fühlt sich alles auf der Welt so schwer an und zieht mich nach unten. Ich frage mich, ob es meiner Mom auch so erging, wenn sie in einer depressiven Phase war und in den Fluss starrte, einfach immer nur in den Fluss starrte.

Etwas platscht ins Wasser. Eine Wolke schiebt sich vor die Sonne.

»Aimee?« Benjis Stimme ist nur ein leises, ängstliches Quieken. »Geister können einem nichts tun, oder?«

Ich lasse meine Stimme möglichst ernst und ruhig klingen: »Nicht, wenn ich es verhindern kann. Okay?«

Er presst kurz die Lippen zusammen. »Okay. Und wenn sie mir was tun, dann heilst du mich wieder, ja?«

»Ja.«

Als ich den Minivan in die Einfahrt rumpeln höre, springe ich aus dem Baumhaus und passe meinen Dad in der Garage ab.

»Hallo, Kleines«, sagt er, während er seine langen Beine aus dem Auto schwingt. Er breitet die Arme aus und ich lasse mich hineinfallen.

»Du hattest Spaghetti zum Lunch?«, frage ich und weiche ein bisschen von ihm zurück.

»Reste. Woher weißt du das?«

»Deine Krawatte riecht nach Spaghettisauce.«

Er schnappt sich sein ledernes Tornisterding, das er als Aktentasche benutzt. Ich nehme die Post und seinen Thermosbecher. Er wendet sich Richtung Haus und fragt:»Wie war's in der Schule?«

»Gut.« Ich versperre ihm den Weg und hole tief Luft. Er schaut mich abwartend an. Mein Dad ist nicht blöd; er weiß, wenn was im Busch ist.

»Was ist, Süße?«

Ein Adler kreist in immer höheren Kurven am Himmel über uns.

»Benji vermisst dich. Du fehlst ihm.«

Er blinzelt. »Wie meinst du das?«

»Er braucht dich einfach, weißt du. Du hast in letzter Zeit viel gearbeitet.«

Er tritt einen Schritt zurück. »Es gab Probleme bei der Arbeit ...«

So kommt er mir nicht davon. »Dad.«

»Du hast ja recht. Keine Ausreden.« Die Aktentasche baumelt an seinen Fingern. »Ich versuche, mich zu bessern, okay?«

Ich atme aus. »Es ist nur ... Gramps ist neuerdings schrecklich launisch, ich habe viel Fußball gespielt und in der Schule prügelt so ein Schlägertyp auf Benji rum.

Er braucht dich einfach. Er ist gerade ein bisschen verletzlich.«

Das lässt ihn innehalten.

»Aimee«, sagt er. »Wann sind wir nicht verletzlich?«

6
Alan

Zu Hause ziehe ich mir Jogginghosen und Laufschuhe an. Courtney verschwindet gleich in ihrem Zimmer und knallt die Tür zu. Als ich mein Zimmer verlasse, rufe ich: »Ich lauf ein bisschen.«

Sie antwortet nicht, also renne ich die Treppe hinunter und zur Vordertür hinaus. Da ich immer noch keinen Schlüssel habe, schließe ich nicht ab. Hinter dem Haus beginnt ein Waldgebiet, das ich ein bisschen erkunden will. Am Ende des Blocks biege ich ab und folge einem Pfad, der zum Waldrand führt.

In Oklahoma gibt es keine Wälder, nicht so wie hier, nicht dort, wo ich gewohnt habe. Als ich sechzehn wurde und den Führerschein hatte, musste ich von Oklahoma City bis hinaus zum Lake Thunderbird hinter Norman fahren, um in einem richtigen Wald zu sein. Ich sagte Mom, ich würde ein paar Tage bei Chance Botkin übernachten, und fuhr dann zu meiner Visionssuche in den Nationalpark.

Ich las damals, was ich kriegen konnte, über die amerikanischen Indianer im Allgemeinen, konzentrierte mich aber hauptsächlich auf die Völker im Südwesten, besonders auf die Navajo. In der Pubertät, erfuhr ich, gehen junge Männer auf eine Visionssuche. Dabei finden sie ihren Geistführer und erfahren manchmal auch, welche Bestimmung sie im Leben haben. Vor meiner Fahrt an den Lake Thunderbird fastete ich zwei Tage lang. Dort angekommen, entfernte ich den Boden aus meinem Segeltuchzelt und baute mir, so gut ich konnte, innerhalb des Zelts eine kleine Schwitzhütte. Dort saß ich den ganzen ersten Vormittag, ohne etwas zu essen. Nach der wirklich intensiven Schwitzhüttenerfahrung las ich alle Gebete an den Großen Geist, die ich in Büchern und im Internet gefunden hatte. In der Nacht kaute ich dann noch ein kleines Stück Peyotl, das ich mir online bestellt hatte. Drei Tage ohne Essen, ein Vormittag in einer Schwitzhütte und dann noch Peyotl kauen – wer hätte da keine Visionen? Ohne die Gegenstände, die jetzt in meinem Medizinbeutel sind, hätte ich vielleicht geglaubt, dass das, was ich sah, wirklich nur Halluzinationen gewesen wären.

Damals trat Onawa in mein Leben. Verschiedene Totemtiere stehen für verschiedene Dinge. Der Puma ist angeblich ein Anführer, der sich seiner Stärke bewusst ist, und er ist ein Bote zwischen den Menschen und den Göttern oder Geistern. Menschen mit einem Puma-

Totem haben angeblich auch diese Eigenschaften. Bei mir bin ich mir da aber nicht so sicher.

Mein Medizinbeutel schlägt gegen meine Brust, als ich einen kurze Steilhang zu dichter stehenden Bäumen hinaufklettere. Es ist so still hier. Sehr still. Der weiche, von alten Kiefernnadeln bedeckte Boden federt und die Luft ist feucht und schwer. Außer meinen Schritten ist kein Geräusch zu hören. Oben angekommen, schaue ich auf einen sanft abfallenden Abhang hinunter, der mit noch mehr Bäumen bewachsen ist. Am Fuß des Abhangs glitzert Wasser. Das ist bestimmt der Fluss. Ich gehe den Abhang hinunter, bis ich aus dem Wald heraus an das Ufer des Flusses gelange. Das Wasser fließt langsam hier, sieht aber ziemlich tief aus. Als wir herumfuhren, habe ich das Meer gesehen, der Fluss mündet wahrscheinlich dort.

»Was würde ich jetzt für ein Kanu geben«, murmle ich. Meine Stimme klingt fremd hier, so wie auch ich mir hier wie ein Fremdkörper vorkomme, obwohl ich den Fluss und die Bäume wirklich mag. Ich wollte nicht nur wegen Football nicht hierher ziehen, sondern auch wegen meinem Dad nicht. Er hat nie nach mir gesucht, das weiß ich. Aber hierher umziehen? Das macht es noch wahrscheinlicher, dass auch ich ihn niemals finde.

Ich kehre um, gehe den Hügel hinauf, aus dem Wald hinaus und auf die Straße. Es wird bereits dunkel. In den meisten Häusern sind die Lichter angegangen.

Beim Näherkommen sehe ich, dass auch in Courtneys Zimmer Licht brennt. Dann bleibe ich stehen. In ihrem Fenster zeichnet sich der Schatten einer Gestalt ab.

Ein Mann.

Ein großer Mann.

Eine große, breitschultrige schwarze Gestalt auf der anderen Seite der dünnen, rosafarbenen Vorhänge schaut aus dem Fenster. Sie schaut mich an.

Ich renne zum Haus, reiße die Tür auf und fliege die Treppe hinauf. Vor Courtneys Tür zögere ich, aber dann packe ich den Türknopf und stoße die Tür auf. Im Zimmer riecht es nach einem Tierkadaver, der in der Sonne gelegen hat. Courtney liegt auf ihrem Bett. Sie springt auf, als ich hereinstürme, und versteckt ein Buch hinter ihrem Rücken. Dann schreit sie mich an.

»Was zum Teufel machst du? Raus mit dir! Raus aus meinem Zimmer!«

Sie ist allein.

»Ich hab jemanden hier gesehen«, sage ich. »Einen Mann. Ich dachte …«

»Raus! Mit! Dir! Sofort!«

Ich gehe, schließe die Tür und verkrümle mich in mein Zimmer. Dort werfe ich mich aufs Bett. »Psychozicke aus der Hölle«, sage ich zur Zimmerdecke.

In ihrem Zimmer war kein Mann. Nur sie, der Verwesungsgeruch, ihr Mädchenzeug und ein Buch, das ich nicht sehen sollte.

Ich stehe auf und gehe zu den Kistenstapeln mit meinen Sachen und packe aus, was ich von zu Hause mitgebracht habe. Von meinem richtigen Zuhause. Ein paar Minuten später klingelt mein Handy. Der erste Anruf, seit ich hierhergezogen bin. Ich habe natürlich noch meine alte Oklahoma-Nummer. Der Klingelton ist Danzigs »Mother«. Es ist also Mom. Ich nehme ab.

»Komm mal raus.«

Das Licht von Scheinwerfern wandert durch die Fenster, als ein Auto in die Einfahrt biegt, ein zweites Lichtpaar folgt. Ich könnte rausschauen, aber ich verkneife es mir und gehe nach unten und durch die Haustür hinaus. Mom und Tante Lisa stehen strahlend vor einem geilen Ford F-150 Pick-up, Baujahr 1972, der absolut jungfräulich aussieht.

»Wenn er dir gefällt, hat er gesagt, kann ich ihm dein Geld morgen bringen«, verkündet Mom. Sie hüpft fast vor Freude. »Lisa hat angerufen. Dann hat er uns ein paar Bilder gemailt, und ich wusste, dass er perfekt zu dir passt.«

Ich bleibe stehen und umarme sie ganz fest, bevor ich die Autotür öffne und hineinschlüpfe. Endlich bin ich wieder mobil. Unabhängig. Geil!

»Ich dreh eine Runde«, kündige ich an. Meine Hände streichen zärtlich über das große Lenkrad, dann über die Schaltung hinunter zur Zündung.

»Ich weiß nicht, Alan«, sagt Mom. »Das Auto ist noch

nicht versichert und du hast nicht mal eine Fahrerlaubnis für Maine.«

»Ach, Holly, lass ihn doch«, mischt Tante Lisa sich ein. »Alan, bleib in der Stadt. Wenn Nathan Wainscott dich anhält, sag ihm einfach, wer du bist und dass du den Wagen heute Abend von John Fairley gekauft hast.«

»Nathan Wainscott?«, frage ich.

»Er geht abends Streife«, erklärt Tante Lisa. »Halt dich an die Vorschriften, dann lässt er dich in Ruhe.«

»Mach ich«, verspreche ich. Dann drehe ich den Schlüssel um. Der Motor erwacht röhrend zum Leben, dann schnurrt er im Leerlauf seidenweich vor sich hin. Ich bin mir bewusst, dass ich wie belämmert grinse.

Ich schlage die Tür zu und lege den Rückwärtsgang ein. Der Pick-up rollt aus der Einfahrt. Die Bremse fühlt sich sicher an. Ich schiebe den Schalthebel auf »Drive« und beschleunige. Der alte Ford gleitet vorwärts und wir sind weg. Alles in Ordnung, nichts klopft, keine merkwürdigen Geräusche, und keine Lichter leuchten auf, die nicht aufleuchten sollten. Das Gebläse bläst heiße Luft gegen die Scheibe. Das Radio funktioniert. Die Scheibenwischer funktionieren. Keine Klimaanlage, aber die braucht man in Maine vielleicht auch nicht.

Bald merke ich, wie klein Goffstown eigentlich ist. Diese Stadt könnte auf ein Staubkorn auf der Landkarte eifersüchtig sein. Ich fahre durch die Wohngebiete, an einem Lebensmittelladen vorbei, um die Highschool herum, eine holprige Seitenstraße entlang und lande dann wieder bei Tante Lisas Haus. Dort parke ich hinter ihrem SUV und stelle den Motor ab.

Nie wieder Schulbus!

Ich stecke den Schlüssel in die Hosentasche und gehe ins Haus. Alle drängen sich schon um den Tisch.

»Alan!« Tante Lisa gibt mir mit einer Handbewegung zu verstehen, dass ich mich setzen soll.

»Ich esse in meinem Zimmer.« Courtney wirft mir einen finsteren Blick zu, bevor sie ihren Teller schnappt und die Treppe ansteuert. Ich schaue ihr nach, während ich zum Tisch gehe.

»Alan, hast du ohne zu klopfen ihr Zimmer betreten?«, fragt Mom. Sie und Tante Lisa schauen mich an und warten auf eine Antwort.

Ich nicke schuldbewusst. »Ja.«

»Warum?«, will Mom wissen.

»Ich …« *Ich dachte, der Boogeyman steht bei ihr am Fenster.* Aber das kann ich nicht sagen. »Nach der Schule bin ich draußen ein wenig rumgelaufen. Als ich heimkam, habe ich etwas in ihrem Fenster gesehen. Ich hab mir Sorgen um sie gemacht.«

»Aimee hat angerufen, solange du weg warst«, wechselt Tante Lisa das Thema. »Du sollst zurückrufen.« Sie hält inne, und ihre Augenbrauen ziehen sich zusammen, sodass sich über ihrer Nase eine tiefe Furche bildet. Sie überlegt anscheinend, was sie noch sagen könnte.

Aimee wollte mich sprechen? Warum?

Mom schaut auf den Tisch und ich folge ihrem Blick: Auf verschiedenen Tellern liegen die Zutaten für Hamburger. Ich greife nach einem Brötchen.

»Wasch dir vorher die Hände. Alan? Ich möchte, dass du zu Courtney besonders nett bist, ja?«

Ich wasche mir die Hände und setze mich, um den zweiten Hamburger dieses Tages zu essen. Ein paar Minuten warte ich ab, dann frage ich. »Hast du gesagt, Aimee hat für mich angerufen?«

»Sie geht schon lange mit Blake Stanley«, erzählt Tante Lisa. »Ich persönlich meine ja, dass er sein ganzes Hirn in seinen Muskeln hat.«

Ich muss daran denken, dass ich ihn heute geschlagen habe – auch wenn sein ganzes Hirn in seinen Muskeln steckt, steht er nicht besonders gut da. Ich zwinge mich dazu, den Hamburger nicht mit zwei Bissen zu verschlingen. Die beiden Frauen beobachten mich, das spüre ich, und beide wissen, dass ich sehr viel erregter bin, als ich zu erkennen gebe. Sie tun so, als würden sie über die Fabrik sprechen, aber ihre Blicke wandern immer wieder zu mir, und um ihre Lippen spielt ein feines Lächeln. Dann halte ich es nicht mehr aus. Ich stopfe mir das letzte Viertel des Hamburgers in den Mund und spüle ihn mit einem Schluck Cola hinunter.

»Dann ruf ich sie wohl mal zurück«, sage ich beim Aufstehen.

»Willst du mit ihr über ihren Freund reden?«, foppt Mom mich.

Tante Lisa zeigt auf ein drahtloses Telefon und diktiert mir eine Nummer. Im Hörer am meinem Ohr klingelt es.

»Das ist ihre Mobilnummer, wenn's dich interessiert«, fügt sie hinzu. »Das Telefon hat übrigens auch oben Empfang, wenn du ungestört sein willst.«

Ich überlege kurz, ob ich unten bleibe, um ihnen zu demonstrieren, dass da nichts läuft, aber ich kann nicht. Zwei Stufen auf einmal nehmend gehe ich nach oben. Auf halbem Weg nimmt Aimee ab.

»Hallo, Aimee. Ich bin's, Alan«, sage ich. »Alan Parson. Der Neue.«

»Ich weiß, wer du bist, Alan.« Es klingt, als würde sie lächeln. Lächelt sie? Ich hoffe es. Ich gehe die Treppe vollends hinauf und verschwinde in meinem Zimmer.

»Du hast angerufen und nach mir gefragt.«

»Ja.«

»Was gibt's?«

»Ich wollte nur schauen, ob mit dir alles in Ordnung ist. Wir haben auf dem Heimweg über dich gesprochen. Nicht zu fassen, dass du schneller warst als Blake.«

Hat sie wirklich angerufen, um über ihren Freund zu sprechen? Scheiße! Will sie, dass ich ihn gewinnen lasse? Ich halte meine Stimme so neutral wie möglich.

»Ja, sieht so aus. Er ist gut. Ich hab erst auf den letzten hundert Metern oder so einen Vorsprung gehabt.«

»Er war so was von wütend. Er ist mit hundert Sachen nach Hause gefahren. Er ist nämlich sehr ehrgeizig. Seit der Mittelstufe war keiner schneller als er.

»Aha.«

»Konkurrenz tut ihm gut, aber es … es kommt ihn hart an. Er war vollkommen außer sich.« Dann herrscht Schweigen, als ob die Wörter eine Bedeutung hätten, die über das Geländelaufen hinausgeht. Nein, das ist blöd. Ich messe ihren Worten Konnotationen bei. Konnotationen. Das ist einer der Begriffe, die wir für Englisch lernen mussten.

»Konkurrenz tut jedem Sportler gut«, sage ich, weil ich das Gefühl habe, etwas sagen zu müssen. Noch eine Pause folgt, die sich wirklich unangenehm anfühlt. »Und dir geht's gut? Keine Schwindelanfälle mehr wie beim Lunch?«

»Nein, mir geht's gut. 'tschuldigung. Hoffentlich hab ich dich nicht erschreckt. Es war so was von komisch. Tut mir echt leid, dass ich dir Sorgen bereitet habe.«

»Ja. Also …« Es muss doch was geben, das ich sagen könnte. Was ist in Wirklichkeit der Grund ihres Anrufs? Ich rede einfach weiter, damit sie dranbleibt. »Wie sieht es eigentlich mit Biologie aus? Ist Swanson immer so langweilig?«

Sie lacht ein bisschen, aber es klingt, als wäre es nur

ein höfliches Lachen. »Mr. Monoton«, sagt sie. »Seine Stimme klingt immer gleich, außer du provozierst ihn. Dann ist er der reinste Vulkan. Seine Augen werden ganz rot. Wenn er nur ein bisschen wütend ist, schreit er die Klasse an. Aber wenn er richtig wütend ist, stürmt er Türen knallend aus dem Klassenzimmer. Dann kehrt er nach einer Weile zurück und schickt jemanden ins Rektorat, nur weil der geschnieft oder sich in die Bank gelümmelt hat oder was auch immer. Aber eigentlich ist er gar nicht so übel. Manchmal sogar ganz witzig. Angeblich kifft er in seinen Vorbereitungsstunden, damit er ruhig bleibt.«

Lange Stille.

Ich unterbreche sie. »Hast du mich eigentlich angerufen, um mir zu sagen, dass Blake sauer auf mich ist?«

»Ach, so hab ich das nicht gemeint. Er ist nicht auf dich sauer, also auf dich persönlich. Er ist einfach sauer, weil ihn jemand besiegt hat.« Sie zögert. »Aber nein, das ist nicht der Grund, warum ich angerufen habe.«

»Ja?«

Sie hält wieder inne. »Ja. Ähm … Also, eigentlich … Ich hab in Mr. Burnhams Klassenzimmer dein Bild gesehen.«

Heilige Scheiße! Das hatte ich ja vollkommen vergessen. Ich spüre, wie mir das Blut in den Kopf schießt. »Wirklich?«

»Ja.«

Hat sie sich erkannt? Blöde Frage. Natürlich hat sie. Sonst hätte sie nicht angerufen.

»Tut mir leid«, sage ich. »Ich habe über was nachgedacht… über was anderes nachgedacht und einfach gemalt. Hab einfach meine Hände machen lassen, und dann hat der Burnham mir gesagt, dass ich das Klingeln überhört hätte. Mir war gar nicht klar, was ich gemalt habe. Dass ich *dich* gemalt habe.«

»Du hast nicht gewusst, dass du mich gemalt hast?« Sie klingt, als könnte sie das nicht glauben.

»Nein.«

»Du willst damit sagen, dass du unbewusst mich gemalt hast, wie ich schreie, während Geister mich umwabern und ein Puma alles beobachtet?«

»Ein Puma?« Hat sie tatsächlich Onawas Augen erkannt? Das wäre echt gruselig.

»War das etwa kein Puma? Waren es nicht die Augen eines Pumas?«

»Doch«, gebe ich zu. »Ich hätte nur nicht gedacht, dass du sie als solche erkennst.«

»Alan, ich muss dich was fragen. Wahrscheinlich hältst du mich für verrückt, aber als ich dein Bild gesehen habe, bin ich fast ausgeflippt.« Sie macht eine lange Pause. »Ach… ich kann es nicht. Tut mir leid. Ich kann es einfach nicht. Ich muss weg.«

»Ich denke bestimmt nicht, dass du verrückt bist«, sage ich schnell.

»Okay … Aber du musst mir versprechen, dass du mich nicht für eine Irre hältst oder so. Irre klingt blöd, ich weiß, aber … ähm … versprich es mir einfach, ja?«

»Ich versprech es dir.« Ich glaube, sie ist viel, aber verrückt oder irr ist sie ganz bestimmt nicht.

Sie atmet so heftig ein, dass ich es durchs Telefon hindurch höre, dann stößt sie hervor: »Hast du auch Träume, die, du weißt schon, wahr werden?«

»Eigentlich nicht.« Meine Hand tastet nach dem Medizinbeutel auf meiner Brust.

Ihre Stimme wird ganz leise. »Ach so. Aber ich.«

Eine Minute lang schweigen wir beide. Dann sage ich: »Ich glaube nicht, dass du verrückt bist.«

»Oh. Danke. Wirklich nett von dir, dass du das sagst … Ich glaube auch nicht … ich glaube das auch nicht von dir.« Sie gibt ein leises Schluckauf-Geräusch von sich. »Pass auf, Alan, ich möchte nicht am Telefon darüber sprechen, aber wir müssen miteinander reden, denn mein Traum ist wirklich übel. Ich will nicht wie ein Feigling klingen, aber ich habe Angst. Wir sollten uns irgendwo treffen. Aber nicht in der Schule, da hören zu viele Leute mit.«

Blake würde eifersüchtig werden. Ich sage es nicht. Stattdessen sage ich: »Okay. Wo und wann?«

»Morgen«, sagt sie. »Ich überleg mir was. Frieden, Alan.«

Frieden?

Ich habe Mom versprochen, meinen Medizinbeutel abzulegen, wenn ich schlafe. Seit ich mit ihm vom Lake Thunderbird heimgekommen bin, hat sie mir widerstrebend erlaubt, ihn zu behalten, aber ich durfte ihn nie im Bett tragen. »Er wickelt sich um deinen Hals, wenn du schläfst«, meinte sie. Ich glaubte zwar nicht, dass das passieren würde, aber ich versprach ihr, ihn nachts abzulegen. Dennoch halte ich den Beutel gerade mit der Faust umschlossen und presse ihn gegen die Brust.

Ich bete. Das tue ich nicht sehr oft. Natürlich halte ich im Kopf dauernd Zwiesprache mit Onawa, aber das ist etwas anderes. Onawa ist nicht der Große Geist. Der Große Geist macht mir irgendwie Angst. Ich meine, wer bin ich, dass ich zu einem Navajo-Gott bete, auch wenn er dieselbe Gottheit ist, zu der alle anderen beten, nur einfach mit einem anderen Namen? Ich kenne nicht einmal meinen Vater. Ich kann mich nicht um die Stammeszugehörigkeit bewerben, denn Mom ist nicht hundertprozentig sicher, ob mein Dad wirklich Navajo ist und ob der Name, den er ihr nannte, sein echter Name war. Deshalb habe ich das Gefühl, Anspruch auf etwas zu erheben, das mir eigentlich nicht zusteht.

Ich liege wach im Bett. Alle anderen im Haus schlafen. Eigentlich müsste es ganz still sein, aber das Kratzen unter dem Boden in den oberen Schlafzimmern hört einfach nicht auf. Sind das wirklich Mäuse? Ich bin mir nicht mehr sicher.

Mom hat meinen Vater bei einer Party kennengelernt. Sie hatten Sex. Offenbar ist das Kondom gerissen und ich war das Ergebnis. Mom kann mir von ihm nur erzählen, dass er sehr gut aussah, groß und muskulös, mit langen Haaren und wildem Blick, »Bad-Boy-Augen«, wie sie sagt. Angeblich habe ich seine Augen. Sie sagt, sie sei ein bisschen betrunken gewesen, aber sie habe es gleich gespürt, als seine »Bad-Boy-Augen« sich auf sie richteten. Sie sprachen kaum miteinander, bevor sie sich in dem Haus, in dem die Party stattfand, ein leeres Schlafzimmer suchten. Er sagte ihr, er heiße Weißer Hirsch und sei Navajo, lebe aber nicht in Oklahoma City. Mehr nicht. Sie haben gevögelt und sind wieder zurück zur Party gegangen. Dann war er weg. Sie hat ihn seither nicht wiedergesehen. Nicht einmal ein Bild hat sie von ihm.

Als sie merkte, dass ich in ihrem Bauch heranwachse, hat sie nicht mehr gefeiert. Sie hat mir zwar nicht alles erzählt, aber so viel, dass ich mir vorstellen kann, was für ein wildes Leben sie geführt hat. Aber dann wurde sie brav und gleich nach meiner Geburt fand sie einen Job in einer Reifenfabrik. Dort arbeitete sie, bis wir nach Maine zogen.

Sie nannte mich nach meinem Vater: Alan Weißer Hirsch Parson. Meine Geburtspapiere sollten zeigen, dass mein Vater Indianer ist, aber da sie seinen Familiennamen nicht kannte, ging das nicht.

»Wir brauchen ihr Spielbank-Geld nicht«, hat sie gesagt, als sie mir die Geschichte erzählte. Geld ist mir egal. Aber wer immer Weißer Hirsch war, wahrscheinlich hat er ihr das Leben gerettet, indem er ihr ein Kind gemacht hat. Als ich klein war, habe ich mir gern vorgestellt, dass der Große Geist ihn geschickt hat, um meine Mutter zu retten und mich zu erschaffen, aber das war wahrscheinlich ziemlich hochnäsig.

Nur Onawa erzählt eine andere Geschichte. Ohne die Visionssuche würde ich denken, dass ich sie nur erfunden habe, weil ich unbedingt etwas über meine Herkunft erfahren wollte. Moms verstorbene Eltern waren die Enkel deutscher Einwanderer. Gut und schön, zur Hälfte bin ich also Deutscher. Aber diese Hälfte interessiert mich nicht besonders.

Ich kenne nicht viele Gebete, die meisten habe ich mir aus dem Internet geholt. Dennoch ist es das Beste, was ich tun kann. Während ich wach daliege und dem Kratzen lausche, spreche ich immer wieder ein Cherokee-Gebet vor mich hin.

»Wenn ich den Weg des Lebens gehe in Angst vor Regen und Wind, mach, oh Großer Geist, dass ich immer gehe wie ein Mann.«

Trotz Angst gehen wie ein Mann: Manchmal ist das das Beste, das wir tun können.

Ich befinde mich in dem Dämmerzustand zwischen Schlafen und Wachen. Hier findet Onawa mich normalerweise. Ich kann nur an Aimee denken. An Aimee, die mir etwas zuruft, während die Welt der schwarzen Geister sie umfängt. Ist sie besessen? Keine Ahnung. Die roten Haare fliegen ihr um das Gesicht wie in meinem Bild.

Die Erinnerung an das Bild lässt die Vision zerbrechen. Onawa ruft mich. Sie hat noch mehr zu sagen, aber ich höre sie nicht. Meine Augen öffnen sich, während ich wieder spüre, wie ich rot werde bei dem Gedanken, dass Aimee mein unbeholfenes Gemälde im Kunstsaal gesehen hat.

»Ich bin so eine Dumpfbacke«, sage ich an die Zimmerdecke gewandt. Immerhin hatte es sie dazu gebracht, mich anzurufen. Und sie klang nicht so, als wäre sie wütend darüber, dass ich sie gemalt habe.

Es ist früh am Morgen. Ich ziehe mich an und gehe hinunter. In der Küche knipse ich die Kaffeemaschine an und stelle Wasser auf für Haferbrei. Als ich mich vom Herd umdrehe, steht Tante Lisa in der Küche.

»Du bist ein echtes Mädchen für alles, Alan.« Sie schenkt mir ein Morgenlächeln, bevor sie hinzufügt: »Nicht dass du besonders mädchenhaft wärst, du verstehst schon.«

»Das ist das Wenigste, das ich für die Tante tun kann, die mir so ein geiles Auto besorgt hat«, antworte ich. »Magst du Haferbrei?«

Schließlich kommen auch Mom und Courtney in die Küche. Ich renne hoch und hole meine Bücher. Als ich aus meinem Zimmer trete, höre ich erregte Stimmen von unten.

»Nein, ich fahre nicht mit ihm mit. Ich nehme den Bus, wie immer«, sagt Courtney so laut, dass ich sie oben an der Treppe höre. »Ich kann ihn nicht leiden.«

»Warum nicht?«, fragt Tante Lisa. »Alan ist ein netter Junge.«

»Er ist ein Arschloch. Er ist einfach in mein Zimmer gestürzt!«

»Courtney Rae Tucker! Nicht diese Ausdrucksweise und nicht dieser Ton, nicht in diesem Haus und schon gar nicht gegenüber Familienmitgliedern.« Tante Lisa schäumt.

Ich frage mich, was Mom während dieses Wortwechsels macht. Soweit ich weiß, ist sie immer noch in der Küche. Ich fühle mich unbehaglich, obwohl ich den Wortwechsel nur von hier oben höre.

»Fick dich!«, schreit Courtney. Sogar ich bin schockiert, und ich bin es eigentlich gewöhnt, dass Kinder ihre Eltern beschimpfen. Courtney rennt durch das Esszimmer zum Haus hinaus, ohne die Tür hinter sich zu schließen.

Tante Lisa fängt an zu weinen. Mom sagt etwas zu ihr, aber ich höre nicht was, denn etwas Hartes kracht in meinen Rücken. Plötzlich und völlig unerwartet spüre ich den Schmerz direkt an meinem Rückgrat. Unwillkürlich jaule ich auf wie ein getretener Hund. Was immer mich getroffen hat, fällt zu Boden und ich höre splitterndes Glas.

Meine Güte, tut das weh!

Hinter mir liegt ein gerahmtes Bild von Courtney, wohl aus ihrer Grundschulzeit. Das Glas ist zerbrochen und eine Ecke des Rahmens ist kaputt. Ihr Gesicht schaut mit fröhlichem Zahnlückenlächeln zu mir auf. Sie sieht nicht aus wie ein Mädchen, das seine Mutter wüst beschimpft.

Mein Rücken schmerzt. Der Schmerz ist nicht mehr so stechend wie am Anfang, aber er ist noch da, allerdings an einer Stelle, die ich nicht erreichen kann, sodass ich den schmerzenden Punkt nicht einmal reiben kann.

Was war das?

Ich schaue mich im Flur um und finde an der Wand ein Rechteck, das heller ist als der Rest der Wand. Die Stelle ist gute sechs Meter entfernt von dort, wo ich stand, als das Bild mich traf. Die Haare an meinen Armen stellen sich auf. Das war kein Zufall. Auf. Gar. Keinen. Fall.

7
Aimee

Du gehörst mir. Du gehörst ganz und gar mir.

Trotz der blöden Traumstimme, die in meinem Kopf nachhallt, gehe ich nach dem Aufwachen wie immer Kajak fahren.

Letzte Nacht war es nicht nur die Stimme. Ich träumte von Jungen unter Wasser und einer Robbe mit sehenden Augen. Aber auf dem Fluss ist alles normal. Das Kajak gleitet so still durch das Wasser, dass ich fast glaube, meine Mom dort zu hören, ihren Atem zu spüren, wenn sie mir einen Gutenachtkuss gibt und meinen Namen sagt. Fischadler nutzen die Aufwinde und ziehen immer größere Kreise über mir. Ich würde gern für immer hier draußen bleiben, aber ich muss zur Schule. Immer ist Schule.

Ich mache mich fertig und gebe allen Männern in meinem Leben einen Gutenmorgenkuss, was Benji zu würgenden Lauten veranlasst. Ich knuffe ihn leicht gegen den Arm, aber es ist eher eine mechanische Bewegung. Unter der Dusche stelle ich im Kopf eine Liste der Aufgaben zusammen, die ich heute erledigen muss. Allerdings lässt mich schon die erste straucheln, in der Duschkabine ausrutschen und gegen die gekachelte Wand fallen: Ich muss mit Blake Schluss machen.

Er holt mich mit seinem Volvo ab. Ich steige ein und nehme meine Tasche auf den Schoß. Er beugt sich herüber, um mich zu küssen. Ich muss mich dazu zwingen, nicht auszuweichen, aber ich drehe den Kopf so, dass seine Lippen auf meine Wange treffen.

»Wie geht's meinem schönen Lieblingsgroupie an diesem wunderbaren Morgen?«, fragt er, während er aus der Einfahrt hinausfährt, als ob nichts wäre. Dann dreht er die Musik wieder auf. Wenn er bei mir ankommt, stellt er sie immer leise, damit Gramps uns keine Predigt über unser wertvolles Trommelfell hält.

»Gut«, antworte ich.

Es kommt mir vor, als wäre mein ganzer Mut im Bad durch den Abfluss gespült worden. Blake redet von seiner Musik und vom Laufen und wieder von seiner Musik. Dann stößt er auf einmal hervor: »Dass der mich geschlagen hat war purer Dusel.«

»Ja? Wer?« Ich habe keine Ahnung, wovon er spricht.

»Diese Rothaut. Courtneys Cousin.«

Mein Herz schlägt einmal. Es schlägt zweimal. Wir fahren den Hügel zur Schoolhouse Corner hinunter. »Hast du gerade ›diese Rothaut‹ gesagt?« Um in eine bequemere Position zu kommen, drehe ich mich in meinem Sitz. Mein Fuß landet auf einer alten Glue-CD-Hülle.

Blake greift herüber und zieht sie unter meinem Fuß hervor, dann richtet er sich wieder auf. »Herrgott! Jetzt hast du die Hülle kaputt gemacht. Was ist los mit dir?«

Irgendwie schafft er es, den Wagen auf der Straße zu halten.

Diesmal bin ich nicht das Friedenstäubchen.

»Was mit *mir* los ist?«, sage ich. »Du hast gerade jemanden auf die Zugehörigkeit zu einer Rasse reduziert, als ob das sein einziger wichtiger Charakterzug sei. Außerdem hast du den Namen des Herrn missbraucht.«

»Aimee, ganz ruhig.« Sein Gesicht sieht wieder normal aus, als ob der Zorn aus ihm herausgesickert wäre. »Ich hab es nicht so gemeint.«

»Aber du hast es so gesagt, Blake. In letzter Zeit bist du so anders.«

»Das könnte ich auch von dir sagen.«

Ich schaue ihn an. »Was soll das heißen?«

»Was immer.«

»Was immer?«

Seine Hände greifen so fest um das Lenkrad, dass die Knöchel ganz weiß hervortreten.

»Was immer.«

In mir spannt sich alles an. Ich stelle die Musik ab und

versuche ruhig zu werden für das, was ich Blake sagen muss. Zu Blake, von dem ich dachte, ich würde ihn kennen, von dem ich dachte, er sei nett, was er aber auf einmal irgendwie nicht mehr ist. Ich sage es einfach. »Wir müssen uns trennen.«

»Was?«

»Wir müssen uns trennen«, wiederhole ich.

In seinem Ich-halte-sie-bei-Laune-Ton sagt er. »Okay, und warum müssen wir uns trennen?«

»Weil du ein Rassist bist.«

Er bremst. »Was? Dass ich ›diese Rothaut‹ gesagt habe, macht mich doch nicht zum Rassisten. Du bist doch übergeschnappt.«

»Bin ich nicht.«

»Nein. Du suchst nur nach einer Ausrede, um mit mir Schluss zu machen.« Seine Stimme klingt total wütend, angespannt und gepresst. Unter seinem Auge zuckt ein Muskel.

»Du bist ein Rassist, Blake. Natürlich nicht nur. Du bist lustig und du bist ein großartiger Sänger und so, aber du … du …« Mir fehlen die Worte. »Ich kann einfach nicht mehr mit dir zusammen sein.«

»Wegen ihm, ja? Wegen dieser Rothaut?«

»Du hast es schon wieder gesagt!«

»Was soll's. Du magst ihn. Er rennt schneller als ich, deshalb willst du jetzt mit ihm gehen, richtig? Weil er einfach dieser großartige, geile Typ ist.« Sein Kiefer ist fest zusammengepresst und der ganze lustige, fröhlich singende Blake ist verschwunden. Er ist einfach weg. Als ob etwas anderes aus seinen Augen schauen würde. Er funkelt mich wütend an. »Du bist einfach komplett verrückt«, schleudert er mir entgegen.

»Ich bin nicht verrückt!« Ich versuche, ruhig zu bleiben, schiebe mich von ihm weg und lehne mich gegen die Autotür. Er ist verletzt. Mehr nicht. Deshalb sagt er Dinge, die er nie zuvor gesagt hat. Deshalb ist sein Gesicht eine verzerrte Fratze der Wut. »Was ist los mit dir? Du benimmst dich nicht wie du selbst.«

»Genau. Ich benehme mich wie ein Verrückter.« Er schnaubt und schweigt eine Sekunde lang. Eine Sekunde lang passiert nichts. Eine Sekunde lang fahren draußen auf der Straße einfach Autos vorbei. Dann röhrt er los, ja, er röhrt buchstäblich. »Der Typ hat Schuld. Dieser blöde indianische Typ hat Schuld!« Er stößt die Fahrertür auf und springt hinaus. Nach zwei Sekunden ist er auf meiner Seite. Meine Tür fliegt auf, bevor ich weiß, was geschieht. Er zerrt mich hinaus. »Raus aus meinem Auto. Raus aus meinem verdammten Auto.«

Meine Tasche fällt auf den Boden. »Mein Gurt.«

Ich bin immer noch angeschnallt. Mist, ich stecke in diesem Auto fest. Er packt mich an beiden Armen und reißt an mir. Es gelingt mir trotzdem irgendwie, den Gurt zu lösen. Im selben Moment purzle ich seitlich aus dem Auto und lande auf meiner Hüfte, meinem Ellbogen und meiner Tasche. Blake steht über mir und ich rufe schluchzend: »Wehe du schlägst mich. Untersteh dich, mich zu schlagen.«

Auf einmal verändert sich sein Gesicht. Der Zorn verschwindet und sein Gesicht schnappt in seinen normalen Ausdruck zurück. Einen Augenblick lang zittern seine Lippen. Seine Augen weiten sich: »Oh Gott. Oh… Aimee… Ich… Es tut mir leid. Ich weiß nicht, was in mich gefahren ist. Aimee… es tut mir so…«

Er streckt mir die Hand hin, um mir aufzuhelfen. Ich habe diese Hand Millionen Mal gehalten, aber ich werde es nie wieder tun.

»Fass mich nicht an«, blaffe ich. Ich halte mich an meine Wut, damit ich aufhören kann zu weinen. »Lass es.«

Der Bus fährt vorbei. Ich könnte schwören, dass uns achthundert Millionen Menschen durch die Fenster hindurch anstarren. Ein Gesicht erkenne ich sicher. Es ist Courtney. Sie lächelt. Alle lächeln.

Ich zucke zusammen und rapple mich auf. Meine wackeligen Knie tragen kaum mein Gewicht. Auf meinen Jeans sind Dreckspritzer, die sich seitlich das ganze Bein hochziehen.

»Aimee, das tut mir leid. Ich war einfach so wütend…«, fängt Blake an. »Ich weiß nicht, was in mich gefahren ist. Ich… ich fass es nicht, dass ich das gerade getan habe. Aim… ich bin… ich bin… ich weiß nicht, was in letzter Zeit mit mir los ist…«

Ich hebe die Hand, um seinen Redestrom zu unterbrechen. Meine Schulter schmerzt. »Hör auf.«

Ich nehme meine Tasche und gehe los. Jeder Schritt fühlt sich an, als fahre ein Messer aus Trauer und Schmerz durch mein Bein hindurch direkt in mein Herz. Einen Fuß vor den anderen setzend gehe ich an Blake vorbei. Für den Müll am Straßenrand, die alte McDonald's-Tüte, das Papier von einem Ziploc-Sandwich, die Zeitung, alles nass und aufgeweicht, habe ich keinen Blick übrig. Ich gehe humpelnd und mit Schmerzen zu Fuß zur Schule, aber das ist alles nicht so schlimm. Es ist vorbei. Mir geht's gut. Mir geht's total gut.

Blake war noch nie so gewesen. Ja, er war schon immer ein bisschen ehrgeizig, aber er war nie eifersüchtig, nie ein Rassist oder Sexist. Er ist der Typ von Junge, der Erfolg haben möchte. Er will beim Laufen ein paar Medaillen gewinnen, aufs College gehen, singen, glücklich sein. Er war immer nett, immer lieb. Alle wissen das. In einer Stadt wie dieser wissen immer alle alles und … ich schwöre, ich gehe vor der ersten Stunde durch das Foyer und die Leute flüstern schon darüber, was zwischen mir und Blake am Straßenrand vorgefallen ist. Ihre Stimmen dringen von allen Seiten auf mich ein, Mädchen, Jungen, hohe Stimmen und tiefe, leise, besorgte, besserwisserische.

»Er hat sie einfach aus dem Auto gezerrt … das sieht Blake gar nicht ähnlich. In letzter Zeit sind alle so verdammt angepisst …«

»Sie und Blake haben sich getrennt.«

»Ihre Mom war total psycho. Ich hab gehört, sie …«

»So ein Scheiß. Das ist ein Gerücht, das weißt du doch. Die würden sich nie trennen. Die beiden passen perfekt zusammen. Sie machen sich täglich Hunderte von Herzchen an ihre Pinnwand.«

Die Zwei-Minuten-Strecke zum Spanischkurs scheint Stunden zu dauern. Ich will nur die Sicherheit meiner Bank und Verben konjugieren. Es gelingt mir, mich zusammenzureißen, bis mir einfällt, dass ich Alan in der nächsten Stunde in Bio sehe. Bis dahin brauche ich einen Plan, wie ich mich ihm gegenüber verhalte – als ob ich im Augenblick in der Verfassung wäre, überhaupt mit jemandem zu sprechen. Aber ich muss, oder?

Courtney passt mich nach Spanisch ab. Unter einem Arm trägt sie ihr altes orangefarbenes Lehrbuch. Mit der freien Hand packt sie mich am Ellbogen und zieht mich näher zu sich heran. Mit sanfter Stimme sagt sie: »Bist du dir sicher, Aim?«

»Womit?«, will ich sagen, aber stattdessen nicke ich nur.

»Er hat es mir erzählt. Mann, Aimee, du und Blake. Ihr seid doch schon eine Ewigkeit zusammen und …« Sie schließt die dunkelbraunen Augen, öffnet sie wieder, sucht nach Worten. »Ich glaube, du solltest ihn nicht so einfach fallen lassen. Es tut ihm wirklich leid.«

»Ich weiß …« Ich muss an ihr lächelndes Gesicht im Bus denken, als ich auf dem Boden lag. »Es ist egal. Wie geht es dir? Alles in Ordnung?«

»Mir?« Sie bleibt stehen und ihre Stimme wird schrill. »Ah, ja, mir geht's hervorragend. Ist ja nicht so, als wäre mein Vater *vermisst* und alle bestünden drauf, dass er tot ist.«

»Court …« Ich hab keine Ahnung, was ich sagen soll.

»Und mein Scheißcousin rennt ohne zu klopfen in mein Zimmer.«

»Echt?« Ich schaudere. Alan ist eigentlich der Gute. Warum sollte er so was tun?

»Ja.« Sie schüttelt den Kopf, lässt meinen Ellbogen los und schlingt die Arme um ihren Körper. »In letzter Zeit benehmen sich alle irgendwie komisch. Ist dir das auch aufgefallen? Als ob all das Böse in ihnen, alle schlechten Eigenschaften häufiger nach oben gespült würden, als ob sie besonders gereizt, verunsichert oder gemein wären. Keine Ahnung … Keine Ahnung. Ich fass es nicht, dass du ihn verlassen hast.«

Ich will etwas sagen, aber es fällt mir schwer, eine Antwort zu finden. Sie hat so viele verschiedene Dinge angesprochen.

Bevor ich eine Chance habe, redet sie wieder, löst die Hände von ihrem Körper und fährt sich sehr schnell durch die Haare. »Aber das spielt keine Rolle. Wirklich wichtig ist … weißt du noch, was bei der Séance passiert ist?«

Ich schlucke, aber ich antworte nicht. Unsere Beine tragen uns zwischen Menschen hindurch, die schwer an Rucksäcken und Büchertaschen und Geheimnissen tragen.

Court lässt nicht locker. »Erinnerst du dich, was dir passiert ist?«

»Ja.« Meine Stimme klingt hart und monoton. Wie soll ich mich nicht an den Stift erinnern, der Feuer gefangen hat? Oder daran, dass meine Haare auf einmal nass waren, und dass ich unablässig geschrien habe, weil ich das Gefühl hatte, jemand reißt mir die Arme aus, und dass die anderen deshalb alle total ausgeflippt sind. »Warum? Was ist damit?«

»Es ist nur … Es gibt gewisse Dinge, Aimee, Dinge, gegen die man nichts machen kann. Gewisse Dinge liegen einfach jenseits unseres Verstandes.«

Meine Tasche rutscht und ich schiebe mir den Riemen wieder über die Schulter. Alles riecht abgestanden wie im Haus einer alten Frau oder in einem Altersheim oder wie Kleider, die eine Weile nicht gewaschen wurden. »Und du glaubst das?«

Sie lächelt, ein langsames, angedeutetes Lächeln, das überhaupt nicht fröhlich ist. Wir haben die Stelle erreicht, wo sie nach links muss und ich nach rechts. Ein paar Leute winken uns zu und sagen Hallo. Wir alle drängeln uns auf die Mitte der Kreuzung zu.

Ich steure die Wand an, öffne mein Schließfach und verstaue mein Spanischbuch im obersten Fach.

»Aim …« Courtneys Stimme zieht an mir.

Ich schließe die Tür.

»Ich will nur sicherstellen, dass du weißt, was du riskierst. Als du mit Blake zusammen warst, hast du einen ganz normalen Eindruck gemacht.«

»Was? Und wenn ich mich von Blake trenne, dann denkt jeder, ich wäre verrückt?«, flüstere ich ihr zornig zu. Eine Sekunde lang fürchte ich fast, ich hätte falsch entschieden, als ich mich von Blake trennte, aber es war ja nicht nur wegen heute. Er wurde immer blöder und ich war immer weniger glücklich mit ihm. Man darf keine Kompromisse eingehen, wenn man mit jemandem zusammen ist, oder? Man sollte nicht mit jemandem zusammen sein, nur weil man dann selbst als weniger verrückt erscheint.

Courtney schüttelt den Kopf. »Nein. Davor habe ich keine Angst.«

»Wovor dann?«

Sie schluckt. »Ich habe Angst, dass dir was Schlimmes passiert, wie bei der Séance und mit Chuck. Ich habe Angst, dass er dich wieder bemerkt.«

Mein Herz hört auf zu schlagen, aber mein Mund funktioniert noch und ich flüstere: »Wer?«

»Der Flussmann.«

Alles erstarrt. Schauer scheinen über meine Kopfhaut zu kriechen. »Vielleicht bilde ich ihn mir nur ein.«

»Aimee. Wir wissen beide, dass das nicht stimmt.« Ihr Gesicht sieht aus wie ein zerrissenes Gemälde. Ihre Augen und ihr Mund sind vor Angst erstarrt, denn sie weiß, wie schlimm es werden kann. »Ich glaube, er tut etwas, in diesem Augenblick, in der Stadt. Er macht die Menschen böse.«

»Du meinst Blake ist kein Blödmann, weil er einfach ein Blödmann ist, sondern wegen dem Flussmann.«

»Genau«, flüstert sie. »Ganz genau.«

Ungefähr eine Woche nach der Séance in der siebten Klasse probierten Courtney und ich so ein Ouija-Brett aus, das einen angeblich mit der Welt der Geister verbindet. Wir wollten rauskriegen, warum Chuck gestorben ist. Auf dem Ouija-Brett gibt es eine Planchette, auf die man seine Finger legt. Sie bewegt sich zu den verschiedenen Buchstaben des Alphabets, die sich dann zu Wörtern zusammensetzen.

»Warum ist Chuck gestorben?«, hatte Court das Brett gefragt, denn wir waren übereingekommen, dass ich nicht mehr mit den Geistern kommunizieren sollte.

Die Planchette buchstabierte: »Weil ich es wollte.«

Ich nahm meine Finger von der Planchette weg und schlang voller Angst die Arme um meinen Körper.

Court kämpfte weiter. »Nur noch eine Frage, Aimee. Okay?«

»Ich mag nicht mehr«, hatte ich gesagt und meine Stimme klang schon fast hysterisch. »Ich mag nicht.«

»Nur noch eine, Aim«, sagte Court, und ich legte meine Finger wie ein Idiot wieder auf die Planchette. Dann fragte sie ganz ruhig und selbstbewusst: »Wer bist du?«

Und die Antwort lautete: »Der Flussmann.«

An der Tür zum Biosaal treffe ich Hayley. Ihre Haare stehen wild ab, denn sie hatte in der ersten Stunde Sport. Sie nimmt meine Hand: »Du humpelst ja.«

Ich zucke die Achseln.

»Du hast dich heute Morgen von Blake getrennt.« Sie formuliert es als Feststellung.

»Ja…«, fange ich an, aber dann steht da auf einmal der supergroße Alan. Mein Magen flattert. Unsere Blicke treffen sich. Er entdeckt den Schmutz auf meinen Jeans, und sein Mund will eine Frage stellen, aber dann schließt er ihn wieder. Stattdessen nickt er nur kurz und geht mit eingezogenem Kopf rasch in den Biosaal, als wäre es ihm peinlich, mich zu sehen.

»Hat er dich geschlagen?«

»Was?« Ich habe nicht zugehört.

»Hat Blake dich geschlagen? Du bewegst dich so komisch. Deine Jeans sind schmutzig. Hat er dich geschlagen?«

»Er hat mich aus dem Auto gezerrt«, flüstere ich, weil ich es nicht mehr für mich behalten kann.

Hayleys Mund klappt auf. Dann schnappt sie mich und drückt mich an die Brust. »Ach, Baby … Es tut mir so leid. Dieser Arsch. Ich hätte nie gedacht, dass er so was macht, nie im Leben. Ach, Aimee.«

»Schon in Ordnung«, schniefe ich. Sie riecht nach Regen.

»Nein, ist es nicht. Es ist nicht in Ordnung«, flüstert sie, während die Mitschüler an uns vorbei ins Klassenzimmer strömen. »So was ist niemals in Ordnung. Wir alle flippen mal aus oder sind wütend oder was immer, aber dich aus dem Auto zu werfen ist nicht in Ordnung, Aimee.«

»Ich weiß. Das hab ich auch nicht gemeint. Es ist nur … Ich bin okay.«

Sie schiebt mich von sich weg, um mir in die Augen zu schauen. »Du weinst. Du bist nicht okay.«

Darauf habe ich keine Antwort.

»Mädels, der Unterricht beginnt.« Mr. Swanson ignoriert mein verheultes Gesicht, was nett von ihm ist, wie ich finde, aber vielleicht ist es auch nur ein weiteres Symptom für das, wovon Courtney gesprochen hat.

Wir betreten das Klassenzimmer. Ich humple immer noch. Hayley geht zu ihrem Platz am Fenster, während ich mich in meine Bank hinter Alan gleiten lasse. Er dreht sich mit großen, fragenden Augen zu mir um und ich versuche vergeblich zu lächeln.

»Alles in Ordnung?«, flüstert er tonlos.

Ich nicke knapp. Seine Augen werden ein winziges bisschen schmaler; er glaubt mir nicht. Ich hole einen Kaugummi aus meiner Tasche und stecke ihn in den Mund. Dann nehme ich meinen Block und einen Stift und schreibe: *In fünf Minuten werde ich ohnmächtig. Du bringst mich ins Krankenzimmer. Okay?*

Als Mr. Swanson sich umdreht und die Tafel abwischt, strecke ich den Arm aus und schiebe Alan das Blatt über die Schulter. Er nimmt es.

Gut. Der erste Schritt ist getan.

Aimee

8
Alan

Ich lese die Nachricht noch einmal, dann falte ich sie einmal, ein zweites Mal und schiebe sie irgendwo mitten in mein Biologiebuch. Ein Blick auf die Uhr. Fünf Minuten. Ich versuche, mich auf Swanson zu konzentrieren, aber eigentlich schaue ich ihn nur ausdruckslos an und denke an Aimee.

Irgendwas ist mit ihr. Ihre Jeans sind schmutzig. Es sieht aus, als wäre der Schmutz richtig in den Stoff hineingerieben worden. Und als sie in die Klasse kam, hat sie gehumpelt. In der ersten Stunde gab es Gerede, über sie und Blake. Jemand hat angeblich gesehen, dass er sie geschlagen hat. Ein anderer sagte, das würde Blake niemals tun. Ich war erstaunt. Zugegeben, ich kenne den Typen kaum, aber dass er …

Ich spüre, wie Aimee hinter mir aufsteht.

»Mr. Swanson«, sagt sie. »Ich fühle mich nicht …«

Sie hat einen Schritt nach vorn gemacht und steht neben mir, als sie auf einmal zusammensackt. Im Aufstehen fange ich sie auf. Totenstille. Alle Blicke sind auf uns gerichtet, während ich sie an die Brust gedrückt festhalte. Ihre Wange presst sich fest gegen meinen Medizinbeutel. Wie beim letzten Mal, als ich sie berührt habe, flirrt die Welt. Bilder überschwemmen mein Gehirn, ein Fluss, das Gefühl, tief hinunter ins Wasser gezogen zu werden, eine Männerstimme … Es ist nicht ganz so stark wie letztes Mal, lässt mich aber trotzdem einen Augenblick lang erstarren. Dann schüttle ich es ab.

»Ich bring sie ins Krankenzimmer«, verkünde ich, lege einen Arm unter ihre Knie und hebe sie hoch. Wie leicht sie ist! Ich hebe sie so hoch, dass niemand ihre Füße ins Gesicht bekommt und steure die Tür an.

»Gegenüber vom Empfang«, ruft Mr. Swanson, als ich die Tür aufstoße. Vermutlich will er mir sagen, wo das Krankenzimmer ist. Keine Ahnung.

Die Klassenzimmertür schließt sich und Aimee flüstert: »Geh nach links bis zum Ende des Flurs und dann zur Tür hinaus.«

Ich bewege mich schnell an den geschlossenen Türen mit den kleinen Fensterschlitzen vorbei. Keine Ahnung, ob uns jemand sieht. Jedenfalls spricht uns niemand an und ich bleibe in Bewegung, bis ich die blaue Stahltür am Ende des Flurs erreicht habe. Mit der Hüfte drücke ich sie auf und trete in die kühle Morgenluft hinaus.

»Okay, du kannst mich runterlassen«, sagt Aimee.

Ich betrachte ihr Gesicht und überlege. Ihre makellose Haut ist so weiß und ihre glänzenden Augen so grün und voller Leben. Eine leichte Brise zerzaust ihre prächtigen roten Haare. Eigentlich will ich sie gar nicht runterlassen.

»Du hast gehumpelt«, sage ich. »Vielleicht sollte ich dich nicht laufen lassen.«

Sie lächelt zu mir herauf. Was für ein Lächeln! Es klingt zwar total schnulzig, aber verdammt noch mal, dieses Mädchen lächelt, dass man sofort zurücklächeln will.

»Mir geht's gut. Wirklich«, sagt sie. Aber sie sträubt sich nicht und versucht nicht, sich aus meinen Armen zu befreien.

»Mir auch.« Okay, ich muss zugeben, dass ich in Bezug auf Mädchen normalerweise nicht so mutig bin. Aber wenn ich Aimee in die Augen schaue, sehe ich nichts Oberflächliches. Und außerdem besteht schon eine Art Verbindung zwischen uns. »Wohin gehen wir?«

»Du trägst mich aber nicht den ganzen Weg«, wendet sie ein, aber sie versucht immer noch nicht, auf den Boden zu kommen. »Du tust dir weh.«

Ich senke ihre Füße auf den Boden ab und lasse sie los. Erst jetzt merke ich, wie warm sie gewesen ist. Sie kreuzt die Arme vor der Brust und schützt sich so vor dem kalten Wind.

»Okay, aber sobald du humpelst, trag ich dich wieder.«

»Bist du immer so galant wie der Ritter in der schimmernden Rüstung?«, fragt sie.

»Nur herrschsüchtig«, antworte ich, immer noch lächelnd, weil auch sie lächelt.

»Komm«, sagt sie. »Hinter die Sporthalle.«

Wir rennen über ein kleines Rasenstück zum Parkplatz. Ich folge ihr und ducke mich zwischen den geparkten Autos hindurch. Obwohl sie humpelt, ist sie ziemlich schnell. Wir gelangen zur Seitenwand der Sporthalle und schleichen an der Wand entlang wie Mitglieder einer Spezialeinheit, bis wir um die Ecke auf die Rückseite des Gebäudes schlüpfen können, wo sie sich mit dem Rücken an der Betonziegelwand lehnend auf den Boden sinken lässt.

»Du hast gehumpelt«, sage ich anklagend.

»Ja, aber du hast mich nicht gekriegt.«

Ich muss lachen.

»Was ist in dem Beutel?«, fragt sie und deutet mit dem Kopf zu meiner Brust.

Ich berühre das Leder. »Ein Medizinbeutel. Eine Art Talisman.«

»Was ist drin? Ich meine, du musst es mir nicht sagen. Tut mir leid. Ich bin einfach zu neugierig. Er hat gerochen …« Sie hält inne, als ob es ihr peinlich wäre, den Satz zu beenden.

»Wahrscheinlich hat er nach Schweiß gerochen«, beende ich den Satz für sie.

»Na ja, er hat nach dir gerochen, aber da war noch was. Irgendwie … erdig.«

Ich taste nach dem Beutel, behalte Aimee im Auge, denke aber zurück an den Lake Thunderbird. Ihre grünen Augen sind so klar, sie versprechen mir, dass ich ihr vertrauen kann.

»Ein Stein.« Meine Kehle ist erstaunlich trocken. Ich habe noch nie jemandem erzählt, was in dem Beutel ist, nicht einmal Mom. »Ein weißer Stein, ungefähr so groß wie das Ei eines Rotkehlchens. Ein paar Haare. Ein bisschen Erde.«

Ihre Augen stellen eine Frage, ihr Mund jedoch nicht. Sie nickt.

Ich wechsle das Thema. »Courtney war heute Morgen total schlecht drauf. Sie hat zu ihrer Mutter gesagt, sie soll sich ficken, und ist dann aus dem Haus gerannt. Sie mag mich nicht.«

»Das ist nicht normal. Courtney macht so was nicht, weiß du.« Aimee klingt sehr ernst. »Nie im Leben würde sie so was zu ihrer Mutter sagen … die Sache mit ihrem Vater hat sie echt verändert.«

»Erzähl mir mehr«, dränge ich sie. An meinem Rücken hat sich an der Stelle, wo mich das Bild getroffen hat, eine Beule gebildet. Es tut weh, wenn ich mich mit dem Rücken an die Wand lehne.

»Sie standen sich sehr nahe«, berichtet Aimee. »Man spürte, dass er sie wirklich lieb hatte, sie war sein Ein und Alles, und auch sie liebte ihn über die Maßen. Manchmal ließ sie einen Kinobesuch oder ein Treffen mit uns sausen, weil sie mit ihm spazieren gehen oder Monopoly spielen wollte. Sie war voll und ganz Papas Mädchen.«

Ich höre zu, aber zugleich denke ich an meinen Vater und werde ein bisschen eifersüchtig. Courtney hatte ihren Vater immerhin fünfzehn Jahre lang.

»Sie akzeptiert es nicht, dass er nicht heimkommen wird.«

Ich nicke.

»Aber da ist noch mehr. Jetzt ist sie …« Aimee hält inne. Ich hatte weggeschaut. Ich habe das Gras zwischen meinen Schuhen betrachtet und einfach in mich aufgenommen, was sie gesagt hat. Jetzt schaue ich wieder zu ihrem Gesicht auf und sehe ihre Verwirrung. Ihre Stimme ist nur noch ein sehr trauriges Flüstern. Sie kämpft mit etwas wirklich Großem, sie kämpft damit, ob sie sich traut zu sagen, was sie sagen will. Wahrscheinlich fragt sie sich, ob ich sie für verrückt halte.

»Weißt du, was eine Visionssuche ist?«, frage ich.

Sie lächelt ein bisschen und räumt ein, dass sie es nicht weiß. Also gebe ich mir einen Ruck und erzähle ihr von meiner Visionssuche und von Onawa.

»Oh.« Der Blick aus ihren leuchtend grünen Augen hat sich getrübt. Sie sieht verwirrt aus. Ich kenne diesen Ausdruck. Er kommt normalerweise direkt, bevor das

Mädchen sagt: »Ich muss heim und den Hund baden, Alan. Bis bald.« Aber Aimee sagt nichts.

»Onawa hat mir viel gezeigt, auch die Welt der Geister. Es war ganz dunkel und in der Dunkelheit haben sich Geister bewegt. Sie wirbelten einfach herum wie Luftblasen in kochendem Wasser. Keine Ahnung. Klingt blöd, aber so habe ich mir das gedacht. Dann hat sie …« Ich halte inne und schaue eine Minute lang weg.

»Was?«, fragt Aimee. »Sag es mir ruhig. Wenn du magst.«

»Sie hat mir gesagt, dass man mich eines Tages Geisterjäger nennen würde. Normalerweise redet sie nicht richtig mit mir. Sie zeigt mir einfach was oder, keine Ahnung, erzeugt ein Gefühl. Das klingt nicht sehr überzeugend, aber so ist es. Sie löst in mir ein Gefühl aus, das irgendwas bedeutet. Nur bei meinem Namen, da hat sie zum einzigen Mal wirklich gesprochen. Sie hat gesagt ›Eines Tages wird man dich Geisterjäger nennen‹. Ich habe das noch nie jemandem erzählt. Warum sollte ich einen solchen Namen bekommen?«

Aimees Augen sind wieder klar und sie schaut mich mit festem Blick an: »Geisterjäger.«

»Ja. Ich … ich kann's nicht fassen, dass ich dir das gerade erzählt habe … Egal. Ich hätte ja gerne geglaubt, dass ich das alles nur geträumt habe oder dass es der Peyotl war und der Hunger, weißt du. Ich bin ja nicht blöd. Ich weiß, dass man halluziniert, wenn man nur hungrig genug ist. Dann noch das Rauschgift dazu, da kann man alles sehen, besonders wenn es …« Ich halte inne, aber diese großen grünen Augen zwingen mich, weiterzureden. »Wenn es etwas ist, das du unbedingt willst.«

»Verstehe«, sagt sie, und ich denke, sie versteht es wirklich.

»Ich hätte das Ganze ja auch als irren Trip und Wunschdenken abgetan, aber in der Vision gab Onawa mir einen Stein. Einen Stein, der aussah wie ein Ei. Sie sagte, das sei ein Symbol für meine Wiedergeburt. Als ich aufwachte, hielt ich den kleinen Stein in der Hand. Er ist weiß und ganz glatt wie ein kleines Ei.«

Aimee nickt.

»Aber ich dachte immer noch an einen Zufall, dachte, ich sei vielleicht total high herumgestolpert, hätte den Stein gefunden und ihn irgendwie in meine Halluzinationen eingebaut. Aber dann sah ich auf einem großen Felsen braune Haare. Sie klebten am Felsen, als ob sich ein Tier den Rücken daran gescheuert hätte. Und in der Erde neben dem Felsen war der Fußabdruck eines Tiers. Eine große Katze. Ein Puma. Ich wusste, dass es ein Puma war.«

»Und dann hast du die Haare, den Stein und die Erde in deinen Beutel gesteckt«, beendet Aimee meine Geschichte.

»Ja, genau. Die meisten Leute finden das ziemlich merkwürdig.«

»Ich nicht«, sagt sie, und ich weiß, dass sie die Wahrheit sagt.

»Ja, und deshalb kannst du mir auch alles erzählen. Erzähl mir von deinen Träumen. Ich denke bestimmt nicht, dass du verrückt bist.«

»Wirst du mein Geisterjäger sein?« Sie lächelt, aber es ist ein verhaltenes, zögerndes Lächeln.

Ich muss den Blick einen Augenblick lang senken. Dann schaue ich sie wieder an und versuche zu lächeln, allerdings vergeblich. »Ich weiß es nicht. Versuchen werde ich es auf jeden Fall.«

»Gut. Falls Court oder sonst jemand es dir noch nicht erzählt hat … meine Mutter ist vor ein paar Jahren gestorben.« Sie schluckt. »Sie war krank. Es war eine … eine psychische Erkrankung. Sie war manisch-depressiv. Alle sagen, sie hätte sich umgebracht.«

Ich hatte davon gehört. »Das tut mir leid.«

»Danach hatten Court und ich und ein paar andere Freunde eine Séance bei uns im Haus, weil sie mir so gefehlt hat, weißt du, und ich einfach wissen wollte, ob es ihr gut geht. Ich glaube, niemand von uns dachte, dass es tatsächlich funktionieren würde, verstehst du? Danach fing das mit meinen Träumen oder ›psychischen Visionen‹ richtig an. Es wurde wirklich merkwürdig. Ich meine, sehr merkwürdig.«

»Hat deine Mom mit dir gesprochen?«

»Nein! Nicht sie. Es war … etwas anderes. Etwas

Dunkles. Ich hatte es vorher schon mal im Fluss gesehen. Es hat die Gestalt eines Mannes, sieht aber aus, als wäre es nur ein Schatten. Verstehst du, ein Schatten, aber kompakt wie ein Mann, trotzdem nur ein Schatten. Und alle sind ausgeflippt. Ich weiß, das ergibt keinen Sinn.«

Ich denke daran zurück, was ich gestern Abend im Fenster von Courtneys Zimmer gesehen habe. »Er ist groß und breitschultrig. Steht irgendwie nur da, schaut dich an und lässt dich frösteln?«

»Hast du ihn gesehen?« Ihre Stimme klingt gedämpft.

Eine Wolke schiebt sich vor die Sonne und ein paar Sekunden lang legt sich ein Schatten über uns. Sie zuckt zusammen und klammert sich an meinen Arm. Ich nehme ihre kleinen Hände in eine Hand und drücke sie sanft.

»Ich habe ihn gestern Abend im Fenster von Courtneys Zimmer gesehen.«

»Boah …!« Ihre Hände in meiner Hand werden auf einmal ganz starr. »Sie hat heute von ihm gesprochen. Sie sagte, ich solle aufpassen, damit er mich nicht wieder bemerkt. Er … ich habe ihn gesehen, bevor meine Mutter starb. Sie war am Fluss und er stand neben ihr. Bei der Séance dann …« Sie hält inne, und ihre Augen werden ganz dunkel, als ob sich eine Wolke zwischen sie und das Lebenslicht geschoben hätte, das sie leuchten lässt. »Alan, ich habe Angst. Das hört sich echt nach Feigling an, aber ich habe Angst. Ich habe richtig Angst.«

»Alles wird gut.« Ich weiß nicht genau, was ich tun soll. Ich drücke ihre Hände. »Du weißt schon, dass es in ein paar Minuten klingelt?«

»Echt?« Langsam zieht sie ihre linke Hand aus meiner Hand und schaut auf die Uhr. »Wir müssen wieder rein.«

Ich stehe zuerst auf und ziehe sie dann hoch. Als wir nebeneinander zurück zur Schule gehen, halte ich es nicht mehr aus: »Stimmt es, worüber alle reden?«

»Was?« Ihre Augen sagen mir, dass sie genau weiß, wovon ich spreche. Sie versucht, sie vor mir zu verbergen, und lässt sich sie Haare ins Gesicht fallen.

»In der ersten Stunde hieß es, du hättest dich von Blake getrennt. Er hätte dich geschlagen.«

»Ich habe mich von ihm getrennt«, sagt sie. »Aber er hat mich nicht geschlagen.«

»Warum humpelst du dann?«

Sie schluckt mühsam. »Er hat mich aus dem Wagen rausgezerrt, was genaugenommen was anderes ist als schlagen. Aber eine Tätlichkeit oder so was ist es wohl. Und es ist absolut uncool. Ich fand es jedenfalls nicht cool.«

Ihre Hände fassen unbewusst an ihre Unterarme, aber ich bemerke es. Ich nehme ihren linken Arm und schiebe vorsichtig den Ärmel hoch. Als ich sie berühre, spüre ich, wie etwas wie ein Funken zwischen uns hin- und her springt, aber ich habe keine Visionen.

Sie zuckt zusammen, weicht aber nicht zurück. Die Blutergüsse sind frisch und haben die Form von Fingerabdrücken. »Dieser Scheißkerl.«

»Er war noch nie so … so zornig und besitzergreifend. Ich glaube, allein dass wir miteinander sprechen, würde ihn schon rasend machen. Es ist total merkwürdig. Ich weiß nicht mehr, wer er eigentlich ist. Courtney sagt auch, dass das gar nicht seine Art ist. Sie meint, dass sich zurzeit alle irgendwie merkwürdig verhalten, also besonders fies sind. Und irgendwie finde ich, dass sie recht hat. Das entschuldigt nicht, was er getan hat, überhaupt nicht. Es fühlt sich nur an, als laufe hier irgendwas Größeres ab.« Sie greift nach der Klinke, aber die Tür ist verschlossen. Sie schaut mich erschrocken an.

»Mist. Heißt das, wir müssen durch den Vordereingang?«, frage ich.

Bevor sie antworten kann, fliegt die Tür auf und verfehlt uns nur um wenige Zentimeter. Courtney steht in der Tür und starrt uns grinsend an. Irgendwas stimmt nicht, aber erst nach einigen Augenblicken fällt mir auf, dass sie auf einmal eine üble, nässende Akne hat.

»Court, was ist los?«, fragt Aimee. »Dein Ge…«

»Ihr habt über mich hergezogen«, fällt Courtney über uns her.

Aimee will etwas sagen, aber Courtney verdreht die Augen und wird ohnmächtig. Wie eine Marionette, deren Fäden abgeschnitten werden, knicken ihre Beine unter ihr ein, dann fällt sie nach vorn und ihr Kopf schlägt vor unseren Füßen auf dem Beton auf.

»Court!«, schreit Aimee auf und fällt auf die Knie. Drinnen klingelt es und Menschen strömen in die Flure. Ich gehe neben Courtney in die Hocke und drehe sie um. Aus einer tiefen Platzwunde auf ihrer Stirn sickert Blut. Das Gewebe um die Wunde herum schwillt rasch an. Ich nehme sie hoch.

»Ich schätze, jetzt muss ich wirklich jemanden zur Krankenschwester bringen«, sage ich.

Aimee drängt sich vor mich und versucht, die Leute aus dem Weg zu scheuchen, während wir durch den Flur rennen, um eine Ecke biegen und schließlich die Krankenstation erreichen. Die Krankenschwester ist nicht da und muss angepiepst werden. Aimee und ich bleiben bei der immer noch bewusstlosen Courtney. Ich finde in dem kleinen Kühlschrank einen Eisbeutel und lege ihn, nachdem Aimee das Blut weggewischt hat, auf die Beule. Inzwischen blutet es fast nicht mehr.

»In den Fluren sieht es bestimmt aus wie in einem Horrorfilm«, sagt Aimee. »Sie hat so übel geblutet. Mensch, arme Court.«

»Kopfwunden sind da besonders schlimm. Wahrscheinlich hat sie eine Gehirnerschütterung. Wo steckt bloß diese Krankenschwester?«

»Sie steht hinter euch.« Aimee schaut mich an und legt die Hand auf den Mund.

»Hallo, Mrs. Higgins«, sagt sie und sieht über meine Schulter hinweg. Ich drehe mich um und da steht eine kleine Frau mit straff zusammengebundenen Haaren und ernster Miene.

»Meine Cousine ist verletzt. Sie ist gefallen und hat sich den Kopf aufgeschlagen.«

Mrs. Higgins drängt sich an mir vorbei, hebt den Eisbeutel an und untersucht die Wunde.

»Das muss genäht werden.« Sie schaut Aimee an: »Drück das auf die Wunde, während ich ihre Mutter informiere.«

Mrs. Higgins ruft Tante Lisa bei der Arbeit an. Das Gespräch ist kurz. Tante Lisa bittet die Schwester, einen Krankenwagen zu holen, aber sie macht sich selbst auch auf den Weg. Mrs. Higgins legt auf und schaut uns an: »Und ihr beide geht zurück in den Unterricht.«

Wir verlassen die Krankenstation, schaffen es aber nicht bis in unsere Klassenzimmer. Ein großer, sonnenverbrannter Mann mit grauem Bart erwartet uns. Er sieht echt aus wie ein Bär. Seine Arme sind dick, und das kann ich mir nur damit erklären, dass er irgendwann mal Holzfäller war.

»Wer ist Ihr Freund, Miss Avery?«, will er wissen, nein, er fordert es geradezu.

»Das ist Alan«, sagt sie. »Er ist neu.«

»Wie heißen Sie, junger Mann?« Seine blauen Augen sind stahlhart.

»Alan Parson.«

»Kommen Sie mit. Alle beide.« Er dreht sich um und geht irgendwie o-beinig davon. Seine dicken Arme schwingen neben seinem Körper. Er führt uns in ein Eckbüro und bittet uns mit einer Handbewegung auf zwei gepolsterte Lederstühle, während er den unaufgeräumten Schreibtisch umrundet und dahinter Platz nimmt. Die Wände seines Büros sind bedeckt von Büffel- und University-of-Colorado-Wimpeln. Er schaut uns finster an. »Aimee, waren Sie jemals in meinem Büro?«

»Nein«, antwortet sie. Ein graviertes Namensschild sagt mir, dass wir dem Konrektor John Everson gegenübersitzen.

»Dieser junge Mann kommt an unsere Schule, und in seiner ersten Woche hier sitzen Sie beide in meinem Büro, weil Sie Unterricht geschwänzt haben. Das wirft kein gutes Licht auf ihn.«

»Es war meine Schuld, Mr. Everson«, sagt Aimee. »Ich habe mir schreckliche Sorgen um Courtney gemacht, nachdem … Sie wissen schon. Er ist ihr Cousin. Und ich dachte, er könnte vielleicht helfen, aber ich wollte nicht vor ihr oder in der Klasse oder beim Lunch darüber sprechen, wenn alle mithören. Entschuldigung, ich quassle dummes Zeug. Mach ich doch, oder?«

Er gibt ihr mit einem Nicken zu verstehen, dass sie fortfahren soll.

»Deshalb dachte ich, es wäre besser, wenn wir uns

einen Augenblick davonschleichen. Und der einzige Ort, der mir einfiel, war draußen. Und Alan war so nett. Er hat es nur meinetwegen gemacht. Und jetzt hat Courtney sich trotzdem verletzt.« Ihre Stimme bricht ein bisschen.

Seine eisigen blauen Augen schauen jetzt mich an und ich nicke. »Ja, Sir. Courtney Tucker ist meine Cousine. Sie ist jetzt bei der Krankenschwester.«

»Aber sie war nicht bei der Krankenschwester, als Sie sich aus dem Unterricht entfernt haben«, sagt er.

Einen Augenblick schweigen wir beide, dann sagt Aimee: »Nein, aber wir wussten, dass es ihr nicht gut geht. Seit der Sache mit ihrem Dad, Sie wissen schon, verhält sie sich sehr merkwürdig.«

»Verstehe«, sagt er. Dann konzentriert er sich ganz auf mich. »Und Sie haben gestern Blake Stanley im Geländelauf geschlagen.«

»Ja.«

»Oklahoma, richtig?«

»Ja. OKC. Wissen alle von mir und Blake?«

»Diese Schule ist klein, Mr. Parson.« Einen Augenblick lang teilt sich sein Bart, als er lächelt. Vielleicht ist er ja nicht immer der harte Knochen, den er uns hier vorspielt. »Dass jemand schneller ist als Blake ist eine große Sache. Sie waren doch so wütend, dass wir hier nicht Football spielen.«

»Ja, weiß hier eigentlich *jeder* über *alles* Bescheid?«

»Gewöhnen Sie sich dran«, sagt Everson. »Ich habe früher Football gespielt.«

»In Colorado?«, rate ich.

»Genau.«

»Ich wollte zur OU.«

»Ach ja, die Sooners«, sagt er kopfschüttelnd. »Wir haben damals zu Zeiten der Big-Eight-Liga gegen sie gespielt.«

»Ich weiß.« Ich überlege, ob ich anmerken soll, dass Oklahoma Colorado immer geschlagen hat, aber das Lalülala eines Martinshorns bewahrt mich vor dieser Dummheit.

»Sie gehen jetzt alle beide in den Unterricht«, sagt Eveson. »Ich möchte Sie hier nicht wieder sehen. Verstanden?«

Beim Lunch sitze ich allein am Tisch und das fühlt sich genau richtig an. Aimee sitzt bei Hayley und Eric, während Blake mit den Geländelauf-Jungs rumhängt. Die Mittagspause ist schon halb vorbei, als mir jemand eine Serviette mit einer Nachricht vor die Nase hält:

»Lass sie in Ruhe«, steht da.

Das ist ja wie in einem schlechten Film. Ich zerknülle die Serviette und werfe sie weg. Dann schiebe ich mir meine Stöpsel ins Ohr und rocke allein in meiner eigenen kleinen Welt ab. Aimee nimmt Blickkontakt zu mir auf und winkt. Ich muss einfach zurückwinken.

Coach Treat hat von den Spannungen in ihrem Team erfahren. Ihre Haare sind in einem hohen Pferdeschwanz zusammengebunden und sie trägt trotz der Kälte Shorts. Ihre Beine sind so weiß, dass sie im Dunkeln leuchten.

»Dieselbe Runde wie gestern«, ruft unsere Trainerin. »Sieben Meilen. Stellt euch auf! Alan, du bleibst neben mir.«

Coach Treat läuft mit langen, lockeren Schritten neben mir her. Sie ist gut. Ihr Oberkörper scheint zu gleiten, während ich hoch und runter hüpfe und meine Füße viel härter auf den Asphalt stampfen als ihre.

»Du bist schnell, Alan, aber nicht gleichmäßig«, sagt sie. »Beim Geländelauf geht's um Ausdauer. Du verschleißt dich, wenn du nicht lernst, leichter zu laufen. Du verschwendest viel zu viel Energie, wenn du so stampfst. Mach größere Schritte. Halte deinen Oberkörper aufrecht. Niemand greift dich an. Du brauchst nicht über eine Torlinie hechten.«

Ich folge ihrem Rat, aber es fühlt sich an, als wollte ich galoppieren. Für eine Schule ohne Football wissen diese Leute hier viel darüber.

»Immer eins nach dem anderen, Alan. Konzentrier dich zunächst mal drauf, deinen Oberkörper aufrecht zu halten«, sagt sie.

Ich versuche es. Obwohl es meine Beinarbeit stört, halte ich den Oberkörper gerade.

»Genau«, sagt sie. »Der Kopf muss senkrecht über

deiner Taille sein. Konzentrier dich darauf, diese Haltung die ganze Zeit beizubehalten. Erst ganz am Ende des Rennens hängst du dich rein und holst dir den Sieg.«

Wir laufen. Sie lässt mich auch am Ende nicht losrennen, sondern zwingt mich, ihr Tempo zu halten, während die anderen Jungs an uns vorbeiziehen. »Denk an deine Haltung«, erinnert sie mich.

In der Sporthalle ziehe ich mich um und verlasse das Gebäude als Erster. Das zweite Team läuft mit Blake an der Spitze gerade durchs Ziel. Ich spüre seinen Blick und erwidere ihn, als er langsam abbremst. Coach Treat taucht neben mir auf wie ein blasser Geist. Blake stürmt an uns vorbei, aber ich verstehe, was er sagt.

»Meine.« Es klingt wie ein gepresster Atemstoß.

9
Aimee

Der ganze Tag fühlt sich falsch an, als ob die Gefühle aller mit dunklen Drähten verbunden wären, die aneinander ziehen und zerren. Beim Fußballtraining bemerkt unsere Trainerin sofort, dass ich humple. Nachdem ich meine Shorts angezogen habe, ist die Prellung, die sich über mein ganzes Bein erstreckt, ziemlich offensichtlich.

»Du trainierst heute nicht«, sagt sie. »Du gehst auf die Bank.«

Obwohl es ziemlich kalt ist, setze ich mich auf die Wiese und nicht auf die Bank. Das ist wahrscheinlich der Rebell in mir. Hayley kommt direkt vor dem Training zu mir und sagt: »Blake ist total außer Kontrolle, Aim.«

»Ich weiß.«

»Schau dir bloß dein Bein an.«

»Hübsch, was? Blau wie ein Schlumpf.«

»Das ist nicht witzig, Aimee.«

»Ich weiß. Ich weiß es wirklich.«

»Es sind nicht alle auf seiner Seite. Was er gemacht hat, war falsch. Selbst wenn du mit diesem Alan geschlafen hättest, wäre es falsch.«

»Wir haben uns noch nicht mal geküsst. Wir … wir mögen uns nicht auf diese Weise!« Aber schon während ich es sage, merke ich, dass es gelogen ist.

»Okay.« Sie zieht die Augenbrauen hoch.

»Wirklich«, murmle ich und fühle mich schuldig, bloß weil ich an Alan denke. Also erinnere ich mich an all die schönen Songs, die Blake für mich komponiert hat, an all die Male, als er auf andere Jungen wütend wurde, weil sie Mädchen wie Besitz behandelten. Wie konnte er sich so sehr verändern? Vielleicht hatte Courtney ja recht.

»HAYLEY! BEWEG DEINEN HINTERN HIERHER!«, ruft die Trainerin sehr viel unfreundlicher als üblich.

Hayley verdreht die Augen und trollt sich.

Ich schaue zu. Sie machen Zuspielübungen unter Druck, und es ist einfach nur Scheiße, hier zu hocken und nichts zu tun.

Obwohl ich nicht an Alan denken will, weil ich mich gerade erst von Blake getrennt habe … er geht mir einfach nicht aus dem Kopf. Es ist so was von merkwürdig. Wenn wir reden, läuft diese ganze abgefahrene Sache mit der Verbindung zwischen uns ab, und wenn er mich berührt, dann ist es wie im Bilderbuch der Klischees:

Elektrische Funken sprühen. Das muss doch was bedeuten, oder? Etwas Gutes in dieser Welt des Bösen. Kaum zu glauben, dass Courtney vom Flussmann gesprochen hat. Jahrelang habe ich mich bemüht, ihn aus meinen Gedanken zu verbannen.

Als ich ungefähr sieben war, träumte ich von einem kleinen Flugzeug, das vollkommen zerstört im Wald lag, und aus den explodierenden Trümmerteilen züngelten die Flammen. Alles in meinem Traum war winzig klein wie Spielzeug. Ein Mann in einem blauen Overall stand am Straßenrand. Er sah verloren aus. Er hielt mir die Hand hin, und ich versuchte, sie zu ergreifen.

Das war mein erster Traum, der wahr wurde.

Beim Frühstück in der Küche wollte ich meiner Mutter davon erzählen. Sie mochte es, wenn ich ihr von meinen Träumen berichtete. Wäre es ihr möglich gewesen, einen direkten Zugang zu meinem Gehirn zu bekommen, sodass sie weiß, was ich denke, dann hätte sie es gemacht,

»Da war ein blauer Mann«, erzählte ich.

»Liebes, sprich nicht mit vollem Mund.« Sie lächelte, damit es nicht so nach Schimpfen klang.

Ich kaute und schluckte ganz schnell. »Und im Wald war ein Flugzeug, aber es war auseinandergebrochen wie Benjis kleines Flugzeug, das er von seinem Hochstuhl auf den Boden geworfen hat, nur dass es kein Spielzeug war. Und drum herum waren lauter kleine

Feuer.« Ich widmete mich wieder meinem Muffin. In meinem Bauch gluckerte der Apfelsaft.

Meine Mom nickte. »Sonst noch was?« Ich schüttelte den Kopf. »Das ist aber ein interessanter Traum.« Das sagte sie immer. »Was der wohl bedeutet?«

Später kam sie in einen weißen Bademantel gehüllt aus der Dusche. Das Wasser aus ihren Haaren tropfte auf den Boden, und jedes Mal, wenn ein Tropfen auf dem Boden aufkam, machte es leise platsch. Sie roch nach ihrer Fliederseife. Dann ging sie in die Hocke, zog ihren Bademantel zurecht und legte mir die Hände auf die Schultern: »Manchmal sehe ich auch einen Mann.«

»Echt?«

Ihre Hände auf meiner Schulter fühlten sich gut an, als würden sie mich auf dem Boden halten. Sie nickte. »Auf dem Fluss.«

»In einem Boot?«

»Nein.« Ihre Lippe zitterte ein bisschen. »Er … er steht einfach da.«

Sie schnippte einen Fussel von meiner Schulter und begann wieder aufzustehen, aber ich wollte, dass sie blieb. Deshalb platzte ich heraus: »Und was macht der Flussmann?«

Sie erstarrte. »Er ruft mich. Er will meine Seele, und wenn er sie hat, dann nährt sie ihn. Er wird sehr mächtig sein, Liebes. Er wird den Fluss verlassen und in die Stadt gehen und alles … alles wird verloren sein.«

Alan bringt mich nach Hause, aber ich fühle mich die ganze zehnminütige Fahrt über nur unbehaglich. Wir reden über Courtney; Blake erwähnen wir mit keiner Silbe. Ich danke ihm und flitze rasch ins Haus.

Beim Essen will ich Dad von Alan und Courtney erzählen, kann es aber nicht, weil Benji nur rumjammert. Es geht um Cheetos und Baseball und darum, dass Gramps sich mit einer Frau namens Doris trifft, bei der er auch gerade ist, und wie ekelhaft Mädchen sind. Ich versuche, mich nicht über Benji zu ärgern, weil ich weiß, dass er einfach vollkommen aus dem Häuschen ist, weil Dad tatsächlich mit uns zu Abend isst und nicht lange arbeitet. Aber es fällt mir schwer.

»Wie können die überhaupt rennen mit diesen … mit diesen Dingern da auf der Brust?« Benji bewegt seine Hände und demonstriert vollkommen unangemessen, was er meint.

»Benji!« Dad tut so, als wäre er entsetzt, aber seine Augen lachen.

»Du kannst ruhig Brüste sagen, Benji«, sage ich ganz langsam und zeige mit der Gabel in seine Richtung. Er nimmt ein paar Spaghetti auf seine Gabel.

»Ekelhaft sind die«, verkündet er und schaufelt sich so viele Spaghetti auf einmal in den Mund, dass sie raushängen.

»Du bist ekelhaft«, sage ich. Er schüttelt den Kopf und die Spaghetti schlenkern hin und her.

»Wenigstens haben wir keine Penisse oder Skrota. Das ist ekelhaft.«

»Aimee!«, ermahnt Dad mich.

»Was? Ist ›Penis‹ etwa ein schlimmes Wort?«

»Ich dachte eher an Skrota.« Er nimmt einen Schluck Wein. Seine Augen glitzern, als wäre er nicht wirklich sauer.

»Der Plural von Skrotum«, erkläre ich belehrend.

»Ich weiß.«

Benji schaut uns nur an und versucht sich einen Reim darauf zu machen. Er braucht eine Minute, bis er kapiert hat. Schließlich fragt er: »Ist das das offizielle Wort für Eier?«

Wir lachen uns kaputt. Meinem Vater läuft fast der Wein aus der Nase, aber er schafft es dann doch noch zu nicken.

Benji fängt an zu singen: »Skrota, Skrota, Skrota.« Wir kichern noch eine gute Minute lang, aber Benji ist als echter Viertklässler total überdreht und findet kein Ende. »Skrota, Skrota, Skrota.«

Meinem Vater reicht es. »Benjamin, genug jetzt.« Benji singt immer weiter und Dad muss seine Autoritätsperson-Stimme zum Einsatz bringen: »Benjamin, genug jetzt, habe ich gesagt.«

Er hört auf. Schmollend sticht er in seine Spaghetti und dreht sie wie ein Verrückter: »Warum? Es ist kein schlimmes Wort. Nicht wie Schei… oder so.«

»Jedes Wort ist schlimm, wenn es bei Tisch unablässig rausposaunt wird«, sagt Dad und schaut mich Hilfe suchend an. Aber ich kann ihm eigentlich nicht helfen.

»Es ist schon ein ziemlich merkwürdiges Wort«, sage ich.

Benji schiebt mit traurigem Gesicht seinen Teller weg. Irgendwie fühlt er sich betrogen: »Kann ich aufstehen?«

Vater und ich schauen uns an, als ob einer von uns die Elternrolle übernehmen sollte, aber keiner so richtig will. Ich fahre mit der Gabel über meinen Teller. Mein Vater nippt an seinem Wein. Und oben huschen leise Schritte über den Fußboden.

Benji richtet sich auf. »Was ist das?« Seine Stimme ist ganz schrill.

Mein Vater hält sein Weinglas in der Luft. Meine Gabel stoppt bei ein paar zusammengeklebten Spaghetti. Dann stellt Dad langsam sein Glas ab, während Benji aufsteht. »Klingt wie Schritte.«

Er stürmt aus dem Esszimmer und stürzt am Bücherregal vorbei. Ein Teelicht fällt hinunter und kullert über den Fußboden. Dad rennt hinter ihm her. »Benji!«

Sein Stuhl fällt rückwärts auf den Perserteppich, aber ich hebe ihn nicht auf. Ich springe auch auf und renne die Treppe hinauf in den Flur. Benji hüpft auf der Stelle und schaut sich um. Entsetzen füllt meine Kehle.

»Ich habe Schritte gehört!«, sprudelt es aus ihm heraus. »Aber hier oben ist niemand. Ihr habt sie auch gehört, oder? Ihr habt die Schritte gehört? Und es riecht nach Vanille!«

Ich verschränke die Arme vor der Brust und knipse das Flurlicht an. Dann zwinge ich mich zu schlucken.

»Hast du es gehört, Dad?«, fragt Benji mit großen Augen weiter. Mein Vater nickt. »Ich glaube, hier spukt es!« Benji geht stampfend mit großen Schritten den Flur auf und ab. »Es klingt, als würde hier jemand rumlaufen, eine Frau.«

Meine ganze Hoffnung liegt in meinen geflüsterten Worten. »Mom zum Beispiel?«

»Deine Mutter spukt nicht in unserem Haus.« Dad verkündet das wie eine Anordnung oder einen Richterspruch. »Aimee, warum redest du ihm so einen Unsinn ein? Was ist los mit dir?«

Mir bleibt die Luft weg. Mir fällt nicht ein, was ich sagen könnte, weil ich geschockt bin, dass mein Vater so mit mir redet. Sonst ist er doch nicht so gemein.

Benjis Augen werden noch größer. »Was war das dann für ein Geräusch?«

Dad wedelt mit der Hand durch die Luft. Seine Augen schauen nach links, als würde er die Antwort dort finden. »Das Haus setzt sich.«

Benji verdreht die Augen. »Ja, genau. Gramps denkt auch, dass Mom hier herumspukt. Hast du das gewusst?«

Er stürmt mit stampfenden Schritten in sein Zimmer und schlägt die Tür hinter sich zu.

»Benjamin Avery! In diesem Haus wird nicht mit Türen geknallt!«, schreit Dad hinter ihm her, aber seine Stimme klingt nach Niederlage. Er dreht sich um und geht nach unten in die Küche. Ich folge ihm und wir setzen uns wieder an den Tisch.

»Dad …« Ich denke an die Schritte, an Courtney, Alan und meine Träume, und ändere die Richtung. »Weißt du irgendwas über den Flussmann?«

Er steht auf, geht mit großen Schritten wie eine Giraffe über die breiten Dielen zum Küchenblock und schnappt sich eine Flasche Glenfiddich. Scotch. Er wechselt zu Scotch, das heißt, dass er im Stress ist. »Was?«

Ich schiebe ein Stück Knoblauchbrot in einem großen Kreis über meinen Teller. »Mom hat ihn gesehen, bevor sie gestorben ist.«

»Das werde ich nicht mit dir erörtern, Aimee.«

»Warum nicht?«

Er gießt den Whisky in eines seiner besonderen Gläser. Sie haben einen gewölbten Bauch wie eine schwangere Frau und ein in das Glas graviertes Muster. Seine Hände zittern nicht, wie meine. Mit diesen Händen könnte er auch ein Chirurg sein, der in Menschen hineinschneidet. Oder er könnte malen.

»Darum nicht.«

»Warum darum?«

Er schwenkt den Whisky in seinem Glas. »Weil ich es nicht kann.« Er nimmt einen Schluck. Sein Adamsapfel bewegt sich beim Schlucken auf und nieder. In mir brennt etwas und zwar genau so, wie Scotch brennt, wenn man ihn trinkt.

»Bitte, Dad.«

Seine Stimme klingt tonlos und dumpf: »Deine Mutter hat ein Kind verloren. Es war noch ganz früh in der Schwangerschaft und es hat ihr ... na ja, es hat sie um den Verstand gebracht, Aimee. Sie war besessen davon, dich und Benji vor einer Wahnvorstellung zu beschützen, die sie hatte. Sie blieb nächtelang wach und sagte, sie würde Schritte hören, genau wie du, nur waren sie ganz schwer, und sie hörte ein kratzendes Geräusch wie von Mäusen. Außerdem sagte sie, es würde nach toten Dingen riechen, nicht nach Vanille.«

»Das sag ich ja gar nicht«, stoße ich hervor.

»Nein, aber du hörst Schritte.«

»Alle anderen aber auch!«

»Das Haus hat sich gesetzt.« Er reibt sich mit der Hand über die geschlossenen Augen. »Sie hat Dinge verdreht, sodass sie Angst einflößend waren. Sie hat nach Aufmerksamkeit gelechzt, genau wie du.«

»Das! Das war doch gar nicht ich. Es war Benji!« Ich stoße meinen Stuhl vom Tisch weg. Dieser Tag konnte nicht schlimmer werden. Courtney ist krank. Blake und ich haben uns getrennt. Nach meinen Träumen ist jemand in Gefahr, und ich habe keine Ahnung, wie ich helfen könnte. Ich hatte diese peinliche Autofahrt mit

Alan und jetzt das. Er vergleicht mich mit meiner Mutter. Meine Stimme ist bretthart, denn ich bin *nicht* verrückt und ich bin *nicht* die Einzige, die die Schritte gehört hat. Das ist unfair.

»Also gut. Du räumst ab. Ich hab gekocht.« Meine Beine tragen mich vom Tisch weg.

»Aimee …«

»Dad?« Das Wort verlässt meinen Mund, bevor ich es verhindern kann.

Er schwenkt wieder die bernsteinfarbene Flüssigkeit in seinem Glas. Er ist so groß und sieht so stark aus. Warum ist er in seinem Handeln so schwach? »Sag Benji nicht, dass eure Mutter hier ist.«

»Das war Gramps.«

»Ich rede auch mit ihm.«

»Wir sind nicht wie Mom. Wir sind nicht sie. Du wirst uns nicht auch noch verlieren.«

»Geh nicht dorthin, Aimee.«

Meine Hände ballen sich zu Fäusten, aber ich nicke. Soll er doch glauben, was er glauben will, was er glauben muss. Obwohl mein Herz lichterloh brennt, überquere ich die Holzdielen in unserer Küche, gehe auf die Zehenspitzen und küsse ihn auf die Wange. Ich werde so tun, als bräuchte ich keinen Vater, der mich rettet. Ich werde so tun, als wäre ich normal. Er ist schwach. Er kann nichts dafür. Er ist eher wie Blake als wie Alan. Ich glaube, die ganze Welt ist eher wie Blake als wie Alan.

»Ich hab dich lieb, weißt du«, flüstere ich, weil es so ist. Ich habe ihn lieb, komme, was wolle.

»Ich dich auch«, sagt er, und da bemerke ich das Messer.

Es ist das große Wellenschliffmesser, mit dem ich das Knoblauchbrot geschnitten habe. Ich zeige mit dem Finger darauf, aber meine Hand ist gar nicht wie meine Hand. Sie zittert.

Mein Vater dreht sich um, weil er sehen will, was meine Aufmerksamkeit erregt. Seine freie Hand legt sich um meine Taille und er zieht mich eng an sich. Seine Worte klingen eher nach Fluch als nach Gebet: »Großer Gott.«

Das Messer, das dreißig Zentimeter lange Messer, steht perfekt ausbalanciert auf seiner Spitze und dreht sich langsam.

10
Alan

Ich fahre nur noch Schritttempo, als ich mich Tante Lisas Haus, meinem Zuhause nähere. Aimee hat auf der Heimfahrt gemerkt, dass ich Tante Lisas Haus sage und mich dafür zurechtgewiesen, also nenne ich es jetzt mein Zuhause. Tante Lisas Chevy Tahoe steht in der Einfahrt. Viele Lichter brennen. Ich spähe angestrengt zu Courtneys Fenster hinauf. Ob ich hinter ihren pinkfarbenen Vorhängen wieder die Gestalt eines Mannes erkenne. Bei ihr brennt Licht, aber ich sehe keinen Schattenmann.

Nachdem ich hinter dem Tahoe geparkt habe, stelle ich den Motor ab. Ich schau noch einmal zu Courtneys Fenster hinauf. Und sehe tatsächlich einen Schatten. Eine dunkle Gestalt steht dort und schaut zu mir herunter. Aber der Vorhang hat sich geteilt, und ich erkenne, dass es eine Frau ist. Tante Lisa. Die Eingangstür geht auf. Meine Mom erwartet mich, also steige ich aus und gehe zu ihr.

»Alan, alles in Ordnung?« Sie tritt auf die Veranda heraus.

»Ja, mir geht's gut. Was ist mit Courtney? Ist sie okay?«

»Ja, ihr geht's bald wieder gut. Sie musste genäht werden und hat eine leichte Gehirnerschütterung. Was ist passiert?«

Ich mustere meine Mutter und frage mich, warum sie mich danach fragt. »Was hat sie erzählt?«

»Sie erinnert sich nicht«, meint Mom. »Jemand in der Schule hat Lisa erzählt, dass du sie ins Krankenzimmer getragen hast.«

»Ja, hab ich.« Ich halte inne. Um Zeit zu gewinnen, schaue ich mich um, während ich überlege, was ich sagen soll. Schließlich erzähle ich ihr einfach, was passiert ist.

Als ich fertig bin, macht sie einen Schritt auf mich zu und nimmt mich in den Arm: »Es wird nicht mehr geschwänzt, Alan Weißer Hirsch Parson. Verstanden?« Ich nicke. Mom seufzt.

»Sie ist oben. Der Doktor hat gesagt, dass wir sie bis Mitternacht wach halten müssen.«

»Dann gehen wir mal zu ihr.«

Courtney und Tante Lisa sitzen auf dem Bett. »Hi, Alan«, sagt Courtney.

»Hey. Alles klar?«, frage ich.

»Ich habe Kopfschmerzen. Danke, dass du mich ins

Krankenzimmer getragen hast.« Sie lächelt mich an. Sieht so aus, als wäre sie nicht mehr sauer auf mich, weil ich gestern in ihr Zimmer gestürmt bin.

»Kein Problem. Aimee macht sich große Sorgen um dich.«

»Ich sollte sie anrufen«, meint Courtney.

»Später«, bremst Tante Lisa sie. »Du kannst sie später anrufen.«

»Hört mal zu, mein Auto hat deutlich weniger gekostet, als ich dachte«, sage ich. »Ich habe Geld übrig. Wie wär's, wenn ich euch alle zum Essen einladen würde. Allerdings nicht zu Hummer. Den find ich einfach ekelhaft.«

Tante Lisa protestiert leise, aber ich tue das mit einer Handbewegung ab. Schließlich sagt sie zu Courtney gewandt: »Hast du Lust?«

»Klar«, antwortet Courtney. »Ich mag Zwiebelringe.«

Ich schicke Tante Lisa und Mom schon mal runter und verspreche, dass wir gleich nachkommen. Dann drehe ich mich zu Courtney um: »Ist wirklich alles in Ordnung?«

»Ja«, antwortet sie. Ich mustere ihr Gesicht. In ihrer Miene liegt kein Spott, keine Gehässigkeit. Sie sieht ganz normal aus. Na ja, ein normales Mädchen mit einer genähten Platzwunde auf der Stirn und schlimmer Akne, allerdings sind die Wunden nicht offen und nässen wie heute Mittag.

Carl's Cone Corner ist ein altmodisches Restaurant wie in einem Film aus den Fünfzigerjahren. Im Gastraum steht eine große Jukebox, und die Kellnerinnen, von denen ich zwei aus der Schule kenne, bringen das Essen auf Rollschuhen und tragen pinkfarbene Uniformen mit kurzen Röcken. Das Essen ist richtig gut und von meinem Teller starren mich keine toten Hummeraugen an.

Das Gespräch über die gerahmten Fotos von berühmten Persönlichkeiten an der Wand erstirbt langsam und eine lange Pause entsteht. Courtney sitzt mir gegenüber neben ihrer Mom.

»Gehst du eigentlich in die Kirche?«, frage ich unvermittelt. Na toll. Eigentlich wollte ich dieses Thema ganz dezent anschneiden. Aber dezent ist nicht meine Baustelle.

Courtney scheint vor der Frage buchstäblich zu fliehen. Ihre Mutter antwortet. »Nein, wir waren seit … ich weiß es nicht. Jedenfalls lange nicht. Warum?«

»Alan?«, sagt meine Mutter neben mir warnend. Sie hält sich ein Pommes direkt vor den Mund und spricht die beiden Silben meines Namens so, dass er tief beginnt und hoch endet. Bedrohlich.

»Ich frag ja nur«, sage ich. »Gehen hier viele Leute in die Kirche?«

»Einige, ja.« Tante Lisa schaut Mom argwöhnisch an. »Geht ihr?«

»Nein«, antwortet Mum und stößt mich mit dem Ellbogen an. Tante Lisa bemerkt es.

»Wenn Alan in die Kirche gehen möchte, finden wir eine für ihn. Für welche Kirche interessierst du dich?«

»Für keine«, sagt Mom, »Alan folgt den indianischen Göttern.« Mit den Händen macht sie Anführungszeichen um die »indianischen Götter«.

Courtney sitzt ganz still da und betrachtet ihr Essen.

»Einen Gott«, korrigiere ich sie. »Der sich in verschiedenen Formen manifestiert. Aber deshalb habe ich nicht gefragt.«

»Warum dann?«, will Tante Lisa wissen. Sie rührt unbehaglich mit dem Strohhalm in ihrem Getränk. Ich muss dieses Thema vom Tisch bringen.

»Ich war einfach neugierig.«

»Nein, du hast einen Grund.« Tante Lisa lässt nicht locker. Sie ist ihrer Schwester in vielerlei Hinsicht sehr ähnlich.

»Ich musste gerade an die Geräusche denken, die wir dauernd hören. Ihr wisst schon, das Kratzen.« Ich stecke mir ein Pommes in den Mund, als hätte ich gar nichts Besonderes gesagt.

»Die Mäuse?«, fragt sie.

»Ja. So ähnlich. Ich meine, was, wenn es gar keine Mäuse sind?«

»Was denkst denn du, was es ist?«

Ihre Finger drücken immer noch den Strohhalm zusammen, aber sie rührt nicht mehr um, sondern schaut mich direkt an.

Mom wischt sich Ketchup vom Mund und schlägt mit der Serviette neben meiner Hand auf den Tisch.

»Ich weiß nicht genau«, sage ich. Und ich weiß es wirklich nicht.

Gegen acht sind wir wieder zu Hause. Im Fenster von Courtneys beleuchtetem Schlafzimmer zeichnen sich keine Gestalten ab. Langsam frage ich mich, ob ich mir die Gestalt womöglich nur eingebildet habe. Tante Lisa stellt den Motor ab, und ich will die Tür öffnen, um auszusteigen.

»Einen Moment noch«, sagt Mom. Ich halte inne, die Hand am Türgriff, und schaue sie an, während sie zu Tante Lisa hinüberblickt. »Wir können es ihnen auch gleich sagen.«

Tante Lisa dreht sich zu Courtney und mir auf dem Rücksitz um. »Die Fabrik richtet eine weitere Schicht ein«, sagt sie. »Sie haben Freiwillige gesucht, die wenigstens die Hälfte der neuen Schicht übernehmen, bis neue Leute eingestellt sind. Wir haben uns gemeldet.«

»Das bedeutet viele Überstunden«, fügt Mom hinzu. »Und zusätzliches Geld.«

»Okay«, sage ich.

»Wir werden morgen Abend nicht vor neun zu Hause

sein. Und das wird dann eine Weile so bleiben«, erklärt Tante Lisa.

»Du bist abends nicht zu Hause?«, fiepst Courtney.

Tante Lisa fährt sich mit den Händen durch die Haare und ihre Finger bleiben in einer verfilzten Strähne hängen. Gedankenverloren zieht sie daran. »Vielleicht sollte ich das nicht tun. Nicht jetzt.«

Sie schaut Mom an, die wiederum zu mir nach hinten schaut. Ich weiß, was sie will. Wir hatten nie besonders viel Geld und der Umzug hierher hat Moms Ersparnisse komplett verschlungen.

»Das ist schon okay«, antworte ich. »Court und ich kommen damit klar. Ich habe ja mein Auto, wenn wir irgendwohin müssen. Wir kommen klar.«

»Meinst du das auch, Court?«, fragt Tante Lisa.

Courtney zuckt die Achseln. Die Bewegung ist so klein, dass man sie leicht übersehen könnte. »Wahrscheinlich. Ich weiß ja, dass wir das Geld brauchen.«

»Bist du dir sicher?«

»Ja.« Aber ihre Stimme klingt wenig überzeugend.

»Ich kümmere mich um sie«, verspreche ich und tätschle ihr Knie. Aimee würde sagen, das sei herablassend. Ich lächle, weil ich immerhin das schon von ihr weiß. Aber für den Augenblick scheint es zu passen und Courtney hat nichts dagegen einzuwenden. Nach einer Minute des Schweigens steigen wir alle aus und gehen zur Veranda, wo Tante Lisa die Tür aufschließt.

Der Verwesungsgeruch trifft uns wie eine Faust, als die Tür aufgeht. Wir alle weichen würgend zurück, nur Courtney bleibt wie angewurzelt in der Tür stehen. Ich bedecke mit einer Hand den Mund, lege den anderen Arm um ihre Schultern und ziehe sie weg.

»Was ist das?«, fragt Tante Lisa zwischen zwei Hustenanfällen.

»Vielleicht sind deine Mäuse gestorben.« Das ist gemein von mir, vor allem, weil ich es so spöttisch sage, aber es ist mir einfach so rausgerutscht.

Tante Lisa nickt mit dem ganzen Oberkörper. »Ja, wahrscheinlich. Ich habe heute Morgen ein paar Fallen aufgestellt und Giftköder ausgelegt. Wir haben bestimmt eine gekriegt.«

»Dem Geruch nach mindestens ein Dutzend«, korrigiert meine Mom.

Ich könnte wetten, dass wir nicht eine einzige tote Maus finden.

»Ich mach gleich mal die Fenster auf.« Tante Lisa rennt mit der Hand vor dem Mund nach drinnen wie ein Kind zum Ende des Drei-Meter-Bretts. Mom folgt ihr.

»Ich will da nicht rein«, flüstert Courtney. »Er ist drin.«

»Wer ist er, Court? Sag es mir.«

Sie dreht ihr blasses Gesicht zu mir herauf und in ihren Augen liegt tiefe Trauer.

»Nicht Daddy.«

Ich schüttle den Kopf. »Nein«, stimme ich zu. »Aber wer dann? Kennst du ihn?«

»Nicht Daddy.«

Ich ziehe sie an den Schultern zu mir her. »Nein, das ist nicht dein Dad. Aber es wird alles gut«, verspreche ich. »Ich habe was in meinem Zimmer, das hilft.«

Durch all die offenen Fenster wird es im Haus ziemlich kalt. Aber der Gestank verzieht sich wirklich schnell. Zu schnell. Das ist nicht normal. Tante Lisa checkt die Fallen und Schränke, wo sie Gift ausgelegt hat, findet aber nicht eine tote Maus.

»Wahrscheinlich haben sie das Gift gefressen und sind in den Wänden eingegangen«, sagt sie. Mom stimmt ihr zu. Ich halte den Mund, bleibe aber ganz nah bei Courtney.

»Der Gestank ist weg«, bemerkt Tante Lisa. Wir machen die Fenster wieder zu.

»Komm, Court, wir gehen hoch und schließen dort die Fenster.« Ich winke sie zur Treppe. Sie folgt mir widerspruchslos, während ich von Zimmer zu Zimmer gehe und die Fenster zumache. Zum Schluss kommt mein Zimmer an die Reihe. »Bleib ein bisschen hier, okay?«

Sie nickt und setzt sich aufs Bett. Ich gehe zu einem Stapel Kartons und krame in ihnen herum. Zuerst fällt mir eine alte Kappe mit der Aufschrift University of Oklahoma in die Hände, die ich schon ewig habe. Das dunkle Purpurrot ist fast zu Pink verblichen und das weiß gestickte OU ist ganz ausgefranst. Außerdem stinkt die Kappe nach altem Schweiß.

»Bitte schön!« Ich gehe zu Courtney hinüber und lasse die Kappe auf ihren Kopf fallen. »Ein kleines Souvenir aus meiner Heimat.« Ich kehre zu meinen Kartons zurück, sehe aber aus dem Augenwinkel, dass sie die Kappe abnimmt, betrachtet und naserümpfend daran riecht. Dann setzt sie sie jedoch wieder auf und streicht sich die Haare hinter die Ohren.

Im dritten Karton finde ich meinen alten Nylon-und-Leder-Rucksack aus der Mittelstufe. Ich ziehe ihn heraus und öffne das Hauptfach. Es riecht darin wie in einem Garten, obwohl ich alles in Plastiktüten eingepackt habe. Ich nehme ein paar Päckchen heraus und werfe sie neben Courtney aufs Bett.

»Ist das Pot?«

»Nein. Das würde ich nicht in euer Haus bringen.« Ich betrachte das Päckchen, das sie gerade untersucht. Es enthält ein dickes Büschel getrocknetes Gras, das ein paar Mal um sich selbst gedreht ist. »Das ist Süßgras. Das raucht man nicht, sondern man verbrennt es.«

»Was Indianisches?«

»Ja.«

Unter uns ertönt das Kratzen. Ich schwöre, dass meine

Haut sich über meinen Knochen kräuselt, als es beginnt. Courtney sitzt ganz aufrecht da. Das Entsetzen ist ihr ins Gesicht geschrieben. Sie tut mir schrecklich leid.

»Alles wird gut«, beruhige ich sie. »Gibt mir nur noch eine Minute.«

Ganz unten im Rucksack finde ich ein paar Tütchen mit Räucherkerzen und einen kleinen Brenner aus Messing. Auch die Tüte, auf der in großen schwarzen Buchstaben Salbei steht, entdecke ich. Ich lege eine Räucherkerze in den Brenner und stelle ihn auf meine Kommode. In einer Seitentasche des Rucksacks sind vier oder fünf Plastikfeuerzeuge. Eines nehme ich heraus und zünde die Räucherkerze an. Der Rauch zieht gemächlich von dem Brenner weg. Er riecht nach Truthahnfüllung und Pot.

»Das riecht … gut«, sagt Courtney, aber sie ist immer noch total angespannt. Ich nicke und packe all die Sachen, die ich nicht brauche, wieder in den Rucksack. Die Salbei-Räucherkerzen lasse ich ganz oben liegen. »Das ist Salbei«, erkläre ich ihr. »Man benutzt ihn … um Orte zu reinigen.«

Das Kratzen unter den Bodendielen wird lauter und schneller.

»Courtney? Alan? Alles in Ordnung bei euch?«, ruft Tante Lisa von unten.

»Uns geht's gut«, rufe ich zurück. »Wir sind in meinem Zimmer.«

»Stampft auf den Fußboden. Vielleicht geben diese verdammten Mäuse dann Ruhe.« Ich stampfe ein paar Mal mit dem Fuß auf, aber das Kratzen hört nicht auf.

»Ich muss wohl einen Kammerjäger holen«, höre ich Tante Lisa sagen. »Das wird einen Gutteil unserer Überstundenvergütung verschlingen.«

»Courtney.« Ich gehe zu ihr und packe sie an den Schultern, sodass sie mir ins Gesicht sehen muss. »Courtney, hör zu. Wenn dich etwas belästigt oder beunruhigt, etwas Böses, ein Geist zum Beispiel – willst du, dass es verschwindet?«

Das Kratzen wird immer schlimmer, als ob es durch die Bodendielen brechen und über uns herfallen wollte. Courtney zittert. Ihr Blick wendet sich ab von mir und wandert zum Fußboden. Ich schüttle sie ein bisschen, und sie schaut mich wieder an, aber ich bin mir nicht sicher, ob sie mich sieht.

»Willst du, dass es verschwindet?«, frage ich noch einmal.

Sie nickt.

»Sag es«, befehle ich ihr. »Sag ihm, dass es weggehen soll. Sag es und meine es.«

»G-g-geh ... weg«, flüstert sie.

»Lauter!«

»Geh weg!«, schreit sie. »GEH WEG GEH WEG GEH WEG GEH WEG!«

»Mach weiter.« Hoffentlich ist das der richtige Weg.

Vorsichtig nehme ich den Messingbrenner von der Kommode und gehe damit durchs Zimmer. Mit der Hand wedelnd verteile ich den intensiv duftenden Rauch im ganzen Raum.

»Geh weg geh weg geh weg geh weg. Lass mich in Ruhe.« Inzwischen schluchzt Courtney fast.

Das Kratzen unter uns hört auf einmal auf. Stattdessen ertönt ein langes, schleppendes Stöhnen, als würde jemand Holz biegen, bis kurz bevor es bricht. Ich höre Mom und Tante Lisa die Treppe heraufstürmen. In einer Sekunde sind sie da. Mom flippt bestimmt aus.

»Hilf mir, Onawa«, flüstere ich. »Hilf mir, Großer Geist.«

Das Stöhnen hört abrupt auf.

»Geh weg geh weg geh weg geh weg …«, skandiert Courtney immer noch.

Als Mom und Tante Lisa in der Tür erscheinen, bin ich bei Courtney. Ich lege ihr die Hand auf die Schulter und sie verstummt. Sie schaut zur mir auf. Ihre Augen sind immer noch weit aufgerissen, aber nicht mehr so angsterfüllt wie noch eine Minute zuvor.

»Was war das?«, will Tante Lisa wissen. »Hat Courtney geschrien?«

»Was ist das für ein Geruch?«, fragt Mom.

»Das Geräusch?« Ich drehe mich um und schaue die Frauen an. »Keine Ahnung. Der Geruch kommt von den Räucherkerzen. Ich dachte, damit könnten wir den Gestank vertreiben. Ist das okay?«, frage ich Tante Lisa. Ihr Gesicht ist vor lauter Sorge ganz zerknautscht.

»Das warst gar nicht du?« Sie betrachtet das kleine rauchende Messingschälchen in meiner Hand. »Und das sind nur Räucherkerzen?«

»Ja, Salbei.«

»Pass aber bitte mit den Streichhölzern auf.« Ihre Stimme klingt fern und besorgt. Sie glaubt nicht, dass ich nicht weiß, was das für ein Geräusch war. Würde sie mir glauben, wenn ich es ihr erklärte? Ich weiß es nicht, aber ich bin noch nicht bereit, alles zu erzählen, nur damit man mir dann nicht glaubt.

»Bei uns ist alles in Ordnung«, bekräftige ich noch einmal. »Ihr beide solltet ins Bett gehen, ihr müsst doch morgen lange arbeiten. Ich halte Court bis Mitternacht wach. Dann darf sie schlafen, oder?«

Tante Lisa nickt und sagt dann: »Ja. Mitternacht. Bist du dir sicher?«

»Ja. Geht nur. Das Geräusch ist weg – was immer es war. Und die Mäuse sind auch nicht mehr zu hören.«

»Du bist ein guter Junge, Alan.« Tante Lisas Stimme klingt jetzt ein bisschen entspannter. »Deine Mutter hat dich gut erzogen.«

»Sieht so aus«, sage ich mit schwachem Grinsen. »Ich glaube, Court und ich hängen hier noch ein bisschen rum. Vielleicht packen wir ein paar von meinen Sachen aus.«

»Bleibt aber nicht bis nach Mitternacht auf«, sagt meine Mom. »Ihr habt beide morgen Schule.«

»Wird gemacht.« Sie verlassen uns und ich wende mich an Courtney. »Alles in Ordnung?«

»Nein.«

»Kommt noch.«

Sie schaudert. »Glaub ich nicht. Er kommt wieder.«

Courtney bittet mich, noch eine Räucherkerze anzuzünden, bevor sie einschläft. Sie sitzt immer noch aufrecht an das Kopfteil meines Betts gelehnt und hat meine fleckige, stinkende University-of-Oklahoma-Kappe auf dem Kopf. Aber sie sieht friedlicher aus als je zuvor, seit wir nach Maine gekommen sind.

»Was hast du nur getan, Cousine?«, flüstere ich, während ich sie in eine mehr liegende Position ziehe und eine Decke über sie breite. »Hast du dieses Ding hereingebeten?« Ich betrachte die plötzliche Akne auf ihrem Gesicht. Dank der magischen Informationsmächte von Google und Wikipedia weiß ich inzwischen, dass man vier Stufen der Besessenheit unterscheidet. Die erste ist die Einladung. Offensichtlich wurde etwas eingeladen. Zumindest ist es offensichtlich für jemanden, der nicht über dreißig ist und in einer Papierfabrik arbeitet.

Die zweite Stufe ist die Heimsuchung, zu der normalerweise Poltergeistaktivitäten gehören. Ich werfe einen Blick auf meine Kommode, wo der zerbrochene

Bilderrahmen liegt. Die dritte Stufe ist die Besessenheit. In dieser Stufe sind meist körperliche Veränderungen, Wunden zum Beispiel, erkennbar. Die letzte Stufe dann ist … die vollkommene Inbesitznahme.

Das ist die christliche Version. Die Navajo-Indianer nennen das ganze Geister-Krankheit.

Nenn es, wie du willst, aber ich glaube, Courtney hat es.

Alan

11
Aimee

Ich reiße mich von meinem Vater los, mache zwei Schritte zum Herd und packe den Messergriff. Mit einem Satz bin ich bei der Spülmaschine, stopfe das Messer in die Besteckschublade und haue dir Tür zu.

Wir sagen kein Wort. Dad fordert mich mit einer Handbewegung auf, mich zu setzen, aber ich bin viel zu aufgedreht.

»Aimee!« Er sieht vollkommen entsetzt aus.

Eine Sekunde lang bekomme ich vor Schreck keine Luft. »Was?«

»Wie hast du das gemacht?«

»Du denkst, ich hätte das gemacht?« Die Spülmaschine ist noch zu. Ich vergewissere mich. Trotz meiner Wut vergewissere ich mich.

Seine Miene wird ganz ausdruckslos. »Das ist die einzig logische Erklärung.«

»Dad!« Jeder Zentimeter meiner Haut wird ganz hart vor Schmerz. Er denkt, ich hätte das getan? Er denkt, ich wäre so verrückt, dass ich ein Messer tanzen lasse? Irgendwie gelingt es mir, ihn nicht zu beschimpfen und ihm nicht den Stinkefinger zu zeigen, sondern hinauf in mein Zimmer zu stürmen.

»Liebes, es tut mir leid, aber wenn du es nicht warst, es… es…. Ich… kann doch nicht…« Er ruft hinter mir her, aber ich gehe nicht zurück nach unten. Friedenstaube hin oder her.

Später bekomme ich eine SMS von Blake: ES TUT MIR SO LEID. BITTE WIRF UNS NICHT WEG.

Keine Ahnung, wie ich darauf antworten soll, deshalb male ich fast die ganze Nacht. Ich weiß, dass das nicht normal ist. Der saubere, scharfe Geruch von Lackverdünner wabert durch das ganze Haus, aber niemand wacht auf. Niemand kommt in mein Zimmer und schaut nach, ob mit mir alles in Ordnung ist. Ich würde gerne so tun, als ob mir das egal wäre, aber das ist es nicht. Und ich würde gern aus dem Fenster zum Fluss schauen, aber ich fürchte mich davor, was ich sehen könnte. Deshalb schlafe ich nicht. Ich habe Angst vor meinen Träumen. Aber um zehn nach drei gebe ich mich geschlagen. Ich schließe die Augen und lehne mich an das Kopfteil von meinem Bett, als würde eine aufrechte Position die Träume fernhalten.

Fehlanzeige.

Ich bin unter Wasser. Auf der Wasseroberfläche ist ein Kanu und jemand schwimmt. Das Wasser auf meiner

Haut ist eiskalt. Eine Robbe treibt vorbei. Traurige Augen warnen mich, als ich versuche, durch die Wasseroberfläche zu brechen. Und dann… packen Hände meine Beine und ziehen mich nach unten, immer weiter nach unten. Meine Lungen bersten fast. Meine Gliedmaßen bewegen sich langsam, sie dehnen sich, verdrehen sich. Dann sehe ich, wer mich festhält: ein Mann mit Augen aus Wasser und einem Mund, der in einem fort lächelt…

Du gehörst mir…

Der Albtraum hat mich so erschöpft, dass ich die restliche Nacht schlafe wie tot. Keine Träume. Keine Angst. Am Morgen gehe ich hinunter zum Frühstück. Kajak fahren fällt aus. Ich traue dem Fluss nicht, nicht heute.

Wir sitzen alle vier am Tisch. Wenn wir Gramps in ein Kleid steckten, würden wir aussehen wie eine perfekte Familie. Alle vier trinken wir Orangensaft und essen Cornflakes. Merkwürdig.

»Dad glaubt nicht, dass es bei uns im Haus spukt«, verkündet Benji.

Wir schauen ihn an. Dann schauen wir zu Gramps, der seinen Löffel zwischen den Fingern pendeln lässt. »Dein Vater glaubt nicht an Geister.« Damit taucht er den Löffel in die Milch.

Benji erhebt sich fast von seinem Stuhl und beugt sich mit zusammengezogenen Augenbrauen kampfbereit nach vorn: »Warum glaubt er nicht an sie? Wir haben oben Schritte gehört, *aber da war niemand!*«

»Ich habe es nicht mitbekommen«, sagt Dad mit vollem Mund. Er redet nie mit vollem Mund.

Niemand sagt etwas. Gestern Abend hatte er gesagt, er glaube nicht an solche Dinge. Vermutlich würde ihn das zu sehr verletzen. Es würde ihm das Gefühl geben, er könne uns nicht beschützen, so wie er Mom nicht beschützen konnte, und das lässt mich Mitleid für ihn empfinden. Ich breche das Schweigen: »Wie läuft eigentlich eure Cheeto-Auktion?«

»Wir sind bei achthundertfünfzig Dollar«, verkündet Gramps mit stolzem Blick. Benji jauchzt und Dad verschluckt sich an seinem Orangensaft.

»Du machst Witze«, sagte ich. »Achthundertfünfzig Dollar?«

Gramps hebt die rechte Hand. »Pfadfinderehrenwort.«

»Und wann wolltest du es mir sagen?«, will Benji wissen. Er schüttet sich noch mehr Zucker auf seine Cornflakes. Dad greift über den Tisch und stellt den Zucker weg.

»Wenn du nicht mehr so schlecht drauf bist.« Er isst schlürfend einen Löffel Cornflakes und seine Augen funkeln. Er liebt diesen Running Gag »Ich-bin-schlecht-drauf-nein-du-bist-schlecht-drauf« mit Benji.

Benji reißt den Mund auf und deutet mit dem Finger auf seine Brust. »Ich? Ich bin doch nicht schlecht drauf!«

»Ihr und eure Launen«, sagt Dad. Und der Ton, in dem er das sagt, bringt das Gespräch zum Erliegen.

Ich überlege, was ich sagen könnte, aber mir fällt nichts ein. Ich schaue meinen Vater an. Ob er wohl auch an das tanzende Messer denkt?

»Warst du heute nicht auf dem Fluss, Aimee?«, fragt Gramps. »Kajak fahren tut dir gut, gutes Training, wirkt beruhigend.«

»Nö.« Ich schaudere. »Heute nicht.«

»Du musst mehr schlafen, sonst überanstrengst du dich«, verkündet er. »Letzte Nacht ist sie rumgewandert. Ich musste sie wieder ins Bett bringen.«

Dads Hand verlässt das Saftglas und greift stattdessen nach dem Kaffeebecher. »Tatsächlich?«

Mein Kopf fühlt sich an, als würde er sich drehen. »Ich erinnere mich nicht.«

»Natürlich nicht«, sagt Gramps in das unbehagliche Schweigen hinein. »Du hast ja geschlafen.«

Großartig. Noch mehr Argumente für Dads Theorie, dass ich verrückt bin. Dad wechselt wieder das Thema. »In der Notaufnahme war unglaublich viel los. Zurzeit passiert wahnsinnig viel …«

Ich höre nicht mehr zu, als er über die große Kampagne für eine neue Notaufnahme spricht. Benji formt mit den Lippen tonlos »Blah, blah, blah …« Ich muss kichern.

Als Alan in die Einfahrt biegt, ist Dad immer noch da.

»Ist er das? Courtneys Cousin?« Er schaut aus dem Fenster, während er sich sein Jackett überstreift.

»Ja.« Ich ziehe an seinem Ellbogen. »Komm vom Fenster weg, Dad.«

»Das ist aber kein besonders großes Auto«, nörgelt er.

»Groß genug.«

»Er steigt aus. Blake steigt nie aus.«

»Er steigt aus?« Ich laufe zum Fenster. Tatsächlich. Er steigt tatsächlich aus und geht zur Tür. Wow – wie groß er ist und auf seinem Gesicht liegt ein Anflug von einem Lächeln. Mein Herz vibriert ganz merkwürdig, aber ich mache mich nicht total lächerlich, indem ich meine Hand auf mein Herz lege oder so.

»Jungen steigen nicht aus dem Auto aus, wenn sie einen vor der Schule abholen.«

»Doch, wenn sie abgeknutscht werden«, meldet sich Benji zu Wort. Auch er linst aus dem Fenster. »Mann ist der groß. Da musst du zum Knutschen auf einen Stuhl steigen.«

»Benji!«

»Sie wird rot.«

Benji freut sich diebisch. »Mädchen werden nur rot, wenn sie in einen Jungen verliebt sind, richtig? Das weiß ich von Gramps.«

Mein Dad dreht sich um und schaut mich mit großen Agen an. »Der hat aber ganz schön viel Haare.«

»Mir gefällt's.«

»Mit solchen Haaren kriegt der nie einen Job.«

»Ach, halt die Klappe, Dad. Sei nicht so spießig.« Ich schnappe meine Tasche und renne zur Tür, damit ich sie aufreißen kann, bevor er klingelt. Sein Arm ist schon oben und sein Finger liegt auf dem Klingelknopf. Alles in mir seufzt irgendwie auf, nur weil ich ihn sehe. Ich berühre die Wölbung, wo der Medizinbeutel auf seiner Brust liegt. Ich muss es einfach tun.

»Hi«, stoße ich hervor und werde noch roter. Ich kann es kaum fassen, dass ich ihn einfach so angefasst habe.

Er lächelt, »Hi.«

Benji taucht hinter mir auf. »Dad. Sie haben ›Hi‹ gesagt. Sie haben den ersten Schritt gemacht, aber mehr Worte schaffen sie nicht, wie die meisten Teenager. Sie sind sprachlos vor lauter Liebe. Sprachlos! Sprachlos!«

Ich wirble herum und mein Rucksack knallt gegen den Türrahmen. »Benji! Hör auf! Du klingst wie Gramps!«

Er grinst hinterhältig.

Ich drehe mich wieder zu Alan um und versuche, mich zu entschuldigen. »Das ist mein kleiner Bruder.«

»Ich habe das aus seiner Größe, der Hänselei und der Tatsache, dass ihr morgens im selben Haus seid, geschlossen. Entweder das oder ihr mietet euch einfach Kinder, um als mustergültige Familie zu gelten. Ich stehe auf mustergültig.«

»Sehr witzig. TSCHÜSS!«, rufe ich und schließe die

Tür hinter mir. Wir gehen zusammen die Veranda hinunter. Meine Hüfte stößt gegen sein Bein.

Er öffnet die Beifahrertür für mich.

»Wie geht's Courtney?«, frage ich, bevor er die Tür schließt.

»Besser…« Er schaut zu unserem Haus zurück. »Im Augenblick geht es ihr immerhin besser. Glaub ich wenigstens. Ihre Mom bringt sie zur Schule. Sie hat darauf bestanden.« Im Auto riecht es schon nach ihm, nach seinem Deo und nach Erde, einfach gut. »Ich bin froh, dass bei dir alles in Ordnung ist.«

»Hast du gedacht, das wäre nicht so?«

»Ich habe mir die ganze Nacht Sorgen um dich gemacht«, räumt er ein und legt den Rückwärtsgang ein. Der Motor stöhnt auf. »Ich hab dich auf dem Handy nicht erreicht.«

»Mein Akku war leer. Ich hab vergessen, ihn aufzuladen. Tut mir leid.«

Eine Sekunde lang sagen wir beide nichts. Ich versuche, das seltsame Gefühl, das mich beschleicht, zu ignorieren. Auf der Fahrt erzählt er mir, was er gelernt hat, als er gestern Abend das Wort »Besessenheit« nachgeschlagen hat. Und ich berichte ihm von meinem Erlebnis mit dem Messer und dass mein Vater denkt, ich würde hinter den Vorgängen in unserem Haus stecken.

»Aber du denkst, es ist deine Mutter?«, fragt er beim Einparken.

Wir bleiben noch einen Augenblick sitzen. Ich sehe wohl verängstigt aus oder trostbedürftig, denn er nimmt meine Hand und sagt: »Alles in Ordnung, Rotschopf.«

Ich hole tief Luft und nicke. »Ich will nicht verrückt sein.«

»Das bist du auch nicht.« Er lächelt. Ich wende den Blick ab von seinem Mund und hin zu unseren Fingern, die sich berühren, als er hinzufügt: »Wenn du es bist, dann bin ich es auch.«

»Das klingt nicht sehr überzeugend«, versuche ich zu witzeln.

Lachend meint er: »Wir müssen los.«

Er lässt einfach so meine Hand los und wir steigen aus. Anders als Blake schließt er den Wagen nicht ab. Nicht dass ich sie vergleichen würde … Meine Güte, wir haben Händchen gehalten. Ganz kurz. Vielleicht ist das in Oklahoma so üblich. Vielleicht bedeutet es ja gar nichts. Es darf nichts bedeuten. Blake bringt ihn um, wenn es etwas bedeutet.

Meine Freistunde verbringe ich nicht wie sonst im Zeichensaal, sondern in der Bibliothek. Ich klappe meinen Laptop auf und gehe online. Mrs. Hessler, die freundliche Bibliothekarin, lächelt mich an. Sie beugt sich über den Tisch, immer bedacht darauf, nicht auf meinen Bildschirm zu schauen. Sie achtet sehr auf unsere Privatsphäre.

»Melde dich, wenn du Hilfe brauchst, Aimee.« Ihre Frosch-Ohrringe baumeln und schwingen gegen ihre kurz geschnittenen dunkelbraunen Locken.

»Danke«, sage ich lächelnd.

»Du hast so ein schönes Lächeln.« Sie richtet sich auf. »Wie deine Mom.«

Sie nickt, als sei sie zufrieden mit ihrer Bemerkung, und wendet sich ab. Ich google »Maßnahmen gegen Hexen« und bekomme unter anderem »Sofortmaßnahmen gegen Hexenschuss«.

»Na toll«, murmle ich und checke unterdessen die Cheeto-Angebote auf E-Bay. Auf dem Foto von Gramps sieht das Teil wirklich aus wie Marilyn Monroe. Irgendwie komisch. Ich klicke wieder zurück zur Suchmaschine und gebe »Schutz vor dem Bösen« ein.

Bingo. Gleich eine der ersten Seiten gehört zu einer Medieval Healing Chapel in England. Dort heißt es, Menschen, die durch psychische Angriffe gefährdet sind, seien bereits böse und würden andere manipulieren. Aber es gebe andererseits auch eine ganz andere Kategorie gefährdeter Menschen, und das seien die Menschen mit Heiler-Persönlichkeit. Sie sind unglaublich fürsorglich und mitfühlend und nehmen all die Emotionen ihrer Mitmenschen in sich auf.

»Wir bieten Workshops an!«, heißt es weiter. »Melden Sie sich an.«

»England ist ein bisschen weit weg«, murmle ich

und scrolle die Seite hinunter, wo es einen besonderen Abschnitt über Techniken gibt, wie man psychische Angriffe verhindert. Zum Beispiel, indem man ein schützendes Energiefeld schafft, ein weißes Licht zum Beispiel.

»*Ha!*« Genau das mache ich, wenn ich andere Menschen heile.

Zwei Neuntklässler schauen amüsiert von ihren Computern auf.

»Alles in Ordnung, Aimee?«, ruft mir Mrs. Hessler mit sanfter Stimme zu.

»Ja. Alles bestens.« Ich senke meine Stimme auf die angemessene Bibliothekslautstärke. »Tut mir leid, dass ich laut war.«

Mrs. Hesslers Lächeln öffnet einem das Herz: »Es ist gut, wenn ihr in der Bibliothek glücklich seid.«

Ich schleime mich ein und halte ihr den hochgereckten Daumen hin, dann lese ich rasch die Seite fertig und google »schützende Kräuter«. Ich werde alles tun, was in meiner Macht steht, um die Menschen zu beschützen, die ich liebe. So ist es, Flussmann! Aimee Avery ist dir auf den Fersen. Die Leute denken, ich hätte immer nur Liebe und Frieden im Kopf. Das stimmt ja, aber dazu gehört auch, dass ich die Menschen in Sicherheit wissen möchte – sicher vor Streit, sicher vor Gemeinheit, sicher vor bösen Flussmännern … Allerdings habe ich abgesehen von ein paar kleinen Kratzern und Abschürfungen bei Benji niemanden wirklich geheilt. Ich hatte immer das Gefühl, meiner Mutter sonst zu ähnlich zu werden, verrückt zu sein …

Da ich noch Zeit habe, google ich »Alan Parson«. 2.190.000 Treffer und die meisten haben mit Alan Parsons Project zu tun. Soviel ich weiß, ist das eine alte Rockband aus den Siebzigern. Also schränke ich die Suche auf »Alan Parson Oklahoma Football« ein.

Ein Artikel nach dem anderen erscheint. Zuerst stoße ich auf einen Zeitungsbericht in einer Online-Ausgabe von *The Oklahoman*. Die Überschrift lautet: Football-Wunderkind Parson besorgt den Sieg. Es gibt sogar Bilder von ihm, wie er, den Ball an die Brust gedrückt, über das Spielfeld rennt. Der Stoff seines Trikots spannt über den Muskeln seiner Oberschenkel.

Mich hat er auch an die Brust gedrückt.

Ich klappe meinen Laptop zu. Das ist ja lächerlich. Tief durchatmen.

Fast stöhne ich laut auf. Das geht mir alles viel zu schnell. Alles ist viel zu aufgeheizt.

»Aimee? Alles okay?«, fragt Mrs. Hessler noch einmal.

Ich nicke.

»Wie ich gehört habe, ist Courtney gestern ohnmächtig geworden. Wie geht es ihr?«

»Keine Ahnung«, antworte ich wahrheitsgemäß. »Sie sollte eigentlich heute zur Schule kommen, aber ich habe sie noch nicht gesehen. Allerdings hat sie sich schon vorher benommen, als …«

»Als wäre sie gar nicht sie?«

»Ja.« Ich packe meine Sachen zusammen. »Genau.«

Es klingelt. Die Neuntklässler springen auf und suchen ebenfalls ihre Sachen zusammen.

Bevor ich zur Tür hinaus bin, tippt Mrs. Hessler mir auf die Schulter. »Aimee?« Ich drehe mich um. Habe ich gegen eine Bibliotheksregel verstoßen? »Hat Courtney irgendwas Merkwürdiges gemacht, bevor sie ohnmächtig wurde?«

»Sie hat die Augen ganz nach oben verdreht.« Mir schaudert. Ich mag mich gar nicht daran erinnern.

»Oh … oh…« Mrs. Hessler sieht auf einmal aus, als würde sie sich sehr unbehaglich fühlen. »Hatte sie … waren auf ihrem Gesicht auf einmal ganz viele Pickel?«

Ich drücke meinen Computer fest an die Brust. »Ja. Und wie. Warum fragen Sie?«

Sie reibt nervös ihre Finger aneinander. »Nur so. Ich habe mich nur gefragt. Nichts Besonderes. Brauchst du ein Verspätungsformular?«

»Nein.« Ich verstehe das alles nicht ganz. »Nein. Alles okay. Danke, Mrs. Hessler.«

»Warte noch, Aimee.« Sie geht zur Theke und stellt mir ein Verspätungsformular aus. Dann zieht sie einen pinkfarbenen Schnellhefter heraus und kommt zurück zu mir. »Nimm das und lies. Okay?« Ich zögere, aber sie drückt mir den Schnellhefter in die Hand. »Bitte. Diese Informationen habe ich gesammelt. Es geht um … egal, lies und ziehe deine eigenen Schlüsse.«

Völlig verwirrt nehme ich den Schnellhefter. »Danke.«

Sie hebt die Hand und winkt mir zum Abschied. Ich drehe mich noch einmal um. Sie steht immer noch mit traurigem Gesicht an der Tür.

Ungeduldig schlage ich im Mathematikunterricht den Schnellhefter auf. Auf der ersten Seite sind kurze Artikel aus einer sehr alten Zeitung ohne jede Verfassernennung. Einen aus dem Jahr 1876 hat Mrs. Hessler mit einem roten Filzstift umkringelt.

> TOD IM FLUSS – Die gestrige Abendveranstaltung des »Goffs Harbor«-Club in East Goffstown war gut besucht und das Programm wurde gefällig dargeboten. Die mit großem Fleiß zusammengestellte Abhandlung von Mrs. Joshua Pentengale wurde sehr wohlwollend aufgenommen.
>
> Nach der Vorstellung jedoch bestand Mr. Emulus Black darauf, er könne trotz einer fiebrigen Erkältung ohne Hilfe sein Zuhause am Union River erreichen. Mit dieser Einschätzung scheint er sich geirrt zu haben. Früh am heutigen Morgen fand Mrs. William Goodale Teile von Mr. Blacks Körper am Ufer des Flusses. Die Umstände seines Todes sind derzeit noch nicht ganz geklärt

und könnten als Lesestoff für das schwache Geschlecht nicht geeignet sein.

Schaudernd schaue ich auf. Mr. Block labert weiter vor sich hin. Der nächste Artikel ist auch ein Mikrofiche, scheint aber ein Leitartikel zu sein.

FLUCH ÜBER DER STADT? – Mit dem Tod von Mr. Emulus Black vor einigen Tagen macht das alte heidnische Gerücht wieder die Runde, dass über East Goffstown ein Fluch liege. All jenen, die dieses Gerücht nicht kennen, sei gesagt, dass unsere verehrten Ahnen angeblich die indianischen Waldgeister verärgerten, weil sie diese schöne Gemeinde gründeten, ohne den Bäumen und dem Fluss entsprechende Opfer zu bringen. Es ist die ausdrückliche Meinung dieser Zeitung, dass der Glaube an solche Legenden moralisch gefährlich und verwerflich ist.

Ich möchte Alan holen, aber stattdessen blättere ich zur nächsten Seite. Noch ein Mikrofiche-Artikel ist rot umkringelt.

MYSTERIÖSE VERLETZUNGEN – Am Sonntagmorgen, ungefähr eine Viertelstunde nach Beginn des Gottesdienstes, kam Doktor M. S. Hutton, wohnhaft in Maple Avernue 24, in die First Congregational Church gewankt.

Er war kaum in der Lage zu sprechen, stieß aber angeblich immer wieder die Worte »Flussmann« aus. Nach einer flüchtigen Untersuchung war klar, dass der geachtete Bürger schwer mit Schlägen gegen den Kopf verletzt wurde und tiefe Wundmale an Handgelenken und Fußknöcheln hatte. Der Versuch, ihn zum nächsten Arzt zu bringen, seinem Kollegen, einem gewisse Dr. Llewellyn Allen in Blue Hill, scheiterte daran, dass er rasch seinen Verletzungen oder dem Schock erlag. Eine Gruppe von Männern aus der Kirche versuchte erfolglos, weitere Männer zu finden, die im Fluss verletzt worden waren. In der Stadt wird niemand vermisst. Was dem guten Doktor zustieß, ist, soweit wir das zu diesem Zeitpunkt feststellen können, immer noch ein Rätsel.

Es gibt noch drei Artikel aus derselben Woche, in denen es um zwei vermisste Frauen geht. Sie waren zuletzt am Fluss gesehen worden. Der Leichnam der einen Frau wurde ohne Gliedmaßen am Ufer des Flusses gefunden. In der Stadt herrschte eine gewisse Panik. Es wurde untersagt, allein zum Fluss zu gehen. Die Zeitung veröffentlichte ein Bild von der Frau. Sie war schön, ein kleines Gesicht mit großen Augen.

Sie erinnert mich an meine Mutter.

Die nächste Seite datiert aus dem Jahr 1938. In den Schlagzeilen ist wieder von mysteriösen Todesfällen die Rede. Ich blättere weiter. Alle paar Jahrzehnte dieselben

Geschichten. Menschen sterben und werden verstümmelt gefunden.

Ich lege mir die Hand auf die Stirn, als würde das meine Gedanken unter Kontrolle halten. Ich blättere um: ein Artikel über meine Mutter. Ihr Name wird aber nicht erwähnt.

> Am Sonntagmorgen starb eine Frau aus Goffstown im Union River. Einheiten der Küstenwache, die örtliche Polizei und der Hafenmeister äußerten sich zu dem Vorfall. Es gibt keinen Verdacht auf Fremdeinwirkung.

Ich legte den Kopf auf meinen Tisch.

Mühsam schlucke ich. Ich werde nicht weinen. Der Tisch fühlt sich kalt an gegen meine Stirn und riecht nach einem Zitronenreiniger. Wenn ich die Augen schließe, ist es dunkel, nur dunkel und sonst nichts. Genau das wünsche ich mir gerade. Nichts.

»Miss Avery?« Das ist Mr. Block mit den über seinen Schädel gekämmten Haaren und den roten Pausbacken. »Miss Avery? Sind Sie bei uns?«

Die ganze Klasse lacht.

Ich hebe den Kopf und blinzle in dem hellen Licht. »Nicht wirklich.«

Das Gelächter wird lauter, als ob ich einen fantastischen Witz gemacht hätte.

Mr. Block erlaubt sich eine Sekunde lang ein Lächeln,

dann zieht er seine grünen Cordhosen hoch und kratzt sich an der Glatze. Er lehnt sich zurück, sodass sein Hintern auf dem Pultrand ruht, und wirft dabei einen Stift auf den Boden. Emily hebt ihn auf und gibt ihn ihm zurück.

»Danke, Miss Portman«, sagt er und wendet seine Aufmerksamkeit mir zu. »Miss Avery, erzählen Sie uns doch mal etwas über den Hauptsatz der Differenzial- und Integralrechnung.«

Würg.

Ich muss mich zwingen, meinen Kopf nicht wieder auf den Tisch fallen zu lassen. Er ist so schwer. Meine Stimme ist schwer. Aber ich gebe mir einen Ruck und sage: »Er besagt, dass Integration und Differentiation gegensätzliche Operationen sind.«

»Gegensätzliche?«

Ich blinzle. »Umgekehrt. Ich meine Umkehrungen.«

Er schüttelt den Kopf. »Gegensätzlich gefällt mir. Das ist gut. Das ist wirklich gut.«

Er lächelt wieder, und ich weiß, dass er mir eine Rettungsleine hinwirft, aber irgendwie fehlt mir die Kraft, den Arm auszustrecken und sie zu ergreifen. Er drückt sich vom Pult hoch, als ob Bewegung die einfachste Sache der Welt wäre, und wendet sich zur Tafel, um es anzuschreiben: *Fba F(x)dx = F (b) – F (a)*

Lächelnd dreht er sich zu uns um: »Das ist es, Leute, das Geheimnis der Universums.«

Wenn es nur so einfach wäre.

Kurz bevor meine Mutter starb, waren ihre Füße immer in Bewegung. Auch wenn sie sich hinsetzte, tappten ihre Füße tap tap tap über den Fußboden, als würden sie gegen den Stillstand des Sitzens aufbegehren, als wären sie dazu bestimmt, sich dauernd zu bewegen.

Einmal hatten wir Lunch, obwohl es erst halb zehn Uhr morgens war. Benji lag in seinem Maxi-Cosi, diesem Baby-Autositz, den man aus dem Auto rausnehmen kann. Mom hatte ihn neben einen Stapel mit Büchern, die wir am Morgen aus der Bücherei geholt hatten, auf den Tisch gestellt. Sanft schaukelnd schlief er unter seiner Decke mit den Teddybären. Ich aß Makkaroni mit Käse überbacken, die naturreine Bio-Qualität von Annie's, und trank dazu Apfelsaft. Meine Mom setzte sich, stand wieder auf und setzte sich wieder hin. Ihre Füße tappten *tap-tap-tap* über den Fußboden.

»Es ist so schwer, stillzusitzen«, sagte sie. »Aimee, für Mommy ist es manchmal einfach ganz schwer stillzusitzen. Wenn man tot ist, hat man genug Zeit zum Stillsitzen.« Sie stieß dieses komische kurze, harte Lachen aus. Ihr Lachen setzte sich in meiner Kehle fest und machte es mir schwer, meine Käsemakkaroni zu schlucken. »Vielleicht sollte ich auch sagen, man hat genug Zeit stillzusitzen, wenn man tot ist, ich meine, man hat genug Zeit stillzuliegen, wenn man tot ist. Ach, was meine ich überhaupt? Ich hab keine Ahnung. Keinen blassen Dunst. Keine Ahnung. Die Kiefer von anderen Menschen sind sehr interessant, nicht wahr, Aimee? Wenn man die Kiefer von anderen Menschen anschaut, kann man sich fast ihr Skelett vorstellen.«

Ich betrachtete ihren Kiefer. Er war schmal und lief spitz zu. Die Haut spannte über den Knochen. Kleine Wunden waren zu sehen.

»Du wirst mal eine große Künstlerin sein, und du solltest immer zuerst den Kiefer malen, denn nur dann kennst du die Struktur des Gesichts. Ach, das klingt, als würde ich über ein Haus sprechen. Nicht wahr? Die Struktur eines Gesichts. Die Struktur eines Hauses. Die Struktur eines Herzens.« Sie stand auf und sah mich starr an. »Ich geh raus und fälle ein paar Bäume. Ich mag es nicht, dass die Bäume so dicht ans Haus heranreichen. Es ist nicht sicher. Meine Familie muss in Sicherheit sein. Das ist meine Verantwortung.«

Sie lief zur Tür. Es war März. Sie trug weder einen Mantel noch Stiefel. Draußen lag noch überall Schnee. »Wenn ich weg bin, schaust du nach Benji«, sagte sie. »Du passt auf ihn auf.«

Und dann war sie weg, für immer.

In der Nacht, bevor das passierte, habe ich geträumt: Sie ging mit einer großen Maschine in der Hand zum Ufer des Flusses. Mitten im Fluss stand ein Mann. Sein Gesicht war ein Skelett. Es bestand nur aus Knochen. Er wartete auf sie. Vielleicht wartet er auch auf uns.

12
Alan

Ich habe mit der ersten Gruppe Lunch. Als ich in die Cafeteria komme, wartet Aimee schon zusammen mit Hayley in der Schlange. Ihre Haare leuchten wie Feuer in einer Welt voller Nebel. Ich möchte zu ihr gehen, meine Hand in ihren Haaren vergraben und sie ein bisschen verwuscheln, bevor ich mit der Hand ihren Rücken hinunterstreiche.

Ich betrachte die Schlange und schaue mich in der Cafeteria um. Heute gibt es Hühnerschlegel und mit Käse überbackene Makkaroni.

Das schmale Oval ihres Gesichts wird rot wie ihre Haare. Als Hayley ihr etwas ins Ohr flüstert, schüttelt sie den Kopf. Ich muss mir was einfallen lassen zur Begrüßung. »Was macht das Cheeto?«

»Heute Morgen stand das Gebot bei achthundertfünfzig Dollar.«

Ich bleibe stehen. »Willst du mich auf den Arm nehmen? Für ein Cheeto?«

»Ein Cheeto mit Titten.«

»Vielleicht finde ich unter den Hühnerschlegeln ja einen John Wayne«, sinniere ich. Ich werfe einen Blick in die Runde. Blake sitzt an seinem üblichen Tisch und schaut finster zu uns her. Na toll. Ist schon das Reden mit Aimee eine strafbare Handlung?

Aimee bemerkt ihn nicht. Sie lacht und sagt dann: »Ich suche nach einem Buddha-Gesicht in meinen Makkaroni.«

»Wir schmeißen die Highschool und leben von dem Geld, das wir mit verrückt geformten Lebensmitteln machen«, schlage ich vor.

Hayley lächelt. »Fantastische Idee.«

Aimee will etwas sagen, hält aber inne und schaut hinter mich. Ich drehe mich um. Courtney nähert sich dem Ende der Schlange. Sie sieht krank aus. Ihr Gesicht ist aufgequollen und von Pickeln übersät. Viele sind entzündet und nässen, sodass zahlreiche Schüler mit dem Finger auf sie zeigen und vor ihr zurückweichen. Der Ausdruck auf ihrem Gesicht ist merkwürdig. Sie sieht zugleich wütend und amüsiert aus. Ihre Augen glänzen unnatürlich, als hätte sie Fieber.

»Bleibt mir vom Leib«, knurrt sie in die Runde. Ja, sie knurrt. Ihr Kopf fährt herum und sie greift sich einen großen Jungen in einem Trikot der Boston Red Sox heraus. Der Junge wird blass. Courtney schaut wieder in die Runde und wählt ein brünettes Mädchen in einem

T-Shirt der Beratungsschüler der Goffstown Highschool aus. Sie taumelt auf sie zu, das Mädchen weicht in panischer Angst vor ihr zurück.

Ich dränge mich aus der Schlange heraus und gehe Courtney entgegen. Aimee ist direkt hinter mir. Courtney dreht den Kopf und schaut uns an. Ihre Lippen sind trocken und rissig und zu einem bösen Lächeln verzerrt.

Ich bleibe stehen. Das ist nicht das Mädchen, das gestern Abend mit meiner OU-Kappe auf dem Kopf eingeschlafen ist. Ihre Augen richten sich auf Aimee.

»Court?«, flüstert Aimee. »Alles in Ordnung?«

Ihr Mund öffnet sich, aber es kommen keine Worte heraus.

»Komm, Courtney, wir gehen«, sage ich und strecke ihr die Hand hin. »Ich bring dich nach Hause. Ich hab den Eindruck, dir geht's nicht gut.«

Das Nächste, was ich weiß, ist, dass ich über die blaue Absperrung fliege, die die Schlange an der Essensausgabe von der restlichen Cafeteria trennt. Ich lande auf einem Tisch und rutsche weiter auf den Schoß eines Jungen und eines Mädchen, die dort gerade essen. Der Inhalt ihrer Teller verteilt sich auf meinen Klamotten. In der Cafeteria ist es totenstill.

»Court?«, fragt Aimee. »Court, hörst du mich?«

Aber meine Cousine klappt wie gestern einfach zusammen und sinkt zu Boden. Diesmal ist Aimee zur

Stelle und fängt sie auf. Sie kann sie zwar nicht halten, aber sie verlangsamt den Sturz, sodass Courtney nicht wieder mit voller Wucht auf dem Boden aufschlägt. Everson und ein paar andere Lehrer eilen zu ihnen hin, während ich mich mühsam von den Knien des Jungen und des Mädchen aufrapple. Blake stürmt den Gang herauf und lacht hinter vorgehaltener Hand. Ich schaffe es endlich aufzustehen. Hühnerstückchen und klebrige Makkaroni fallen von meinem Rücken und meiner Seite.

»'tschuldigung«, sage ich und renne zurück zu Aimee und Courtney. Blake ist schon da und hat Rotschopf den Arm um die Schulter gelegt, als gehöre sie ihm.

»Lasst sie liegen!«, ruft Everson. »Tretet zurück! Alle einfach zurücktreten. Setzt euch hin und esst.« Er reißt ein Funkgerät von seinem Gürtel und gibt Befehle. »Wir brauchen einen Krankenwagen in die Cafeteria, sofort. Ein Mädchen ist umgekippt.«

Blake zieht Aimee weg von Courtney und sagt etwas zu ihr, aber ich verstehe nicht was. Ich muss dauernd Courtney ansehen und daran denken, wie sie gestern war. Ich versuche, zu ihr durchzukommen. »Sie ist meine Cousine«, beharre ich, aber Everson und die anderen halten mich auf. Everson steht da wie eine Mauer. Auf welcher Position hatte er in Colorado gespielt? Linebacker? Oder Defensive End? Er rührt sich nicht von der Stelle.

»Beruhige dich, Alan.«

»Ist sie okay? Atmet sie?«, will ich wissen.

»Sie atmet.« Er legt mir die Hand auf die Brust, um mich zu stoppen. »Da kommt schon Hilfe.«

Ich verspüre den Drang, auszuholen und unseren Konrektor aus dem Weg zu schubsen. Aber so schnell wie er kommt, vergeht er auch wieder: Man schlägt Lehrer und Rektoren einfach nicht. Und schon gar nicht Rektoren, die gebaut sind wie Ziegelsteinmauern. »Sie hat eine Gehirnerschütterung.«

»Ich weiß«, antwortet er. »Sie braucht einen Arzt. Der Krankenwagen ist unterwegs. Sie bekommt Hilfe.« Er mustert mich. »Geh ins Rektorat und sag Ms. Murillo, dass ich dich schicke. Sie soll dir ein sauberes Hemd geben. Und dann geh zur Toilette und sieh zu, dass du den Käse von deinen Jeans entfernst.«

Ich schaue an ihm vorbei zu Courtney. Sie liegt unbeweglich und kalt auf dem Fußboden. Nur die leere Hülle eines Menschen.

»Sie wird wieder gesund«, verspricht Everson.

»Komm, Alan. Ich begleite dich.« Aimee nimmt mich an der Hand und zieht mich weg. Im Hintergrund steht Blake und glotzt. Everson schaut Aimee kurz an und nickt.

Ich folge Aimee ins Rektorat. Dort sagt sie der Sekretärin, dass ich ein frisches Hemd brauche. Die Sekretärin geht zu einem Schrank und holt ein blaues GHS-Shirt heraus. Ich murmle einen Dank, dann zieht Aimee mich hinaus und zur nächstgelegenen Toilette.

»Zieh dich um und mach dich sauber«, sagt sie. »Danach muss ich dir was zeigen.«

Mein schwarzes Motorhead-T-Shirt zerknüllt in einer Hand komme ich aus der Toilette heraus. An der Hüfte ist meine Jeans feucht, weil ich versucht habe, den klebrigen Käse wegzureiben. Aimee wartet immer noch auf mich. Ob sie sich mit Blake versöhnt hat? Ob sie es mir sagen würde, wenn ja?

»Sie haben Court gerade auf einer Bahre hinausgetragen«, erzählt sie. »Sie war bei Bewusstsein. Ich konnte kurz ihre Hand halten und ihr sagen, dass wir sie lieb haben. Sie wirkte angeschlagen, aber nicht … du weißt schon …«

Ich muss wegsehen. Ein Kloß schnürt mir die Kehle zu und meine Augen werden ein bisschen feucht. Bis vor einer Woche habe ich meine Cousine nicht einmal gekannt, aber seit gestern Abend sind wir eine richtige Familie. Ich nicke und schaue Aimee wieder an. Dann denke ich, zur Hölle mit Blake, umarme sie, ziehe sie an mich und küsse sie oben auf den Kopf. *Sie* habe ich letzte Woche auch noch nicht gekannt, und jetzt ist sie mein einziger Anker in einer Welt, die von Minute zu Minute immer mehr aus den Fugen gerät.

»Wir müssen gegen dieses Ding kämpfen«, sage ich in Aimees wundervolle rote Haare hinein, die nach Sonne und Blumen und Normalität riechen.

»Ich weiß«, sagt sie und ihre Stimme wird von dem neuen blauen Stoff auf meiner Brust gedämpft. Ich merke, wie fest ich sie an mich drücke, und lockere meine Umarmung ein bisschen, lasse sie aber nicht los. Es besteht immer noch die Gefahr von feuchten Augen, und ich möchte nicht, dass sie das sieht.

»Was können wir tun?«, fragt sie.

»Ich weiß es nicht.« Aber eigentlich weiß ich es. Die Frage ist nur, kann ich es? Bin ich stark genug? Für den Bruchteil einer Sekunde wünsche ich mir, mein Vater wäre hier, um es mir zu sagen, um mich zu bestätigen, aber dann ich schiebe ich den Wunsch beiseite.

Angesichts der Umstände gehe ich davon aus, dass meine Mutter Verständnis zeigen wird. Wir gehen zurück zum Rektorat und ich sage zu Ms. Murillo: »Ich fahre mit meiner Cousine ins Krankenhaus.«

»Ich auch«, verkündet Aimee. »Er ist heute meine Mitfahrgelegenheit.«

Ms. Murillo hat eine forsche Stimme und trägt einen schicken Kurzhaarschnitt. Offensichtlich hat sie alle Entschuldigungen, die Schüler sich ausdenken können, schon einmal gehört. »Ich kann euch nur den Schein ausstellen, wenn euch jemand offiziell entlässt.«

»Tut mir leid, Ma'am, aber ich fahre auf jeden Fall«, antworte ich. »Ich möchte nicht unhöflich sein, aber das war eigentlich keine Frage. Ich dachte nur, jemand sollte wissen, wo ich bin.«

»Ich kann ja deine Mutter anrufen und fragen, ob sie einverstanden ist«, schlägt sie vor und greift nach dem Telefon auf ihrem Schreibtisch.

»Ich kann nicht …«

»Alan, so ist es besser«, sagt Aimee. »Deine Mutter hat bestimmt nichts dagegen und du vermeidest Ärger.«

»Wie ist die Nummer?«, fragt Ms. Murillo.

Ich schreiben meinen Namen unter die Namen der anderen Schüler, die von ihren Eltern die Erlaubnis bekommen hatten, die Schule zu verlassen. Es gibt eine Spalte, in der die Erwachsenen unterzeichnen können. Die lasse ich leer. Sie hat das Gespräch mit meiner Mutter beendet.

»Aimee, bei dir ruf ich deinen Vater an«, sagt Ms. Murillo. Ein paar Minuten später sitzen wir in meinem Auto und Aimee lotst mich zum Krankenhaus.

13
Aimee

»Ist es das da?«, fragt Alan.

»Jep.« Ich fahre mir mit der Hand über die Augen und versuche es zu sehen, wie er es sieht, versuche nicht daran zu denken, wie nett Blake in der Cafeteria war, wie er mich getröstet hat, als Courtney ausgerastet ist. Als ob er wieder in den netten Blake zurückgeschnappt wäre. Ich hasse das. Das Leben wäre so viel leichter, wenn Menschen wie Gebäude wären, wenn sie nicht hin und her wechseln würden zwischen nett und gehässig, zwischen wütend und liebevoll.

Das Maine Memorial Hospital ist nicht groß, aber solide und stabil gebaut. »Die Klinik ist gut. Echt. Courtney wird hier super versorgt. Ich meine, sie tun ihr Bestes für sie …«

Er unterbricht mich. »Stethoskope und Bluttests helfen hier nicht.«

»Ja, ich weiß.« Ich nicke und zeige auf einen Bereich des Parkplatzes. »Da kannst du parken. Der Mini gehört

Dr. Mason und die Limousine Doris Bailey. Sie ist die Verwaltungsassistentin von meinem Dad und arbeitet schon seit fünfzig Jahren hier. Sie ist schon achtundsechzig und hat nie einen anderen Job gehabt. Sie kann richtig gut backen. Gelaber … tut mir leid, nur dummes Gelaber. Ich mache mir einfach solche Sorgen um Courtney.«

Nachdem er eingeparkt hat, schnallt er sich los und nimmt mich wieder in den Arm. Ich frage mich langsam, ob alle Leute aus Oklahoma so versessen sind auf Umarmungen. Oder hat das was zu bedeuten? Er sagt: »Ja. Ich auch.«

Es ist unsere zweite Umarmung. Sein Geruch steigt mir in die Nase. Er riecht gut, trotz des leichten Cafeteriakäsearomas. Sein Atem streicht über meine Haare und meine Haare sind glücklich. »Ich weiß.«

Ich entziehe mich der Umarmung und sage es einfach: »Ich mache mir zwar schreckliche Sorgen um Court, aber ich fürchte mich auch davor hineinzugehen. Ich fürchte mich davor, was passieren könnte. Ich meine, ich fürchte mich vor ihr – nicht vor ihr – aber … vor dem, was in ihr ist, verstehst du?«

Seine Hand fasst an meine Wange: »Ich fürchte mich auch.«

»Echt?«

Er nickt unmerklich.

Ich nehme meine ganze Kraft zusammen. »Blake liebt mich immer noch.«

Seine Arme um meinen Körper erstarren. »Liebst du ihn noch?«

Ich denke eine Sekunde darüber nach, um wirklich sicher zu sein, aber dann antworte ich: »Nein.«

Wir bleiben noch sitzen. Ein Polizeiwagen stoppt unter dem Dach der Notfallambulanz. Sergeant Farrar entfaltet beim Aussteigen aus dem Auto seinen riesigen Körper und betritt das Gebäude. Er wirkt sehr beschäftigt, besorgt und gestresst. Jemand sagte, die Polizei hätte in letzter Zeit wahnsinnig viel zu tun, aber ich weiß nicht mehr, wer das war.

»Magst du mir sagen, woran du denkst?«, fragt Alan.

Ich schüttle den Kopf wie ein kleines Mädchen, sage es ihm aber trotzdem: »Ich hatte schon immer Angst, wieder als verrückt zu gelten.« Dann erzähle ich ihm von der Séance. Seine Augen sagen mir, dass er mich versteht. Dass er mir glaubt. »Ich hatte immer Angst, dass die Leute denken, ich wäre wahnsinnig wie meine Mutter. Aber jetzt geht es nicht um mich. Es geht um Courtney. Ich meine … sie ist jetzt so geworden, wie ich immer Angst hatte zu werden … Und Blake? Er ist nicht ›verrückt‹ geworden, aber er verhält sich im Augenblick irgendwie merkwürdig. Er ist gehässig und er hat mich bedroht und dich und … Wir dürfen einander nicht lieben, Alan. Es ist nicht …«

Mir fällt kein Wort ein, das ich einsetzen könnte. Es ist nicht … sicher? … richtig? … der richtige Zeitpunkt?

Seine braunen Augen sind so ernst und zuverlässig. Ganz anders als der Fluss. »Man kann denjenigen, die man liebt, nicht helfen.« Er holt tief Luft. »Bist du so weit?«

Man lässt uns nicht zu ihr. Wir gehen zu Doris, und sie sagt uns, dass Kernspin- und CT-Untersuchungen von Courtneys Kopf gemacht werden, um Tumore auszuschließen. Courtneys Mom möchte nicht, dass Alan das sieht, weil es ihn verstören könnte. Alan zittert ein bisschen vor lauter Sorge um Courtney, aber erst als wir wieder in seinem Auto sitzen, bricht es aus ihm heraus.

»Ich sollte da drin sein.« Er wirft sich nach hinten gegen die Lehne seines Sitzes, dass der ganz Sitz erzittert. »Ich kann helfen. Sie werden keine verdammten Tumore finden.«

»Ja.« Ich tätschle seinen Arm, aber er reagiert nicht.

»Ich kann's nicht glauben, dass die *mich* beschützen wollen. Ich sollte *sie* beschützen!«

Ich hole tief Luft. »Alan, Liebe und Geborgenheit sind doch keine Einbahnstraßen.«

Er schaut mich überrascht an, dreht den Kopf weg und schaut mich dann wieder an. Bevor er Einwände erheben und weiterwüten kann, hebe ich die Hand.

»Nein. Im Ernst, hör zu. Du liebst sie. Du möchtest sie beschützen. Das ist gut. Du musst aber auch respektieren, dass sie dich lieben und dich beschützen wollen.«

»Aber das können sie nicht – nicht davor.«

Sein Zorn ist fast mit Händen zu greifen, heiß und gefährlich. Er bearbeitet das Lenkrad mit den Fäusten, dass das ganze Auto wackelt. Zwei Polizeiwagen aus Goffstown gefolgt von einem Krankenwagen fahren vor. Wahrscheinlich ist jemand überfallen worden. Rob, dieser Pfleger mit der Siebziegerjahre-Rocker-Lockenmähne, zeigt uns den hochgereckten Daumen und schreit: »Alles klar?«

Ich winke zurück und ziehe die ganze Lächeln-und-höflich-sein-Show ab.

Als er weg ist, schaut Alan mich kleinlaut an: »Hab ich dir Angst gemacht?«

»Ein bisschen.«

Meine Hand verschwindet in seiner. Dann breitet er die Arme aus und zieht mich ganz eng an sich. »Ich würde dir niemals wehtun, Rotschopf.«

»Ich weiß«, murmle ich, aber ich hätte auch nie gedacht, dass Blake mir wehtun könnte oder Court, und sie haben es beide getan. Und ein bisschen deutlicher sage ich: »Ich würde dir auch niemals wehtun.«

Wir entfernen uns ein bisschen voneinander und er mustert mein Gesicht: »Ich glaube dir.«

»Gut.« Lachend versuche ich, die Stimmung zu heben. »Lass uns zu mir gehen. Ich zeige dir den Fluss.«

Er willigt ein, aber es fällt ihm sichtlich schwer, vom Krankenhaus wegzufahren.

»Sie ist in der Obhut von Ärzten. Es wird alles gut. Sie kümmern sich gut um sie, auch um deine Tante und deine Mutter«, verspreche ich. »Und wir kommen ja wieder. Sobald deine Mutter anruft. Komm schon. Du fühlst dich da drinnen doch sowieso nicht wohl. Frische Luft wird dir guttun, sie wird uns guttun. Und dein Handy hast du ja dabei. Alles gut.«

Er zittert ein bisschen, als ob ihm die Entscheidung schrecklich schwerfalle, aber dann parkt er aus und wir fahren los.

»Das ist ja der Wahnsinn«, sagt er, als wir zum Baumhaus hinaufklettern. Er berührt das Sperrholz, das Benji und ich bemalt haben, und entdeckt sofort den Ritter mit den langen Haaren. »Bin ich das?«, fragt er lächelnd.

Ich nicke, aber es ist mir ein bisschen peinlich, deshalb drehe ich mich um und zeige zum Fluss. »Da unten«, sage ich »sind unsere Kajaks. Normalereise fahre ich jeden Morgen Kajak, aber jetzt … du verstehst schon … habe ich irgendwie Angst vor dem Fluss.« Ich halte inne.

Er nimmt mich an den Schultern und dreht mich um. »Aimee …«

Meine Hände scheinen nicht mehr meiner Kontrolle zu unterliegen: Sie wandern hinauf zu seinem Gesicht, auch wenn ich mich dazu ein bisschen strecken muss. Er seufzt, als ich ihn berühre, und ich seufze auch.

Dann nimmt er meine Hand und küsst jeden einzelnen Knöchel. »Du bist nervös.«

»Wenn ich nervös bin, labere ich herum«, sage ich zu schnell und zu munter, aber ich muss so munter tun, weil meine Gefühle einfach zu heftig und zu real sind. Als ob er ein superstarker Magnet wäre, während ich nichts anderes will, als mich eng an ihn schmiegen.

»Du laberst doch nicht. Ich find's nett, und du tust es ja nur, wenn du nervös bist.« Sein Atem streift mit jedem Wort meine Hand. Er richtet sich ein bisschen auf. Ich bewege mich mit ihm. »Mach ich dich nervös?«

»Ja. Nein. Ein bisschen. Nicht weil ich vor dir Angst habe, sondern weil … es …ach …« Ich weiß nicht weiter, denn er küsst wieder meine Fingerknöchel. »Ich hab noch Farbe an der Hand.«

Er dreht meine Hand um und küsst mich genau dort, wo ein Rest Himmelblau angetrocknet ist. »Das gefällt mir. Mir gefällt alles an dir.«

Gleich geben meine Knie unter mir nach, echt, und ich halte mich an ihm fest.

Er lacht leise. Nicht zu fassen, dass er das getan hat. Nicht zu fassen, dass ich solche Gefühle habe. Er ist so anders als Blake, so viel größer. Ich zwinge mich zu einem spöttischen Ton, als ob meine Gefühle nicht gerade Achterbahn fahren würden. »Was ist los? Ist es dir noch nie passiert, dass ein Mädchen in deiner Gegenwart weiche Knie bekommt?«

»Ich habe auch weiche Knie«, gibt er zu.

»Echt?«

»Ich schwöre.«

»Komm, setzen wir uns. Ich muss dir was zeigen. Eigentlich wollte ich es dir beim Lunch zeigen, aber da war ja dann alles vollkommen durcheinander. Ich dachte sogar, wie könnten mit Court darüber sprechen, weil es … weil es ihr doch besser ging.«

Wir setzen uns unter das Dach des Baumhauses. Alan kann nur genau in der Mitte aufrecht sitzen, deshalb legt er sich auf einen Ellbogen gestützt halb auf den Boden. Ich reiche ihm den Schnellhefter.

»Von Mrs. Hessler, unserer Bibliothekarin. Sie war mit meiner Mom befreundet. Sie hat gefragt, ob Court irgendwelche Wunden hatte. Ich glaube, sie weiß was.« Ich will gehen.

Er streckt die Hand aus und fasst mich am Fuß. Es ist eine ganz leichte Berührung. »Wohin gehst du?«

»Ich wollte dich ungestört lesen lassen.«

Seine Hand streichelt leicht über meinen Fuß und meine Wade und diese Berührung schickt wohlige Schauer durch meinen ganzen Körper. Lächerlich. Bei Blake hatte ich nie solche Gefühle. Bei ihm hatte ich nie das Gefühl, die Welt wäre elektrostatisch aufgeladen und stünde unter Hochspannung.

»Was hat Doris Bailey gesagt, als du dich entschuldigt hast, weil du nach Courtney gefragt hast?«, stößt er knurrend hervor. »›Du störst nie.‹ Und sie hat recht.«

Er umschließt meinen Knöchel und zieht vorsichtig. Lachend lasse ich mich neben ihn fallen. Er rutscht ein bisschen herum, um eine bessere Position zu finden. Ich kuschle mich an ihn und lausche mit geschlossenen Augen. Droht uns Gefahr? Höre ich irgendetwas Schlechtes oder Böses? Das Blöde an der Sache ist nur, dass ich keine Ahnung habe, auf was ich horchen muss. Hat das Böse einen bestimmten Klang?

Alan legt einen Arm um meinen Oberkörper. Mit rauchig-tiefer, sanfter Stimme, die einen dahinschmelzen lässt, sagt er: »Ist das bequem?«

»Hmmmm-hmmmmmm.« Mehr bringe ich nicht heraus.

Er küsst mich auf den Hinterkopf. »Dann ist gut.«

Ich mache es mir bequem, solange er liest, und versuche, nicht an Courtney zu denken oder daran, wie groß meine Sorgen sind. Und ich versuche, nicht an Alan zu denken und wie gut er riecht, denn – machen wir uns nichts vor: Das ist jetzt nicht der richtige Zeitpunkt, oder? Und schon gar nicht im Baumhaus meines kleinen Bruders.

14
Alan

Es fühlt sich einfach richtig an, wie sie sich an mich schmiegt. Der Duft ihres Parfüms, ihres Shampoos und ihres Mädchenkörpers lenken mich ab, als ich den Schnellhefter aufschlage und mich auf den Inhalt konzentrieren will. Mein Arm umschlingt sie, mein Unterarm drückt gegen ihre Brust, meine Hand liegt auf ihrer Schulter. Noch nie habe ich mich mit einem Mädchen so wohlgefühlt. Nicht zu fassen, dass wir uns erst seit ein paar Tagen kennen. Wir fühlen uns so wohl miteinander. Eine Minute lang gebe ich mich der Vorstellung hin, dass das alles so in Ordnung ist, dass wir einfach ein Paar sind. Aber so darf ich jetzt nicht denken. Immerhin hat Aimee sich gerade erst von diesem Typen getrennt und Courtneys Dad ist gestorben und … es passiert gerade einfach zu viel.

Also konzentriere ich mich auf den offenen Schnellhefter vor mir. Sieht aus wie Ausdrucke alter Zeitungsartikel. Ich fange an zu lesen. Einer der Artikel ist sehr viel jünger als die anderen, und ich spüre, wie Aimee ein bisschen zusammenzuckt, als ich ihn aufschlage. Ich lese ihn schnell durch.

»Deine Mom?«, frage ich. Sie nickt schweigend. Ich gehe noch ein paar Seiten durch, auf denen überall von Todesfällen berichtet wird, die mit dem Fluss zu tun haben. Schließlich klappe ich den Schnellhefter zu und küsse sie noch einmal auf den Kopf. »Alles okay?«

»Mm-hmmm.« Sie kuschelt ihre Schulter noch enger an mich, und ich will nichts anderes als sie küssen, aber es ist zu früh, viel zu früh.

Deshalb räuspere ich mich und sage: »Das ist also der Fluss? Wo eure Kajaks liegen?«

»Jep.«

»Vor ein paar Tagen war ich dort, kurz bevor ich den Schatten in Courtneys Zimmer gesehen habe. Alles kam mir so friedlich vor.«

»Das ist es normalerweise auch. Man merkt zwar ein wenig die Gezeiten, aber der Fluss speist sich aus ein paar Seen im Binnenland. Das Meer ist weit weg. In dieser Richtung. Dort ist Courtneys Vater gestorben.«

Wir schweigen eine Weile. Wahrscheinlich denken wir beide nach. Sie dreht den Kopf und schaut mich an. Auf einmal sind unsere Lippen nur noch Millimeter voneinander entfernt.

Sie weicht zurück, aber nur ein winziges Stückchen, und sagt dann: »Die ganze Stadt denkt, meine Mom hätte sich das Leben genommen. Die Leute meinen, sie wäre total verrückt gewesen, und als ich klein war, haben sie mich damit aufgezogen, dass ich auch verrückt bin.«

Ich will sie unbedingt küssen, nur einmal ihre Lippen auf meinen spüren.

»Du bist nicht verrückt, Rotschopf.« Meine Stimme erstaunt mich. Sie ist ungefähr acht Oktaven tiefer als sonst. Ihr Gesicht ist so nah und ihre Augen werden ganz feucht. Sie blinzelt, um die Tränen zurückzuhalten.

»Wir sollten das nicht tun«, sagt sie. »Ich meine, ich möchte es tun, aber wir … es … ich will …«

Ich schlucke so mühsam und so langsam, dass ich das Gefühl habe, mein Adamsapfel bleibt auf halbem Weg in meiner Kehle stecken. Sie schaut mich flehentlich an.

»Wir sollten das wirklich nicht tun«, wiederholt sie noch einmal.

Sie presst die Lippen zusammen und wechselt das Thema. Ich habe festgestellt, dass das eine Marotte von ihr ist. Sie ist einfach sehr sprunghaft. »Glaubst du, der Flussmann ist der erste Typ, dieser Emulus Black?«

»Nein«, antworte ich, ohne zu zögern, was mich und sie gleichermaßen überrascht. »Manche Orte ziehen das Böse an. Manches in der Natur hat eine böse Seele, genau wie bei den Menschen. Vielleicht haben wir es hier mit einem bösen Flussgeist zu tun.«

»Eine männliche Nymphe?« Ihr Atem ist warm und

riecht süß, und ich möchte ihn in meinem Körper einatmen, sobald er ihren Körper verlassen hat.

»Ja, so ähnlich.«

»Dann war dieses Ding vielleicht schon immer hier?«

»Vielleicht. Vielleicht hat jemand es von anderswo hergerufen und an den Fluss gebunden. Vielleicht hat es den Fluss und die Menschen hier auch einfach gefunden und ist geblieben.«

»Es hat den Anschein, als wären irgendwie alle betroffen. Die Leute sind launisch und streitsüchtig. Wie ein böses Virus, verstehst du?« Sie schüttelt seufzend den Kopf. »Was können wir *tun*?«

»Das ist die große Frage. Am einfachsten wäre es, wenn wir alles an jemanden abgeben könnten, der weiß, was er tut.«

»Und die andere Option?«, fragt Aimee. Ihre Augen dicht vor meinem Gesicht sind groß und grün wie eine sonnenbeschienene Wiese. »Können wir dafür sorgen, dass es Courtney in Ruhe lässt? Können wir es vertreiben, sodass es niemals wieder jemandem Schaden zufügt?«

»Ich weiß es nicht.« Dann erkläre ich ihr die verschiedenen Stadien der Besessenheit.

»Und die Akne?«

Ich nicke. »Das ist das dritte Stadium. Und es scheint intensiver zu werden. Gestern hat der böse Geist eine kurze Zeit lang – als sie die Tür aufstieß – vollkommen von ihr Besitz ergriffen. Dann ist sie ohnmächtig geworden. Vielleicht war der Geist erschöpft, vielleicht hat er all seine Energie darauf verwendet, von ihr Besitz zu ergreifen. Deshalb war sie den restlichen Tag über so normal. Das Ding war nicht stark genug, sie weiter zu drangsalieren.«

»Und heute? Was war heute? Hat der Geist sie jetzt ganz in Besitz genommen?«

»Ich glaube nicht. Manchmal verhält sie sich ja ganz normal. Sobald er sie vollkommen in Besitz genommen hat, ist sie nicht mehr sie selbst. Nie wieder.«

»Wird er … wird er sie dann umbringen?«

»Keine Ahnung. Vielleicht benutzt er sie nur, um lange Zeit Unheil zu stiften …«

Wir reden darüber, dass wohl auch andere Menschen betroffen sind, weil auf einmal ihre schlechtesten Eigenschaften zutage treten und sie böse und gemein werden. Bei den meisten ist das nicht so ausgeprägt wie bei Courtney, aber zurzeit werden überdurchschnittlich viele Leute wegen häuslicher Gewalt verhaftet, und in der Schule gibt es viel mehr Prügeleien. Ganz normale Leute, meint Aimee, die vorher nie auffällig waren. Sie denkt, das könnte sogar die Ursache dafür sein, warum ihr Bruder und ihr Großvater neuerdings so schrecklich schlecht drauf sind, warum ihr Dad abends nicht nach Hause kommt und warum Blake ausgerastet ist.

»Was können wir nur tun?«, fragt sie.

»Erinnerst du dich, wie ich dir gesagt habe, dass ich Angst habe?«

»Ja.« Sie klingt so ernst.

»Ich habe überlegt, ob es vielleicht einen Grund hat, warum ich hier bin. Weißt du, vielleicht steckt mehr dahinter, als bloß der Wunsch meiner Mutter, ihrer Schwester zu helfen. Vielleicht hat der Große Geist mich hierher geschickt, damit ich dieses Ding bekämpfe.«

»Das wäre krass, Alan.«

»Ja. Vielleicht ist das alles auch ausgemachter Blödsinn. Vielleicht bin ich, keine Ahnung, arrogant, dass ich denke, ich könnte dieses Ding bekämpfen.«

»Kannst du es denn?«

»Ich weiß es nicht, wirklich nicht. Ich habe so was noch nie gemacht. Nicht alle Indianer sind geheimnisvolle, magische Schamanen …«

Ich erzähle ihr meine ganze Geschichte. Ich erzähle ihr, was ich immer gewusst habe und wie viel ich nicht verstehe. »Ich bin einfach nur ein unehelicher Mischling, der nicht mal einen Stammesausweis bekommt. Das bisschen, was ich über Geisterkrankheit, Geistertanz, Medizin und so weiß, hab ich aus dem Internet und Büchern. Aber kein Medizinmann oder Schamane, der was auf sich hält, würde jemals die wirklich wichtigen Dinge öffentlich machen.«

»Aber dein Geistführer«, sagt Aimee. »Sie hat dich Geisterjäger genannt.«

»Schon, aber brauche ich dazu nicht eine Ausbildung?«

»Vielleicht ist es eine Berufung? Du weißt schon, etwas, das in deiner Natur liegt und nur zum Vorschein kommt, wenn du es brauchst.«

»Das hört sich zu einfach an.«

»Was genau bedeutet ›Geisterjäger‹? Ist das eine Art Exorzist?«

»Ich glaube, es ist mehr. Eher ein Schamane. Er macht alles, von der Herstellung von Zaubermitteln bis zur Dämonenaustreibung. Aber … ach, ich weiß nicht. Wer bin ich, dass ich das kann?«

»Was würdest du ausprobieren, wenn du könntest?«

Unwillkürlich lächle ich über ihre psychologische Taktik. »Und wenn ich dir gesagt habe, was ich ausprobieren würde, wenn ich ein Schamane wäre, dann sagst du mir einfach, ich soll es versuchen.«

»Jetzt hast du mich erwischt, was?« Sie erwidert mein Lächeln.

»Jep. Eins zu null für dich, Miss Avery.«

»Also, was *würdest* du tun? Natürlich nur, wenn du tatsächlich etwas versuchen wolltest?«

Ich überlege. »Verschiedene Dinge, denke ich. Als ich gestern den Salbei verbrannt habe, hat das Kratzen aufgehört, und Courtney ist eingeschlafen. Wir könnten Tante Lisas Haus ausräuchern.«

»Ausräuchern?«

»Das heißt ...« Ich halte inne und lehne mich ein wenig zurück, damit ich ihr ganzes Gesicht sehe. Sie schaut ernst, aber ich fühle mich unsicher. »Ist das in Ordnung für dich? Ich meine, das alles kann dir als großer Hokuspokus vorkommen, wenn du nicht daran glaubst.«

»Alan, ich habe erlebt, wie sich meine beste Freundin in eine Art Monster verwandelt. Sie hat dich, einen bekannten Footballer, der laut seiner Heimatzeitung für seine Mannschaft in Oklahoma viele Spiele gerettet hat, quer durch die Cafeteria geworfen, richtig geworfen. Das war nicht Courtney Tucker. Ja, ich glaube daran.«

»Gut. Dann sind wir auf derselben Wellenlänge.« Ich brauche immer noch all meine Kraft, um sie nicht zu küssen. Sie rutscht neben mir herum, bis wir Kopf an Kopf auf dem Boden des Baumhauses liegen.

»Ja«, sagt sie kokett. »Dieselbe Wellenlänge. Was bedeutet ausräuchern?«

»Du nimmst ein Bündel getrockneten Salbei und zündest es an. Dann gehst du damit durch das Haus und verteilst den Rauch, indem du mit Federn fächerst. Ich glaube, es müssen die Federn einer Eule sein. Währenddessen betest du zum Großen Geist und bittest ihn, das Haus zu segnen und böse Geister zu vertreiben.«

»Und das ist schon alles? Funktioniert das denn?«

»Keine Ahnung.« Ich lasse den Kopf ein bisschen hängen. »Das sage ich die ganze Zeit, was? Keine Ahnung. Aber ich habe wirklich keine Ahnung. Und ausräuchern wird wahrscheinlich nicht reichen. Im besten Fall gewinnen wir ein bisschen Zeit, ein paar Tage, in denen wir etwas anderes machen können. Etwas Extremeres.«

»Was zum Beispiel?«

»Exorzismus?«

»Echt?«

»Ja.«

Sie schaut sehr ernst zu mir auf. Hätte ich bloß ein paar gehaltvolle, philosophische Worte parat, die ihr sagen, dass ich das kann und dass alle danach okay sind und dass das Leben weitergeht, wie es sollte. Stattdessen lächle ich sie nur an wie ein Junge, der verheimlicht, dass er sich gerade beim Sport eine wichtige Sehne gerissen hat.

»Und wie machst du das?«, will sie wissen.

Ich bringe es nicht über mich, schon wieder ›keine Ahnung‹ zu sagen, sondern räuspere mich. »Dazu muss ich noch ein bisschen recherchieren. Vielleicht muss ich bestimmte Gebete sprechen. Ich denke, ich muss fasten und zur Reinigung zuerst ein Schwitzhüttenritual durchführen.«

Sie grinst mich an. »Dann bist du rein wie frisch gefallener Schnee? Bist du rein, Alan Parson?«

Meine Güte ist sie schön.

Aber dann frag sie auf einmal: »Was ist das?«

Eine Minute lang liegen wir beide vollkommen still da. Von weit her kommt ein Geräusch, als würde ein

Lastwagen die Straße heraufdonnern. Aber es ist kein Lastwagen. Wir wissen es beide. Ihre Hand zittert. Mir schlägt das Herz bis zum Hals. Dennoch setzen wir uns auf, um uns der Sache zu stellen: Eine wirbelnde Säule aus vertrockneten Blättern und Staub rast getrieben von einem starken und vollkommen unnatürlich zielgerichteten Wind über die Straße auf uns zu.

»Wir sollten runter«, dränge ich. Einzelne Haarsträhnen peitschen mir über die Wange.

»Aber nicht über die Leiter.«

Ich beuge mich hinaus. Nein, die Wolke darf uns nicht treffen, wenn wir am Baum hängen. Ich drehe mich um und werfe mich auf Aimee. So gut es geht halte ich sie fest und bedecke sie mit meinem Körper, als die Wolke aus Blättern und Müll in eine Seite des Baumhauses kracht. Aimee unter mir schreit auf. Der Wind ist furchtbar stark, und ich befürchte, dass er unter uns fährt und uns aus dem Baumhaus schleudert.

»Onawa!«, rufe ich in den Wind. »Großer Geist, beschütze uns.«

Der Wind hat auf einmal eine Stimme. Er brüllt und wirbelt in dem engen Baumhaus herum, dass das Holz sich ächzend verbiegt. Ein paar Bretter splittern und der Baum schaukelt wild hin und her wie ein ekstatischer Fan bei einem Slayer-Konzert. Im Innern meines Kopfes schreit die Stimme des Windes und fordert mich heraus.

Dämonisches Gelächter hallt im Baumhaus wider.

Dann fährt der Wind auf der gegenüberliegenden Seite wieder aus dem Baumhaus hinaus und flüchtet den Abhang hinunter zum Fluss, das Gelächter ebbt ab. Der Boden ist übersät mit Zweigen und kleinen Kieselsteinen. Vertrocknete Herbstblätter und eine zerfledderte Zeitung wirbeln noch herum und fallen dann um uns herum auf den Boden wie sterbende Vögel.

Aimee unter mir schluchzt. Ich stütze mich auf die Hände, damit ich nicht mehr auf ihr liege, ziehe sie aber dann eng an mich. Sie klammert sich weinend an mich. Am liebsten würde ich auch weinen. Das war verdammt unheimlich.

Mein Handy klingelt. Der Klingelton meiner Mom. Ich löse die Umarmung und fische das Telefon aus meiner Hosentasche.

»Meine Mom«, sage ich. »Sie sagt uns bestimmt, dass es Courtney besser geht und dass sie jetzt schläft.«

Aimee nickt. »Ja, klar. Wir haben uns geirrt. Es kommt mir vor, als würde er sich bei ihr auftanken, als würde er all seine Energie aus ihr beziehen und sie dann für irgendwas Blödes benutzen, und dann saugt er wieder alles aus ihr heraus.«

Keine schöne Vorstellung. Ich drücke die Taste und nehme den Anruf an.

»Alan, wo bist du?«, fragt Mom.

»Bei Aimee.«

»Bei wem?«

»Aimee, Courtneys Freundin.«

»Alles in Ordnung?«

»Ja, mir geht's gut. Mom.« Ich bin zwar gerade von einem bösen Geist fast aus einem Baumhaus geblasen worden, aber sonst geht's mir gut. »Was macht Courtney?«

»Sie schläft. Endlich.« Mom klingt sehr müde.

Ich schaue Aimee an. Sie hat mitgehört und nickt.

»Sie ist ganz plötzlich ruhig geworden, richtig?«, frage ich.

»J-ja. Woher weißt du das?«

»Nur, wenn du nicht sauer wirst.« Sie sagt nichts. »Mom, ich glaube nicht, dass Courtney einen Tumor hat oder sonst eine Krankheit. Ich glaube, es ist etwas anderes. Ich glaube, ein Geist oder so was bedrängt ...«

»Alan, bitte. Bitte! Lass es einfach. Du durftest lesen, was du willst, du durftest so tun, als wärst du ein Indianer, du durftest sogar diesen ekelhaften Beutel um den Hals tragen, aber du kannst nicht ... Hier geht es nicht um dich, Alan.«

Aimee sieht sehr traurig aus. Sie hat jedes Wort gehört.

»Okay.« Mehr bringe ich nicht heraus.

»Ganz bestimmt nicht, Alan«, fährt Mom fort. »Du denkst was? Dass sie besessen ist? Wie im Film?«

»Wahrscheinlich nicht.« Ich schlucke den Zorn hinunter, der mir in der Kehle brodelt.

»Und untersteh dich, Lisa gegenüber Derartiges anzudeuten. Hast du mich verstanden?«

»Ja.«

»Wenn es für dich okay ist, bleibe ich noch ein bisschen hier«, sagt Mom. »Lisa ist immer noch ganz außer sich und ziemlich erschöpft. Die Ärzte überlegen, ob sie ihr auch ein Beruhigungsmittel geben sollen. Courtney haben sie schon eines gegeben. Sie haben das arme Mädchen bis oben hin vollgepumpt mit Tranquilizern. Allerdings hat es ziemlich lange gedauert, bis sie gewirkt haben.«

»Hat sie Verwünschungen ausgestoßen?«

»Alan«, sagt sie drohend.

»Ich frag ja nur.«

»Das ist kein Spiel.«

»Ich weiß, Mom. Ich weiß, dass es kein Spiel ist.«

»Keine Ahnung, wann Courtney wieder heim darf. Wenn sie über Nacht dableiben muss, was ich für wahrscheinlich halte, wird Lisa bestimmt bei ihr bleiben wollen. Dann müsstest du mich hier abholen.«

»Mach ich. Tschüss.«

Ich schiebe das Handy zurück in die Hosentasche.

»Tut mir leid«, tröstet mich Aimee. Ich tue es mit einer Handbewegung ab, als wäre es nichts, aber sie versteht mich. Sie nimmt meine Hand und hält sie fest in ihren beiden kleinen Händen. Wenn ich sie berühre, habe ich nicht mehr das Gefühl, einen elektrischen Schlag zu bekommen oder gleich Visionen zu haben. Stattdessen spüre ich eine heilsame Wärme. Ich muss daran denken, was sie mir über ihre Träume erzählt hat, als wir das erste Mal telefoniert haben.

»Du siehst Dinge, nicht wahr? Dinge, die geschehen sind oder in der Zukunft geschehen werden?«

»Manchmal.« In ihrer Stimme schwingt Angst mit. Das beruhigt mich nicht gerade.

»Was siehst du für Courtney? Oder für mich? Uns?«

Sie schüttelt den Kopf. »Ich weiß nicht. Ich sehe schlimme Sachen, aber nichts, nichts Konkretes. Nur vage Gefahren. Bisher.«

Ihr Blick richtet sich zum Fluss. Sie schaudert. »Lass uns reingehen.«

»Und wenn wir das Cheeto aufessen und durch ein anderes ersetzen? Glaubst du, sie würden es merken?« Unsere Hausaufgaben liegen ausgebreitet auf dem Küchentisch, aber wir haben sie noch keines Blickes gewürdigt. Wer kann in Gegenwart eines so wertvollen Cheeto schon Hausaufgaben machen?

Aimee lacht mich an und nimmt mir die Plastiktüte weg, als fürchte sie, ich könnte das wirklich tun. »Ich glaube, sie haben sich jede Delle genauestens eingeprägt.«

Sie betrachtet das Cheeto und legt es dann wieder zurück auf den Kühlschrank. Nicht zu fassen, dass ich gerade ein Cheeto in der Hand gehabt habe, das schon mehr wert ist als mein Auto.

»Du kannst bei uns essen«, sagt sie.

»Hat dein Dad nichts dagegen?«

»Natürlich nicht.«

Ich zucke mit den Achseln, als wäre ich total cool und überhaupt nicht nervös bei dem Gedanken daran, ihren Vater kennenzulernen. Dann fällt mir was anderes ein. »Woher wusstest du von den Zeitungsartikeln über mich und die Spiele, die ich für meine Mannschaft gerettet habe?

»Ich habe dich gegoogelt.«

»Das klingt nach schmutziger Fantasie.«

»Du könntest bei meinem Dad echt Eindruck schinden, wenn du mir helfen würdest, das Abendessen vorzubereiten«, sagt sie. »Und dann zum Essen bleiben würdest.«

»Ich weiß nicht recht. Wenn ich eine so scharfe Tochter wie dich hätte und einen Typen vorfände, der mit ihr Vater-Mutter-Kind spielt und Essen kocht, wenn ich von der Arbeit nach Hause komme, würde ich ihn wahrscheinlich erschießen.«

»Ich bin nicht scharf.«

Ich muss über sie lachen.

»Gramps kommt zuerst nach Hause. Heute ist der Tag, an dem er immer seine Freunde im Seniorenzentrum besucht. Dann Benji. Dad kommt immer spät, aber in den letzten paar Tagen hat er sich gebessert.«

»Großartig.«

»Was?«

»Das sind zwei Trainingsläufe, bevor dein Dad hier aufschlägt. Wenn dein Grandpa mich nicht rausschmeißt und ich den bösen Blick deines kleinen Bruders überlebe, kann ich auch vor deinem argwöhnischen Vater bestehen.«

»Warum sollte er argwöhnisch sein?«

»Wegen meiner Absichten bezüglich seiner Tochter.«

»Und was sind das für Absichten?« Sie lächelt spöttisch und ich würde wieder am liebsten über den Tisch springen und sie küssen.

»Du bist die Hellseherin in unserem Exorzismus-Team«, sage ich. »Ich schätze, du kennst meine Absichten.«

15
Aimee

Gramps stampft durch die Tür und bleibt nicht einmal stehen, als er Alan sieht, der am Küchentisch Hausaufgaben macht und seine gigantisch langen Gliedmaßen nach allen Seiten streckt. Er hängt den Hut an den Kleiderhaken, zieht die Schuhe aus und schlüpft in seine hellgelben, abscheulich hässlichen Crocs. Dann kommt er im Crocs-Gang zu mir, küsst mich auf den Scheitel und fragt: »Und wen haben wir hier?«

Beim Aufstehen stößt Alan mit dem Oberschenkel gegen den Tisch: »Alan Parson, Sir.«

Fast muss ich lachen, aber andererseits bin ich sehr stolz, dass er so höflich ist.

Gramps schüttelt ihm die Hand: »Schön, dich kennenzulernen. Ich würde ja fragen, ob du Aimee Nachhilfe gibst, aber ich weiß, dass sie das nicht nötig hat. Gibt sie dir Nachhilfe?«

»Nein, Sir … Ich …« Alan schaut mich Hilfe suchend an.

»Wir hängen nur zusammen rum.«

Grams nickt. »Was ist mit dem anderen?«

»Hat sich als Rassist entpuppt«, räume ich widerstrebend ein.

Gramps schluckt das ziemlich schnell und deutet mit dem Kopf auf Alan: »Und du gehörst zu der Rasse, gegen die er was hat, stimmt's? Bist du Indianer?«

Alans Finger zucken ein bisschen. »Zum Teil. Navajo.«

»Gut. Sehr gut. Hier gibt's eh zu viele Weiße.« Gramps steuert den Kühlschrank an.

Alan hat ein lächerliches Riesenlächeln im Gesicht und schaut ihm einfach zu. Offensichtlich mag er Gramps.

»Er ist Courts Cousin und erst kürzlich mit seiner Mom von Oklahoma hergezogen«, erkläre ich.

»Hat Aimee dir von unserem Cheeto erzählt? Sieht aus wie Marilyn Monroe.« Gramps wirbelt herum. »Du kennst Marilyn Monroe?«

»Ja.« Alan setzt sich wieder an den Tisch und streckt die Beine aus. Seine Waden liegen zu beiden Seiten meiner Beine. »Erstaunlich, was die Leute dafür bezahlen wollen.«

»Ich sage dir, was erstaunlich ist.« Gramps lässt uns warten, während er sich Wasser eingießt. »Erstaunlich ist, dass mit diesem Gesundheitsapostel hier«, damit gestikuliert er in meine Richtung, »überhaupt eine Tüte Cheetos im Haus war.«

Alan räuspert sich. »So schlimm kann sie nicht sein, wenn es Hamburger zum Abendessen gibt.«

»Isst du mit?«, fragt Gramps.

Alan nickt, schaut aber nach Bestätigung suchend zu mir. »Wenn es okay ist.«

»Es ist okay.« Dann fragt Gramps mich: »Hast du ihm gesagt, was es gibt?«

»Burger«, sage ich unschuldig.

»Aber keine *Ham*burger, sondern *Gemüse*burger. Hast du schon mal Gemüseburger gegessen?«

»Ähm … nein. Ich komme aus Oklahoma. Wenn es nicht blutig ist, essen wir es nicht.«

»Genau.« Gramps schlägt ihm auf den Rücken. »Ein Mann nach meinem Geschmack. Ist dein Bruder schon zu Hause?«

Ich brauche eine Sekunde, bis ich merke, dass er wieder mit mir spricht. »Benji? Nein … ich glaube, die Vachons bringen ihn mit.«

Gramps schnaubt. »Er wird dich in die Mangel nehmen. Lass dich nicht von ihm einschüchtern. Er ist zwar nur gute einsvierzig groß, aber ein echt einschüchternder Hundesohn.«

»Keine Sorge«, sagt Alan.

Die Tür fliegt auf und Benji ist da. Er bleibt gaffend stehen und zeigt dann auf Alan. »Das ist er!«

Alle warten schweigend ab.

Da stürzt Benji sich auf Alan: »Du bist ja verdammt

riesig. Deine Haare sind bestimmt zweieinhalb Meter lang. Hast du Haarfresser? Aimee heult immer rum, weil sie kaputte Haarspitzen hat.«

»Benji«, unterbricht Gramps. »Wie wär's, wenn du dir saubere Sachen anziehen würdest?«

»Was? Und die Turteltäubchen allein lasse?«, flötet Benji.

»Ja.« Gramps lächelt und schiebt ihn in Richtung Wohnzimmer und Treppe. »Genau. Beachte, dass die Turteltäubchen Hausaufgaben machen. Vielleicht solltest du das auch tun.«

Ich glaube, in diesem Augenblick habe ich niemals jemanden mehr geliebt als Gramps.

Und dann essen wir. Alan schluckt sogar die Gemüseburger. Dad arbeitet lange, taucht nicht auf, und dann muss Alan gehen. Ich begleite ihn zu seinem Auto.

»Ich will nicht, dass du gehst«, sage ich.

Er berührt meine Wangen mit den Fingern und die ganze Welt gerät auf diese total aberwitzige, aber auch total wohltuende Art und Weise aus den Fugen. Ich glaube, er will mich küssen, aber er tut es nicht. Seine Hände fallen nach unten, und ich meine fast schon, ich hätte mir alles nur eingebildet. »Ja«, sagt er.

»Du bist dort sicher, ja?« Ich hole tief Luft. »Dir passiert nichts, okay?«

»Nein, mir wird nichts passieren.« Er umarmt mich,

aber nicht lange, denn Benji beobachtet uns durchs Fenster. »Ruf an, wenn du mich brauchst.«

»Du auch.« Ich will nicht loslassen. Ich hasse es, dass es ohne ihn auf einmal so kalt ist. »Sag mir, wenn du was von Courtney hörst. Abgemacht?«

»Abgemacht.«

Er fährt weg und auf einmal kommt mir die Nacht sehr viel dunkler und sehr viel bedrohlicher vor. Im Wald knackt ein Zweig. Der Wind bläst mir ein Blatt über den Fuß, rasch gehe ich hinein, aber ehrlich gesagt weiß ich nicht, ob es da so viel sicherer ist.

Dad kommt heim, entschuldigt sich und erklärt, dass Courtney sich offenbar ein bisschen beruhigt hat, auch wenn sie noch mit Medikamenten ruhiggestellt wird. Ich wärme ihm sein Essen auf. Dann gehe ich hoch und male ein bisschen. Aber weil ich mich nicht konzentrieren kann, mache ich auf stalkende Freundin und google Alan noch einmal. Ich finde viele Bilder von ihm und seiner Footballmannschaft und von vielen Spielen. Leider hab ich keine Ahnung von Football. Und eigentlich weiß ich auch nichts über Alan. Wenn er nur mit mir spielt? Wenn Court einen Hirntumor hat? Wenn diese Staubstürme einfach nur Staubstürme sind? Ein kalter Windstoß fährt durch mein Fenster. Ich fröstle und hüpfe über mein Bett, um das Fenster zu schließen. Auf dem Fensterbrett liegt etwas.

Ein Stein. Mit gelber Farbe ist ein Wort darauf gemalt: MOM.

Meine rechte Hand senkt sich und mein Finger berührt den Stein. Er ist kalt und grau und rund und ungefähr halb so groß wie mein Handteller. Mein Finger bewegt sich zu dem Wort, zu dem hellen Fleck auf dem Stein.

Die Farbe ist noch nass.

»Dad!« Es ist ein gellender Schrei. Ich betrachte meine Fingerspitze. Sie ist gelb verfärbt. »DAD!«

Er donnert die Treppe herauf, aber Benji ist schneller. Mit wild verstrubbelten Haaren steht er im Schlafanzug in meiner Tür. »Aimee?« Verschlafen reibt er sich die Augen.

Mein Dad schießt an ihm vorbei, springt auf mein Bett und nimmt mich in den Arm. »Liebes? Was ist?« Er zieht mich an sich, wiegt sich mit mir hin und her, als ob dadurch irgendwas besser werden würde. Ich starre auf das graue T-Shirt, das er immer zum Schlafen trägt.

»Aimee?« Gramps Stimme dringt zu mir durch. »Hattest du einen Albtraum?«

Ich mach mich von Dad los, reiße die Augen auf, damit Gramps weiß, dass ich lüge, und sage. »Ja.«

Er schaut Benji an, nickt mir zu und legt Benji die Hand auf die Schulter: »Marsch zurück ins Bett, Jungchen. Hier gibt's nichts zu sehen.«

»Ich habe dauernd Albträume«, mault Benji, »und wecke trotzdem nicht das ganze Haus auf.«

»Benji«, sagt Gramps drohend.

Mein Dad zieht mich wieder an sich. Er ist ganz warm, weil er schon im Bett lag und geschlafen hat. »Ich mache mir solche Sorgen um dich, Kleines.«

Seine Stimme klingt wie ein kaputtes Schaukelpferd, das versucht, zur Ruhe zu kommen und sein Gleichgewicht zu finden.

Ich lehne mich von ihm weg. »Ich wollte mein Fenster zumachen und da hab ich das auf dem Fensterbrett gefunden.«

Ich zeige auf den Stein.

»Einen Stein? Du hast wegen eines Steins geschrien?«

»Ich habe ihn nicht dorthin gelegt.«

»Benji vielleicht?«

»Schau ihn dir an, Dad. Da ist Farbe drauf. Dort steht ...«

Er beugt seinen langen Oberkörper über meine Steppdecke und betrachtet den Stein. »Hast du das geschrieben, Aimee?«

Ich ziehe die Knie an die Brust. »Dad! Nein!«

»Sie war das nicht«, sagt Gramps. Ich weiß nicht, wann er wieder in mein Zimmer zurückgekommen ist. Er verschränkt die Arme vor der Brust: »Das weißt du ganz genau.«

»Dad! Hast du neulich ein Messer auf unserm Herd tanzen gesehen oder nicht? Ich bin kein Genie, ich kann so was nicht. Und haben wir die verdammten Schritte im Obergeschoss gehört oder haben wir sie nicht gehört? Sie klangen wie Moms Schritte. Du weißt, dass das stimmt!« Ich rutsche weg von ihnen an das Kopfende des Betts. »Ich weiß schon, du denkst ich bin verrückt wie sie. Aber ich bin nicht verrückt.«

Es klingt, als würde ich mich selbst überzeugen wollen. Sogar ich höre das.

Stille.

»Deine Mutter war nicht verrückt«, flüstert mein Vater.

»Mein Sohn …«, fängt Gramps an.

»Sie war es nicht!« Dad springt vom Bett auf und tapst auf ihn zu wie ein wütender Grizzly. »Fang nicht damit an, Dad.«

»Darum geht es nicht«, unterbreche ich. »Es geht darum, dass auf meinem Fensterbrett ein verdammter Stein liegt, den ich dort nicht hingelegt habe.«

Dads Schultern fallen nach vorn. Dann richtet er sich wieder auf. Gramps mustert ihn und geht ohne jede Vorsicht an ihm vorbei zu mir. »Wo ist er?«

Ich zeige auf die Stelle, wo der Stein liegt.

Er nimmt ihn vorsichtig am Rand, um die Farbe nicht zu verschmieren. Ich schaue vom einen zum anderen. Zwei Männer mit müden, verschlafenen Gesichtern und kampfbereiten Körpern, identischer Kinnpartie und erkahlenden Schädeln. Schlank und stark, aber schrecklich müde.

»Erzähl uns von Courtney, Aimee«, fordert Dad mich auf. »Ihre Mom hat so Andeutungen gemacht. Du hättest gesagt, irgendwas gehe hier vor sich. Aber sie wollte dir nicht glauben.«

»Wirst du mir denn glauben?«, frage ich.

»Ich will es versuchen.«

Ich ziehe den pinkfarbenen Schnellhefter aus meinem Rucksack. »Das hier erst mal für den Anfang. Mrs. Hessler hat es mir gegeben.«

»Mrs. Hessler?« Dad reißt die Augen auf. »Wirklich?«

»Lies das. Das hilft.« Ich wähle meine Worte sorgfältig und versuche so zu tun, als wäre ich ganz ruhig. »Ich glaube, etwas aus dem Fluss versucht, Courtney in Besitz zu nehmen. Ich glaube, hier passiert etwas ganz Schlimmes.«

Schließlich verschwinden beide in ihren Schlafzimmern. Ich höre, wie mein Vater jede Tür und jedes Fenster überprüft und in jeden Schrank schaut, bis er davon überzeugt ist, dass das Haus sicher ist.

Es fällt mir schwer, das Einschlafen auch nur zu versuchen. Meine Ohren sind in einem hyperwachsamen Lauschmodus und horchen auf Geisterschritte. Ich stehe wieder auf und male. Kaum habe ich angefangen, schreibt Alan mir: ALLES OKAY BEI DIR?

JEP. UND BEI DIR?, schreibe ich zurück. RUFST DU MICH AN?

Ich freue mich so, seine Stimme zu hören. Wir unterhalten uns flüsternd über Courtney, den Stein, den Flussmann und die Ereignisse im Baumhaus. Und das ist am Telefon irgendwie einfacher als persönlich.

»Er will uns nur Angst einjagen«, sage ich und betrachte die beiden Augenpaare in meinem Gemälde. Sie haben dieselbe Kontur, aber nicht denselben Inhalt. Sie haben dieselbe Form, aber nicht dieselbe Absicht.

Während ich male, erzählt mir Alan, was er über Exorzismus herausgefunden hat. Er hat überwiegend im Internet recherchiert, aber er hat auch ein Buch, in dem es einen Abschnitt zu diesem Thema gibt. Er beharrt darauf, dass er den Exorzismus bei Courtney allein durchführen muss. Das gehöre zur Tradition und überhaupt zu der ganzen Vorgehensweise. Ich drehe fast durch bei der Vorstellung. »Du darfst das nicht allein machen. Muss das denn wirklich sein?«

»Ich schaff das schon.«

Ich versuche mit Verdünner die Farbe von meinem Pinsel zu kriegen, aber es ist Ocker und das haftet hartnäckig. »Ja, klar.« Ich stelle den Pinsel mit den Borsten nach unten in den Becher und lasse ihn einweichen.

»Und wenn er versucht, dir was zu tun, solange ich nicht da bin?«, fragt Alan.

Ich wende mich von meinem Gemälde ab und gehe zurück zu meinem Laptop, wo auf dem Bildschirm immer noch das Bild von Alan zu sehen ist. Um ihn mache ich mir Sorgen. »Mir tut er nichts. Er kann nicht.«

»Woher weißt du das?«

»Ich weiß es einfach.«

»Rotschopf …«

»Hör mal, er hat doch keine Waffe. Was hat er bisher getan? Er hat von Courtney Besitz ergriffen. Dich mit einem Gegenstand beworfen. Einen gewaltigen Staubsturm losgelassen. Vielleicht hinterlässt er einen Stein in meinem Zimmer, aber vielleicht ist das auch was ganz anderes, vielleicht so was wie Benjis Streiche oder ich als Schlafwandlerin oder irgendein anderer Geist. Mach mal halblang. So oder so, es ist eine schwache Vorstellung.«

Ich klappe den Laptop zu, lasse mich auf mein Bett plumpsen und umarme meinen großen Tiger. Es ist ein Princeton-Tiger, denn Gramps hat in Princeton studiert. Draußen ist es dunkel. Man sieht weder Benjis Baumhaus noch den Fluss noch irgendwas, das da draußen lauert, aber es könnte da sein. Ich ziehe das Rollo herunter und berühre das Fensterbrett an der Stelle, wo der Stein lag. Egal, wie viel Mut ich zusammennehme, manchmal macht mich der Gedanke an die Dunkelheit und an den Fluss und die Nacht oder an meine Mom, wie sie dort draußen stand … ein bisschen weniger mutig.

»Ich wünschte, du wärst hier«, sage ich.

»Ich auch.«

Einen Augenblick lang überlege ich. »Komm doch rüber.«

»Was?«

»Komm rüber. Wir beschützen uns gegenseitig. Du kletterst einfach am Baum hoch und kommst durchs Fenster.«

»Dein Dad rastet aus.«

Ich antworte nicht.

»Und wenn dein Großvater mich erwischt? Der bringt mich um.«

Ich antworte nicht.

»Aimee?«

Ich warte ab, denke aber zugleich *Alan, bitte sei mutig für mich.* Ich warte. Ich schließe die Augen, aber das ist zu dunkel, deshalb öffne ich sie wieder und schaue auf das Bild, an dem ich gerade arbeite. Ich muss noch mehr Schichten auftragen und dem Bild noch mehr Tiefe geben, aber wenigstens kann ich inzwischen sagen, was es sein soll.

Zwei Frauen.

Sie gleichen sich.

Aber sie sind sich nicht gleich.

Man erkennt es, wenn man ihre Augen betrachtet.

»Ich habe Angst«, sage ich.

Ich greife nach der Tatze eines alten Teddybären. Er hat schon viel gesehen dieser Teddy.

»Wirklich?« Alans Stimme klingt heiser.

Ich denke daran, was Courtney gesagt hat, und ich denke daran, was ich vielleicht geerbt habe. Ich denke an den Flussmann, der uns verfolgt, und fühle mich schrecklich allein. Ich will nur, dass jemand seine Arme um mich legt. Okay, nicht irgendjemand.

Meine Stimme ist ganz leise. »Ich hab wirklich Angst und es gibt … es gibt noch was, das ich dir erzählen sollte …«

»Okay, ich komme.«

Brummend zeigt mir mein Handy eine neue Textnachricht an. BIN DA.

Was bin ich froh, dass das Telefon heute Nacht funktioniert. Eine Minute später ist er vor meinem Fenster. Ich drücke das Fliegengitter auf und er zwängt sich hindurch.

»Sag mir, dass Blake das nie gemacht hat«, flüstert er.

»Blake hat das nie gemacht.«

Alan zieht mich an sich und küsst mich auf den Kopf. Ich versuche mich so an ihn zu drücken, dass wir eins werden, als wären wir zwei Klumpen Modelliermasse, die wieder zu einem werden sollen.

»Aim…« Meine Finger spreizen sich auf seinem Rücken. Er schiebt sich ein bisschen weg von mir, sodass er mein Gesicht sieht. »Aim… willst du mir nicht sagen, was los ist?«

Ich löse mich von ihm. Auch wenn es mir schwerfällt, löse ich mich von ihm und setze mich auf mein Bett. Er folgt mir und bemüht sich dabei sehr, beim Auftreten keinen Lärm zu machen. Dann setzt er sich neben mich und hält meine Hand. Das Bett senkt sich unter seinem Gewicht, aber es fühlt sich gut an.

Er zeigt auf das Bild. »Du und deine Mom?«

Ich nicke und versuche wieder zu atmen.

»Aim?«

Er spricht meinen Namen aus wie eine Frage, und ich weiß, dass ich antworten muss. Er verdient eine Antwort, schließlich ist er mitten in der Nacht hierhergefahren. Ich versuche, ihm eine Antwort zu geben. »Ich habe Angst vor ihm, aber das ist nicht meine größte Angst.«

»Wovor hast du dann Angst?«

Ich zeige auf das Bild.

Er holt tief Luft und seine Finger schließen sich fester um meine. »Dass du wie deine Mutter bist?«

Das Wort kommt ganz von selbst heraus.

Das Wort kommt heraus, obwohl ich es nicht will.

Das Wort kommt raus und es lautet: »Ja.«

»Aimee.« Er murmelt tröstende Worte in meine Haare, wiegt mich hin und her wie ein Baby, während ich weine. »Aimee, alles wird gut. Mit dir ist alles in Ordnung. Alles in Ordnung mit dir.«

»Ich weiß schon«, schluchze ich. »Ich weiß.«

Mit den Händen wische ich mir über das Gesicht und

versuche, normal zu atmen. Aber was ist normal? Ich atme einfach. Gramps' Schnarchen dringt wie Hammerschläge durch die Wände. Gelegentlich flitzt mit kratzendem Geräusch eine Maus über das Dach, die Nahrung sucht oder einen Ort, wo sie sich verstecken kann.

»Courtney denkt, ich wäre verrückt oder so. Das hat sie neulich in Englisch mehr oder weniger gesagt.«

»Das war nicht sie, das war er. Das weißt du. Das war er und er macht sich deine Ängste zunutze.«

»Ich will nicht verrückt sein«, sage ich. »Mein Dad hat auch so was angedeutet.«

»Du bist nicht verrückt.« Alan presst die Lippen zusammen, dann öffnet er sie wieder. »Überhaupt ist verrückt ein dummes Wort.«

»Durchaus. Eigentlich ist ›dumm‹ ein dummes Wort.«

»Mit dir ist alles in Ordnung, Aim.«

Ich zwinge meine Finger sich zu entspannen und versuche zu verstehen. Mein Blick wandert durch den Raum zu dem Bild: ich und meine Mutter. Das ist zu viel. Ich verberge mein Gesicht in seinem Hemd. Es riecht zahnpastasauber.

»Ich glaube nicht, dass ich verrückt bin.«

»Okay.«

Ich schiebe mich von ihm weg. Er ist nicht sauer. Sein Blick hält meinen Blick fest. »Egal was passiert, wir werden damit fertig, Rotschopf.«

Nach der Geschichte, die alle kennen, hat meine Mom

sich das Leben genommen. Sie war mit einer Axt in der Hand in den Fluss gegangen. Die psychische Erkrankung, an der sie litt, heißt bipolare Störung. Manchmal hat sie sich ganz normal verhalten, manchmal nicht. Aber das ist vielleicht nicht die Wahrheit, zumindest nicht die ganze Wahrheit. Aber so oder so – eines steht fest:

»Sie hat mich verlassen«, sage ich. »Meine Mutter hat mich verlassen.«

»Ja, aber sie hatte keine Wahl. Du hast eine Wahl, Aimee. Du kannst wählen. Wir managen das!«

Ich muss fast lachen. »›Managen.‹ Du klingst wie ein Anwalt.«

Er wackelt mit den Augenbrauen. »Ich weiß.«

Er bemüht sich so sehr. Ich muss schlucken, ich schlucke mindestens fünf Mal. Da zieht er mich einfach an sich, drückt seine Lippen auf meine Haare, und es kommt mir vor, als würde er ein Versprechen dort hineindrücken. »Danke.«

»Wofür?«

»Dass du mir endlich vertraust.«

»Alan, das klingt total schmalzig.«

Er zuckt die Achseln und zieht mich wieder an sich. »Aber es stimmt.«

Ich boxe ihn spielerisch, aber bin mit dem Herzen nicht ganz dabei. »Hast du Angst?«

Er schnüffelt. »Wahrscheinlich erst morgen, wenn ich zu Hause bin und du mich nicht brauchst. Zufrieden?«

Ich kuschle mich noch enger an ihn. »Zufrieden.«

»Ich bleibe, bis du eingeschlafen bist«, flüstert er. »Dann schleiche ich mich weg.«

Wir legen uns auf die Matratze. Er schiebt einen Arm unter meine Schulter, schmiegt sich an meine Seite und legt den anderen Arm unterhalb meiner Rippen über mich und hält mich fest.

»Alles wird gut«, sagt er mit schläfriger Stimme.

»Bist du sicher?«

Ich träume die ganze Nacht, von einem umgekippten Kajak, von Händen, die mich auseinanderreißen, von Alan, der zusammengekrümmt auf dem Boden liegt. Ich träume und träume und träume und immer ist da die hallende Stimme des Flussmanns, der mir sagt, dass wir alle ihm gehören werden.

Am Morgen weckt mich Alans Keuchen. Sonnenlicht ergießt sich in mein Zimmer.

»Scheiße!«, murmelt er. »Scheiße. Scheiße. Scheiße.«

Ich richte mich auf und versuche einen klaren Kopf zu bekommen. Alan reißt das Fenster auf und will nach draußen schlüpfen, da fällt ihm etwas auf der anderen Seite des Zimmers ins Auge.

»Aim …« Seine Stimme ist eine Warnung.

Eigentlich will ich nicht hinschauen, aber ich drehe den Kopf und mein Herz bleibt stehen. Wirklich. Es bleibt stehen. Dann klopft es wieder, hart und schmerzhaft. Alan nimmt mich am Arm und zieht mich an sich, aber ich habe es schon gesehen.

Jemand – etwas? – hat Farbe über das Bild von meiner Mutter und mir gekippt. Das Rot tropft über unsere Gesichter, trieft wie Kunstblut in einem Horrorfilm. Aber noch viel schlimmer ist die Nachricht, die in krakeliger Schrift darüber steht:

ER SOLLTE NICHT DA SEIN.

16
Alan

»Ich wünsche mir wirklich, ich könnte glauben, dass Benji sich hier reingeschlichen und das gemacht hat«, sage ich, während ich Aimee fest an meine Brust presse. Sie schüttelt den Kopf.

»So was würde er nicht machen.«

»Nein.« Das ist eine Nummer zu groß für einen aufsässigen kleinen Bruder. Aber zugleich ist es, so merkwürdig sich das anhört, zu zahm für das Ding, das uns im Baumhaus angegriffen hat. »Aimee, könnte das sonst noch jemand gemacht haben?«

»Gramps? Nein, er würde …«

»Nicht Gramps. Ich dachte … also, vielleicht deine Mutter?«

Sie hebt den Kopf, die großen grünen Augen weit aufgerissen, sagt aber nichts.

»Wenn es unser Freund aus dem Fluss gewesen wäre, meinst du nicht, er hätte etwas … keine Ahnung, mehr kaputt gemacht? So, wie im Baumhaus? Das Bild ist zerstört, kein Zweifel, aber vielleicht will ja der Geist deiner Mutter dir was sagen?«

»Genau das habe ich auch gedacht«, sagt sie. »Aber ich verstehe nicht, warum sie sagen sollte, dass du nicht hier sein darfst. Außerdem sieht rote Farbe aus wie Blut. Ich wünschte, sie hätte Blau genommen oder so.«

»Du hast die Tube mit der roten Farbe offen gelassen. Ich habe das bemerkt, als ich reinkam.« Sie schaut mich nur an. Sie bemüht sich wirklich, nicht auszuflippen, deshalb will ich ihre Anspannung lösen. »Vielleicht weiß sie, dass ich verschwinden muss, bevor ich dich in Schwierigkeiten bringe. Meine Mom kriegt auch die Krise, wenn sie aufwacht und ich nicht zu Hause bin. Ich habe auf dem Weg einen Donut-Laden gesehen. Ich nehme ein paar Donuts mit nach Hause, esse und hol dich dann ab.«

»Schule?« Ihre perfekte kleine Nase kräuselt sich und ich muss fast lachen.

»Ich denke, wir sollten unsere normale Routine so genau wie möglich beibehalten, damit wir nicht ins Visier der elterlichen Einheiten geraten. Wahrscheinlich sind sie nicht gerade begeistert von unserem Vorhaben. Wir müssen uns ganz normal verhalten, Courtney nach Hause bringen und dann können wir gegen dieses Ding kämpfen.« Ich trete ans Fenster.

»Okay.« Sie schaut immer noch zu mir auf. »Vielleicht

meint sie ihn – dass dieser Flussmann nicht hier sein sollte.«

»Räum das Bild weg, damit es niemand sieht.« Dann schleiche ich so leise wie möglich über das kurze Stück Dach bis zum Rand und springe nach unten auf den Boden. Gebückt renne ich aus dem Garten hinaus und hoffe, dass keiner der Männer im Haus in diesem Augenblick aus dem Fenster schaut.

Ich fahre zu dem kleinen Donut-Laden, kaufe ein Dutzend verschiedene Stücke und düse nach Hause. Mom und Tante Lisa sind beide schon auf, als ich komme, aber offensichtlich noch nicht lange. »Alan, wo warst du?«, fragt Mom. »Ich dachte, du liegst noch im Bett.«

»Konnte nicht schlafen. Da bin ich früh aufgestanden und rausgegangen. Dachte, ich könnte heute fürs Frühstück sorgen.« Ich lege die Donuts auf den Tisch. Tante Lisas Gesicht ist blass und sie hat dunkle Ringe unter ihren wässrigen Augen. »Irgendwas Neues?«

»Heute Morgen war sie wach«, sagt Tante Lisa. »Sie hat ein bisschen mit mir gesprochen und schien ganz die alte Courtney zu sein. Hat nach dir gefragt.«

»Echt?«

»Ja.« Tante Lisa zögert, als ob sie nicht sicher wäre, ob sie mehr sagen sollte.

»Was hat sie gesagt?«

Tante Lisa schaut Mom an, dann wieder mich. »Sie

bat mich, dir zu sagen, dass du stark sein sollst. Dass du tun sollst, was getan werden muss.«

Mir stehen die Haare auf den Armen zu Berge. »Das hat sie gesagt?«

»Alan, was ist hier los?«, fragt Mom. »Was hat sie gemeint? Was tust du?«

Ich denke nach. Einmal hatte ich ja schon versucht, es ihr zu erklären, aber sie wollte nichts davon wissen. Würde sie mir jetzt, nach Courtneys geheimnisvoller Botschaft, glauben? Wohl eher nicht. Achselzuckend schüttle ich den Kopf. »Keine Ahnung, was sie meint. Vielleicht hat sie was geträumt.«

»Das hat die Schwester auch gesagt«, meint Tante Lisa.

»Geht ihr heute arbeiten?«, frage ich und die beiden Frauen nicken.

»Lisa, du solltest zu Hause bleiben und dich hinlegen«, sagt meine Mutter. »Und dann wieder ins Krankenhaus gehen.«

»Sie haben mir gesagt, dass ich nichts tun kann«, sagt sie. »Wir brauchen das Geld. Wenn ... wenn es wirklich was Ernstes ist ... dann brauche ich meine Krankentage.«

»Alles wird gut, Tante Lisa«, verspreche ich.

Sie nickt, dann geht sie um den Tisch herum und umarmt mich.

»Danke, Alan. Danke.« Ihre Stimme direkt an meinem

Ohr klingt heiser und belegt. »Was würde ich hier ohne dich und deine Mom nur machen?«

»Vielleicht nach Oklahoma ziehen und mir beim Footballspielen zuschauen?«, antworte ich in dem verzweifelten Versuch, die Stimmung zu heben, und erwidere ihre Umarmung.

Ich schnappe mir ein paar Donuts und eine Flasche O-Saft aus dem Kühlschrank und renne zur Tür hinaus. Natürlich tue ich so, als würde ich nicht mitkriegen, wie Tante Lisa meiner Mutter sagt, was für ein großartiger Kerl ich bin.

Aimees Dad empfängt mich an der Haustür. Er ist kein besonders großer Mann. Ich meine, er ist hochgewachsen, aber durchschnittlich gebaut. Sein Einschüchterungsfaktor kommt wahrscheinlich daher, dass er Aimees Vater ist. Er öffnet die Tür und bittet mich mit einer Handbewegung hinein.

»Komm rein, Alan«, sagt er. »Tut mir leid, dass ich dich gestern Abend nicht mehr gesehen habe. Aber ich habe gehört, dass du einen von Aimees Gemüseburgern runtergewürgt hast. Das muss wahre Liebe sein.«

»Hmmm.« Okay, darauf war ich nicht vorbereitet, und er lacht herzlich über meinen verblüfften Gesichtsausdruck. Dann hält er mir die Hand hin. Ich ergreife sie, und es folgt der wahrscheinlich schwächste Händedruck, den ich je zustande gebracht habe. Er lacht mich wieder an.

»Ich hab nur Spaß gemacht«, sagt er. »Aber ich sage dir, Aimee scheint dich wirklich zu mögen. Ich finde es gut, dass du reinkommst, wenn du sie abholst, und gestern Abend hier warst, um die Familie kennenzulernen.«

»Ich, äh, das habe ich gern gemacht«, bringe ich stotternd hervor. »Sie ist großartig.«

Er nickt, aber dann nimmt sein Gesicht einen ernsten Ausdruck an. »Sie macht gerade eine schwere Phase durch. Schlechte Träume und so. Ich weiß nicht, was sie dir von ihrer Mutter erzählt hat. Wir haben sie vor einer Weile verloren und Aimee hat das ziemlich zugesetzt.«

»Sie hat es mir erzählt.«

Er schaut mich auf eine merkwürdige Art an, als wäre er erstaunt darüber, dass Aimee das schon erwähnt hat. »Sie hat es dir erzählt?«

»Ja, Sir. Wir haben, also, wir haben viel miteinander geredet.«

»Verstehe. Na dann.« Er hält inne und seine Stirn legt sich in Falten. Er trägt ein weißes Oberhemd und eine dunkle Hose. Wahrscheinlich kommen über kurz oder lang noch eine Krawatte und ein Jackett dazu. »Alan, versprichst du mir was?«

»Klar.«

»Sei … sei gut zu Aimee, okay?«

»Ja, Sir, klar. Ich meine, ich würde sie niemals verletzen.«

»Du bist eben neu hier und ich kenne dich nicht «, sagt er. »Das ist nicht persönlich gemeint. Ich habe Vertrauen zu Aimees Urteilsvermögen und, wie gesagt, sie mag dich wirklich, also muss ich darauf vertrauen, dass du in Ordnung bist. Du machst den Eindruck, als wärst du es. Versteh mich nicht falsch, sie ist eben immer noch mein kleines Mädchen.«

»Klar«, sage ich. »Ich verspreche, dass ihr nichts zustoßen wird, wenn ich bei ihr bin.« Er schaut mich sehr merkwürdig an, und da wird mir erst klar, wie dumm das war. Überhaupt nicht das, was ich eigentlich sagen wollte. Er will von mir doch nur das Versprechen, dass ich ihr nicht an die Wäsche gehe. »Ich meine, Sie müssen sich wegen mir keine Sorgen machen, Mr. Avery. Aimee ist bei mir in guten Händen.«

»Das wollte ich hören«, sagt er und streckt mir wieder die Hand hin. Diesmal drücke ich sie kräftig, wie ein Mann das tun sollte, und schüttle sie ein paar Mal.

»Was habt ihr beide gerade vereinbart?«, fragt Aimee von der Treppe aus. »Hast du mich gerade für eine Ziege und ein paar Hühner verkauft?«

»Du bist viel mehr wert, Liebes«, sagt er, lässt meine Hand los und dreht sich zu ihr um.

»Ich musste noch eine ganze Kuh beisteuern«, sage ich. »Gramps wollte sie wegen der Steaks.«

Ihr Vater stößt ein kurzes bellendes Lachen aus, das er aber rasch mit der Hand verbirgt und mir zublinzelt. Aimee streckt nur die Zunge raus.

»Dein Dickdarm wird mir den Gemüseburger noch danken, weißt du das«, sagt sie. »Und auch die, die noch kommen.«

»Ihr zwei solltet schauen, dass ihr in die Schule kommt«, sagt ihr Vater.

»Können Sie mir was über den Zustand meiner Cousine sagen, Sir? Heute Morgen war sie wohl wach und hat gesprochen, meinte Tante Lisa.«

»Tut mir leid, Alan, aber ich kann nicht viel dazu sagen. Die Vorschriften …« Seine Miene sagt mir, dass es ihm wirklich leid tut. »Aber ich verspreche, wir tun, was wir können, um ihr zu helfen.«

Aimee ist inzwischen von der Treppe herübergekommen und steht neben mir. Der Riemen ihres Rucksacks liegt locker in ihrer Hand. Ich hebe den Rucksack vom Boden auf und werfe ihn mir über die Schulter.

»He, ich kann meinen Rucksack selbst tragen«, protestiert sie.

»Ich weiß, aber dieser Gemüseburger hat mir so viel Kraft gegeben, dass mein Dickdarm gesagt hat, ich muss deinen Rucksack tragen, um dir zu danken.«

Ihr Dad lacht wieder: »Der wird dich ganz schön auf Trab halten, Aimee.«

Sie kneift mich in die Seite und ich zucke unwillkürlich zusammen. »Ich werd schon mit ihm fertig«, antwortet sie. »Komm, wir gehen, Alan. Ich habe gehört, dass Benji sich die Zähne putzt. Oder sie schärft, um sich auf die Reste zu stürzen, die Dad von dir übrig gelassen hat.«

»Es war nett, Sie kennenzulernen, Mr. Avery«, sage ich und öffne die Tür für Aimee. Das scheint sie jetzt nicht als Angriff auf ihre feministische Einstellung zu verstehen, aber ihr Vater bemerkt es und lächelt mir zu. Ich winke ihm noch einmal und folge Aimee zum Auto.

Eigentlich will ich den Arm um sie legen, als wir rückwärts aus der Einfahrt hinausfahren, aber stattdessen frage ich sie, ob alles in Ordnung ist.

»Inzwischen ja«, sagt sie.

»Tante Lisa hat mir erzählt, dass Courtney heute Morgen gesprochen hat.«

»Wirklich?«

Ich berichte ihr, was meine Tante gesagt hat.

»Du sollst *tun, was getan werden muss*?«

»Ja. Das war irre.«

»Glaubst du, sie weiß, was los ist?«

»Wahrscheinlich. Keine Ahnung. Vielleicht. Ich denke, sie weiß, dass irgendeine Art Geist manchmal von ihr Besitz ergreift. Hat er ihr gesagt, sie soll sich von mir fernhalten? Weiß sie, dass er glaubt, ich sei eine Art Bedrohung? Keine Ahnung. Nach dem, was sie gesagt hat, glaube ich schon. Sie ahnt zumindest was.«

»Könnte dieses Ding dir etwas antun?«

Wir biegen auf den Schulparkplatz ein und ich suche eine Parklücke. »Mich zum Beispiel quer durch die Cafeteria schleudern?«

»Oder schlimmer.«

»Ich mache mir mehr Sorgen um dich.« Ich steure in eine Lücke zwischen einem Chevrolet Camaro und einem Saab. Nachdem ich den Motor abgestellt habe, bleiben wir schweigend sitzen.

»Ich kann mich heute bestimmt nicht auf die Schule konzentrieren«, sagt sie schließlich.

»Ich auch nicht. Aber wir sind schon ein bisschen spät dran, wir sollten uns sputen.« Ich öffne die Tür und steige aus. Wir sind schon fast am Eingang, als ich eine Stimme hinter uns höre.

»Ach, die Schlampe und die Rothaut, die gestern das Training geschwänzt hat.«

Aimee und ich bleiben wie angewurzelt stehen. Wir wissen beide, wer das ist.

»Beachte ihn nicht«, zischt Aimee flüsternd. »Er ist nicht er selbst. Ganz sicher. So was würde er normalerweise nie sagen.«

»Aimee, das läuft auf Fäuste raus.« Ich will mich umdrehen, aber ihre Finger krallen sich in meinen Arm. Wie sich herausstellt, muss ich gar nicht zu ihnen gehen. Blake und zwei seiner Freunde kreuzen direkt vor uns auf.

»Was is los, Parson? Stehst du schon unter dem Pantoffel deiner weißen Nuttensquaw?«, fragt er. Seine Freunde lachen. Einen erkenne ich, weil er in meiner Algebra-Klasse sitzt, der andere hat mit mir zusammen Deutsch, glaube ich wenigstens. Er ist ein Bulle mit breiten Schultern und einem kantigen Kiefer. Der Algebra-Typ ist groß und schlank wie Blake.

»Halt die Klappe, Blake«, sagt Aimee. »Ich fass es nicht, was für ein Idiot du geworden bist. Was ist los mit dir?«

Etwas Böses vibriert in der Luft.

»Hast du einfach die Schnauze voll von weißen Jungs, Aimee, oder was?«, fragt der Algebra-Typ. Blakes Mund verzieht sich ganz langsam zu einem Grinsen. Ich stelle mir vor, wie diese Lippen nach einem Schlag von meiner Faust aufplatzen. Das würde ganz schön bluten.

»Du bist doch ein Volltrottel, Chris«, sagt Aimee. An mich gewandt flüstert sie: »Normalerweise ist er total nett. Wirklich. Die sind alle ganz anders als sonst.«

»Du nicht sprechen Englisch heute, Apache?«, fragt Blake.

»Lass sein, Alan«, warnt Aimee mich. Offenbar spürt sie die Spannung in meinem Körper.

»Nicht hier«, verspreche ich. Mehr kann ich ihr nicht anbieten. Mir wäre ein Schulausschluss ja egal. Das kenne ich. Aber Mom kann ich das nicht antun. Nicht so früh an einer neuen Schule. Nicht, solange Courtney im Krankenhaus liegt.

»Er sprechen Englisch!«, ruft der Bulle.

»Weiß Lauren, dass du dich wie ein Blödmann aufführst, Noah?«, fragt Aimee. »Oder hast du nur Angst, dass sie Alan womöglich auch mehr mag als dich? Eifersüchtig?«

»Ich habe keinen Grund, eifersüchtig zu sein, schon gar nicht auf einen blöden Indianer«, sagt Noah mit einer Schärfe in der Stimme, die uns sagt, dass er lügt.

»Komm, Alan.« Aimee zieht mich am Arm. Ich werfe Blake einen finsteren Blick zu, ignoriere seine Gefolgsleute und gehe wiederstrebend einen Schritt hinter Aimee her. In meiner alten Schule hätten die Mädchen, die ich kenne, in so einer Situation gewollt, dass ich kämpfe. Das ist alles mehr als nur ein bisschen verwirrend und frustrierend. Mit Blake könnte ich es sicher aufnehmen – wahrscheinlich ohne einen Tropfen Schweiß zu vergießen.

Aimee denkt anscheinend, wir könnten einfach zwischen ihnen hindurch zur Schule gehen. Die drei treten auch zur Seite, um sie durchzulassen, mir versperren sie jedoch den Weg, und ich bin eigentlich überzeugt, dass wir direkt hier und jetzt aufeinander losgehen, da stoppt uns eine Stimme.

»Ihr jungen Männer taucht lieber nicht im Rektorat auf und fragt nach einem Verspätungsformular. Macht mal, dass ihr in eure Klassen kommt«, verkündet Mr. Everson. Er muss irgendwann aus der Schule herausgekommen sein und steht jetzt nur zehn Meter von uns entfernt. Blakes Gesicht läuft bis zum Haaransatz rot an und er weicht vor uns zurück.

»Machen wir«, sagt Blake. Seine Freunde gucken wie Schafe, die sich auf eine Autobahn verirrt haben.

Aimee zieht immer noch an mir und ich folge ihr. Wir gehen am Konrektor vorbei, der sich umdreht und neben uns her geht. Er öffnet die Tür und betritt nach uns die Schule.

Es klingelt schon zum ersten Mal und wir haben nicht mal unsere Bücher für die erste Stunde geholt. »Geh in deinen Unterricht«, sagt sie und schiebt mich weg. »Wir sehen uns in Bio. Aber das war nicht normal. Die sind normalerweise nicht so.«

Mich auf Algebra konzentrieren ist unmöglich. Über Blakes Freund nachzudenken, der zwei Tische vor mir sitzt, ist sinnlos. Also schlage ich das Buch auf der Seite auf, die wir bearbeiten sollen, behalte den Lehrer im Auge und schreibe – auf Papier – eine Nachricht an Aimee. Unser Algebralehrer ist nämlich, was Handys angeht, sehr streng.

Wir brauchen echten Salbei und Süßgras. Und Steine. Die Steine aus dem Fluss können wir nicht nehmen. Nicht weil sie aus diesem Fluss stammen, sondern weil sie

Lufteinschlüsse haben und vielleicht explodieren, wenn sie heiß werden. Wo kriege ich Granitsteine her? Und die anderen Sachen? Und wo kann ich eine Schwitzhütte bauen und darin längere Zeit Feuer machen? Vielleicht auf einem Zeltplatz oder so. Hast du eine Idee?

Ich falte das Papier und schiebe es unter den Vorderdeckel meines Bio-Buchs, das unter meinem aufgeschlagenen Algebra-Buch liegt. Dann versuche ich noch einmal, mich auf die mathematischen Probleme zu konzentrieren. Ich sehe zwar immer noch keinen Sinn darin, aber Aimee kann unmöglich mit einem Loser zusammen sein, der in Mathe durchfällt.

In Oklahoma mussten wir in der Mittelstufe in Englisch eine Kurzgeschichte mit dem Titel *Die Braut kommt nach Yellow Sky* lesen. Darin bringt ein Sheriff im Wilden Westen seine Frau mit in seine Stadt und will dann nicht gegen den lokalen Bösewicht kämpfen.

»Der Mann ist im Grunde seines Herzens ungesittet und barbarisch«, hatte unser Englischlehrer Mr. Walker gesagt. »Frauen haben einen zivilisierenden Einfluss. Sobald eine Frau auf der Bildfläche erscheint, verhalten sich Männer anders. Sogar der ungehobelte Wilson begreift das.«

Ich hatte es damals nicht verstanden. Für mich war es nur eine blöde Geschichte gewesen. Aber heute … Ich betrachte Chris' Hinterkopf und stelle mir vor, wie ich auf ihn und Blake und den anderen Typen, Noah, losgegangen wäre, wenn Aimee mich nicht davon abgehalten hätte.

Endlich klingelt es und wir dürfen das Klassenzimmer verlassen und ins nächste schlurfen. Ich bin vor Aimee dort. Sie lächelte mich an, als sie durch die Tür kommt, und ich stecke ihr den Zettel zu, als sie an mir vorbei zu ihrem Platz direkt hinter mir geht. Ich höre, wie sie das Blatt entfaltet und etwas mit ihrem Füller schreibt. Dann gibt sie mir das Blatt zurück.

Den Salbei und das Süßgras gibt's wahrscheinlich im Handwerkermarkt Barn. Getrocknet. Die Leute brauchen die Trockenkräuter für irgendwelche Mischungen. Vielleicht bekommst du auch die Granitsteine dort. Wenn nicht – Bergerman's Lumber verkauft Steine zur Dekoration von Rasenflächen, das müsste passen.

Es hat noch nicht geklingelt, deshalb riskiere ich es, mich umzudrehen, bevor Mr. Swanson hereinkommt. »Klingt gut. Außerdem brauche ich noch eine Plane oder so. Was Hitzebeständiges. Schweres Segeltuch.«

»Du lebst jetzt an einem Ort, wo Schifffahrt früher größte Bedeutung hatte«, antwortet Aimee. »Wir kriegen bestimmt ein Stück Leinwand, wie man es für Segel verwendet. Geht das?«

»Augen nach vorn, Alan«, ruft Mr. Swanson. »Wir

alle würden gern die ganz Stunde lang Miss Avery anschauen, aber dann würden wir nicht sehr viel über die Fotosynthese lernen.«

»Er lernt bestimmt viel Biologie von ihr, wetten?«, bemerkt ein Mädchen auf der anderen Seite des Klassenzimmers scherzhaft, und fast die ganze Klasse lacht. Ich lache nicht, und ich weiß, dass auch Aimee nicht lacht. Sie wird bestimmt rot.

»Blake bringt ihn um«, murmelt ein Junge, aber dann sorgt Mr. Swanson wieder für Ordnung und beginnt eine Diskussion über Wasseraufbereitungsanlagen, die Abwässer zurück in Flüsse pumpen.

»Die Moral der Geschichte ist«, sagt er, als die Klingel das Ende unserer gemeinsamen Zeit verkündet, »möglichst nahe an der Quelle eines Flusses zu leben.«

Als wir zwischen all die Schüler gequetscht werden, die aus der Tür hinausdrängeln, nehme ich Aimees Hand. »Bis zur Mittagspause«, sagt sie, bevor unsere Wege sich trennen.

Noah mit dem kantigen Kiefer schweigt mich in der Deutschstunde an. Eigentlich hatte ich erwartet, dass er mir Probleme macht, aber er verhält sich ruhig und sieht eher aus, als würde er sich schämen. Vermutlich haben er und Blake und Chris gemeinsam nur ein Rückgrat, und sie müssen alle drei zusammen sein, damit sie sich trauen, was zu sagen. Oder Aimee hat recht und irgendetwas nimmt Einfluss auf die Menschen hier – etwas Mächtiges. Etwas sehr Mächtiges. Egal, es gibt keine Prügelei, und wir alle sprechen die Textzeilen nach, die »Fräulein« Gray uns vorsagt, bis die Stunde vorbei ist.

In der Cafeteria fragt mich niemand direkt, was gestern passiert ist, aber sie schauen mich an und unterhalten sich flüsternd darüber, wie meine kleine Cousine mich über die Abtrennung auf einen Tisch geworfen hat. Dann packt Aimee mich am Arm und wir reihen uns in die Essensschlange ein. An der Essensausgabe nimmt sie sich einen Salat und ich halte mein Tablett hin für einen Schlag Kartoffelpüree und panierte Beefsteakfinger mit Mais. »Vielleicht sollte ich eine Extraportion für Gramps mitnehmen«, sage ich im Spaß.

»Irgendwann habe ich dich so weit, dass du gesund isst«, verspricht Aimee mir. »Alles eine Frage der Zeit.«

Wieder muss ich an die Braut denken, die nach Yellow Sky geht und alle Männer dort zivilisiert. Seufzend räume ich ein: »Wahrscheinlich. Sieht so aus, als würde ich alles für dich tun.«

Sie lacht nur und lotst mich zu einem leeren Tisch. Wir setzen uns und die Leute strömen an uns vorbei. Ein paar winken Aimee zu, aber niemand macht Anstalten, sich zu uns zu setzen. Sogar Aimees Freundin Hayley setzt sich an einen Tisch ganz in der Nähe, an dem sich schon etliche Leute dängen, an die ich mich vage aus verschiedenen Unterrichtsstunden erinnere. Nehmen sie Rücksicht auf uns? Weil sie denken, wir wären ein Paar? Natürlich nicht. Es ist wegen Courtney. Alle wissen, dass mit ihr etwas nicht stimmt, bei ihr hat sich alles irgendwie gebündelt. Und wir beide stehen ihr sehr nahe. Also könnte das, was sie infiziert hat, auch uns angesteckt haben.

»Warum muss Court aus dem Krankenhaus entlassen sein, damit wir es tun können?«, fragt Aimee. »Ich meine, warum können wir nicht einfach zum Fluss gehen und … und tun, was immer du tun musst.«

»Der böse Geist muss irgendwie an einer Stelle konzentriert werden«, erkläre ich. »Eingegrenzt. Aus irgendeinem Grund hat er Courtney ausgewählt. Da sie das Zentrum ist, brauchen wir sie, um das Ding loszuwerden.«

»Warum hat er wohl ausgerechnet sie ausgewählt?«, fragt sie, während sie eine Tomate in ihrem Salat aufspießt. »Diesmal«, fügt sie hinzu, bevor sie die Tomate isst.

»Keine Ahnung. Vielleicht weil sie nicht akzeptieren will, dass ihr Vater tot ist.« Ich schiebe mein Tablett weg. »Ich darf nichts essen. Ich muss fasten. Wie konnte ich das vergessen! In der Schule komme ich mir vor wie ein Hund, der das eine tut, wenn die eine Glocke ertönt, und das andere, wenn die andere ertönt.«

»Dann wirst du jetzt gar nichts essen?«

»Nein. Ich trinke nur Wasser. Ich muss bereit sein.«

»Meinst du, es ist bald so weit?«

»Ja, ich glaub schon. Wir sollten die Sachen heute noch besorgen. Kannst du nach der Schule mit zu mir kommen? Ich will mich in Courtneys Zimmer umsehen, solange niemand zu Hause ist.«

»Hinweise suchen?«

»Ja.« Ich schaue zu, wie sie die nächsten Bissen isst. Ihr Kiefer ist sehr sexy, wenn sie kaut.

»Was ist?«, fragt sie, als sie bemerkt, dass ich sie beobachte.

»Nichts.« Ich lächle sie an. »Ich geh mal aufs Klo und schreibe Tante Lisa.«

Ich lasse sie allein in der Cafeteria und gehe um die Ecke zu den Toiletten.

In einer verschlossenen Kabine setze ich mich vollständig bekleidet auf die Klobrille und schreibe an Tante Lisa: WAS NEUES?

Nach wenigen Minuten bekomme ich eine Antwort. SCHEINT IHR GUT ZU GEHEN. WARTEN NOCH AUF ERGEBNISSE. BLEIB IN DER SCHULE!

Ich schreibe zurück: MACH ICH. Dann stehe ich auf, stecke das Telefon in die Hosentasche und öffne die Kabinentür.

Der Faustschlag, der mein Gesicht trifft, sitzt nicht gut, kommt aber so überraschend, dass ich nach hinten über die Toilette stolpere. Ich falle gegen die Wand, und bevor ich mich berappeln kann, sind sie zur dritt in der Kabine und dreschen auf mein Gesicht und meinen Körper ein. Ich finde mein Gleichgewicht nicht und aufstehen kann ich bei diesem Angriff auch nicht. Mir bleibt nur, mein Gesicht zu schützen, aber ich habe schon ein paar Schläge abbekommen, und es fühlt sich an, als würde mindestens einer einen Siegelring tragen.

Von weit her höre ich den Ruf: »Kämpft!«

Die Faustschläge treffen mich, während Menschen schreiend in die Toilette drängen und sich gegenseitig schubsen, um einen besseren Blick auf die Action zu haben.

Endlich schaffe ich es irgendwie, mich nach vorn zu rollen und aufzustehen, obwohl dadurch meine rechte Seite ungeschützt ein paar Schlägen in die Nierengegend ausgesetzt ist. Zum Glück ist es in der Kabine so eng, dass sie nicht richtig zuschlagen können. Ich dränge mich gegen den nächststehenden Körper und ramme eine Faust in Blakes Gesicht. Seine Nase ist ganz zerknautscht und Blut schießt aus den Nasenlöchern, aber es hat den Anschein, als würde er das gar nicht spüren.

Er lacht mich aus, aber es ist nicht sein Lachen. So lacht nur der Flussmann. Ich habe den Widerhall dieses Lachens schon im Wind gehört.

Auf einmal steht Mr. Burnham hinter Blake, legt ihm den Arm um den Hals und zieht ihn aus der Kabine heraus. Mr. Everson dahinter packt Chris und Noah am Kragen ihrer Jacketts und zerrt auch sie aus der Kabine.

»Los«, sagt Mr. Everson. »Ihr könnt alle eine Auszeit bekommen, um euch zu erholen!« Er dreht sie zur Toilettentür, scheucht die Gaffer zurück und schaut dann mich an: »Los, Alan, du auch.«

Einwände dagegen würden schwach klingen. Mom wird mich nicht verstehen. Wahrscheinlich nicht einmal Aimee. Ich wische mir ein bisschen Blut aus dem Gesicht und spüre den brennenden Schmerz einer Schnittwunde. Dann folge ich Everson und Burnham hinaus.

Aimee steht auch da. Ihre grünen Augen sind vor Sorge weit aufgerissen.

»Tut mir leid«, sage ich, als ich an ihr vorbeigehe, und lächle sie an, aber auch das vertreibt nicht die Sorge aus ihrem Gesicht.

17
Aimee

Jungs sind bescheuert. Punkt. Sie sind einfach bescheuert. Auch wenn der Flussmann die Menschen schlechter macht, als sie normalerweise sind, müssen Jungs einfach immer gleich zuschlagen.

Als Alan in Begleitung von Blakes Truppe mit blutverschmiertem Gesicht aus der Toilette kommt, könnte ich ihn echt umbringen. Aber da ist so schrecklich viel Blut. Er ist verletzt. Ich will zu ihm gehen, doch Mr. Everson gibt mir mit einem Blick zu verstehen, dass ich mich nicht einmischen soll.

»Aimee.« Eine Hand legt sich auf meinen Arm. Hayleys Hand.

»Was?«

»Alles in Ordnung?« Hayley schirmt mich von der Menge ab.

»Geht auseinander! Auseinander mit euch!« Mr. Swanson und ein paar andere Lehrer reden beruhigend auf uns ein.

»Ja«, sage ich und schaue starr in ihre großen braunen Augen. »Alles in Ordnung.«

Sie hält mich fest. »Du schwankst ja.«

»Was?«

»Du schwankst. Deine Hände zittern.« Sie schiebt mich weg von der Cafeteria, die Rollstuhlrampe hinunter in Richtung verbotener Aufzug. »Du musst dich hinsetzten, aber nicht zu den Idioten.«

Wir hocken uns neben dem Aufzug auf den Boden. Eigentlich ist es eine Ecke. Die einzige Tür führ zum Lehrmittelraum, aber die ist zu. Der Boden unter meinen Beinen ist kalt. Ich lehne den Kopf an die Wand. Sie ist auch kalt.

»Ich hatte keine Ahnung, dass Blake ein solcher Rassist ist«, quassle ich vor mich hin. »Und er prügelt sich, das ist gar nicht seine Art… Mensch… sie haben sich geschlagen. Nicht zu fassen, dass Alan zurückgeschlagen hat.«

»Sie waren drei gegen einen«, sagt Hayley. Ihre Stimme klingt hart, und einen Augenblick lang hat sie diesen wahnsinnigen blutdurstigen Ausdruck auf dem Gesicht, aber er verschwindet und ihre Stimme wechselt in einen liebevollen Singsang. »Er musste.«

»Drei gegen einen!« Mir schaudert, wenn ich an all das Blut denke. »Er ist verletzt. Er ist verletzt und wahrscheinlich bekommt er Schulausschluss. Ich kann das nicht… ich kann das nicht allein tun. Ich kann nicht…«

»Aimee. Was kannst du nicht tun?«

»Hier sein. Leben. In den Unterricht gehen. Alles ist total verkorkst. Courtney. Blake. Alan. Alles.« Ich beuge mich vor und Hayley streicht mir mit der flachen Hand in kleinen Kreisen über den Rücken. Das ist so tröstlich. Eine Mom würde so was tun. »Du bist so nett«, schniefe ich.

Sie lächelt mich an, wie Courtney das tun würde. Wenn Courtney hier wäre, würde sie mich jetzt trösten. »Danke, du auch.«

»Ich komme mir gerade nicht nett vor.«

»In letzter Zeit ist gar niemand mehr nett. Als hätte die ganze Stadt einen steroidgesteuerten Tobsuchtsanfall.«

Einen Augenblick lang will ich ihr alles erzählen, alles über Courtney und den Stein und das Gemälde und den Wahnsinn, der im Baumhaus passiert ist. Ich möchte ihr von meiner Mom erzählen und von Alan und von Besessenheit und wie schwer es manchmal ist, in einem Haus voller Männer das einzige Mädchen zu sein. Auf einmal fährt mir ein scharfer Schmerz seitlich in den Kopf. Meine Hand tastet hinauf zu meiner Schläfe. Es ist mir immer gelungen, Benjis Beulen und Schmerzen zu vertreiben, ich wünschte, ich könnte es auch bei mir selbst.

»Aimee?«

Hayleys Stimme scheint weit weg zu sein. Ich will mich auf sie konzentrieren.

»Aimee?« Sie wiederholt meinen Namen. »Alles in Ordnung?«

»Ja.« Ich stehe auf. Mein Kopf pocht immer noch. »Ja. Mir ist nur gerade etwas eingefallen.«

»Du bist ganz weiß. Und du zitterst immer noch«, sagt sie mit sorgenvoller Miene.

»Mir geht es gut. Mir geht's gut, Hayley.« Ich beuge mich zu ihr und küsse sie auf die Wange. Sie riecht nach einem Victoria's Secrets-Gartenduft. »Danke, du bist eine fantastische Freundin.«

Mrs. Hessler begegnet mir, bevor ich auch nur in der Nähe der Toilette bin, was ein wesentlicher Schritt in meinem Plan ist. Ihre Augen sind unruhig und nervös. Sie berührt mich kurz am Arm und sagt: »Wie ich höre, ist Courtney im Krankenhaus. Und Blake ist auf ihren Cousin losgegangen.«

Ich nicke abwartend. Sie hält mich auf in dem, was ich zu tun habe.

Auf einmal zieht sie ein Buch aus ihrer Tasche und schlägt es an einer mit einem Lesezeichen markierten Stelle auf. »Lies das.«

Ich schaue mich um. »Mitten auf dem Flur?«

»Bitte, Aimee.«

Sie schiebt mich fast Richtung Wand. Ich lehne mich dagegen und fange an zu lesen. Es ist ein Artikel von Roslyn Strong über Drachenmetaphorik in Nordamerika.

»Überspring den Anfang und geh gleich zur Geschichte«, drängelt Mrs. Hessler.

In der Geschichte geht es um einen Wabanaki-Helden namens Glooskap, der in Maine, beziehungsweise an dem Ort, der später Maine heißen würde, einen Drachen tötet. Der Drache stirbt.

»Was wollen Sie mir damit sagen, Mrs. Hessler?«, frage ich.

»Was ist, wenn der Drache in unserem Fluss gestorben ist? Wenn Glooskap einen europäischen Dämon oder Drachen an unseren Fluss gebunden hat, nachdem er ihn aus einem besessenen Siedler geholt hat? Die Wabanaki wussten von den Gefahren, aber die arroganten Siedler blieben, obwohl sie gewarnt wurden, dass das Böse aus dem Fluss wie die Gezeiten kommt und geht und die ganze Stadt beeinflusst, wenn der Dämon versucht, einen Körper in Besitz zu nehmen.«

»Wie er es gerade bei Courtney macht«, flüstere ich.

»Und wie er es bei deiner Mutter gemacht hat. Sie war meine beste Freundin, weißt du, so wie Courtney deine beste Freundin ist.«

Tatsächlich? Wie konnte ich das vergessen? Nebelhafte Erinnerungen steigen in mir auf. Mrs. Hessler bringt Weihnachtsplätzchen vorbei, sie und meine Mutter gehen schick zurechtgemacht zusammen essen. Mrs. Hessler fährt sich über die Augen, in denen Tränen schwimmen, und ich tätschle ihren Arm, als sie fortfährt: »Ich habe eine andere Geschichte gefunden, in der es heißt, der Dämon sei dazu bestimmt, hier zu bleiben, bis er ein Gefäß findet oder von einem Löwen aus dem Westen zurück in die Dunkelheit geschickt wird.«

Könnte Alan das sein? »Aber warum?«, will ich wissen.

»Warum was?«

»Was will dieser … Dämon … erreichen? Was macht ihn überhaupt böse?« Ich schaue zu, wie die anderen Schüler in ihre Klassenzimmer eilen.

»Die Legenden der Indianer erklären selten, warum die Ungeheuer sich verhalten, wie sie sich verhalten. Erst unsere Kultur, unsere moderne Kultur, will sie verstehen.« Sie räuspert sich. »Meiner Einschätzung nach könnte er den Fluss verlassen, sobald er Courtney ganz in Besitz genommen hat. Dann wäre er frei und könnte herumstreifen wie es ihm beliebt, so wie er es getan hat, bevor Glooskap ihn an das Wasser gebunden hat.«

Trauer erfüllt mich. »Er hat das auch bei meiner Mutter versucht und niemand hat ihr geholfen.«

»Sie ist bei dem Versuch gestorben, uns alle zu retten, Aimee. Als sie mit dieser Axt zum Fluss ging und ertrank, wollt sie gegen den Dämon, gegen den Flussmann kämpfen oder ihn wenigstens davon abhalten, sie ganz in seinen Besitz zu nehmen.«

»Das war mutig«, bringe ich gerade noch hervor, obwohl mein Inneres sich vor Schmerz zusammenballt.

Meine Mom fehlt mir. Sie fehlt mir so sehr. Weiter unten im Flur hustet jemand.

»Ja, das war es.« Mrs. Hessler hustet auch und es klingt wie ein ganz leises Bellen.

»Warum hat er dann nicht gleich weitergemacht? Warum hat er sich nicht gleich ein anderes Opfer gesucht?«

Sie zuckt mit den Achseln. »Ich weiß es nicht. Vielleicht hat er immer nur genug Macht für ein einziges Opfer. Das Böse scheint in Schüben zu kommen, die mindestens ein Jahrzehnt auseinanderliegen.«

Ich stoße mich von der Wand ab, gebe Mrs. Hessler das Buch zurück und umarme sie dabei. Sie riecht nach Vanille wie meine Mutter. »Danke.«

Dann mache ich mich auf den Weg zur Toilette, zurück zu meinem ursprünglichen Plan, aber mit ein klein bisschen mehr Wissen bewaffnet.

Ich tue so, als hätte ich mich übergeben. Blass genug, um als krank durchzugehen, bin ich ja. Dann überzeuge ich Mrs. Murillo, dass Dad und Gramps an diesem Vormittag beide nicht zu erreichen sind. Es funktioniert. Ich darf die Schule verlassen. Dann füge ich noch eine dritte Lüge hinzu und sage, ich wäre mit dem Auto da und würde selbst nach Hause fahren.

Quer durch den Wald ist es nicht weit bis zum Krankenhaus. Die Geländelaufstrecke hinter der Schule bringt einen über die halbe Entfernung, und wenn man dann eine Blaubeeröde quert, kann man in die Starbald Road einbiegen und den Rest des Weges zurücklegen. Und genau das mache ich jetzt. Die Bäume sind inzwischen fast kahl. Ihre Zweige sind furchterregend unheimlich wie nackte, knotige Finger, die hungrig nach einem greifen. Sie erinnern mich an den Flussmann, der die Arme ausstreckt, zupackt und einen nach unten zieht. Ich bleibe kurz lauschend stehen. Der Wind rüttelt an den Bäumen.

Während ich mein Handy herausziehe, überlege ich hin und her, ob ich Alan schreiben soll oder nicht.

HOFFE DU BIST OKAY.

Ich drücke Senden und stecke das Handy wieder in die Tasche. Noch einmal lausche ich. Heute erschreckt mich alles. Wahrscheinlich muss Alan sich in Eversons Büro immer noch eine Standpauke anhören, sodass er meine Nachricht gar nicht sieht. Ich habe ihm ja auch nichts von meinem Vorhaben gesagt. Er wird bestimmt wütend.

Aber manchmal muss man etwas allein tun.

Ich hetze ein paar Meter weiter und überlege noch einmal. Vielleicht hat Court ihr Handy ja dabei. Ich schreibe ihr: OKAY WENN ICH JETZT ZU DIR KOMME?

Ich gehe weiter und hoffe auf eine Antwort. Mein Handy brummt, ich klappe es auf und lese: JA!!! KOMM SCHNELL.

Mehr braucht es nicht. Ich renne los.

Nach ungefähr anderthalb Kilometer bin ich im Wald. Der Weg ist voller Fußspuren und Steine. Die Wurzeln der Bäume ragen in den Weg hinein, aber ich kenne ihn gut, wir laufen im Fußballtraining ungefähr zweimal pro Woche hier. Unser Trainer spricht immer von Konditionsläufen, und ich war noch nie so glücklich über sie wie jetzt, denn mit jedem Schritt wird der Himmel über mir dunkler und die Bäume ächzen ein bisschen mehr im Wind, aber, hallo?, ich hab eine gute Kondition, trotz der Prellungen an meinem Bein.

Ich schieße vorwärts. Ein Fuß. Der andere. Und immer weiter so.

Als ich das hügelige, baumlose Ödland erreiche, schreit über mir ein Adler. Ich schaue hinauf, stolpere über einen Stein, falle aber nicht. Keine Ahnung, was der Adler mir sagen will, aber ich schätze mal, er will mich warnen. Er kämpft mit seinen wuchtigen Schwingen gegen den Wind und versucht im Aufwind zu bleiben. Offenbar will er in meiner Nähe bleiben, aber er schafft es nicht ganz.

Der Wind bedrängt mich auf einmal hart, als ob er das absichtlich tun würde. Ein paar Haarsträhnen lösen sich aus meinem Pferdeschwanz und flattern mir ins Gesicht. Ein Blaubeerstrauch reißt sich vom Boden los und quert den schmalen, unbefestigten Pfad. Mit Mühe weiche ich ihm aus.

Auf einmal kommt mir mein ganzer Plan nicht mehr so toll vor.

Noch ein Strauch reißt sich los und jagt mich geradezu den Pfad entlang. Erde und Zweige wirbeln umher und erschweren die Sicht.

»Du meine Güte!« Aus irgendeinem Grund fluche ich nicht. Als würde Fluchen allem Bösen nur noch mehr Macht geben.

Ich bin auf halbem Weg zwischen der Highschool und dem Krankenhaus, fast an der Straße, als ein Stein mich voll im Rücken trifft, direkt unter meinem Rucksack. Ich taumle nach vorn. Mein Rucksack rutscht hin und her. Schmerz schießt durch meinen Körper. Noch ein Stein trifft mich, diesmal an der Wade. Ich rapple mich möglichst schnell auf und torkle weiter.

Ich erreiche die Straße, aber dort habe ich noch weniger Deckung als hier. In den Wald zurückzugehen, scheint mir jedoch vollends wahnsinnig.

»Du hältst mich nicht auf!«, schreie ich.

Außer dem Lärm des Windes ist kein Geräusch zu hören, aber ich spüre, wie er mich auslacht. Jeder einzelne Knochen spürt es. Jede einzelne Nervenzelle zittert davor. In meinem Magen baut sich Angst auf und will mich langsamer machen, zerrt an mir wie eine Grippe. Als würde sich die Angst, verlassen zu werden oder eine Prüfung nicht zu bestehen oder einen superhässlichen Pickel mitten auf der Nase zu haben, zu einem dichten Klumpen zusammenballen.

Aber Courtney ist wichtiger als all das.

Ich kämpfe mich weiter voran. Ein Busch streift mich. Ich falle, rolle mich seitlich ab und pralle auf die unbefestigte Straße. Mit blutig zerkratzen Händen stoße ich mich vom Boden ab. Ich sprinte. Von fern ertönt ein tiefes, lautes Grollen. Es erinnert mich an den Angriff auf das Baumhaus.

Ich bleibe stehen und suche nach einem Unterschlupf. Es gibt keinen. Nur wogende Blaubeerbüsche auf dem Ödland und die nackte Straße. Mein Herz torkelt in meiner Brust und meine Füße torkeln über die Straße.

Der Mini-Tornado aus Büschen, Steinen und Zweigen steht über dem Ödland. Sogar ein Eichhörnchen ist in ihm gefangen, armes Ding! Auch ein hölzernes DURCHGANG VERBOTEN-Schild wirbelt herum. Ich renne schneller, aber ich habe keine Chance. Der Sturm ist dreimal schneller als ich. Mein verletztes Bein schmerzt, aber ich renne so schnell ich kann.

Mein Atem geht stoßweise. Als ich mich kurz umblicke, erkenne ich, dass ich es noch nicht einmal mit dem richtigen Sturm zu tun habe, der ist noch ungefähr hundert Meter weiter weg. Das Verbotsschild wirbelt nach vorn. Das Kreischen des Sturms schmerzt in meinen Ohren. Nur noch fünfzig Meter! Aus dem Schild ragen Nägel. Dreißig Meter. Ich drehe mich um. Ich bleibe stehen. Ich stelle mich ihm. Fünfzehn Meter. Ich mache einen Satz nach vorn, lege die Hände schützend über meinen Kopf und rolle mich zu einem Ball zusammen, von dem mein Rucksack absteht.

Die Tornadosäule prallt gegen mich.

Ein Nagel fährt in den Rucksack und reißt ein Loch hinein. Mein ganzer Körper wird herumgerissen. Erde prasselt auf mich herab. Etwas Hartes schlägt gegen meinen Arm. Ich kann die Augen nicht öffnen und nachschauen, was es ist. Das Brüllen des Sturms geht mir durch Mark und Bein. Mein ganzer Körper zittert. Ich schreie. Ich weiß, dass ich schreie, weil mir Dreck in den Mund fliegt. Dann fange ich an zu beten … Ich rufe Gott an und bete für meine Mutter und für Alan. Etwas kracht in meine Seite. Es reißt mich seitlich weg und dann liege ich mit dem Gesicht nach oben auf meinem Rucksack. Kiesel und Steine prasseln auf mich herab.

»Lieber Gott!« Ich schreie es. »Lieber Gott, hilf mir! Mom! Mommy!«

Etwas zerkratzt mir das Gesicht. Ich presse wieder die Lippen aufeinander, damit ich keinen Dreck in den Mund bekomme. Es gelingt mir, mich wieder auf die Seite zu drehen, mich unter dem Wind und den Trümmern wegzuducken. Das Gebet, das meine Mom mir beigebracht hat, als ich klein war, schwirrt mir durch den Kopf.

Lieber Gott, Schöpfer von Himmel und Erde,
schütze mich vor den Träumen dieser Nacht.
Zerstöre jeden Succubus, bevor er werde,
Und lass keinen Incubus gewinnen an Macht

Es passt eigentlich nicht, aber das ist mir egal. Ich drehe mich so, dass mein Gesicht zum Boden zeigt.

Und lass keinen Incubus gewinnen an Macht Und lass keinen Incubus gewinnen an Macht Und lass keinen Incubus gewinnen an Macht.

Während ich das vor mich hin bete, schreit mein Herz mit jedem Doppelschlag einen Namen: *Al-an. Al-an. Al-an.*

Ich höre ein lautes, blökendes Geräusch.

Durch meine Hände hindurch, die ich schützend vor das Gesicht gelegt habe, nehme ich eine Bewegung wahr, die nicht der Wind ist: Ein Kipplaster hat mitten im Sturm neben mir angehalten. Ich krabble auf ihn zu. Die gewaltigen Reifen riechen nach Pferdeäpfeln, aber das ist mir egal. Ich ziehe mich zum Führerhaus hinauf, dabei fliegen ein paar Blätter Papier aus meinem Rucksack und werden von dem wirbelnden Wind mitgerissen. Die Tür geht auf. Ein Mann schreit: »Komm! Schnell!«, und zerrt mich hinein. Während ich noch auf dem Beifahrersitz liege, beugt er sich über mich und zieht die Tür zu. Der Lastwagen bebt unter dem Aufprall der Windböen. Es riecht nach Polo Cologne und

Kautabak und in diesem Augenblick ist das für mich der beste Geruch der Welt.

Die Stimme des Typen zittert: »Heilige Scheiße, was ist das?«

Ich setze mich auf und schaue durch die Windschutzscheibe. Büsche und Bäume fliegen vorbei. Zweige krachen auf uns herab und Steine prasseln seitlich gegen den Laster. »Fahren Sie!«, rufe ich.

Er zögert ein Sekunde, dann legt er den Gang ein. Ich ziehe meinen Rucksack vom Rücken und begutachte den Schaden. Nicht allzu schlimm. Meine Hände zittern so, dass ich meine Haare nicht zusammenbinden kann. Keine Ahnung, warum ich es überhaupt versuche.

»Was ist das?«, fragt der Fahrer. »Ein Tornado?«

»Glaub ich nicht. In Maine gibt's keine Tornados, oder?«

»Weiß nicht …« Er fängt an zu stottern und verliert den Faden. Er ist Anfang zwanzig, trägt einen kurzen blonden Bürstenschnitt und viele Bartstoppeln. Seine weit aufgerissenen Augen sind voller Angst und er umklammert mit beiden Händen das Lenkrad. Er schwitzt und späht immer wieder zu mir herüber.

Etwas Großes und Hartes kracht seitlich in den Laster, sodass er schwankt. Wir fahren weiter.

Der Fahrer flucht flüsternd: »Alles in Ordnung mit dir? Du siehst schlimm aus. Heilige … Heilige …«

Durch die Gewalt des Sturms schlingert der Laster ein bisschen.

»Wir sind fast durch«, sage ich und zeige nach vorn. »Da vorn wird's heller.«

»Halt dich fest. Ich drück auf die Tube.« Der Laster prescht vorwärts durch die herumwirbelnden Trümmer hindurch. Der Fahrer hält das Tempo. »Ich bring dich am besten ins Krankenhaus.«

»Großartig. Gut.«

Er schluckt mühsam, und ich merke, dass ich meinen Rucksack umklammere. Das Licht der Sonne kommt mir so hell vor. Ein irres Gefühl, wieder klar zu sehen. Ich berühre mein Gesicht. Ich blute, mein Bein schmerzt und mein Rücken bringt mich fast um. Unwillkürlich fummle ich wieder an meinem Pferdeschwanz herum. Gleich sind wir am Krankenhaus.

»Ich weiß echt nicht, wie du das überlebt hast«, sagt er fast ehrfürchtig.

»Ich habe mich auf den Boden geduckt.« Wir fahren holpernd von der unbefestigten Straße auf den Asphalt. »Sagen Sie, wie haben Sie mich entdeckt? Warum haben Sie gerade dort angehalten?«

Wir sind in Sichtweite des Krankenhauses und er biegt zur Notaufnahme ab.

»Nein, im Ernst, warum haben Sie angehalten?«, frage ich und berühre seinen Arm. Er zittert immer noch. »Sie haben mich gerettet.«

»Glaubst du, der Sturm wütet da draußen immer noch?«

»Keine Ahnung.«

Er lässt den Laster ausrollen und zieht die Bremse an. »Du hältst mich bestimmt für verrückt.«

»Bitte. Mach ich nicht, versprochen. Was gerade passiert ist, *war* total verrückt.«

Eine Sekunde lang schließt er die Augen, als würde er sich erinnern. »Da stand eine Frau. Sie schimmerte golden … fast.« Er schaut zu mir herüber – vermutlich um sich zu vergewissern, ob ich ihn für verrückt halte. Ich gebe ihm ein Zeichen weiterzureden. Ein Muskel an seinem Auge zuckt. »Und ich wusste einfach, dass ich anhalten muss, verstehst du? Ich wusste, dass jemand Hilfe braucht.«

»Ich.« Mühsam schlucke ich. »Ich habe Hilfe gebraucht.«

Er nickt. »Also habe ich angehalten und gerufen. Du hast nicht geantwortet. Da hab ich gehupt. Ich konnte ja nicht rausgehen. Hoffentlich … hoffentlich denkst du nicht, ich bin ein Feigling, aber ich wusste nicht, wie ich das hätte machen sollen – überall ist Zeug rumgeflogen.« Er fährt sich mit der Hand über das Gesicht. »Das ergibt keinen Sinn.«

»Doch.« Ich berühre rasch seinen Arm. »Danke.«

Er wendet den Kopf und schaut mich an. »Du siehst schlimm aus. Ich bring dich rein.«

»Nein«, widerspreche ich. »Mir geht's gut, ehrlich.«

Aber er ist schon ausgestiegen, hat die Beifahrertür geöffnet und hält mir die Hand hin.

»Danke.« Ich springe hinunter. Alles in meinem Körper tut weh und pocht. Im Mund habe ich den Geschmack von Schmutz. »Mir geht's gut.«

»Du bist ganz unsicher auf den Beinen. Ich bring dich rein«, sagt er.

»Nein. Ich schaff's allein«, beharre ich. »Trotzdem danke. Danke, dass Sie mich gefunden haben.«

Er nickt energisch und reicht mir vorsichtig meinen Rucksack, damit nichts durch den Riss hinausfällt. »Freut mich, dass ich helfen konnte. Du gehst jetzt lieber schnell rein.«

Ich humple zum Eingang der Notfallambulanz, gehe aber nicht zur Aufnahme. Stattdessen biege ich links ab und verschwinde in dem Flur in Richtung Fahrstuhl. Es gibt nur eine Kinderstation im obersten Stock. Ich wanke in den Fahrstuhl, der zum Glück leer ist, drücke den Knopf Tür schließen und dann den Knopf für den dritten Stock.

Ich habe Angst, aber ich bin nicht außer mir vor Angst. Wahrscheinlich hat Alan recht: Wenn der Flussmann etwas so Großes wie gerade eben getan hat, ist er müde. Vermutlich zehrt alles Magische (ob Gutes oder Böses) Energie auf, deshalb ist er im Augenblick schwächer als sonst. Für mich also der perfekte Zeitpunkt,

Courtney zu heilen. Allerdings erholt er sich immer ziemlich schnell. Meine Theorie dazu ist, dass er sich von Angst, von Courtney und von Schmerzen ernährt.

Der Fahrstuhl ruckelt in den dritten Stock und kommt zum Stehen. Als die Tür sich öffnet, geht gerade Mary Harmon, eine große rothaarige Schwester den Gang hinunter. Ich schlüpfe aus dem Fahrstuhl und biege schnell um die nächste Ecke, damit sie mich nicht sieht, denn wenn jemand mich in diesem Zustand bemerkt, muss ich viele Fragen beantworten und man wird mich ganz sicher zurück in die Notfallambulanz verfrachten und meinen Dad anrufen. Das reicht auch noch später. Jetzt muss ich zu Court. Ich muss zu ihr, solange der Flussmann schwach ist.

Ich höre, wie die Fahrstuhltür sich schließt und Marys Schritte langsam verhallen. Ich zähle bis fünf und schleiche dann auf den Gang hinaus hinter ihr her. Sie biegt um die Ecke und ich laufe los, den Blick suchend auf die Namenskarten an den Türen gerichtet.

Auf halbem Weg den Gang hinunter lese ich endlich: TUCKER, COURTNEY.

Ich greife nach der metallenen Klinke, schlüpfe durch die Tür und schließe sie hinter mir.

Courtney sitzt aufrecht in ihrem Bett. Sie ist nicht festgebunden. Das ist ein supergutes Zeichen. Als die Tür sich schließt, dreht sie den Kopf. »Aim?«

Ich lächle sie an, auch wenn es mir schwerfällt. Ihr

Gesicht sieht immer noch schlimm aus und ihre Augen sind klein und müde, fast verhangen. Unter der dünnen weißen Krankenhausdecke sieht sie schrecklich klein aus. »Courtney?«

Ihre Augenbrauen heben sich ein bisschen. Sie hängt an einem Infusionsschlauch, aber sie sieht freundlich aus. Hoffentlich ist es nur Flüssigkeit, damit sie nicht austrocknet. Sie hebt die freie Hand, bekommt sie aber nicht sehr hoch.

Ich trete zum Bett. »Wie geht's dir, Liebes?«

Sie blinzelt ein bisschen. »Hast du ›Liebes‹ gesagt?«

Ich zucke die Achseln. »Ja. Merkwürdig.«

»Mein Cousin hat wohl auf dich abgefärbt.« Sie bildet die Wörter langsam, als ob es sie anstrengt.

»Wahrscheinlich.« Ich stelle meinen Rucksack mit einem lauten Scheppern auf dem Boden ab. Court schreckt zusammen und mustert mich dann.

»Was ist dir passiert?«, fragt sie.

»Ein kleines Missgeschick.«

»Missgeschick?«

Ich nehme ihre freie Hand in meine. Sie ist kalt und immer noch mit Wunden übersät. Meine sieht allerdings nicht viel besser aus, total aufgeschürft und schmutzig. Wir sind im Augenblick nicht gerade die Glamourgirls des Abschlussballs. Einen Augenblick lang überlege ich, was Blake wohl sagen würde. Dann frage ich: »Wie geht es dir?«

»Fantastisch«, sagt sie und lacht leise.

Tränen stehlen sich aus ihren Augenwinkeln und kullern ihre Wangen hinunter. Mit meiner freien Hand wische ich sie weg.

»Alan und ich arbeiten an was, okay?«, beruhige ich sie. »Wir lassen nicht zu, dass das mit dir geschieht, Courtney, das schwöre ich.«

»Das klingt ja sehr melodramatisch, Aim.«

»Es ist mir ernst damit.«

»Ich weiß.« Sie schließt die Augen, als wäre ihr alles zu viel.

»Wo ist deine Mom?«

»Arbeiten.«

Ich vergewissere mich, dass sich niemand im Zimmer versteckt hält, und flüstere: »Erinnerst du dich, wie ich mich manchmal ganz stark konzentriert habe, wenn du oder Benji euch wehgetan habt, und es euch dann besser ging?«

Sie reißt die Augen auf. »Ja. Dein Dad nannte das immer die Macht der Suggestion.«

»Ich liebe meinen Dad, aber manchmal ist er ein Idiot. Ich glaube, was mit Mom passiert ist, hat ihm solche Angst eingejagt, dass er alles leugnet, was nur ansatzweise übernatürlich sein könnte«, sage ich. »Soll ich es probieren?«

Sie ist so schwach, dass sie wieder die Augen schließt.

Eine Sekunde lang habe ich Panik. »Court?«

Ihre Hand schließt sich fester um meine: »Ja, versuch es.«

Das Licht über dem Bett flackert, und für den Bruchteil einer Sekunde glaube ich, die Gestalt eines Mannes zu erkennen. Das Licht beruhigt sich wieder. Da ist nichts. Ich lockere meinen Griff um ihre Hand und hole ein paar Mal tief Luft.

»Weiß Alan, was du hier machst?«, fragt sie.

»Ja«, lüge ich. »Aber er sitzt in der Schule fest.«

»Du nicht?«

»Hatte eine Entschuldigung.« Diesmal schließe ich die Augen, spreize meine Finger ein bisschen und lege eine Hand auf Courtneys eiskalte Stirn. Die andere ruht auf meinem Herz. Ich atme ein und ich atme aus. Meine Handflächen fangen genau kreisförmig an zu prickeln. Dort zentriert sich wirbelnd meine Kraft. Ich weiß es. Es ist nicht die Kraft des Wahnsinns, es ist meine Kraft. Meine. Meine Finger spreizen sich noch ein bisschen mehr. Ich stelle mir weißes Licht vor, gutes weißes heilendes Licht, das Courtney einhüllt.

»Werd gesund, meine Süße«, flüstere ich. »Werd gesund. Sei in Sicherheit.«

Das weiße Licht fließt um sie herum. Ich spüre, wie es mich verlässt, meine Hände verlässt und sich über sie ausbreitet. Sie stößt einen lustigen zirpenden Laut aus. Ich öffne die Augen. Ihre Haut ist rein. Die Wunden sind verschwunden. Ihre Augen öffnen sich mit flatternden

Lidern, begegnen meinem Blick, schauen mich an und weiten sich vor Schreck oder Angst. Ihr Mund bewegt sich, um ein Wort zu formen, aber ich höre es nicht.

In meinem Kopf stößt etwas gegen mein Gehirn. Courtney streckt langsam und schwach die Hände nach mir aus, dann geben meine Beine unter mir nach. Ich bin weg, einfach weg.

Aimee

18
Alan

»Du, Alan, gehst zur Krankenschwester, und ich kümmere mich um die drei hier«, sagt Mr. Everson, als wir uns seinem Büro nähern. Dann schaut er Mr. Burnham an: »Pat, besorgst du Blake bitte ein Handtuch?«

Ich gehe zur Krankenstation. Die Schwester ist nicht da, deshalb kommt Ms. Murillo und sucht mit mir zusammen Desinfektionsmittel, Wattebällchen und Verbandsmaterial. Ich habe ein paar Schnittverletzungen im Gesicht und ein paar Prellungen, aber es ist nicht so schlimm, wie ich befürchtet hatte.

»Ihr Jungs mit euren Beulen und Wunden.« Sie klebt ein Klammerpflaster auf die schlimmste Wunde, einen flachen Schnitt unterhalb des linken Auges, die wahrscheinlich ein Ring verursacht hat.

»Mir geht's gut«, sage ich. »Ich geh dann wohl besser mal und höre, wie lange ich Schulausschluss habe.«

Sie lächelt mich irgendwie traurig an, als ich sie verlasse. Mr. Burham bewacht Blake und seine Kumpane, die auf den Plastikstühlen an der Wand vor Mr. Eversons Büro sitzen. Blake drückt sich ein Handtuch aufs Gesicht. Auf dem weißen Frottee sind Blutspuren. Mein Treffer saß offenbar gut.

»Komm hier rein, Alan«, ruft Everson und ich gehe in sein Büro mit all den Colorado-Buffalo-Fanartikeln. »Schließ die Tür und setz dich.« Ich mache, was er sagt. »Und jetzt erzähl mir, was passiert ist.«

Ich war in einer Toilettenkabine. Soll ich ihm sagen, dass ich scheißen wollte? Ich entscheide mich für die Wahrheit: »Ich bin aufs Klo gegangen, um meiner Tante eine SMS zu schreiben. Ich wollte sie fragen, ob es meiner Cousine besser geht«, erzähle ich ihm. »Courtney ist im Krankenhaus. Sie wissen schon, wegen der Vorfälle gestern.«

»Ich weiß Bescheid«, sagt er. Sein Blick ist eindringlich, als ob er mich an der Stuhllehne aufspießen wollte, wenn ich ihn anlüge. »Weiter.«

»Ich bin aufs Klo gegangen, damit ich nicht mit dem Handy erwischt werde. Dort bin ich in eine Kabine, hab die SMS an meine Tante geschrieben. Sie hat mir gleich geantwortet, sodass ich die Kabine wieder verlassen konnte. Ich hatte niemanden reinkommen hören. Als ich die Kabinentür öffnete, schlug mich jemand ins Gesicht. Und dann waren sie auf mir und haben einfach versucht, mich windelweich zu prügeln.«

»Wenn ich mir Blakes Nase so anschaue, würde ich sagen, dass nicht nur sie zugeschlagen haben.«

»Ich stand mit dem Rücken zur Wand«, verteidige ich mich. »Ich hatte das Gleichgewicht verloren. Ich stand nicht mal richtig, weil ich über die Toilette gestolpert war, als sie hereinstürmten und auf mich einschlugen. Ich habe einmal zugeschlagen und offenbar getroffen. Dann kam Mr. Burnham rein und ich habe aufgehört.«

Everson schaut mich einen Augenblick an, und ich bin sicher, dass er mich gleich einen Lügner schimpfen wird. Er wird sagen, so was sei niemals vorgefallen, bevor ich an die Schule kam, ich sei einfach ein schlechter Mensch und lauter so Zeug, das darauf rausläuft, dass alles meine Schuld ist. Stattdessen sagt er: »Ich bin geneigt, dir zu glauben, Alan. Die drei haben mir gesagt, du hättest die Prügelei angefangen, sie wären schon in der Toilette gewesen, als du reinkamst. Aber Mr. Burnham hat dich zuerst reingehen gesehen. Er sagt, sie hätten dich beobachtet und seien dir gefolgt. Unmittelbar danach habe jemand gerufen, in der Toilette sei eine Prügelei im Gange.«

Ich nicke, weiß aber nicht genau, was ich sagen soll. »Danke.«

»Das hilft dir aber nicht aus der Patsche«, sagt Everson. »Wir haben hier an der Schule im Hinblick auf Prügeleien eine Null-Toleranz-Politik. Du hast auch zugeschlagen. Das macht einen Kampf daraus.«

»Ich verstehe.«

»Und das bedeutet automatisch drei Tage Schulausschluss.«

Ich bringe kein Wort hervor. Ich kann nur daran denken, wie enttäuscht Mom sein wird. Ganz zu schweigen von Aimee. Ihr Gesicht, als ich aus der Toilette kam … Schock, Enttäuschung, vielleicht sogar Wut.

»Du lebst bei deiner Mutter und deiner Tante, richtig?«, fragt Everson.

Ich nicke. »Ja, Sir.«

»Was ist mit deinem Vater?«

Ich schaue auf und finde die Entschlossenheit, seinen Blick zu erwidern.

»Ich habe ihn nie kennengelernt.« Das nur auszusprechen, höhlt meinen Magen noch mehr aus.

»Deine Mutter wird sich über diese Geschichte ziemlich aufregen, oder?«

»Oh ja, das wird sie. Ich habe verspochen, mich nicht zu prügeln. Aber ich musste mich wehren. Sie haben mich in dieser Kabine in die Enge gedrängt.«

»Dann wollen wir sie mal anrufen. Wie ist ihre Nummer?«

Das Gespräch ist unangenehm, aber nach einer Minute einigen sie sich darauf, dass ich drei Tage Schulausschluss bekomme, heute aber allein nach Hause fahren darf.

»Ich denke, das war's dann, Miss Parson.« Everson

drückt auf einen Knopf an seinem Telefon und Mom ist weg. »Du hast eine gute Mutter«, meint er.

»Ja, ich weiß.«

Er kritzelt etwas auf ein paar Papiere und reicht sie mir. »Bring die zu mir, wenn du wieder in die Schule kommst.« Mit den Papieren in der Hand stehe ich auf und will hinausgehen. »Alan, halt dich von Blake fern. Ich kenne ihn seit seinem ersten Jahr. Er ist kein übler Bursche. Die ganze Geschichte überrascht mich ein bisschen. Vielleicht braucht er ein bisschen Zeit, um sich an den Gedanken zu gewöhnen, dass jemand schneller ist als er, oder um über Aimee hinwegzukommen. Geh dem Ärger aus dem Weg, ja?«

»Mach ich.« Es gibt gerade genug Ärger, dem ich aus dem Weg gehen sollte, da muss ich nicht noch einem sehnigen Geländeläufer hinterherrennen, um mich mit ihm zu prügeln. Everson nickt und ich verlasse sein Büro. Burnham und die drei anderen Typen sind weg.

Fast erwarte ich, dass Blake mir auf dem Weg zu meinem Auto in die Quere kommt, aber er ist nicht zu sehen. Im Süden ist der Himmel dunkel, als würde ein Sturm heraufziehen.

Im Auto checke ich die Nachrichten auf meinem Telefon. Es sind zwei. Die erste ist von Aimee: HOFFE DU BIST OKAY Ich schreibe zurück. ALLES OK. SCHULAUSSCHLUSS. ICH HOL DICH NACH DER SCHULE AB.

Die zweite Nachricht ist von meiner Mom. GE DIRECKT NACH HAUSE. Mom hat's nicht so mit der Rechtschreibung, schon gar nicht in SMS-Nachrichten.

Es ist noch früh. Mom hat spät Feierabend und ich muss unbedingt ein paar Dinge kaufen. Ich fahre nach Hause und hole ein bisschen Geld aus der Metallbox, die ich in einer Schublade meiner Kommode aufbewahre. Mit ein paar Hundert Dollar in der Tasche fahre ich zum Handwerkermarkt Barn an den Stadtrand.

»Ja, Süßgras und Salbei haben wir«, sagt die mittelalte Frau. Der Laden ist nicht groß, aber ich bin schon seit mindestens fünfzehn Minuten hier und finde nichts anderes als Kerzen und Körbe. Sie führt mich um ein paar Ecken herum zu einem kleinen Hinterzimmer, in dem es getrocknete Pflanzen gibt. »Hier ist das Süßgras. Wir haben allerdings nicht viel davon, weil es hier wächst und leicht zu finden ist. Du bist neu hier, was?«

»Ja, Ma'am.«

»Hab ich mir gedacht. Bei vielen Leuten wächst das gleich hinterm Haus im Garten und sie mähen es einfach wie normales Gras. Kannst du das glauben?«

»Es gibt Leute, die haben keine Achtung vor der Natur«, sage ich.

»Salbei«, sagt sie und strahlt zustimmend, während sie den Gang ein Stück weiter hochgeht und eine Handbewegung auf ein mit getrocknetem Salbei gefülltes Regal macht, »ist eine andere Geschichte. Davon haben wir viel. Die Leute wollen Salbei für ihre Kräutermischungen und er ist im Wald schwerer zu finden.«

»Danke« sage ich. »Haben Sie zufällig auch Granitsteine? So wie man sie zum Schmuck auf den Rasen legt? Nicht groß, ungefähr diese Größe?« Mit den Händen forme ich einen Kreis, der größenmäßig ungefähr zwischen einem Softball und einer Bowlingkugel liegt.

»Nein, so was haben wir nicht«, sagt sie. »Du könntest es aber bei Bergerman's versuchen. Weißt du, wo das ist?«

Ich schüttle den Kopf und sie beschreibt mir den Weg. Ich danke ihr und sie lässt mich stehen.

Ich nehmen ein Dutzend Bündel Süßgras und Salbei und noch eine Rolle dicke braune Schnur. Dann gehe ich zur Kasse. Mit Hilfe ihrer Wegbeschreibung bin ich bald bei Bergerman's Lumber. Das Geschäft ist nicht halb so groß wie Lowe's oder Home Depot, aber erstaunlich gut bestückt. Ein Typ in einer orangefarbenen Weste führt mich nach draußen und zeigt mir Paletten voller Granitsteine in unterschiedlichen Größen und Formen. Ich lege sieben Steine in einen Einkaufswagen. Jeder Stein hat etwa die Größe eines Footballs und deshalb wird der Wagen ziemlich schwer.

Wieder im Innern des Ladens such ich die Planen und wähle eine aus schwerem Drillich aus. Aimee hatte Segeltuch vorgeschlagen, aber ich weiß nicht, wo ich das ohne sie herkriegen soll, der Drillich muss es tun. Außerdem suche ich mir noch eine kleine Baumsäge und ein gutes Jagdmesser aus. Ich stehe schon in der Schlange an der Kasse, als mein Telefon vibriert. Aber ich lese die Nachricht erst, nachdem ich alle Einkäufe auf der Ladefläche meines Autos verstaut habe.

KOMMST DU ZUM KRANKENHAUS? Die Nachricht ist von Aimee. Warum ist sie nicht in der Schule? Ich antworte: BIN GLEICH DA.

Irgendwas ist passiert. Ich springe ins Auto und fahre so schnell, wie gerade noch erlaubt. Auf keinen Fall will ich meinen Schulausschluss und die Nichtbefolgung der Anordnung meiner Mom, sofort nach Hause zu gehen, noch mit einem Strafzettel wegen überhöhter Geschwindigkeit toppen.

Vom Krankenhausparkplatz schreibe ich Aimee: WO SEID IHR? Sie ruft mich sofort zurück.

»Alan, bist du da?«

»Ja, auf dem Parkplatz.«

»Komm in den obersten Stock. Zimmer 312.«

Als ich den Fahrstuhl verlasse, stehe ich einer streng aussehenden Schwester mit breiten Hüften gegenüber. »Kann ich dir helfen?«, will sie wissen.

»Ich suche Zimmer 312.«

»Einfach den Flur hinunter.« Sie schaut mir nach, als ich am Schwesternzimmer vorbei den Flur hinuntergehe, als wollte ich einen Stift klauen oder einen Blick auf einen der Computerschirme werfen. Im Gehen fahre ich mir mit den Fingern wie mit einem Kamm durch die Haare. Das finden ältere, konservative Leute, die Langhaarige nicht leiden können, ätzend. Ich höre die Schwester hinter mir knurren und in die andere Richtung wegstapfen.

In diesem Augenblick kommt Aimee aus einem Zimmer ein Stück vor mir und winkt mich heran. Irgendwas stimmt nicht mit ihr. Ich erhasche aber nur einen kurzen Blick auf sie, bevor sie wieder im Zimmer verschwindet. So schnell ich kann, bin ich an der Tür und stehe im Zimmer.

»Alan!« Kaum bin ich da, stürzt sie sich auf mich, schlingt die Arme um mich und klammert sich an mich, als würde sie ertrinken. Ich erwidere ihre Umarmung und verziehe dann das Gesicht.

»Du bist ja total dreckig, Rotschopf. Was ist passiert?«

Sie schaut zu mir auf. Schmerz, Angst und Erschöpfung zeichnen sich in ihren Zügen ab. Die Haut unter ihren Augen ist dreckverkrustet, Wangen und Stirn sind zerkratzt. Eine Träne kullert aus dem linken Augenwinkel und hinterlässt auf dem Weg ihre Wange hinab eine Spur durch die Schmutzschicht.

»Was ist passiert?«, frage ich noch einmal. Ich halte sie eine Armlänge von mir weg und betrachte sie. Ihre Kleider sind schmutzig und zerrissen und übersät mit Zweigen, Gras und Blättern. »Aimee, was ist passiert?«

»Er hat mich angegriffen«, antwortet sie. Dann bricht sie wirklich zusammen und fällt mir wieder in die Arme. Während ich mit der Hand ihren Rücken streichle und über ihr Haar fahre, erzählt sie mir von dem Angriff und der Rettung durch den Lkw-Fahrer. »Er hat eine goldene Frau am Straßenrand gesehen. Sie hat dafür gesorgt, dass er anhält.«

»Was?« Das ist zu viel. Keine Ahnung, was ich davon halten soll. »Was meinst du?«

Jetzt erst nehme ich Notiz von Courtney, die auf der anderen Seite des Raums im Bett sitzt. Sie versucht, so zu tun, als würde sie uns nicht beobachten, aber sie beobachtet uns.

»Was meinst du damit, Aimee? Eine goldene Frau?«

»Es war meine *Mom.* Sie hat den Fahrer dazu gebracht anzuhalten. Das glaube ich wenigstens. Ich habe sie nicht gesehen. Er hat sie gesehen, und das bedeutet, dass all das wirklich passiert. Es ist keine Wahnvorstellung von uns.«

»Das wissen wir doch schon.« Ich ziehe sie an mich und streiche noch ein bisschen über ihren Rücken, während ich überlege. »Sieht so aus, als hätten wir Hilfe.«

»Hmmm-hmmm.« Sie atmet gegen meine Brust.

Courtney hat lange genug gewartet. »Hallo? Ich liege im Krankenhaus. Beachtet mich auch mal jemand?«

Ich lache und ziehe Aimee fester an mich, während ich mich zu ihr hinunterbeuge und ihr ins Ohr flüstere: »Alles okay mit dir?«

»War schon besser«, sagt sie.

Wir gehen zu Courtney. Aimee klebt geradezu an mir, und das liegt nicht nur daran, dass sie sich so freut, mich zu sehen. Ich gebe ihr einen sanften Stoß, sodass sie sich trotz ihrer dreckigen Klamotten aufs Bett setzen muss. Dann ziehe ich den einzigen Stuhl im Zimmer zu mir her und setze mich ihnen gegenüber.

»Dein Gesicht«, sage ich zu Courtney. »Alles verheilt.«

»Das war Aimee.« Sie lächelt ihre Freundin an. Ich schaue Aimee fragend an und sie nickt.

»Ja, ich kann so was.«

»Was kannst du?«

»Wunden heilen.« Sie zuckt die Achseln, als wäre das nichts Besonderes.

»Sie macht das dauernd«, erzählt Courtney. »Sie hat geschafft, was die Ärzte hier nicht fertiggebracht haben.« Sie wirft Aimee einen besorgten Blick zu und fügt dann hinzu: »Nicht, dass sie sich nicht bemüht hätten. Sie haben sich wirklich angestrengt, aber sie sind einfach nicht so fantastisch wie du, Aim.«

»Sie haben einfach nicht das Zeug dazu, dich zu heilen, Court.« Es ist an der Zeit, mit der Wahrheit herauszurücken. Sie muss uns unterstützen, sonst funktioniert das nicht.

»Erzähl mir mehr«, sagt Courtney.

»Du leidest an der, wie die Navajo sagen, Geisterkrankheit«, sage ich ihr. »Das ist ... na ja, wie wenn du von einem Dämon besessen bist. Ein böse Geist ...«

»Du meinst, wie in einem Horrorfilm?«, unterbricht Courtney mich.

»Ja, genau so. Du hast schon alle Stadien durchlaufen. Nur das letzte steht noch aus, und ich ... wir ... denken, dass das jetzt bald passiert.«

»Und wie sieht dieses Stadium aus?«

»Das ist die totale Inbesitznahme. Er ... dieses Ding ... hat schon von dir Besitz ergriffen, aber noch ist er nicht stark genug, um auf Dauer zu bleiben. Er ergreift eine Weile Besitz von dir, dann wird er schwach oder ist abgelenkt oder was immer und er verlässt dich wieder. Und in diesem Augenblick wirst du ohnmächtig.«

»Genau so sehe ich das auch«, sagt Aimee.

Courtney nickt, aber in ihrem Gesicht steht Angst geschrieben. »Und was passiert, wenn er stärker wird?«

»Er wird deinen Körper in Besitz nehmen und ihn nicht mehr verlassen«, sage ich. »Erst wenn ...«

»... ich tot bin«, flüstert sie. Sie zieht die Knie an und presst die Stirn dagegen. Aimee, die süße Aimee, beugt sich zu ihr und umarmt sie, so gut sie kann.

»Alles wird gut«, verspricht Aimee. »Alan weiß, wie wir ihn bekämpfen können. Wir sorgen dafür, dass er dich in Ruhe lässt.«

»Ich wollte doch nur meinen Dad zurückhaben«, sagt Courtney, ohne den Kopf zu heben. Ihre Stimme klingt gedämpft durch die Decke, die über ihren Beinen liegt.

»Wer ist er, Court?«, frage ich. »Hat er dir seinen Namen genannt?«

»Der Flussmann«, flüstert sie, als ob das Aussprechen seines Namens ihn herbeirufen könnte, und vielleicht ist das ja auch so. Aimee und ich schauen aus dem Fenster, dann sehen wir uns an. Ich schüttle den Kopf.

»Ist das der einzige Name, den er dir genannt hat?«

Courtney bewegt ihren Kopf gegen die Knie und zeigt damit ein »Ja« an.

»Alan und ich… wir werden ihn beseitigen«, verspricht Aimee noch einmal, schaut aber mich an. Ich bemühe mich, sie aufmunternd anzulächeln, aber mir ist bewusst, dass es bestenfalls ein müdes Lächeln ist.

»Wir kümmern uns darum. Aber dazu braucht es uns alle drei.« Ich lege die Hand auf ihren Hinterkopf und füge hinzu: »Du musst diesen Geist loswerden wollen, Court. Willst du das? Das bedeutet, du darfst deinen Vater nicht zurückhaben wollen, du darfst das wirklich nicht mehr wollen.«

Sie hebt den Kopf und ihr Gesicht ist nass von Tränen. Ich bin total erstaunt, wie gesund und rein ihre Haut aussieht. Hat wirklich Aimee das bewirkt? »Ja«, sagt sie. »Er soll weggehen. Ich will wieder normal sein.«

Ich stehe auf und gehe ins Bad, um einen kühlen, nassen Waschlappen zu holen. Aimee sitzt ganz still und lässt mich ihre Wunden abtupfen und den Schmutz aus ihrem Gesicht wischen. Das kalte Wasser scheint ihr gut zu tun.

»Was tun wir als Nächstes?«, fragt sie.

»Die Schwitzhütte bauen«, sage ich und schaue Courtney an. »Weißt du, wann du heimdarfst?« Sie schüttelt den Kopf, deshalb wende ich mich an Aimee, aber auch sie schüttelt den Kopf. »Was machen sie, wenn sie sehen, dass ihre Akne vollständig verheilt ist?«

»Keine Ahnung«, sagt Aimee. »Mein Vater ahnt bestimmt, dass ich dahinterstecke.«

»Wird er sie heimlassen?«

»Das muss ihr Arzt entscheiden.«

Wir machen einen Plan. Der Flussmann wird offensichtlich stärker und aktiver. Ich erkläre, was es mit der Schwitzhütte auf sich hat, und Aimee erzählt uns, was Mrs. Hessler ihr Neues berichtet hat.

»Und dieses Ding ist größer als wir, oder?«, fragt Courtney.

»Das heißt nicht, dass wir nicht damit fertigwerden«, meint Aimee. Sie nimmt Courtneys Hand und drückt sie. »Das heißt nicht, dass wir nicht gewinnen können.«

Wir kommen unerwartet problemlos aus dem Krankenhaus raus. Der Flur vor Courtneys Zimmer liegt verlassen da, und Aimee weiß immer ganz genau, wann wir um eine Ecke biegen und zu einem Fahrstuhl huschen können. Wir gelangen zum Parkplatz, ohne dass jemand sie erkannt hat. Das erstaunt mich, wenn ich bedenke, wie es bei unserem ersten Besuch hier war.

Aimee ist sichtlich besorgt, als wir das offene Gelände zwischen dem Krankenhaus und meinem Auto queren. Ihre Augen bewegen sich unruhig suchend hin und her, als würde sie jede Minute erwarten, dass ein Tornado über uns hereinbricht. Ich versichere ihr, dass der Flussmann nach dem großen Sandsturm wahrscheinlich geschwächt ist. Nichts passiert, und bald sitzen wir sicher in meinem alten Ford. Ich wünschte, sie würde sich eng an mich kuscheln, und ich könnte meinen Arm um sie legen, sobald ich den Motor gestartet habe, so wie das jeder normale Junge mit einem normalen Mädchen tun würde.

»Wirklich alles in Ordnung bei dir?«, fragt sie.

»Mir geht's gut. Ich mache mir mehr Sorgen um dich.«

»Ich bin okay. Ich will bei der Schwitzhütte helfen.«

Ich lächle.

»Was ist?«, will sie wissen.

»In einer Schwitzhütte ist man am besten nackt.«

»Ganz?«

»Jep.« Ich warte, aber sie sagt nichts. »Bist du immer noch dabei?«

»Ähm … Mal sehen. Vielleicht halte ich einfach draußen Wache.«

Ich lache und schalte auf »drive«.

»Soll ich dir jetzt den Platz für die Hütte zeigen?«, fragt Aimee. »Den für die Schwitzhütte?«

»Heute nicht mehr. Ich möchte Mom nicht noch mehr verärgern. Everson war eigentlich ganz vernünftig. Er glaubt mir anscheinend, dass ich mich nur verteidigt habe, und das hat er ihr auch gesagt. Vielleicht ist sie ja gar nicht sooo sauer.«

»Hoffentlich nicht. Meinst du, es würde sie ablenken, wenn ich rüberkomme?«

»Das könnte funktionieren«, stimme ich zu. »Sie möchte dich sowieso gern kennenlernen. Wir wär's, wenn du nach dem Essen kommst und mir bei den Hausaufgaben hilfst?«

»Du lädst mich nicht zum Essen ein?«

»Ich faste«, erinnere ich sie. »Außerdem arbeiten Mom und Tante Lisa lange, sodass wir ohnehin kein richtiges Familienessen haben, zumal Courtney noch im Krankenhaus ist. Wie wär's um halb acht? Wenn Mom mir keinen Hausarrest verpasst, hol ich dich ab.«

»Abgemacht.«

»Und bis dahin schläfst du ein bisschen, versprochen?«

»Schlafen? Mitten am Tag, wenn Benji in weniger als einer Stunde heimkommt?« Sie lacht. »Aber dir verspreche ich es.«

19
Aimee

Es ist noch niemand zu Hause. Wunderbar. Ich säubere mich, so gut es geht, aber ich bin immer noch vollkommen zerkratzt und verschrammt. Dann lasse ich mich aufs Bett fallen. Ich bin ausgelaugt wie lange nicht, weil ich Courtney geheilt habe, aber mein Kopf kommt nicht zur Ruhe. Mir fällt einfach keine Geschichte ein, mit der ich meinen Zustand erklären könnte. Wie bringst du deinem Großvater und deinem kleinen Bruder bei, dass du von einem dämonischen Sturm angegriffen worden bist? Sie würden mich für verrückt halten.

Obwohl ich total Angst habe, fühle ich mich leichter und ruhiger, weil auf Courtneys Gesicht keine Wunden mehr sind und Alan einen Plan hat und weil ich – ich, Aimee Avery, mit meinen irren, heilenden Händen jemandem geholfen habe.

Nachdenken kann ich am besten im Kajak auf dem Fluss. Ich lächle. Perfekt. Indem ich in sein Territorium eindringe, werde ich herausfinden, wie man ihn stoppen kann. Im Augenblick ist er schwach, und der Fluss ist nicht einfach *sein* Territorium, er ist auch *meines.* Ich will es zurück.

Das hat auch noch den zusätzlichen Vorteil, dass Gramps und Benji nicht gleich sehen, wie zerschrammt ich bin. Ich ziehe einen BH, ein T-Shirt und ein Fleece an und schnappe mir noch einen gestrickten Baumwollhut, der sieht zwar nicht besonders scharf aus, aber dafür hält er meine Ohren warm.

Was mir überhaupt nicht klar ist, das ist die Verbindung zwischen Courtney, meiner Mom und dem Typen im Fluss. Ich verstehe, dass es im Zusammenhang mit dem Fluss diese Geschichten vom Tod gibt. Ich verstehe und glaube sogar, dass hier etwas Böses Menschen tötet, aber ich verstehe nicht, wie das alles zusammenhängt. Warum passiert etwas, wenn es passiert?

Ich überprüfe meine Rettungsweste sehr genau. Alle Schnallen sind in Ordnung. Der Fluss strömt ruhig und gleichmäßig, und einen Augenblick lang benutze ich das Paddel nicht, sondern lasse mich einfach von der Strömung treiben. Eine Krähe fliegt über den Bug. Ihre Flügel schlagen durch die Luft. Sie landet auf einem Zweig und beobachtet mich.

»Was meinst du?«, frage ich. »Warum ausgerechnet wir?«

Sie krächzt eine Antwort, aber ich verstehe sie nicht. Natürlich nicht. Stattdessen lasse ich mein Paddel ins

Wasser gleiten. Ich wähle meinen eigenen Kurs und paddle aus der Strömung heraus flussaufwärts, in Richtung Stadt.

Als ich die Schreie zum ersten Mal höre, denke ich an eine Robbe.

Das nachmittägliche Licht trifft in einem so flachen Winkel auf das Wasser, dass meine Augen nur Schatten wahrnehmen. Das ist meine Entschuldigung. Deshalb halte ich ihn für eine Robbe. Aber Robben können nicht sprechen.

Ich höre auf zu paddeln und schaue einfach, während mein verwirrter Kopf *Robbe* denkt.

Da taucht der Kopf des Jungen gerade so lange aus dem Wasser auf, dass er ausspucken und »Mein Freund! Ich hab meinen Freund verloren!« rufen kann.

Dann versinkt er wieder.

Eine Sekunde lang (wirklich nur eine, ich schwöre) wünsche ich, ich wäre nicht flussaufwärts gepaddelt. Eine Sekunde wünsche ich, ich wäre hinaus zur Bucht gepaddelt. Dann erinnere ich mich an meinen Traum: das kieloben schwimmende Kanu, unter Wasser sein, keine Luft bekommen. Mein Magen rutscht bis in den Rumpf des Kajaks hinunter.

Ich blase in meine Notfallpfeife und paddle schneller, während ich flussauf- und flussabwärts nach anderen Booten Ausschau halte. Nichts. Nein, stimmt nicht, da ist was: Ein kieloben treibendes blaues Kanu dreht sich in einem Strudel. Mühsam schluckend betrachte ich es und paddle noch schneller. Wo der Junge aufgetaucht ist, ist das Wasser ganz kabbelig von seinem Gespritze. Er ist nicht weit unter der Wasseroberfläche.

Wieder taucht sein Kopf auf, nass und schmutzig von dem Gezeitenwasser. Der Junge schlägt mit den Händen auf das Wasser und schaut mich an. Ich bin vielleicht sechs Meter von ihm entfernt. Es ist Anfang Oktober und wir sind in Maine. Das Wasser ist kälter als eine eisige Dusche.

»Nicht tauchen!«, rufe ich ihm zu. Keine Ahnung, warum ich erwarte, dass er auf mich hört.

Er schlägt wild mit den Armen um sich. Er dreht durch. Der Typ dreht total durch. »Mein Freund! Wir müssen ihn finden!« Wieder taucht er, aber ganz flach, eigentlich taucht er gar nicht.

Ich steche meine Paddel in die Kälte und biete meine ganze Kraft auf, um mein Kajak schnell über das Wasser zu schieben. Wasser spritzt auf. Es schmeckt salzig. Ein Adler schaut von einem Baum auf der Landspitze aus zu. Wenn er nur herabkommen und helfen könnte!

Der Junge kämpft direkt unter der Wasseroberfläche rechts von meinem Kajak, er schwimmt ohne nachzudenken, langsam dreht sich sein Körper. Wieder taucht er auf und schaut mich mit wildem Blick an. Seine Lippen sind ganz blau. Ich erkenne ihn: Noah Chandler, einer der Jungs, die Alan verprügelt haben.

»Ich hab ihn verloren.« Er spuckt Wasser aus und schlägt wild um sich.

Mein Herz macht einen Satz. Noch jemand ist im Wasser. Wie in meinem Traum. Mein Fehler. Ich habe niemanden gewarnt. Ich war so damit beschäftigt, mir um Alan und Courtney Sorgen zu machen, dass ich mich nicht um meine Träume gekümmert habe.

Ich schaue mich um und versuche zugleich, meine Angst in meinen Magen zurückzuschieben, wohin sie gehört. »Was ist passiert?«

»Mein Freund!« Er will wieder tauchen, aber ich lasse mein Paddel los und packe ihn am T-Shirt. Obwohl ich ziemlich stark bin, werde ich Noah nicht allzu lange halten können, auch wenn er schwach ist vor Angst und Kälte. Das Adrenalin in seinem Körper ist verbraucht. Er ist im Fluss, und nicht nur die Kälte könnte ihn holen. Schlagzeilen aus den alten Zeitungen blitzen vor meinen Augen auf, Einzelheiten aus den Meldungen, Männer mit Kratzspuren um die Handgelenke, Körper ohne Gliedmaße.

»Du musst raus aus dem Wasser!« Ich kann ihn kaum noch halten. »Sofort. Du musst ans Ufer.«

Ich zeige mit meinem Paddel zum Schilf bestandenen Ufer, gute fünfzehn Meter entfernt.

Er greift nach dem Bug des Kajaks, sodass es heftig

schaukelt. Ich lehne mich zur anderen Seite, damit ich nicht kentere. »Halt dich mit beiden Armen fest. Ich bring dich an Land, dann schauen wir nach deinem Freund.«

Er bewegt sich nicht, aber seine Augen füllen sich mit Hass. Er schaut mich an, und auch ich gerate jetzt in Hektik. Ich muss den anderen Jungen finden. Der Adler breitet seine Schwingen aus, schießt über uns hinweg und fliegt dann flussabwärts. Sekunden vergehen. Vergeudete Zeit, in der der Junge unter Wasser sterben könnte. Noah sagt nichts, aber er schlingt die Arme um den Bug meines Kajaks und ich paddle ihn zum Ufer.

Er krabbelt an Land. Er zittert nicht. Er ist über das Zitterstadium hinaus. Seine nassen Jeans und sein nasses Hemd ziehen ihn nach unten. Ich reiße mir die Schwimmweste und mein Fleece vom Leib und gebe ihm dann das Fleece.

»Du darfst nicht auskühlen.« Dann zerre ich die Notfalldecke aus dem wasserdichten Beutel, den mein Vater im Kajak lagert, und breite sie über ihm aus.

Er schaut nicht auf, sondern verbirgt den Kopf in den Händen. Seine Stimme ist nur ein Krächzen: »Mein Freund …«

»Ich hole Hilfe.« Und das mache ich, so schnell ich kann. Ich muss zurück aufs Wasser und nach dem anderen Typen suchen. Aber zuerst rufe ich mit meinem hässlichen kleinen Handy den Notruf an und gebe unsere

Position durch. Dann werfe ich mich wieder in meine Schwimmweste, schließe sie und danke Gott für meinen Vater, der immer darauf besteht, dass man vorbereitet ist, dass man ein Handy dabei hat und eine Pfeife. Ich betrachte den Jungen. Früher *war* er Noah Chandler: so alt wie ich, ein Kumpel von Blake, der Alan verprügelt hat, prima Kerl, aber jetzt ist er nur ein Junge. Er schluchzt unaufhörlich vor sich hin. Der Himmel über uns ist wunderschön und wolkenlos.

»Ich muss wieder zurück. Ich muss meinen Freund holen«, murmelt er, schüttelt den Kopf, versucht aufzustehen, schafft es aber nicht. Seine Lippen zittern.

Ich lege ihm die Hand auf die Brust, damit er bleibt, wo er ist, und sie wird ganz kalt. Dann lasse ich mich in mein Kajak gleiten. »*Ich* gehe. *Du* bleibst hier. Gleich kommt Hilfe.«

Ich stoße mich mit dem Paddel von dem Schlick ab. Dann drehe ich das Kajak zurück in den Fluss und halte angestrengt Ausschau, aber das Wasser ist trüb, sodass ich nicht weit sehen kann. Wasserschrauben bedecken teilweise den Grund des Flusses, aber auch altes Holz von Fällungen oder dem Schiffsbau versperren die Sicht.

Ich pfeife. So werden wir besser gefunden, obwohl im Oktober eigentlich niemand auf dem Fluss ist. Aber ich habe den Notruf gewählt. Die Küstenwache wird Taucher bringen und auch der Hafenmeister wird von Ellsworth den Fluss herunterkommen. Sie alle wollen den

Jungen retten, aber ich weiß ebenso wie sein Freund: Er ist bereits tot. Der Fluss hat ihn geholt, so wie der Fluss meine Mutter geholt hat. Nein, nicht der Fluss, der Flussmann, er.

»Hilfe!«, rufe ich.

Aber rufen ist sinnlos.

Ich pfeife wieder – lang, kurz, lang. Keine Ahnung, ob das das SOS-Signal ist, aber was Besseres fällt mir nicht ein. Der Adler kehrt wieder zurück und landet in einem hohen Baum am anderen Ufer. Der Wind frischt auf. Ich pfeife wieder. Meine Hände sind nass und kalt, fast taub, aber ich paddle weiter und suche das Wasser ab. Am Ufer sitzt Noah Chandler und schaukelt mit dem Oberkörper vor und zurück. Draußen im Wasser hebt eine Robbe den Kopf aus dem Wasser und schaut mich an. Ich erwidere ihren Blick. Ihre großen, braunen Augen sind traurig. Es hat keinen Sinn zu suchen, sagen sie, überhaupt keinen Sinn. Dann wenden wir beide den Blick ab.

Ich fahre immer wieder kreuz und quer über die Stelle, wo die Jungs gekentert sind und pfeife laut und schrill, damit die Retter mich hören. Der Adler schaut zu. Noah zittert am Ufer, und ich fahre mit dem Kajak hin und her, bis der Hafenmeister kommt, und dann mache ich es mit ihm zusammen. Er fährt so langsam, dass sein Fischerboot kaum eine Heckwelle macht. Immer wieder schaut er mich an und ich schaue ihn an. Wie die Robbe. Er schüttelt den Kopf.

Nichts.

Ich rufe meinen Dad an. Ich will ihm sagen, wo ich bin. Doris ist am Apparat. Er ist in einer Besprechung, aber sie will ihm Bescheid sagen. Ich rufe zu Hause an. Verdammt, warum nehmen Gramps oder Benji nicht ab? Mein Herz sinkt, meine Muskeln zittern, und ich bin mir nicht sicher, ob das an der Kälte liegt oder an meiner Müdigkeit oder an meiner Angst. Ich hinterlasse eine Nachricht.

»Hallo, Gramps. Ähm. Ich bin's. Ich bin auf dem Fluss. Da war ein Unfall. Ich habe einen Jungen aus dem Wasser gezogen. Der andere wird noch vermisst. Ich komme bestimmt zu spät zum Essen… Aber, ähm, mach dir keine Sorgen, die Polizei ist…«

BEEEEeeeeeepppp.

Der Anrufbeantworter schneidet mir das Wort ab. Er kann lange Nachrichten nicht leiden. Mein Dad auch nicht.

Die Polizei aus Goffstown trifft ein. Sie mussten einen Feuerwehrmann mit seinem privaten Boot holen, damit sie den Fluss runterfahren konnten. Sie befragen mich, einer wenigstens, der Große aus Florida, Wachtmeister Farrar.

»Also, Mädel«, sagt er und lehnt sich seitlich aus dem Boot, während ich längsseits gehe und mich an der Fußreling festhalte, damit die Strömung mich nicht abtreibt.

»Ich muss dir später noch mehr Fragen stellen, aber könntest du mir jetzt ganz kurz erzählen, was passiert ist?«

Und ich erzähle es ihm.

»Kennst du die beiden Jungs?«

Ich schüttle den Kopf, was eine Art Lüge ist. »Ich weiß nicht mal, wer der andere ist. Ich habe nicht nach seinem Namen gefragt.«

Aber eigentlich weiß ich schon, wer er ist. Chris Paquette heißt er, er war der andere Typ, der zusammen mit Blake Alan verprügelt hat. Er muss es sein.

»Kennst du den anderen? Noah? Hast du ihn vielleicht in der Schule gesehen? Oder im Skater-Park?«

Im Skater-Park? Ich such neuen Halt für meine Hände. Meine Finger sind steif und blau vor Kälte, als wären sie tot. Dann schaue ich den Polizisten an und sehe dabei hinter ihm den unendlich weiten Himmel.

»Ja. Ich meine, ich kenne Noah. Er ist mit meinem Ex-Freund befreundet. Und er macht auch Geländelauf.« Meine Stimme zittert.

Noah kauert immer noch allein am Ufer. Niemand kümmert sich um ihn und er sieht so verfroren aus. Ich hatte den Traum, weil ich ihn beschützen sollte. Beide sollte ich beschützen. Aber ich habe versagt. Versagt, versagt.

Mein Dad kommt zusammen mit der Küstenwache. Unser roter Zweisitzer pflügt um eine Biegung des Flusses.

Ich habe meinen Dad noch nie so schnell paddeln gesehen. Seine Paddel klatschen ins Wasser und jeder Schlag bringt ihn näher zu mir.

Normalerweise paddelt er langsam, pausiert, hält nach Adlern Ausschau oder Robben und macht sich Gedanken über die Strömungen. Ich ziehe ihn immer damit auf, dass so der Trainingseffekt nicht groß ist, und er kalauert dann: »Man trainiert nicht immer für den Körper, manchmal trainiert man auch für die Seele.«

Es tut so gut, ihn zu sehen. Er lenkt sein Kajak direkt neben meines, beugt sich herüber, nimmt meinen Arm und flüstert: »Ach, Liebes …«

Die Leute von der Küstenwache übernehmen jetzt die Suche. Sie gliedern das Gebiet in Planquadrate und schicken dann die Taucher los. Die Polizei hat jetzt Zeit, mit Noah zu sprechen. Er sieht dünn und blass aus, wie er da zwischen den großen Männern in ihren gelben Feuerwehrmänteln am Ufer hockt und vor und zurück schaukelt. Sie verfrachten ihn in das Boot und steuern den städtischen Landungssteg an.

Das Ufer erscheint leer, nur die hohen, vom Winde gebeugten Bäume stehen als stumme Zeugen da, während mein Dad und ich ein Stück entfernt von der Küstenwache flussabwärts weitersuchen.

»Vielleicht ist er irgendwo am Ufer«, sage ich, obwohl ich es besser weiß. »Vielleicht ist er nur erschöpft und hockt am Ufer.«

Mein Dad nickt und schaut mich traurig an. Wir wissen beide, dass ich mir das nur ausdenke, dass ich glaube, was ich glauben möchte, und nicht, was mir mein Inneres grummelnd zu verstehen gibt. Wir gleiten durch das Wasser und überlassen uns der Führung des Flusses: »Wir folgen der Strömung so, wie sie ihn vielleicht mitgenommen hat«, sagt Dad und zieht sich die Baseballkappe tiefer in die Stirn.

»Funktioniert das?«, frage ich. »Verläuft die Strömung an der Oberfläche des Flusses genauso wie unter Wasser?«

Er fährt sich mit der Hand über das Gesicht und reibt sich die Wange. »Normalerweise schon.«

Der Fluss nimmt uns mit und bringt uns rasch weit weg. Da er den Gezeiten unterworfen ist, strömt er schnell und kraftvoll.

Ich schlucke und greife meine Paddel neu: »Ich glaube, hier ist alles total verkorkst.«

Er nimmt eine Hand vom Paddel, beugt sich zu mir herüber und greift nach dem Sillrand meines Kajaks, damit wir nicht voneinander wegtreiben. »Weil?«

»Im Fluss sterben Menschen.«

»Im Fluss sterben Menschen«, wiederholt er.

»Es ist …«, will ich erklären.

»Ich weiß, was du sagen willst«, unterbricht er mich. »Aber ich fürchte, du ziehst hier voreilige Schlüsse, Aimee.«

»Du willst nicht glauben, dass es wahr ist, ich weiß, aber Dad … Mrs. Hessler hat mir diese Zeitungsartikel gegeben. Und es hat in diesem Fluss immer und immer wieder merkwürdige Todesfälle gegeben. Vielleicht ist die ganze Gegend verflucht oder so.«

Er lässt mein Kajak los: »Ich hab dich lieb, Aimee. Ich möchte immer nur das Beste für dich, aber manchmal ist das wirklich schwer.«

Ich nicke. Die Strömung kräuselt das Wasser, bewegt es mal in die eine und mal in die andere Richtung.

Schließlich sagt er. »Hast du immer noch diese Träume?«

»Ja.« Meine Stimme ist superleise, so leise, dass er mich womöglich gar nicht hört, aber er weiß, was ich gesagt habe.

»Hast du das hier geträumt?«

»Ich weiß nicht. Ich glaube, ja. Deshalb will ich nicht schlafen … deshalb … und ich kann nicht … ich kann nicht schlafen, weil ich so angespannt bin von all dem, was passiert – die Schritte, Courtney, der … einfach alles. Ich möchte nur einfach nicht, dass es bei mir so schlimm wird wie bei Mom, verstehst du? Ich möchte nicht …«

In mir zerbricht wieder etwas, aber nicht ganz. Ein Schluchzen bahnt sich seinen Weg hinaus. Mein Dad paddelt eilig zu mir und rammt mich mit seinem Kajak. Er streckt den Arm aus, greift nach mir und hält mich fest. Tränen strömen über sein Gesicht.

»Ich will dich nicht auch noch verlieren, Aimee«, presst er hervor, »Ich werde dich nicht gehen lassen.«

»Nein, das wirst du nicht«, sage ich und wiederhole es noch einmal. »Das wirst du nicht.«

Wir klammern uns aneinander und unser Inneres schmerzt vor Angst und Liebe und weil wir Mom verloren haben. Aber wir haben immer noch einander. Wir leben und atmen und wir lieben uns. Und das muss genügen.

Nach einer Weile lösen wir uns voneinander. Ich strecke die Hand aus und wische die Tränen von seinem zerfurchten Gesicht. Dann suchen wir weiter, und auf einmal fühlt sich mein Kajak leicht an, als würde ich plötzlich weniger wiegen oder könnte mich auf einmal durchs Wasser bewegen.

Ich stelle mir den Fluss immer braun vor, aber das stimmt nicht. Der Fluss verändert seine Farbe. Manchmal ist er braun wie sein schlammiger Grund, manchmal aber ist er auch blau wie der Himmel. Und manchmal ist er beides, braun unter Wasser und blau an der Oberfläche. Und so ist er, als ich wieder anfange zu paddeln. Ich drehe mein Kajak in einen Winkel zur Strömung und versuche, an Ort und Stelle zu bleiben. Eine schreckliche Traurigkeit drückt mir auf die Brust, als ich ins Wasser starre.

»Daddy!«, rufe ich, und er schaut mich erstaunt an, vielleicht, weil ich angehalten habe, vielleicht aber auch, weil ich auf einmal eine Anrede benutze, die ich nicht mehr benutzt habe, seit Mom weg ist, und »Daddy« sich irgendwie nicht mehr richtig anhörte.

»Daddy!« Ich mache ein paar rasche Paddelschläge, um meine Position auf dem Wasser zu halten, während die Strömung mich in eine andere Richtung ziehen will. »Chris … er ist hier.«

Er schaut mich an. Dann fährt er zu mir und späht ins Wasser. Er sieht nichts. »Woher weißt du das?« Die Muskeln in seinen Schultern spannen sich an. »Siehst du ihn?«

»Nein«, sage ich. »Aber er ist hier.«

Er rückt seine Kappe zurecht und schaut mich mit zusammengekniffenen Augen an. »Woher weißt du das, Liebes?«

Was soll ich darauf antworten? Ich schließe die Augen, damit ich Dads Gesicht nicht anschauen muss. »Keine Ahnung. Ich spüre ihn einfach.«

»Du spürst ihn?«

»Das klingt blöd, ich weiß, dass es blöd klingt, aber kannst du mir einfach mal eine Sekunde lang glauben?«

Er nickt. Er glaubt mir. Dann zieht er sein Handy heraus und tippt eine Nummer. Er spricht mit seiner Krankenhauschef-Stimme. Was immer er sagt, geschieht. Er spricht mit der Küstenwache. Ich weiß nicht, wie er sie dazu bringt zuzuhören, aber er ist gut in solchen Dingen. Mein Dad kann Leute überreden, etwas zu tun. Das ist sein Talent.

»Ich liebe dich«, sagt mein Dad, nachdem er aufgelegt hat. »Das weißt du, Aimee, ja? Du weißt, dass ich dich liebe, dass dein Großvater dich liebt und dass Benji dich liebt.«

Ich tauche mein Paddel ins Wasser. Durch die Strömung kräuselt sich das Wasser, fließt seitlich vorbei und strömt hinter dem Paddel wieder zusammen. Ich nicke.

»Wir werden das schaffen, Mäuschen«, sagt er.

»Das hat Alan auch gesagt.«

»Recht hat er. Wir schaffen das.«

Ich nicke. Das Motorengeräusch des Küstenwachen-Boots kommt näher. »Ich liebe dich auch.«

Die Küstenwache zieht den toten Jungen aus dem Wasser. Zwei Taucher sind dazu nötig. Mein Vater und ich schauen von unseren Kajaks aus zu, wie sie ihn hochziehen. Mein Dad hält den Bug meines Kajaks mit seinen großen Händen fest, sodass wir nicht auseinander getrieben werden.

Als sie den Jungen aus dem Wasser heben, fange ich an zu zittern. Ein Arm fehlt und ein Bein. Mein Dad nimmt die Hand von meinem Kajak und packt mich an der Schulter. Er zieht mich in einer unbeholfenen Kajakumarmung an sich und sorgt irgendwie dafür, dass wir nicht beide kentern.

Unsere Schwimmwesten stoßen aneinander, sodass wir keinen richtigen Körperkontakt haben. Aber ich rieche ihn trotzdem, es ist ein unbeschreiblicher, väterlicher Duft. Einen Augenblick lang rieche ich nichts anderes. Ich rieche ihn mehr als das Salz des Flusses, den frischen Schmerz des Todes oder die reifen Muscheln, die aus dem Schlamm gesammelt werden können. Der Adler fliegt über uns hinweg und ruft uns mit heiserem Schrei etwas zu.

Das Boot der Küstenwache tuckert zu uns her und ein Typ sagt: »Junge Dame? Ms. Avery? Können Sie den Leichnam identifizieren?«

Mein Vater lässt seinen Arm um mich geschlungen, aber ich spüre, wie sich sein Bizeps anspannt. Er dreht den Kopf und sagt: »Das kann sicher auch jemand anders machen.«

»Ja, aber es würde die Sache vereinfachen«, meint der Mann von der Küstenwache. »Wir wissen nicht, in welcher Verfassung der andere Junge ist. Er hat uns nicht einmal gesagt, wer dieser hier ist. Und es sieht so aus, als wäre womöglich ein gefährliches Meereslebewesen in die ganze Sache verwickelt.«

»Meereslebewesen? Wie das?«, dröhnt die Stimme meines Vaters.

»An seinen Handgelenken sind lange Kratzspuren«, sagt der Mann. »Gliedmaßen fehlen.«

»Haie gibt es hier nicht«, werfe ich ein.

»Nicht nur Haie machen so was«, meint der Mann von der Küstenwache. Seine Miene zeigt, wie bestürzt er ist. Alle Muskeln sind angespannt, die Haut unter seinen Augen zuckt. Seine ganze markante Schönheit hat sich in Angst verwandelt.

Ich ziehe mein Gesicht vom T-Shirt meines Vaters weg und öffne die Augen. Die Luft, die ich einatme, riecht nach dem Diesel des Bootes, nicht nach meinem Fluss. Wohin ist mein Fluss gegangen?

Der Mann von der Küstenwache schaut mich unverwandt an. Ich kenne ihn. Er ist mit der netten Bedienung vom Finn's verheiratet, die alle Cookie nennen. Sie zwinkert allen zu und steckt einem Chocolatechip-Kekse zu, wenn ihr Chef nicht guckt.

Sein Mund bewegt sich, aber ich höre ihn nicht richtig, weil alles gedämpft klingt, als wären meine Ohren voller Wasser. Ich glaube, er sagt: »Aimee … bitte?«

Seine Augen sind auch so traurig, noch ein Mann mit traurigen Robbenaugen. Wasser sammelt sich in ihnen, aber es ist noch nicht übergeschwappt und seine Wangen hinuntergelaufen.

»Okay«, sage ich.

Der Junge hieß Chris Paquette.

Sein Hemd ist weg, Vielleicht hat der Fluss es mitgerissen und mit den Gezeiten aufs Meer hinausgetragen. Seine Haut ist blass wie die Haut aller Jungs in Maine, bis im August die Sonne zu ihr vordringt. Seine Lippen sind blau. Die Spitzen der Finger an seiner linken Hand sind blau. Auf der Mitte seiner Brust breiten sich feine Haare aus wie Wasserschrauben. Seine blonden Haare sind ganz dunkel von der Nässe. Eine gelbe Rettungsdecke bedeckt die untere Hälfte seines Körpers. Was mich jedoch umhaut, sind die fünf tiefen Fleischwunden um das eine Handgelenk, das noch da ist.

Ich schlucke wieder und versuche zu sprechen, aber es ist gar nicht mehr nötig.

»Das ist Chris Paquette«, sagt die Stimme meines Dads. »Er geht hier auf die Highschool, im dritten Jahr. Er wohnt im Pioneer Farm Way. Seine Mutter arbeitet bei mir im Krankenhaus. Sie ist Krankenschwester. Das wird sie umbringen. Der Junge war ihr Ein und Alles.«

»Das ist hart«, sagt der Mann von der Küstenwache.

Mein Dad richtet sich auf. Für ihn ist die Sache abgeschlossen. »Ich bring jetzt meine Tochter nach Hause.«

Der Mann nickt. »Wahrscheinlich ruft die Presse bei Ihnen an. Die Polizei auf jeden Fall. Ihre Tochter ist eine Heldin, Mr. Avery. Wir hätten heute zwei Jungen verlieren können.«

Mein Vater nickt, und eine Sekunde lang stelle ich mir die beiden als Wackelkopffiguren auf dem Armaturenbrett eines Autos vor, die immerzu mit dem Kopf nicken.

»Sie ist ein gutes Mädchen«, sagt mein Vater.

Er sagt nicht, dass ich ein Feigling bin, aber das würde der Wahrheit näherkommen. *Ein gutes Mädchen, aber ein bisschen feige,* hätte er sagen sollen. *Sie hat Träume, wissen Sie. Manchmal werden sie wahr. Die Leute denken, sie könnte so verrückt sein wie ihre Mutter.*

Mein Dad und ich paddeln am Ufer des Union River entlang heim, wo immer noch mehr Bäume stehen als Häuser.

»Bist du wütend auf Mom?«, frage ich.

»Manchmal«, sagt er, während wir durchs Wasser gleiten. »Aber meistens vermisse ich sie.«

»Ich auch.« Ich höre kurz auf zu paddeln, um mir ein paar Haarsträhnen aus dem Gesicht zu streichen. »Könntest du vielleicht ein bisschen häufiger zu Hause sein? Wir brauchen dich.«

»Ja, Aimee, ich versprech's. Und es tut mir leid, dass ich immer so beschäftigt bin … ich … ich liebe euch so sehr und dieser … dieser Wahnsinn hier … erinnert mich daran, was passiert ist, bevor deine Mutter uns verlassen hat, und das macht mir Angst. Ich sage es nicht gerne, aber es macht mir Angst, und falsche Vorwürfe und Leugnen werden die Angst nicht verscheuchen. Es tut mir leid, dass ich dir das angetan habe.« Sein Paddel schneidet durch das Wasser. Ich will ihm sagen, dass alles okay ist, aber er hebt die Hand und unterbricht mich. »Die Jungs warten auf uns.«

Wir paddeln noch ein bisschen weiter. Obwohl wir fast schon zu Hause sind, werde ich auf einmal sehr langsam. Ich bin so schrecklich müde und mein Kopf ist so voll. Mein Magen fühlt sich an, als wäre er mit schlammigem, salzigem Flusswasser gefüllt. Immer wenn ich einatme, muss ich an Chris Paquettes Leiche denken. Sobald ich aufhöre, meinem Herzschlag zu lauschen, höre ich Noah Chandler rufen: »Mein Freund! Mein Freund!«

»Meinst du, sie waren betrunken?«, frage ich meinen Dad.

»Vielleicht. Oder auf Drogen.« Er erwischt eine Strömung, die ihn schneller werden lässt als mich. Ich folge ihm. »Der Fluss ist heute Nachmittag so ruhig. Ich verstehe nicht, warum sie gekentert sind.«

Wir haben einen Badesteg. Wenn man ihn betritt, schwankt er unter dem Gewicht. Die Heckwellen von vorbeifahrenden großen Booten schleudern ihn manchmal richtig herum. Man bleibt dann nur mit großer Mühe im Gleichgewicht und endet leicht im Wasser. Ein falscher Schritt genügt. Unter der Wasseroberfläche schwimmen viele Dinge, aber dorthin schaue ich im Augenblick nicht. Ich schaue nach oben, zu dem Adler in den Himmel. Keine Ahnung, warum der Adler mich an meine Mutter erinnert. Normalerweise rufen die Robben die Erinnerung an sie wach.

Meine Mutter hat mir immer kleine Zettel in meine Vesperbox gesteckt. Sie zeichnete Katzen und Hunde, Mäuse aus Cartoons oder Vögel auf kleine Fetzen Aquarellpapier, malte sie mit Wasserfarbe an und schrieb dann zum Beispiel dazu: *Einen schönen Dienstag wünsche ich dir. Ich freue mich schon, dich von der Schule abzuholen und mein liebes Mädchen wieder in die Arme zu schließen. xoxo für immer und ewig. Alles Liebe, Mommy.*

Ich bewahre alle diese Notizzettel im ersten Harry-Potter-Band auf. Wenn man das Buch aufschlägt, flattern sie heraus wie Wünsche und verteilen sich auf dem Fußboden.

Als wir nach Hause kommen, gehe ich zuerst in mein Zimmer. Ich suche den ersten Harry-Potter-Band heraus, der zwischen *Eine wie Alaska* und *Margos Spuren* von John Green steht, und schlage ihn auf. Alle Vesperbox-Zettel sind aus demselben dünnen Aquarellpapier. Nur eine Nachricht steht auf gelbem liniertem Papier, wie man es in Notizblöcken findet. Ich habe nie verstanden, was sie bedeuten, habe immer gedacht, es wären nur wirre Gedanken. Aber jetzt verstehe ich sie vielleicht.

Der Zettel flattert heraus und ich falte ihn auf.

Aimee, ich versuche, ihn zu stoppen. Vielleicht gelingt es nicht. Aber ich muss es versuchen, Liebes. Ich muss ihn abhalten, uns zu verfolgen. Dein Vater schläft kaum noch wegen meiner

Träume, und ich weiß … ich weiß, dass du solche Träume auch hast. Du musst wissen, dass ich dich liebe und dass ich dich immer lieben werde, komme, was wolle. XOXOX für immer und ewig. Alles Liebe, Mommy.

Ich spitze die Lippen und presse sie dann aufeinander. Dann sage ich laut, als würde sie neben mir auf dem geflochtenen Teppich sitzen: »Eine Axt war eine unglaublich dumme Idee. Du kannst einen Geist nicht mit einer Axt töten. Er zerreißt die Leute. Was hast du dir dabei gedacht?«

Fast höre ich, wie sie mit ihrer weichen, flüsternden Stimme sagt: »Ich weiß auch nicht.«

Ich schüttle die Gedanken ab, stehe auf und schaue aus dem Fenster. Ein Kutter von der Küstenwache tuckert den Fluss hinauf. Obwohl er so langsam fährt, hinterlässt er eine gewaltige Heckwelle.

Benji stürmt mit weit aufgerissenen Augen in mein Zimmer: »Alles in Ordnung, Aimee? Hast du wirklich einen toten Jungen gefunden?« Er wirft sich durch den Raum in meine Arme, dass ich nach hinten gegen das Bücherregal falle. »Mach bloß keine Dummheiten.«

»Was meinst du damit, Benji?«

Er zuckt die Achseln.

»Mach bloß keine Dummheiten«, wiederhole ich. »Manchmal klingst du wie Gramps.«

Ich wuschle ihm durch die Haare.

»Manchmal hat Gramps recht.«

»Stimmt«, gebe ich zu und schiebe das gelbe Papier in die Tasche meiner Jacke.

Er stemmt die Hände in die Hüften und mustert mich, als ob er siebenundachtzig Jahre alt wäre. »Du machst also keine Dummheiten?«

»Warum denkst du das, Benji?«

Er blinzelt. »Weil ich hochintelligent bin. Deshalb!«

Aimee

20
Alan

In meinem Zimmer duftet es nach Salbei. Das ist aber nur die Räucherkerze, die Bündel mit dem getrockneten Kraut, die ich im Handwerkermarkt gekauft habe, hebe ich für die eigentliche Zeremonie auf. Jetzt sitze ich mit gekreuzten Beinen in meinem Zimmer auf dem Teppich, rechts und links von mir brennt eine Räucherkerze und mein Gesicht habe ich mit schwarzer und roter Halloween-Schminke bemalt. Außer meinen Shorts trage ich nur noch meinen Medizinbeutel.

In den ein Meter zwanzig auf ein Meter zwanzig großen, cremeweißen Teppich ist ein schwarzes Medizinrad eingewebt, ein indianisches Heilungsrad, das Rad des Lebens: ein Kreis, der von dicken Linien in vier Teile geteilt wird, die die vier Himmelsrichtungen anzeigen. Ich sitze in der Mitte und schaue nach Norden. Das nördliche Viertel des Kreises ist weiß, das östliche rot, das westliche schwarz und das südliche gelb. So ganz verstehe ich das Rad nicht, aber soweit ich weiß, steht jede Richtung für einen bestimmten Lebensabschnitt. Seit meiner Visionssuche schaue ich beim Meditieren nach Norden, in Richtung des Erwachsenenalters.

Auf dem Regal über meinem Bett spielt eine kleine Anlage in einer Endlosschleife einen Yeibichei-Song. Die Aufnahme stammt aus den Dreißigerjahren des letzten Jahrhunderts und das ständige Anschwellen und Abebben des Gesangs erzeugt einen melodischen Sound.

Ich habe mir einen Pfeil aufs Gesicht gemalt, der von meinem Kinn über meine Nase und zwischen den Augen hindurch nach oben verläuft. Seine Spitze zeigt in Richtung Himmel. Dieser Pfeil symbolisiert mein bewusstes Denken, das von meinem Körper aufsteigt. Kleine Puma-Spuren – die nicht besonders gut gezeichnet sind – markieren Onawas Weg von meinem Haaransatz hinunter über meine linke Wange und den Hals zur Brust, wo er über meinem Herz endet.

Hoffentlich kommt Onawa zu mir.

In eine Socke eingerollt liegt ganz hinten in einer Kommodenschublade eine Plastiktüte mit ein paar Stücken getrocknetem Peyotl. Die Versuchung war groß, mir wenigstens ein winziges Stück unter die Zunge zu legen, aber auch eine geringe Menge kann eine stundenlange psychische Reaktion hervorrufen. Ich habe schon Schulausschluss und kann unmöglich riskieren, dass Mom mich »stoned« von meinen »indianischen Drogen« vorfindet. Räucherkerzen, Musik und Symbole müssen reichen.

Die Hände im Schoß gefaltet schließe ich die Augen und versuche mit aller Kraft, den Kopf freizubekommen. Das ist nicht ganz einfach. Aimee schleicht sich immer wieder herein. Ihr Lächeln, ihre roten Haare, ihre smaragdgrünen Augen. Dann denke ich an die Schrammen auf ihrer perfekten Haut, an den verkrusteten Schmutz unter ihren Augen und die schreckliche Angst, die sie ausgestanden haben muss, als der Sturm sie verfolgte.

Ich konzentriere mich auf meine Atmung. Ein... aus... ein... Gedanken zerstreuen sich und lösen sich auf. Die Musik und den Duft des brennenden Salbeis nehme langsam nur noch gedämpft und schwach wahr. Aus... ein...

»Onawa«, flüstere ich in die Dunkelheit hinter meinen Augenlidern.

Ein... Augen in der Dunkelheit meines Geistes. Grüne Augen. Aus... Aimee? Nein. Katzenaugen. Wild, aber nicht bösartig.

Ein...

»Onawa.«

Sie ist da. Ihr goldenes Gesicht, von dem Licht aus ihren grünen Augen beleuchtet, schaut mich an. Ich spüre, wie der Raum um mich herum enger wird und mich zusammenpresst, während Onawa mich gelassen anschaut. In ihren Augen ist eine Botschaft, aber ich kann sie nicht lesen, nicht wenn ich das Gefühl habe, dass die Luft um mich herum mich einengt. Dann verstehe ich. Gefahr. Gefahr umgibt mich.

Der Druck verringert sich ein wenig. So lässt Onawa mich wissen, dass ich richtig liege.

Ich atme weiter. Aus … ein …

»Was kann ich tun?«, frage ich ohne Worte. Ich schicke nur einen Gedanken nach draußen, in Richtung der Augen.

Onawa schaut in dem Augenblick weg von mir, als ich eine leichte Hitze in der Brust spüre. Ich folge dem Blick des Pumas. Ganz in der Nähe von mir steht schemenhaft eine Reihe von Menschen. In der Ferne verblasst das Bild. Eine gewisse verwandtschaftliche Nähe verbindet mich mit diesen mir unbekannten Menschen, denn als ich sie ansehe, verstärkt sich das warme Gefühl in meiner Brust. Nacheinander drehen sie sich und schauen mich an, und da erkenne ich, dass alle mein Gesicht haben.

»Sind sie … meine Ahnen?«

Onawa richtet ihre Aufmerksamkeit wieder auf mich und die Menschenkette zieht sich in die Dunkelheit zurück.

»Aimee?«, frage ich.

Über Onawas Kopf erscheint ein Feuer. Das sind Aimees Haare. Klar. Eine Frau, die aussieht wie Aimee, kümmert sich um das Feuer.

»Ihre Mom?«

Onawa antwortete nicht.

»Wer ist der Flussmann?«

Das Feuer und die Frau brechen auseinander und verschwinden. Die Luft um mich herum engt mich wieder ein, aber jetzt ist sie kalt und riecht wie ein stehendes Gewässer. Ein Gefühl breitet sich aus, etwas Böses, etwas altes, namenlos Böses. Ich gerate in Panik, ringe nach Luft und habe auf einmal Angst. Dann ist das Gefühl verschwunden.

Ich befehle mir, zu atmen.

Ein ... aus ... ein ...

Der Duft der Räucherkerze erreicht mich. Da ist noch ein Geräusch. Aber nicht Musik, sondern etwas anderes. Onawas glühende grüne Augen verdunkeln sich. Ich versuche, mich zu konzentrieren.

»Verlass mich nicht.«

Aus ... ein ...

»Alan Weißer Hirsch Parson! Hör mir zu!«

Onawas Augen blinzeln einmal, zweimal, dann sind sie verschwunden. Nur der Salbeiduft und der Klang der Stille bleiben. Ich öffne die Augen. Im Zimmer brennt Licht. Die Fenster sind dunkle Vierecke hinter meiner wütenden Mutter.

»Was zum Kuckuck machst du da?«

»Meditieren. Hast du die Musik ausgestellt?«

»Dieses Gesinge? Ja, das hab ich ausgedreht. Was ist das auf deinem Gesicht und deiner Brust?«

»Farbe.«

»Wisch sie ab. Unten ist ein Polizist. Er will mit dir sprechen.« Ihr Zorn ebbt einen Augenblick lang ab. »Was geht hier vor, Alan?«

»Ein Polizist?«

»Zieh dir was an und komm runter.« Ihre Haare sind voller Sägespäne und sie riecht nach Öl und Sägemehl. Sie ist blass und in ihren Augen liegt jetzt mehr Angst als Zorn.

»Okay.« Sie wendet sich zum Gehen. »Mom?« Sie dreht sich um. »Keine Ahnung, warum der Polizist da ist. Ehrlich … Wenn es nicht wegen der Prügelei in der Schule …«

Sie nickt einmal mit dem Kopf, verlässt das Zimmer und zieht die Tür hinter sich zu.

Ich stehe auf. Die Bewegung ist alles andere als elegant, denn meine Knie sind steif und ich bekomme fast einen Krampf in der Wade. Auf das Bett gestützt dehne ich die Muskeln meiner Beine. Auf der Tagesdecke liegt mein Handy. Das rote Licht blinkt: Ich habe eine Nachricht, nein sechs, wie mir ein Blick auf das Display sagt, alle von Aimee. Ich lese die neueste:

RUF AN ASAP!!!

Auch einige Anrufe habe ich verpasst. Von Aimee. Irgendwas stimmt da nicht.

Mom ist unten bei einem Polizisten, der mich sprechen will.

Ich ziehe eine Sweathose über und ein schwarzes Rob-Zombie-Shirt. Erst als ich an dem Spiegel über meiner Kommode vorbeigehe, fällt mir die Schminke wieder ein. Im Bad säubere ich mir Gesicht und Hals und gehe dann nach unten. Mom und der Polizist, ein blonder Typ mit Kugelbauch, Doppelkinn und extrem kurz geschnittenen Haaren sitzen am Esszimmertisch. Tante Lisa ist nicht da.

»Hier ist er«, sagt Mom. »Tut mir leid, dass er Sie hat warten lassen.«

»Ist schon okay«, sagt der Polizist und steht auf. Er ist ein paar Zentimeter kleiner als ich, wiegt aber bestimmt fünfzig Kilo mehr. Er streckt mir eine fleischige, schweißige Hand hin, die ich ergreife, während er sich vorstellt: »Ich bin Deputy McKinney, Alan. Darf ich dir ein paar Fragen stellen?«

»Worüber?«

»Setz dich hin, Alan«, beharrt meine Mutter. Der Polizist lässt sich wieder auf seinen Stuhl sinken und ich muss an einen Truthahn auf seinem Nest denken. Ich sitze auf der anderen Seite von Mom, dem Polizisten gegenüber.

»Du warst heute in der Schule in eine Prügelei verwickelt, nicht wahr?«, fragt er.

»Ja, wird wohl so gewesen sein. Obwohl es eigentlich gar keine Prügelei war. Drei Typen haben sich in einer Toilettenkabine auf mich gestürzt. Ich konnte nur einen Treffer landen, bevor die Lehrer dazwischengingen.«

»Sieht so aus, als hätten sie dich ganz schön zusammengeschlagen.«

»Sieht schlimmer aus, als es sich anfühlt«, erkläre ich ihm.

»Und du kennst die Jungs?«

»Sozusagen. Ich meine, wir sind erst seit Samstag in Maine. Ich kenne zwei von ihnen, weil wir gemeinsam Unterricht haben, und Blake macht zusammen mit mir Geländelauf. Er ist der Ex meiner Freundin.«

»Du meinst Blake Stanley?«

»Ja.«

»Und die beiden anderen? Weißt du, wie sie heißen?«

»Ich glaube, Chris und Noah. Aber die Nachnamen kenne ich nicht.«

»Hast du sie gesehen, nachdem du heute die Schule verlassen hast?«

»Nein.«

»Sicher nicht?«

»Ja.«

»Du hast Schulausschluss wegen der Prügelei?«

»Wenn Sie von der Prügelei wissen, dann wissen Sie das doch auch.«

»Alan«, sagt meine Mom drohend. »Antworte ihm.«

»Ja, ich habe Schulausschluss. Drei Tage.« Ich schaue Mom an.

»Was ist mit den anderen Jungs?«

»Keine Ahnung. Everson sagte, drei Tage seien üblich bei Prügeleien. Vermutlich haben sie auch drei Tage bekommen.«

»Bist du nach deinem Ausschluss direkt nach Hause gegangen?«

Ich schlucke und kann Mom nicht ansehen, sondern konzentriere mich stattdessen auf ein kleines Muttermal auf McKinneys Schläfe. »Nein. Ich war zuerst noch im Handwerkermarkt Barn und bei Bergerman's Lumber und im Krankenhaus.«

Mom seufzt enttäuscht. »Ich hab dir gesagt, du sollst direkt nach Hause fahren.«

»Ich musste ein paar Dinge erledigen.«

»Alan, kannst du beweisen, wo du zwischen vierzehn und sechzehn Uhr warst?«

»Keine Ahnung. Vermutlich schon. Ich habe die Kassenzettel.«

»Die würde ich gern sehen.«

»Sie sind oben. Soll ich sie holen?«

»Bitte.«

Ich versuche, ruhig zu bleiben, gleichgültig und cool, aber meine Herz pocht lauter als meine Füße, als ich die Treppe hinauf in mein Zimmer stürze. Meine Jeans liegen auf dem Boden. Ich fische die Quittungen aus der Gesäßtasche und gehe wieder hinunter. Der Polizist nimmt sie und studiert sie genau.

»Salbei und … was ist das?«, fragt er. Das Süßgras erscheint auf dem Beleg als »Süßgr.«.

»Süßgras.«

»Das Kraut? Warum hast du das gekauft?«

»Das ist so eine Indianersache«, erklärt meine Mom. »Sein Vater ist Indianer und Alan will auch einer sein.«

»Ich bin zur Hälfte Navajo«, sage ich, und es ist mir egal, dass ich trotzig klinge. »Ich verbrenne den Salbei und das Süßgras wie Räucherkerzen.«

»Ich verstehe«, sagt Deputy McKinney, aber offensichtlich versteht er gar nichts. »Abdeckplane und … Granitsteine?«

»Ja.«

»Wozu sind die?«

Verdammt. So weit will ich nicht gehen. Mom kriegt die Krise. Vielleicht nicht jetzt, vor dem Polizisten, aber später.

»Noch mehr Indianerzeug?«, fragt er.

»Hmmm. Für eine Schwitzhütte.«

»Eine Schwitzhütte?«

»Das ist wie eine Sauna in einem Zelt«, erkläre ich ihm.

»Aha.« Er studiert die beiden Belege noch zwei Minuten lang und legt sie dann zur Seite. »Die beiden Quittungen belegen deine Anwesenheit in den Geschäften gegen halb zwei und viertel nach zwei heute Nachmittag. Und dann, sagst du, bist du ins Krankenhaus gefahren?«

»Meine Cousine liegt dort.«

Der Polizist schaut hinüber zu Mom, die bestätigend nickt. »Courtney Tucker, meine Nichte.«

Der Polizist nickt. »Alles okay bei ihr?«

Ich lasse Mom antworten und bin gespannt, ob sie schon von Courtneys Genesung gehört hat. »Nach allem, was ich gehört habe, kurz bevor Sie gekommen sind, geht es ihr wohl inzwischen viel besser.«

»Das freut mich zu hören«, sagt McKinney. »Deine Cousine kann bezeugen, dass du dort warst?« Ich nicke. »Sonst noch jemand?«

»Aimee.«

»Aimee Avery?«

»Ja. Ich habe sie dort getroffen. Sie war schon bei Courtney im Zimmer.«

»Sonst noch jemand? Hast du mit einer Schwester gesprochen oder mit Ärzten oder vielleicht mit jemandem beim Empfang?«

»Nö. Aber als ich aus dem Fahrstuhl kam, stand da eine Schwester. Was sollen all diese Fragen?«

Der Polizist holt tief Luft und schaut auf seinen dicken Zeigefinger, mit dem er Kreise auf das weiße Tischtuch malt. »Wir haben Chris Paquette heute am Spätnachmittag aus dem Union River gezogen. Er ist tot. Noah Chandler war auch dabei. Er ist inzwischen im Krankenhaus. Unterkühlung und Schock. Er kann noch nicht mit uns sprechen.«

Ich schaue den Polizisten lange an. Sein Blick ist auf seinen Finger gerichtet, aber ich bin mir bewusst, dass er aus dem Augenwinkel heraus meine Reaktion beobachtet. Das ist vollkommen wahnsinnig. »Und Sie denken … was? Dass ich Chris ertränkt habe?«

»Wann hast du das Krankenhaus verlassen?«

»Ich weiß nicht genau. Kurz nach drei vielleicht.«

»Wohin bist du dann gegangen?«

»Ich hab Aimee heimgebracht und bin dann hierher gefahren. Seither war ich oben in meinem Zimmer.«

»Was hast du dort oben gemacht?«

Das geht dich einen verdammten Scheiß an, will ich sagen. Ich öffne den Mund, um es zu sagen, aber ich spüre, wie Mom denkt, dass ich es lieber nicht sagen sollte. »Meditiert«, sage ich.

»Was ist das? So was wie beten?«

»Ja. Wie beten.«

»Nimmst du dazu Drogen ein? LSD? Pot?«

Ach du lieber Gott.

Ich schüttle den Kopf. »Nein.«

»Aimee hat Noah im Fluss gefunden, als er Chris gesucht hat«, berichtet der Polizist. »Dann fand sie die Stelle, wo Chris' Körper unter Wasser hängen geblieben war.«

»Oh nein. Ist sie okay?« Jetzt ist es an mir, ihn anzustarren und Antworten zu verlangen. »Ist mit Aimee alles in Ordnung?«

»Ihr geht es gut.«

»Ich muss sie anrufen. Sie wollte heute Abend rüberkommen. Sie möchte meine Mom kennenlernen.« Ich schaue von dem Polizisten zu Mom und wieder zurück. »Ihr geht es gut? Sie haben sie gesehen?«

»Ich habe sie gesehen. Es geht ihr gut.« Er zögert, dann fragt er: »Alan, ich frage dich jetzt noch ein letztes Mal. Antworte mir ehrlich. Bist du diesen drei Jungs nach der Schule noch einmal begegnet?«

»Nein. War Aimee … Moment. Drei? Sie haben nur die zwei am Fluss erwähnt.«

»Blake Stanley ist verschwunden.« Seine Stimme ist tonlos und stumpf, nicht richtig vorwurfsvoll, aber auch nicht *nicht* vorwurfsvoll.

»Sie glauben doch nicht im Ernst, ich hätte ihnen etwas angetan?« Ich kann es nicht fassen.

Er zuckt die Achseln und seine Züge werden weicher. »Nicht wirklich«, gibt er zu. »Auch ohne die.« Er zeigt mit der Hand auf die gefalteten Quittungen, die im Luftzug flattern. »Aber angesichts der Umstände musste ich das fragen.«

»Gott sei Dank«, sagt Mom. Ihr Schultern sinken nach vorn, als die Spannung von ihr abfällt. Hat sie wirklich gedacht, ich könnte so was tun? Wie konnte sie so was überhaupt denken?

»Ich sollte gehen und sie Ihren Abendessensplänen überlassen«, sagt McKinney. Er greift in die nicht zugeknöpfte Brusttasche seine Hemds und zieht eine blütenweiße Visitenkarte heraus, die er neben die Quittungen auf den Tisch legt. »Wenn dir noch etwas einfällt, ruf mich bitte an. Chris' Mom … sie hat das gar nicht gut aufgenommen.«

»Na klar«, sagt Mom. »Das ginge ja wohl jeder Mutter so. Es tut mir so leid für sie.«

Ich nicke. Mir tut es auch leid. Noch ein Toter im Fluss. Noch ein Zeitungsartikel für die Sammlung der Schulbibliothekarin. Wie viele mehr werden es sein, wenn Aimee und ich scheitern?

»In diesem Fluss sterben viele Menschen«, sage ich. Eigentlich sage ich es mehr zu mir selbst, aber der Polizist und Mom schauen mich eindringlich an.

»Was sagst du da, mein Sohn?«, fragt Mr. McKinney. Ich hasse es, wenn Männer, die nicht mein Vater sind, mich »Sohn« nennen.

»Der Fluss. Es sind schon viele Menschen in dem Fluss gestorben. Die Bibliothekarin in der Schule hat einen Ordner voll mit alten Zeitungsausschnitten zu diesem Thema.«

Mr. McKinney nickt ganz langsam, als hätte ich offenbart, ein dunkles Geheimnis seiner kleinen Stadt zu kennen. Vielleicht ist das auch so. Wie sind schließlich in Maine. Vielleicht gehört der ganze verdammte Staat in eine Horrorstory von Stephen King. »Das ist wohl so«, sagt er. »Aber ich muss langsam los. Wir sind immer noch auf der Suche nach Blake. Bitte ruf an, wenn dir was einfällt. Ich finde allein hinaus.«

Er verlässt uns, und ich warte schweigend darauf, dass Mom rumzetert wegen dem Schulausschluss und weil ich nach der Schule nicht heimgekommen bin. Aber sie tut es nicht.

Stattdessen fragt sie: »Haben wir all dieses Unheil aus Oklahoma mitgebracht?«

»Es war schon hier, Mom. Ich glaube, es ist schon seit langer Zeit hier.«

Sie antwortet nicht, aber sie sieht schrecklich traurig aus. Ich greife über den Tisch und nehme ihre Hand.

»Es tut mir leid, Mom. Dass ich mich geprügelt habe und dass ich nicht heimgegangen bin, wie du es mir gesagt hast.«

Sie nickt nur.

»Du hast mit Tante Lisa gesprochen? Courtney geht es besser?«

»Ja, Sogar ihre Akne ist abgeheilt. Alle Untersuchungen sind negativ. Sie soll morgen entlassen werden, muss aber den Rest der Woche noch zu Hause bleiben. Jemand sollte bei ihr bleiben und auf sie aufpassen. Das wollte eigentlich Lisa machen.«

»Ich kann das übernehmen«, sage ich. »Ich meine, ich bin sowieso daheim.«

»Gute Idee. Bist du hungrig? Kommt deine Freundin noch?«

»Ich hab schon gegessen.« Ich lüge Mom nicht gerne an, aber sie mag es nicht, wenn ich faste. »Ja, Aimee wollte noch kommen. Aber jetzt weiß ich auch nicht. Sie hat angerufen und geschrieben, aber ich hab es nicht gemerkt.«

»Du hattest das Gesinge so laut gestellt.«

»Wahrscheinlich. Kann ich sie anrufen und fragen, ob alles in Ordnung ist und ob sie kommt?«

Mom nickt und ich renne die Treppe hinauf.

Aimee nimmt beim zweiten Klingeln ab. »Alan! Wo warst du? Alles in Ordnung? Mein Gott, was hab ich mir Sorgen gemacht. Chris Paquette ist tot. Ich habe ihn gefunden. Ich habe ihn im Fluss gefunden.«

»Ich weiß, Aim. Ich weiß. Bist du okay?«

»Du weißt es?«

»Die Polizei war gerade da. Die denken, ich könnte es gewesen sein.«

»Im Ernst?« Sie klingt so erschrocken, wie ich es war.

»Ja, aber jetzt ist alles in Ordnung. Glaube ich wenigstens. Der Polizist ist weg. Er meinte, er wäre überzeugt davon, dass ich es nicht getan habe, aber … egal. Du bist okay?«

»Ja, ja. Nur vollkommen fertig. Ich will zu dir.«

»Ich hol dich ab.«

»Okay. Ähmm. Ich bin mir nicht sicher, ob Dad mich gehen lässt. Kommst du trotzdem?«

»Klar. In ein paar Minuten bin ich da. Mom ist nicht ganz so sauer, wie ich befürchtet hatte. Und sie will dich kennenlernen. Zehn Minuten?

»Okay.«

»Aimee …«

»Ja?«

»Der Polizist, der bei uns war … Er hat gesagt, dass Blake vermisst wird.«

Ich bitte Mom nicht ausdrücklich um Erlaubnis, sondern verkünde nur, dass ich Aimee abhole, als ich zur Tür gehe. Sie protestiert nicht, zumindest höre ich nichts, bevor die Tür sich hinter mir schließt. Ich schaffe es in sieben Minuten zu Aimees Haus und steige gerade aus dem Auto aus, als ein weißer Van mit einer Satellitenschüssel auf dem Dach vor dem Haus eine Vollbremsung macht. Eine Frau mit Mikrofon und ein Mann mit einer Videokamera stürzen aus der Schiebetür und stürmen auf mich zu wie tollwütige Linebreaker.

»Wollen Sie zu Aimee Avery?«, ruft die Frau mir zu, während sie noch in absurd hohen Highheels und einem engen beigefarbenen Rock, in dem sie gar nicht richtig rennen kann, über den Rasen stürmt. »Kennen Sie den Jungen, den man aus dem Fluss gezogen hat?«

Ich wende mich von ihnen ab und erhasche dabei einen Blick auf Benji, der durch den Vorhang späht.

Große Männerhände ziehen ihn zurück und der Vorhang fällt herab.

Die Reporterin steht jetzt neben mir und hält mir das Mikrofon unter die Nase wie eine Eistüte, der Kameramann hinter ihr richtet das Objektiv auf mich. Vor einer Woche hatte ich mir genau das gewünscht: der von den Medien umlagerte Footballstar zu sein. Jetzt will ich eigentlich nur das Mikrofon wegschieben und die Kamera zertrümmern.

»Waren Sie ein Freund von Chris Paquette?«, fragt die Frau mit schriller Stimme.

»Lassen Sie mich in Ruhe«, antworte ich. »Und lassen Sie Aimee in Ruhe. Jagen Sie einem Krankenwagen hinterher.« Ich drehe mich um und steure die Veranda an, aber sie hängt sich an meine Fersen.

»Was können Sie mir über Chris erzählen?«

Die Eingangstür öffnet sich einen Spalt und Aimees Hand winkt. Ich sprinte die drei Stufen hinauf, die Tür öffnet sich und ich schlüpfe hinein. Hinter mir schlägt Aimee die Tür zu und wirft sich mir in den Arm.

»Diese Leute gehen einfach nicht weg«, sagt sie gegen meine Brust. »Sie stehen oben an der Straße und warten nur darauf, dass etwas passiert. Tut mir leid. Ich hätte dich warnen sollen.«

»Schon okay.«

»Er hat wirklich lange Haare«, sagt Benji.

»Benji«, rügt sein Vater, aber er grinst. Ich auch.

»Kommst du rüber?«, frage ich Aimee und schaue dann ihren Vater an. »Ist es okay, wenn sie mit zu mir kommt? Meine Mom ist da und würde sie gern kennenlernen.«

»Ich weiß nicht recht«, antwortet er. »Aimee hat heute viel durchgemacht. Ich glaube, ein bisschen Ruhe …«

»Dad? Bitte!« Sie hebt den Kopf von meiner Brust und schaut ihren Vater an. »Mir geht's gut. Ich bleibe nicht lang und Alan bringt mich heim. Oder?«

»Ja, klar.«

»Und was machen wir mit unseren Paparazzi da draußen?«, fragt Gramps.

»Da.« Ich drücke Aimee meine Schlüssel in die Hand. »Du gehst einfach direkt zu meinem Auto, steigst ein und verriegelst die Türen. Ich verstelle ihnen den Weg, während du rennst.«

»Alan«, warnt ihr Vater, »mach keinen Blödsinn. Mach keine Kameras kaputt und schlag auch niemanden nieder oder so.«

»Mach ich nicht.« Ich spähe durch einen Spalt zwischen den Vorhängen hinaus. Die Reporterin und ihr Lakai haben sich in den Van zurückgezogen. Sie sitzen auf den Vordersitzen und unterhalten sich. Er hat seine Kamera nicht in der Hand. »Okay«, sage ich zu Aimee. »Wir haben ein paar Sekunden, um zu meinem Auto zu gelangen, bevor sie aus dem Van rauskommen. Bist du bereit?«

Sie nickt. »Tschüss, Daddy.«

»Alan, pass auf sie auf.« Seine Stimme klingt fast flehentlich, als ob er sie schon verloren hätte.

»Ich beschütze sie mit meinem Leben, Mr. Avery. Ich schwöre es.«

»Wow. Krass«, sagt Benji.

»Lass uns gehen.« Ich öffne die Tür und schiebe Aimee vor mir her, als wäre sie ein Abwehrspieler, der mir nicht schnell genug aus dem Weg geht. Ich bugsiere sie mit der Hand durch die Tür, während meine Augen die Verteidiger beobachten, die mit ihrer Ausrüstung aus dem Van drängeln. »Los, Aim, Bewegung.«

Aimee springt von der Veranda, sackt kurz zusammen, als ihr verletztes Bein unter ihr nachzugeben droht, rappelt sich aber wieder auf und rennt in großen Sätzen zu meinem Auto. Ich setze mein Kampf-Gesicht auf und gehe direkt den Kameramann an. Er bleibt stehen und schaut um seine Kamera herum, als könnte er nicht glauben, was er in seinem Sucher sieht. Er weicht zurück und fällt beinahe über die eigenen Beine. Die Reporterin lässt ihr Mikrofon auf die Hüfte sinken und tritt zur Seite.

Aimee schafft es in mein Auto, also lasse ich die Reporter stehen und springe auf den Fahrersitz. Der Schlüssel steckt bereits. Ich starte und lege den Rückwärtsgang ein, bevor das Nachrichtenteam sich von seinem Schreck erholt hat. Als wir aus der Einfahrt hinausdonnern, hopst Benji, die Faust siegreich in die Luft gereckt, vor Freude herum, während Gramps lachend den Vorhang hochhält.

Alan

21
Aimee

Auf der Fahrt zu ihm reden wir nicht viel, nur darüber, dass uns der Übertragungswagen erstaunlicherweise nicht folgt. Ein großer Klumpen Angst füllt meine Magenhöhle komplett aus und zerrt bei jedem Atemzug an mir. Chris ist tot.

»Ich hab in letzter Zeit ziemlich verrückte Sachen gemacht«, sage ich, als Alan auf die Brücke abbiegt. Da er nichts sagt, rede ich weiter. »Ins Krankenhaus zu gehen, war ursprünglich eigentlich keine verrückte Idee, aber dann irgendwie schon. Man geht durchs Leben und denkt, man kann gefahrlos bestimmte Dinge tun. Spazieren gehen zum Beispiel. Oder Kajak fahren. Oder einfach allein zu Hause sitzen. Aber so ist es nicht. Wenn ich mein Leben als Film anschauen müsste, würde ich dauernd rufen: ›Idiot! Fahr nicht allein Kajak! Geh nicht allein in den Wald!‹« Ich halte inne. »Ich hasse es, wenn ich mich anhöre wie eine Jungfrau in Not.«

»Das bist du auch nicht.« Er klingt so selbstbewusst.

Ich lege meine Faust auf seinen Oberschenkel. »Wirklich nicht?«

»Nein. Eigentlich ist das wahrscheinlich eher Courtney.«

»Und du bist der fahrende Ritter, der sie rettet.«

»Nein«, widerspricht er. »*Wir* sind die fahrenden Ritter, die sie retten.«

»Hoffentlich …«

»Nichts da ›hoffentlich‹. Statt dir Vorwürfe zu machen, dass du dich durch den Besuch im Krankenhaus und das Kajakfahren in Gefahr gebracht hast, solltest du diese Erlebnisse als Mutproben sehen. So würdest du das auch betrachten, wenn mir das passiert wäre. Du würdest sagen, ich wäre mutig. Nie im Leben würdest du denken, ›Ach, Alan ist eine Jungfrau in Not‹.«

»Aber sicher würde ich das«, ziehe ich ihn auf. Doch er hat recht. Warum steht immer die Gefahr im Vordergrund, wenn Frauen sich mutig verhalten? Während ein Typ, der was Gefährliches macht, als mutig gilt?

Das will ich gerade Alan fragen, da meint er: »Du hast einen der beiden Typen gerettet, Aimee. Ja, klar, er ist ein Arsch. Aber du hast ihn gerettet. Und du weißt es.«

»Chris ist tot.«

»Das hättest du nicht verhindern können.«

»Woher willst du das wissen?«

»Ich weiß es.« Er spricht es aus wie eine absolute Wahrheit.

»Ich wünsche, ich wüsste es auch. Echt.« Ich schlucke mühsam. »Ich weiß, du kannst Blake nicht leiden, aber ich mache mir Sorgen um ihn.«

»Ja.« Er biegt in seine Straße ein, die ziemlich holprig ist. Ich schließe die Augen.

Alans Stimme beruhigt mich. »War bestimmt schrecklich da draußen, was?«

Ich öffne die Augen und sehe Courts vertrautes, schnuckeliges Haus.

Alan schaltet den Motor aus und dreht sich zu mir. Er küsst mich sanft auf die Stirn, was man von einem so großen Kerl, so einem Footballtypen, gar nicht erwarten würde. Und ich kann nicht anders, ich hebe den Kopf. Aber er löst seine Lippen nicht von meiner Haut, sondern fährt in einer leichten Berührung zärtlich meine Nase hinunter. Meine Haut fühlt sich an, als würde sie sich seinen Lippen entgegenrecken. Sie will sich an ihn pressen. Dann küsst er mich wie ein Bruder auf die Nasenspitze. Ich will aber nicht, dass er mein Bruder ist.

»Aimee ...« Seine Stimme klingt rau und leise und überhaupt nicht brüderlich.

Ich nehme sein Gesicht in meine Hände und bringe es in den richtigen Winkel, denn ich kann einfach nicht mehr warten, und er tut bestimmt nicht den ersten Schritt. Meine Lippen berühren seine Lippen. Mein Atem trifft auf seinen Atem. Dann umschlingen wir uns. Seine Hände klammern sich in den Stoff meiner Jacke und meine Hände kleben an seinem Gesicht, halten ihn fest, denn ich habe schreckliche Angst, ihn loszulassen, ihn zu verlieren.

Durch das Autofenster kommt noch so viel Licht, dass ich die feinen Linien um seine Augen herum sehe, dort, wo seine Augenbrauen enden. Als er die Augen öffnet, muss ich lächeln, überrascht und glücklich lachen, weil sie so braun sind.

»Ich habe dich geküsst«, sage ich und löse mich von ihm, aber nicht ganz. Meine Hände fallen mir in den Schoß.

»Jep.«

Ich boxe ihn in den Arm. »Mehr hast du dazu nicht zu sagen? ›Jep‹?«

»Jep. Jep?«, zieht er mich auf. Dann springt er aus dem Auto. Ich schaffe es, über den Sitz zu rutschen, meine Tür aufzureißen und hinauszuspringen, bevor er die Tür für mich öffnen kann. Beim Landen spüre ich mein Bein ein bisschen. Trotzdem freue ich mich diebisch.

»Ha!« Ich zeige mit dem Finger auf ihn.

Er fasst sich in gespieltem Schmerz ans Herz. »Wie soll mein männliches Macho-Ego das überleben?«

»Halt die Klappe.« Ich stoße ihn mit der Hüfte an. Er legt mir einen Arm um die Schulter, und wir steuern auf das Haus zu, aber dann bleibe ich in letzter Sekunde stehen. »Ich hab Angst.«

»Vor dem Haus? Da ist alles in Ordnung. Ich habe es ausgeräuchert. Und außerdem bin ich bei dir.«

»Nein«, erkläre ich. »Nicht vor dem Haus. Vor deiner Mom.«

Er lässt mich los. »Vor meiner Mom?«

Ich nicke heftig.

»Wenn du das machst, siehst du aus wie ein kleines Kind«, sagt er.

Ich zucke mit den Achseln.

»Und jetzt zuckst du auch noch mit den Achseln?« Er fängt an zu lachen.

»Das ist überhaupt nicht witzig.«

»Nein? Dann sag ich dir, was witzig ist: dass du dich vor meiner Mom fürchtest.« Und er lächelt wieder sein gigantisch breites Lächeln.

»So wie du dich nicht vor meinem Dad gefürchtet hast?« Ich greife nach dem Türknopf und will ihn drehen, aber da springt die Tür auf und Alans Mom (ich denke mal, sie ist es) strahlt mich an.

»Also«, sagt sie und ich entdecke eine große Müdigkeit in ihren Augen, »du bist bestimmt Aimee. Du siehst ja nett aus. Und die vielen roten Haare.«

Sie zieht mich nach drinnen, aber gibt mir keine Sekunde die Chance, etwas zu sagen. Stattdessen redet sie unaufhörlich. Ich fange Sätze auf wie: »Was bin ich froh, dass Alan jemanden gefunden hat.« »Courtney erzählt so viel Gutes über dich.« Und: »Ich habe gehört, dass du eine sehr gute Schülerin bist. Hoffentlich färbt das auf…«

Sie plappert sich fast in Trance, bis Alan schließlich zu ihr geht und ihr behutsam die Hand auf den Mund legt. »Hol mal Luft, Mom.«

Sie packt ihn am Handgelenk und zieht seine Hand weg. »Mit deiner Hand auf dem Gesicht kann ich gar nicht Luft holen.« Sie zupft an ihrem T-Shirt und streicht sich dann über die Haare. Ein paar Sägespäne fallen wie übergroße Schuppen auf den Boden. »Ich quassle wie ein Wasserfall, was?«

»Ich mach das auch immer, wenn ich nervös bin.« Ich zucke zusammen. »Äh, damit wollte ich nicht sagen, dass Sie nervös sind.«

»Sie sucht nach Entschuldigungen für mich. Wie nett von ihr.« Ms. Parson beugt sich nach unten und klaubt ein paar Holzstückchen vom Teppich. Ich gehe in die Hocke und helfe ihr. Es ist schon erstaunlich, wenn man sich vorstellt, dass diese kleinen beigefarbenen Späne auf dem roten Teppich mal ein lebendiger Baum waren. Der arme Baum. »Sie ist wirklich nett. Du musst mir nicht helfen, Aimee.«

»Ja, ja. Sie ist in der Tat nett.« Alan schüttelt den Kopf, als wäre ihm das alles sehr peinlich.

»Schön, Sie kennenzulernen, Ms. Parson.« Ich strecke ihr die Hand hin, obwohl ich immer noch in der Hocke bin.

Sie ergreift sie.

»Das ist die Arbeit in der Fabrik«, sagt sie entschuldigend und steht auf. »Ich bekommen Blasen. Meine Hände sind noch nicht abgehärtet.«

Ich stehe auch auf. »Entschuldigung, hoffentlich hab ich nicht zu fest zugedrückt.«

»Überhaupt nicht«, sagt sie, während Alan ihre Hände umdreht und betrachtet. An den Polstern am unteren Ende der Finger, wo die Handfläche beginnt, sind frische Blasen, aber während wir die Hände betrachten, verblasst die Röte zusehends. Ich habe sie geheilt.

Sie legt den Kopf schief wie ein kleiner Hund.

»Merkwürdig.« Ihre Stimme wird ganz ernst und leise. »Du bist ein gutes Mädchen, Aimee. Du wirst lieb zu ihm sein, ja?«

»Ja, das werde ich«, sage ich. »Ich versprech's.«

Sie lässt die Hand fallen und der besondere Augenblick ist vorbei. »Ihr beide geht jetzt am besten und unterhaltet euch. Solange keine Polizeiwagen oder Rektoren auftauchen, geht's mir gut. Was für ein Tag.«

Alan umarmt sie. »Du bist schon in Ordnung, Mom.«

»Ja, genau ...« Sie lacht.

Alan geht die Treppe hoch voraus. »Mein Zimmer ist hier oben.«

»Neben Courts, richtig?«

»Ja, klar, ich hab ganz vergessen, dass du schon mal hier warst.«

»Nur ungefähr eine Million Mal.«

»Lasst die Tür offen!«, ruft Ms. Parson die Treppe herauf.

»Mom!« Alan wird dunkelrot. Er schließt die Augen und atmet tief ein. »Tut mir leid …«

Er weist mit der Hand zu dem Gästezimmer, in dem Courts Mom früher ihre Patchworkarbeiten gemacht hat. Er riecht zugleich würzig und süß. Ich schnuppere: »Salbei.«

Alan zeigt mit einer Kopfbewegung auf ein Kräuterbündel beim Bücherregal. »Ich hab was verbrannt.«

Ich trete ein bisschen weiter in das Zimmer hinein. Es sieht schon sehr nach Junge aus. Die Bands auf den Postern sagen mir rein gar nichts und in einer Ecke liegen Klamotten einfach auf einem Haufen. Es gibt ein Bett, eine Stereoanlage auf einem Regalbrett über dem Bett, ein Bett, einen Teppich vor dem Bett, ein Bett …

Ich wende den Blick von dem Bett ab.

Allerdings kann man sich sonst nirgends hinsetzen, nur auf den Boden.

Er lässt sich auf das Bett fallen. An seinem Ohr klebt irgendwas Schwarzes. »Komm, Rotschopf. Alles okay. Ich beiße nicht.«

»Es ist nur …« Ich setze mich neben ihn, wahrscheinlich ganz steif und irritierend nervig. »Es ist nur … Zurzeit ist eine Menge los und heute war … ich hatte das

Gefühl, ich konnte nichts tun, nicht genügend, verstehst du?«

»Ja, ich verstehe.«

Einen Augenblick lang schweigen wir. Dann sage ich: »Ich hab keine Lust mehr, mir dauernd Sorgen zu machen.«

Er nimmt meine Hand. »Ich auch. Es wäre schön, wenn wir uns einfach lieben könnten … statt …«

»Statt als Krieger um Courtneys Seele zu kämpfen? Statt ein Paar zu sein, dessen Liebe unter einem schlechten Stern steht und das von der Schule fliegt? Statt von Blakes Bande verprügelt, von der Polizei befragt und von Reportern gejagt zu werden?«

»Bei dir klingt das alles so glamourös.« Er pikt mich mit dem Finger in die Seite. »Entspann dich, Rotschopf. Wir kümmern uns darum.«

»Du klingst nur so zuversichtlich, weil du denkst, ich erwarte das von dir.« Ich hole Luft und schaue ihn an. »Du brauchst nicht zuversichtlich klingen. Es ist vollkommen in Ordnung, ein Mensch zu sein und Angst zu haben.«

Er schiebt mir die Haare aus der Stirn und hält sie mit seiner großen Hand fest. »So wie du Angst hattest, als du heute auf dem Fluss warst?«

Ich nicke.

»Erzähl mir, was passiert ist.«

Ich bin fast am Ende meiner Geschichte, als mein Handy klingelt. Obwohl ich den Klingelton erkenne, checke ich den Namen auf dem Display. »Mein Dad.« Ich klappte das Handy auf. »Hi, Dad!«

»Hallo, Liebes.« Er klingt abwesend, dabei hat er doch mich angerufen. »Wie sieht's aus bei euch?«

»Alles in Ordnung. Ich habe Alans Mom kennengelernt. Sie ist nett.« Alan zeigt mir mit verschmitztem Grinsen den hochgereckten Daumen. Ich ihm auch. Er rutscht näher und setzt sich hinter mich, dann legt er die Arme um meine Taille und ich lehne mich an ihn.

»Was macht ihr?«, will mein Dad wissen.

»Nur rumhängen.« Ich räuspere mich.

»Hmmmm. Gut, gut.« Er hört sich an, wie er sich immer anhört, wenn ich ihn bei der Arbeit anrufe und er während des Telefonats nebenher interne Memos oder Mails liest. »Hör zu, Liebes – inzwischen sind noch mehr Reporter gekommen.«

»Noch mehr? Warum?«

»Keine Ahnung. Wahrscheinlich ist sonst nicht viel passiert. Und dass ich dein Vater bin, macht die Sache auch nicht besser: *Tochter von Klinikchef rettet Jungen, der am selben Tag ihren Freund verprügelt hat.*«

Ich hole Luft. »Oh. Du weißt es?«

»Die ganze Stadt weiß es, Aimee.«

»Sie haben sich auf ihn gestürzt, Dad. Er ist kein

Schläger, echt nicht.« Als ich das sage, versteifen sich die Muskeln an Alans Armen ein bisschen.

»Blake wird vermisst.«

»Ich hab's gehört.« Ich kann die Worte kaum aussprechen.

»Ich möchte nur … Kannst du heute Nacht dort schlafen? Vielleicht in Courtneys Zimmer?«

»Ich soll hier übernachten?« Mein Magen schlingert hin und her. »Und wenn was passiert und ich bin nicht da?«

»Aimee, hier passiert nichts. Ich hab alles im Griff. Ich krieg dich bloß nicht zurück ins Haus, ohne dass diese Reporter Fotos von dir machen. Es sind jetzt einfach zu viele. Nicht mal mit Alans Football-Manövern lässt sich da was ausrichten.«

»Gut.«

»Gut?«, fragt er neckend.

Mein Blick begegnet Alans Blick. »Ich frage, ob ich bleiben kann.«

Die Frauen im Haus wuseln geschäftig umher.

»Wir legen dich in Courts Zimmer«, sagt Courts Mom. »Sie bleib noch eine Nacht im Krankenhaus und hat bestimmt nichts dagegen, dass du in ihrem Bett schläfst.«

»Ja, klar … ist nur komisch, ohne sie in ihrem Bett zu schlafen.« Alan schaut mich merkwürdig an. »Wenn wir übernachten, schlafen wir immer in einem Bett. Courtney tritt mich dann immer.«

»Und beklagt sich, dass Aimee die Bettdecke ganz für sich in Beschlag nimmt«, erklärt Mrs. Tucker lächelnd. Sie gibt mir einen Teddybär-Pyjama von Court, der mir aber viel zu klein sein wird.

»Was ich gar nicht mache«, betone ich. »Alan, grins nicht so.«

»Ich grinse nicht«, sagt er und weicht zurück.

Ich halte mir den Schlafanzug vors Gesicht und schnuppere den Duft des Weichspülers. »Kam in den Nachrichten was über Blake? Wird er immer noch vermisst?«

»Kein Wort.« Courts Mom lehnt direkt neben dem Miley-Cyrus-Poster an der Wand. Das Poster hat Court aufgehängt, allerdings nicht, weil sie ein Fan ist, sondern eher, um die Sängerin zu verhöhnen. Als ich mal übernachtet habe, haben wir Miley mit pinkfarbenem Nagellack Reißzähne ins Gesicht gemalt. Mrs. Tucker tippt auf das Poster. »Weißt du noch, wann ihr das gemacht habt?«

»Wir hatten einen gewaltigen Hass auf Miley«, erkläre ich. »Wir waren dreizehn oder so.«

In diesem Augenblick stürzt alles auf mich herein. Nie wieder werden wir dreizehn Jahre alt und einfach glücklich sein. Niemals wieder werden wir einfach so vor uns hin leben und keine Ahnung haben von Besessenheit und dem Bösen. Chris Paquette wird für immer tot sein. Mr. Tucker wird für immer tot sein und Blake … keine Ahnung, ob auch er tot ist.

Ich versuche, die Sorgen und die Angst in meinem Magen zu verstauen, damit ich stark erscheinen kann. Dann schicke ich alle aus dem Zimmer, damit sie nicht denken, ich wäre schwach. Um Alans Augen herum erscheinen wieder diese Sorgenfalten, aber ich gebe ihm nur einen flüchtigen Kuss auf die Wange.

»Gute Nacht«, flüstere ich, dann schließe ich die Tür hinter ihm.

Erst als ich allein in Courts Zimmer bin, presse ich die Finger auf die Augen und lasse die Trauer zu.

Keine Ahnung, wie wir das schaffen sollen.

Aimee

22
Alan

Ich kann nicht schlafen. Ich kann nicht mal so tun, als würde ich schlafen, denn ich bin furchtbar nervös. Was für ein übernatürlicher Wahnsinn passiert heute Nacht? Aber das ist natürlich nur ein Grund für meine Nervosität, und eigentlich ein recht unbedeutender. Aimee ist da, direkt auf der anderen Seite des Flurs, im Bett meiner Cousine. Und sie trägt diesen süßen Teddybär-Pyjama.

Ich sollte nicht daran denken, aber nur so gelingt es mir, meinen Kopf von meinem Magen abzulenken. Vor zwölf Stunden habe ich das letzte Mal was gegessen und das waren nur ein paar Bissen beim Lunch in der Schule. Und davor hatte ich nur einen Donut. Es ist jetzt fast dreißig Stunden her, dass ich was Richtiges gegessen habe. Mein Magen bestätigt das durch ein lautes Knurren.

Ich kann an nichts anderes denken als an Hunger und Aimee, die gleich gegenüber im Bett liegt.

Schläft sie schon? Oder liegt sie wach und denkt an mich? Was denkt sie? Überlegt sie, ob sie in mein Zimmer schleichen soll, so wie ich überlege, ob ich in ihr Zimmer schleichen soll? *In Courtneys Zimmer,* korrigiere ich mich. Und wenn ich jetzt gehen würde?

Ich spüre fast ihre Haare an meinen Händen, rieche sie an meiner Wange. Ihre Augen. In diese Augen schauen, während …

Ich schlage die Decke zurück. Die Luft im Zimmer ist kalt. Zu kalt, sogar für den Spätherbst in Maine. Ich bekomme am ganzen Körper Gänsehaut. Ich schnappe mir vom Fußende des Betts eine alte graue Sweathose, streife ein Sooners-Shirt über und knipse die Leselampe an.

»Großer Geist, beschütze dieses Haus. Beschütze Courtneys Familie. Erlöse uns von diesem bösen Geist. Schicke ihn dorthin, von wo er gekommen ist.« Diese Sätze wiederhole ich immer wieder, während ich die Salbei-Räucherkerze entzünde. Der Geruch verbreitet sich nicht schnell genug, deshalb greife ich nach einem der Salbei-Bündel.

Es fliegt von mir weg und prallt gegen die Wand. Die Schnur reißt und die einzelnen Stängel verteilen sich im ganzen Zimmer.

Ich spüre ihn.

Der Schatten steht in der Ecke neben meinem Schrank. Er ist riesengroß, kalt und böse. Und er wartet auf der anderen Seite des Zimmers auf mich. Die Kälte, die von ihm ausgeht, rollt in Wellen auf mich zu wie die Strömung eines eisigen Flusses. Sein Kopf stößt fast an die Zimmerdecke. Warum ist er so stark? Er holt alle seine Energie aus meiner Cousine und dafür hasse ich ihn.

Wieder trifft mich eine eisige Woge. Ich taumle nach hinten und strecke die Arme aus, um mich zu stabilisieren, dabei stoße ich fast die Räucherkerze um. Der Schatten macht einen Schritt auf mich zu, und auf einmal habe ich Angst. Vielleicht schaffe ich das nicht. Vielleicht kann ich gar nicht gewinnen. Der Schrei einer wütenden Katze zerreißt die Nacht. Er kommt nicht aus meinem Kopf, aber auch nicht von außerhalb des Zimmers. Einen kurzen Augenblick lang sehe ich Onawa: Hell leuchtend und wunderschön steht sie mit zornig gebleckten Zähnen zwischen mir und dem Flussmann.

Der schwarze Schatten kreischt und verschwindet mit einem lauten Knall. Danach riecht es im Zimmer nach Schwefel und Verwesung. Onawa dreht sich um und schaut mich mit starrer Miene an. Ihre Augen warnen mich.

Und in diesem Augenblick wird mir klar, dass ich hier nur eine Marionette bin in einem Kampf, der viel größer ist als ich und Aimee und Courtney.

Aber da ist sie schon weg und meine Zimmertür fliegt auf. Aimee ist als Erste da, Mom und Tante Lisa sind ihr direkt auf den Fersen. Aimee rennt mit ausgebreiteten Armen auf mich zu und prallt mit voller Wucht gegen mich. Ich bin von dem gerade Erlebten so fertig, dass ihre Angst mich taumeln lässt. Die Arme um sie geschlungen falle ich rückwärts aufs Bett.

»Alan!«, schluchzt Aimee.

»Alan, was in Gottes Namen ist hier los?«, will Mom wissen.

»Was war das, Alan?« Tante Lisas Gesicht ist ganz verzerrt vor Sorge.

Es dauert eine Minute, bis ich flüstern kann: »Alles in Ordnung. Mir geht's gut.«

Aimee lässt mich nicht aufstehen. Sie rührt sich einfach nicht von der Stelle. Ich schaue die beiden Frauen an, deren Blick auf mich gerichtet ist.

»Was ist das für ein Geruch?«, fragt Tante Lisa.

»Räucherkerzen«, sage ich mit Blick auf den glühenden Kegel.

»Nein, nicht das.« Sie schnüffelt wieder und zieht die Nase kraus. »Es riecht wie ein verdorbenes Steak oder so.«

»Keine Ahnung«, lüge ich.

»Und was war das für ein Lärm, Alan?«, fragt Mom. »Hat sich angehört wie ein Löwe.«

»Das war ich.« Ich hasse es zu lügen. Schlimmer noch, ich hasse Lügen, die lahm klingen. »Ich hab geträumt und …« Ich versuche verlegen auszusehen, bevor ich den Satz beende. »Und vielleicht hab ich geschrien, als ich aufgewacht bin. Tut mir leid.«

»Du warst das?«, fragt Tante Lisa und schlingt die Arme um ihren Oberkörper. Mom guckt genauso argwöhnisch wie sie.

»Ja. Tut mir leid. Ich hab mich wahrscheinlich angehört wie ein kleines Mädchen, was?«

»Nein, Alan, er klang eher wie ein ausgewachsener Berglöwe«, sagt Mom.

»Also das bestimmt nicht. Ich meine, ich halte ja keinen Berglöwen in meinem Zimmer. Ehrenwort. Schaut ruhig unters Bett.«

Warum hält Aimee mich immer noch fest, als würde ich mich gleich in Luft auflösen?

»Sei kein Klugscheißer, Alan«, ermahnt Mom mich.

»Komm schon, Holly«, mischt sich Tante Lisa ein. »Er hat schlecht geträumt und geschrien. Ich schätze, das ist unserem großen Footballstar peinlich genug. Geh'n wir wieder ins Bett.«

Ihrer Miene nach willigt Mom ein, aber als sie dann von mir zu Aimee schaut, die sich wie ein Wintermantel um mich geschlungen hat, findet sie einen neuen Grund, misstrauisch zu sein. Sie will etwas sagen, aber Tante Lisa hält sie noch einmal zurück. »Alles in Ordnung mit ihnen. Aimee ist ein braves Mädchen und Alan ein braver Junge. Vertrau ihnen.«

»Sie liegen in einem Bett«, wendet Mom ein.

»Alan«, fragt Tante Lisa, »du benimmst dich! Versprichst du das deiner Mutter?«

»Ja. Es wird ohnehin eine Weile dauern, bis ich wieder schlafen kann.«

»Sie sorgt sich nicht wegen des Schlafens.«

Mein Gesicht glüht hellrot und das bringt beide Frauen zum Lächeln. »Ich versprech's«, sage ich. Schließlich verlassen sie uns, aber meine Mom lässt die Tür einen Spalt offen. Und ihre Tür lässt sie bestimmt sperrangelweit offen, damit sie hört, wenn ich meine Tür schließe.

»Ich habe solche Angst, Alan«, flüstert Aimee. »Ich habe auch geträumt. Der Flussmann hatte dich. Er war hier und er hat dich am Handgelenk gepackt wie Chris und dann hat er dich immer weiter nach unten gezogen zu einem dunklen Ort und du konntest dich nicht befreien.«

Sie schluchzt wieder und ich ziehe sie enger an mich. Soll ich ihr erzählen, was wirklich passiert ist? Nicht jetzt. Sie muss es jetzt nicht wissen. Sie ist aufgewühlt genug. Mein Magen knurrt. Am Morgen kommt Courtney nach Hause. Dann werden Tante Lisa und Mom anderthalb Schichten arbeiten.

»Alles wird gut«, flüstere ich Aimee zu und drücke mein Gesicht in ihre wunderschönen roten Haare. »Ich liebe dich.« Die Worte kommen einfach so aus meinem Mund. Jetzt, wo ich sie auf mir spüre, sie rieche und die Kraft ihrer Arme um mich herum fühle … ich muss es einfach sagen.

»Es liegt daran, dass wir vielleicht sterben. Du sagst das, weil einer von uns sterben könnte.« Ihre Stimme zittert, aber ich kann das Gefühl, das sie so zittern lässt, nicht einordnen, und ich habe keine Ahnung, wie viel von dem, was sie sagt, auch stimmt. Es ist schon verrückt, jemanden in so kurzer Zeit so gern zu haben. Ich kann mir nicht mehr vorstellen, dass sie nicht hier ist oder dass ich nicht mit ihr zusammen bin. Und für so was gibt es doch nur das Wort Liebe, oder? Ich möchte nicht, dass ihr etwas passiert. Ich möchte, dass sie bei mir ist. Ich möchte bei ihr sein. Es klingt nach einem blöden Country-Song, aber es ist wirklich so, dass die Sonne aufgeht, wenn ich mit ihr zusammen bin, auch wenn sonst alles total Scheiße ist. Das muss Liebe sein.

»Nicht nur das«, sage ich. »Nicht nur, weil wir vielleicht sterben.«

»Aber auch.«

»Vielleicht. Aber es gibt kein anderes Wort, das auch nur annährend beschreibt, was für ein Gefühl du in mir auslöst, Rotschopf. Kein einziges.«

Endlich schaut sie auf, ihre großen, grünen Augen schimmern feucht, aber sie leuchten auch vor Glück.

»Wirklich?«, fragt sie.

»Ja, wirklich«, verspreche ich. »Ich habe noch nie zuvor solche Gefühle gehabt.«

»Ich auch nicht.« Einen Augenblick sieht sie aus, als

wäre es ihr peinlich. Dann zittert sie. »Mann, ist mir kalt.«

Obwohl die Tür einen Spalt offen ist, kriechen wir zusammen unter die warme Decke. Sie schmiegt sich an mich, legt eine Hand auf meine Brust und ihr Bein über meines. Nicht zu fassen, aber ich habe ihr gesagt, dass ich sie liebe. Ich habe es wirklich ausgesprochen. Aber es war zu früh, viel zu früh. Ich hab es total vermasselt.

Sie räuspert sich. Ich warte darauf, dass sie mir sagt, wie verrückt ich bin.

»Ich liebe dich auch«, sagt sie langsam und nachdenklich. »Keiner darf sterben. Keiner von uns darf sterben.«

Dann herrscht langes Schweigen, und ich denke schon, sie wäre eingeschlafen, da sagt sie: »Du hast nicht geträumt, oder? Er war hier. Und Onawa war auch hier.«

Sie schaut zu mir auf. Sie ist so kurz davor einzuschlafen, dass ich fast meinen könnte, sie hätte im Schlaf gesprochen, aber ich weiß es besser. Ich küsse sie auf den Mund. Ihre Lippen sind so warm und sie riecht so intensiv nach Frau. Ich lasse den Kopf zurück aufs Kissen fallen.

»Ja«, gebe ich zu. »Aber jetzt ist alles in Ordnung. Schlaf jetzt, Rotschopf. Wir haben einen wichtigen Tag vor uns.«

Als ich am nächsten Morgen die Augen öffne, höre ich Mom und Tante Lisa im Flur vor meinem Zimmer über uns reden.

»Du siehst doch, wie sie da zusammen im Bett liegen«, sagt meine Mutter anklagend.

»Das muss nicht heißen, dass sie es getan haben«, widerspricht Tante Lisa. »Und wenn, kannst du es ihnen verdenken? Sie sind siebzehn.«

»Das ist zu jung.«

»Holly, vielleicht haben sie, vielleicht auch nicht. Ich glaube es zwar nicht, aber egal, er ist dein Sohn und Aimee ist eines der nettesten Mädchen, die du jemals kennenlernen wirst.«

»Deine Mom ist jetzt nicht mehr gut auf mich zu sprechen«, flüstert Aimee.

»Nein, keine Bange.« Ich wünschte, sie wäre nicht aufgewacht. »Sie denkt daran, was für ein Leben sie geführt hat, bevor sie meinen Dad kennengelernt hat.«

Mom sagt jetzt: »Trotzdem, hier in diesem Haus und mit uns auf demselben Stock. Ich kann es nicht fassen …«

»Mom!«, rufe ich. »Wir hatten *keinen Sex*. Uns war nur kalt und dann sind wir eingeschlafen. Bitte reg dich ab. Aimee ist noch so unberührt wie gestern, als sie durch unsere Eingangstür gekommen ist.«

Tante Lisa lacht. Mom sagt nichts.

Aimee flüstert: »Leider«, und lächelt mich an. Fast bringt sie mich damit zum Lachen.

Mom stößt die Tür auf und beäugt uns kritisch: »Zu meiner Zeit haben Jungen und Mädchen nur so zusammen geschlafen, wenn sie vorher Sex hatten.«

»Das war in der Steinzeit, Mom. Oder in den Achtzigerjahren oder so. Die Jugendlichen von heute sind keine Tiere. Wir haben uns unter Kontrolle.«

Sie versucht, ihre strenge Miene aufzusetzen, presst ganz fest die Lippen aufeinander und zieht die Augenbauen zusammen, dass sich zwischen den Augen eine Linie bildet, aber es gelingt ihr nicht recht, und sie lächelt ein bisschen.

Tante Lisa wischt sich die Tränen vom Gesicht. »Komm, Holly. Sonst kommst du zu spät zur Arbeit.«

»Ihr zwei …«, sagt Mom und schaut Aimee und mich an, während Aimee aus dem Bett krabbeln will.

»Mom, ich hab versprochen, mich zu benehmen. Es war gar nicht so leicht. Sie war hin und weg von diesem Navajo-Astralleib. Ich musste sie dauernd auf mein Versprechen hinweisen, mich nicht vergewaltigen zu lassen. Schließlich ist sie erschöpft eingeschlafen.«

»Du bist ein schrecklicher Lügner«, sagt Aimee, aber sie zwinkert mir mit dem Auge zu, das Mom aus ihrem Blickwinkel nicht sieht.

»Alan, ich bring deine Mutter zur Arbeit und hole dann Courtney ab. Sie hat wohl die Nacht ohne Zwischenfall durchgeschlafen, also darf sie nach Hause, aber wir müssen sie noch beobachten. Hilfst du uns dabei? Vielleicht kann Aimee auch noch ein bisschen bleiben?«

»Klar, Mrs. Tucker«, sagt Aimee. »Ich bleibe. Dad hat gesagt, ich kann heute zu Hause bleiben wegen …« Ihr Gesicht wird auf einmal ganz ernst, als sie sich an den Jungen im Fluss erinnert.

»Okay, danke«, sagt Tante Lisa. »Ich bring Court nach Hause, dann muss ich auch arbeiten gehen. Soll ich euch allen was zu essen mitbringen? Courtey hat mir schon geschrieben, dass sie einen Cheeseburger möchte.«

»Ich esse einfach ein bisschen Obst«, sagt Aimee. »Orangen sind noch da, oder?«

»Ja, klar«, sagt Tante Lisa. »Wir haben immer Obst für dich da, Aimee.«

»Ich esse auch Obst«, sage ich. Mein Magen knurrt wieder und ich stelle mir vor, wie wunderbar es wäre, in eine saftige Orange zu beißen. Oder eine Banane. Ja. Eine Banane. Aber nicht jetzt.

»Sorg dafür, dass er was isst, Aimee«, sagt Mom. »Wahrscheinlich hat er schon gestern Abend nichts gegessen.« Sie schaut mich streng an, aber ich antworte nicht. Woher wissen Mütter so was immer?

»Mach ich, Ms. Parson«, antwortet Aimee.

»Und ... ihr benehmt euch, ihr beide«, sagt Mom. Sie zieht noch einmal besorgt die Augenbrauen hoch und geht.

Wir sitzen am Küchentisch und Aimee versucht, mit der Hand eine Orange zu schälen. Kleine Schalenfetzen von der Größe einer Zehn-Cent-Münze lösen sich. Ich lege meine Hände über ihre Hand mit der Orange und hebe sie an, sodass ich ihre Finger küssen kann, während ich neben ihr stehe. Der Duft der Orange ist überwältigend.

Ich. Bin. So. Hungrig.

Dann nehme ich ihr die Orange aus der Hand und gehe zur Küchentheke. Dort ziehe ich ein Messer aus dem Block, lasse es automatisch ein paar Mal kreiseln und schneide die Orange in vier Teile, sodass ich das Fruchtfleisch leicht von der Schale abziehen kann.

»Messer kreiseln lassen kann er auch noch«, bemerkt sie. »Nicht auszudenken, was deine Hände alles anstellen können.«

Ich lege die Orangenviertel in eine kleine Schale und stelle sie vor ihr auf den Tisch. »Nö.«

Dann setze ich mich neben sie und nehme einen Schluck aus meinem Wasserglas. Sie beißt in die Orangenstücke und saugt wie ein Vampir den Saft heraus, bevor sie das Fruchtfleisch isst. Ich muss lächeln, und sie wird ganz rot, aber macht dennoch weiter damit.

»Was steht als Nächstes an?«, fragt sie.

»Die Schwitzhütte. Du musst hier bei Courtney bleiben. Ich bau sie allein auf.«

»Im Wald? Allein?« Ihr Gesicht sieht ganz zerknittert aus vor lauter Sorge.

»Ja. Das geht schon klar.«

»Das hab ich gestern auch gedacht.«

Sie hat nicht ganz unrecht. Ich stehe auf und schaue durchs Küchenfenster über den Garten in den dahinter liegenden Wald. Auf der anderen Seite des Hangs ist der Fluss. »Ich könnte sie auch einfach dort hinter dem Hügel bauen.«

»Und wenn du sie einfach im Garten aufstellst? Wir haben einen Sichtschutzzaun«, schlägt sie vor. »Ich möchte nicht, dass du in den Wald gehst.«

»Ich muss trotzdem in den Wald und ein paar Äste holen, für den Rahmen«, erkläre ich. »Oder hast du dafür auch eine Lösung.«

»Ich fürchte nein.«

»Also gut. Dann machen wir das. Ich habe eine Säge gekauft. Ich säge ein paar junge Bäume um und bring sie in den Garten.«

Sie stellt sich hinter mich und legt mir die Arme um die Taille. »Ist das nicht zu gefährlich? Soll ich dich nicht lieber begleiten?«

»Mir wird schon nichts passieren«, antworte ich. »Ehrenwort. Einer von uns muss zu Hause bleiben und Courtney in Empfang nehmen. Wenn Mom und Tante Lisa uns nicht im Haus finden, entdecken sie, was wir im Garten machen, und dann können wir unseren Plan vergessen. Ruf mich, sobald du sie siehst, okay?«

Ich bin echt überrascht, dass ich die jungen Bäume ohne Zwischenfall fällen kann. Sammelt der Flussmann seine Kräfte? Weiß er, dass wir im Begriff sind zu kämpfen? Weiß er, dass Courtney auf dem Heimweg ist? Über all das denke ich nach, während ich ungefähr ein Dutzend kleiner, biegsamer Bäume fälle und sie zum Zaun ziehe, von wo aus ich sie dann in den Garten wuchte.

Ich ertaste gerade die Stämme, als ich Tante Lisas SUV vorfahren höre. Rasch laufe ich ins Haus, um mit Aimee zusammen Courtney zu begrüßen. Tante Lisa übergibt sie uns, während sie sie immer wieder umarmt, dann umarmt sie uns und Court noch einmal, bevor sie sich wieder ins Auto setzt und zur Arbeit fährt.

»Ihr könnte euch nicht vorstellen, wie erhitzt die Gemüter in der Fabrik sind«, sagt sie durch das geöffnete Autofenster, bevor sie zurückstößt. »Überall wird nur gestritten. Ich hab schon gar keine Lust mehr hinzugehen.«

Aber sie fährt trotzdem. Kaum ist sie weg, erklären Aimee und ich Courtney rasch den Plan. »Deine Mutter ist ja jetzt den ganzen Tag weg. Dann kann ich mir Feuerholz holen und im Garten ein kleines Feuer machen, um die Steine zu erhitzen.«

Aimee nickt geschäftig.

»Wir müssen Courts Zimmer ausräumen. Alles muss raus, nur das Bett kann bleiben.«

»Warum?« Courtney sieht skeptisch aus.

»Dieser Typ hat uns zweimal mit einem Tornado angegriffen. Die herumfliegenden Trümmerteile sind gefährlich. Gestern hat er den Salbei quer durchs Zimmer geschmissen, vorher einen Bilderrahmen – in dem Zimmer sollte nichts mehr sein, das er werfen kann.«

Aimee stellt sich auf die Zehenspitzen und gibt mir einen raschen Kuss, dann nimmt sie Courtney an der Hand. »Komm«, sagt sie und zieht sie zur Treppe.

Wegen des Feuers bin ich echt nervös. Ich schaufle hinter dem Schuppen in Tante Lisas Garten eine flache Grube und schichte den Aushub rundherum auf. Dann packe ich eine Ladung Feuerholz auf die zusammengeknüllten Zeitungen, die ich zum Anfeuern in die Grube gelegt habe. Das Feuer lässt sich recht einfach entzünden und fühlt sich gut an in der kalten Morgenluft. Es raucht nicht stark, und der immer wieder plötzlich aufbrisende Wind treibt die Rauchschwaden auseinander, bevor sie die Nachbarn alarmieren.

Anderthalb Meter vom Feuer entfernt grabe ich eine zweite Grube und schichte ebenfalls ringsum den Aushub auf. Dann spitze ich die entasteten Baumstämme an und ramme sie im Kreis um die neue Feuerstelle in den Boden. Ich biege sie nach innen und binde sie mit der Schnur zusammen, die ich im Handwerkermarkt Barn gekauft habe. Nachdem ich mir den Schweiß vom Gesicht gewischt habe, lege ich mit einer kurzstieligen Schaufel die Granitsteine in die Asche der Feuerstelle.

Um das Feuer in Gang zu halten, schichte ich noch einmal Holz auf, und mache mich dann wieder an mein Gerüst: Stämme in den Boden stecken, nach innen biegen, zusammenbinden.

Als die Kuppel schließlich steht, lege ich noch einmal ein bisschen Holz nach und bitte dann die Mädchen, mir dabei zu helfen, die Abdeckplane über das Gerüst zu spannen. Wir müssen hier ein bisschen ziehen und dort ein bisschen einschlagen und außerdem noch neue Löcher für die Schnur stechen, mit der wir die Plane am Gerüst festbinden, aber nach ungefähr zwanzig Minuten ist das Gerüst mit schwerem Baumwollstoff bedeckt.

»Und wie kommst du rein?«, fragt Courtney.

»Ganz einfach.« Ich lasse das Messer in meiner Hand kreiseln, zwinkere dabei Aimee zu und schneide auf der zum Feuer gewandten Seite an der Stelle einen Schlitz in den Stoff, wo ich im Gerüst eine Lücke gelassen haben, durch die ich mich hindurchzwängen kann. Unten schneide ich noch ein Stück nach beiden Seiten in den Stoff hinein, sodass die Klappen offen bleiben, wenn ich die heißen Steine hineintrage.

»Und das ist die Hütte?«, fragt Aimee. »Ist sie fertig?«

»Ja, sie ist fertig.«

»Mom flippt aus, wenn sie sieht, was du hier gemacht hast«, sagt Court.

»Wahrscheinlich. Aber ich bring alles wieder in Ordnung. Lasst uns noch mal kurz reingehen.« Ich führe sie ins Haus. Courtneys Möbel stehen schon im oberen Flur und die Poster sind abgenommen. »Wir müssen noch die Deckenlampe abmontieren«, sage ich. »Court, kümmerst du dich darum? Deine Hilfe brauche ich bei mir im Zimmer, Aimee.«

In meinem Zimmer werfe ich die Salbei- und Süßgras-Bündel auf mein Bett, dann fasse ich Aimee an den Händen und schaue in ihre ernsten grünen Augen. »Ich habe keine Ahnung, was heute passieren wird«, sage ich zu ihr.

»Du denkst, er macht sich bereit?«

Ich nicke: »Ja… ich glaub schon, dass wir siegen, aber… keine Ahnung. Ich weiß nicht, was es bedeuten könnte, wenn wir verlieren.«

»Ja«, sagt sie tonlos. Bestimmt sieht sie jetzt Chris Paquett vor sich mit den Striemen an seinem Handgelenk, dem fehlenden Arm und dem fehlenden Bein und dem aufgedunsenen Gesicht. Aber sie denkt immer nur an körperliche Verletzungen, an ein Ende des Lebens. Gibt es womöglich etwas noch Schlimmeres? Ich weiß es nicht, deshalb sage ich lieber nichts.

»Ich bin dann für zwei oder drei Stunden in der Schwitzhütte.«

»Sollen wir noch irgendwas anderes tun?«

»Beruhige sie. Ich weiß nicht, aber… aber vielleicht sollten wir sie ans Bett binden.«

In ihrer Miene spiegelt sich ihr Entsetzen. »Glaubst

du, das ist wirklich nötig? Das kommt mir so falsch vor … als ob … keine Ahnung … als ob wir ihr Gewalt antun oder so.«

»Ich weiß es nicht, Aim. Ich hab so was auch noch nie gemacht. Ich denke nur daran, was in der Schule passiert ist.«

»Okay. Ja, ich verstehe. Ich mach's. Aber gefallen wird ihr das nicht.«

»Nein, bestimmt nicht. Geh behutsam vor. Polstere ihre Handgelenke und ihre Knöchel, aber bind sie fest an. Im Schuppen ist ein Seil. Komm mit, ich geb es dir.« Ich nehme das Süßgras und den Salbei und geleite sie aus meinem Zimmer hinaus.

Dummerweise gehen wir hinunter und nach draußen, ohne noch einmal nach Courtney zu schauen. Ich hole das weiße Baumwollseil und schneide für Aimee vier Stücke mit je einem kappen Meter ab. Wir küssen uns noch einmal, und dann will sie gehen, aber ich greife nach ihrer Hand.

»Denk dran, Rotschopf, ich liebe dich.«

»Und ich liebe dich.«

Diesmal küssen wir uns nicht, sondern schauen uns nur in die Augen. Wir meinen, was wir sagen. Dann geht sie ins Haus.

Ich schlage die Klappen meiner Schwitzhütte zurück, hebe mit der kurzstieligen Schaufel die Steine aus dem Feuer, trage sie durch die Öffnung in die Hütte hinein und kippe sie in die Grube. Sobald alle Steine in der Hütte sind, ersticke ich das Feuer mit der losen Erde vom Grubenrand, fülle das Loch so gut auf, wie es in der kurzen Zeit geht, und schaue mich noch einmal um, ob mich auch niemand beobachtet.

Da offenbar kein Nachbar durch die Astlöcher im Zaun späht, ziehe ich mein Anthrax-T-Shirt, meine Stiefel und Socken und Jeans aus. Nach einem weiteren Blick in die Runde werfe ich noch meine Unterwäsche auf den Stapel und krabble rasch durch die Öffnung in die Hütte. Es ist schon ganz schön heiß da drin. Ich schnappe mir das Süßgras und den Salbei und ziehe dann die Klappen zu.

Im Schneidersitz zwischen der geschlossenen Tür und den heißen Steinen sitzend schließe ich die Augen und flüstere: »Großer Geist, ich gebe mich in deine Hände. Onawa, leite mich an zu tun, was ich tun muss. Großer Geist, hilf uns.«

Ich werfe ein Bündel Süßgras auf die Steine. Die trockenen Blätter verfärben sich schwarz und kräuseln sich ein, während in feinen Säulen süßer Rauch von ihnen aufsteigt.

Ich schwitze, aber ich verspüre keinen Hunger mehr.

Mit geschlossenen Augen konzentriere ich mich auf meine Atmung, während ich in der Dunkelheit in mir nach meinem Geistführer suche.

23
Aimee

Im Haus ist es kalt, als ich wieder reingehe. Der Unterschied zur Hitze in der Schwitzhütte ist größer, als ich es mir vorstellen kann. Alan wird nackt sein, wenn er da drinsitzt. Das werde ich mir nicht vorstellen. Nein. Auf keinen Fall. Ich stelle mir das nicht vor. An der Wand neben dem Sofa hängt der Thermostat. Ich drehe ihn hoch und die Heizung springt an. In diesem Moment wird es mir klar: Das Haus ist übernatürlich kalt.

Einen Augenblick lang will ich zurück in den Garten und Alan holen, aber er muss die Zeremonie durchführen. Also muss ich mich um das Haus kümmern und um Courtney. Hoffentlich gibt es nichts, worum ich mich kümmern muss.

»Aimee.«

Ich mache vor Schreck einen Riesensatz. Aber es ist nur Courtney, die oben an der Treppe auf mich wartet.

»Hi.« Ich winke ihr zu. »Du hast mich vielleicht erschreckt.«

»Kommst du hoch?«

»Ja, klar, 'tschuldigung. Ich hab die Heizung höher gedreht und …«

»Komm schon«, unterbricht sie mich. Sie geht den Flur hinunter, sodass ich sie nicht mehr sehe.

Ich bekomme am ganzen Körper Gänsehaut. Während ich mir die Arme reibe, gehe ich die Treppe hoch hinter ihr her. Meine Eingeweide sagen mir, dass die Lage nicht gut ist, sie ist vielmehr richtig schlecht. Ich nehme immer zwei Stufen auf einmal. Court steht am Ende des Flurs. Hier oben stinkt es.

Meine Eingeweide haben richtig gelegen.

Wieder der Verwesungsgeruch. Ich halte mir die Hand vor Mund und Nase, aber das reicht nicht. Ich würge.

»Aimee …« Ihre Stimme ist zugleich ein Wimmern und ein Flüstern. Ein Flehen. Bei ihrem Anblick bebt mein ganzer Körper. Sie zittert und sieht schrecklich klein aus und zerbrechlich.

»Courtney? Liebes?«

»Aimee … er ist … er ist da.« Sie schaudert.

Ich renne den Flur hinunter. »Ich weiß. Alles in Ordnung. Alles wird gut.«

Meine Worte sind hoffnungslose Versprechen. Sie driften einen Augenblick lang durch den Flur und lösen sich dann in Nichts auf.

Ich packe sie am Arm. Die Akne in ihrem Gesicht ist wieder aufgeflammt.

»Ist mein Gesicht …?«, fragt sie.

Ich lege die Hand an ihre Wange. »Ich heile dich gleich, okay?«

»Okay.« Sie wirkt schlaff, wie ein ausgestopftes Tier. Es ist überhaupt kein Kampfgeist in ihr. Sie hat sich schon aufgegeben.

»Court, Liebes, du musst gegen ihn kämpfen. Keine Ahnung, wie sich das anfühlt, was gerade in dir vorgeht, aber du musst dich gegen ihn wehren.«

»Ich versuche es ja.«

»Ja, Süße, ich weiß.« Hoffentlich läuft Alans Zeremonie gut und hoffentlich auch schnell. Ich kann mich noch gut daran erinnern, wie Court Alan durch die Cafeteria geschleudert hat. »Ich binde dich fest. Nur für alle Fälle.«

Das erregt ihre Aufmerksamkeit. Sie reißt den Kopf hoch und schaut mich vollkommen verwirrt direkt an: »Du willst was?«

»Dich festbinden. Okay?« Ich zeige ihr das Seil. »Ich muss. Falls er …«

»Falls er mich in Besitz nimmt?«, unterbricht sie. Ihr Gesicht wird ganz blass, sodass die entzündeten Wunden noch mehr hervorstechen.

Der Geruch wird stärker.

Meine Haut kribbelt.

Er ist hier. Ich spüre ihn.

Das Böse in ihm durchdringt alles. Ein Schatten hinter mir erfüllt die Luft. Es ist nicht nur ein Geruch, da ist auch etwas da, etwas, das schwer auf meine Seele drückt.

Keine Ahnung, was ich als Polster nehmen soll, aber das Seil darf nicht in Courts Haut einschneiden. Ich schlüpfe aus den Schuhen und lasse sie zu Boden fallen, dann ziehe ich die Socken aus: »Tut mir leid, wenn sie stinken.«

Sie lacht und würgt gleichzeitig. »Nicht so schlimm wie er. Aber du könntest auch kurz warten und in meinem Zimmer saubere Socken aus dem Schrank nehmen.«

»Stimmt.« Ich wickle die Socken um Courts Handgelenke. »Aber ich traue mich nicht, länger zu warten.«

»Du zitterst ja.«

»Du auch.«

Auf einmal klingt ihre Stimme fest, allerdings ist es immer noch ihre Stimme. »Binde mich fest, Aimee. Ich will dir nicht wehtun.«

Unsere Blicke treffen sich einen Augenblick lang. »Ich dir aber auch nicht«, sage ich.

Das Haus erbebt. Courts Körper bäumt sich auf. Ich wickle das Seil um ihre Handgelenke und sichere die Enden mit einem Kreuzknoten. Ihr Körper bäumt sich wieder auf, und ich fange sie auf, als sie fällt. Eigentlich wollte ich sie an ihr Bett binden, aber ich fürchte, dazu ist es zu spät.

»Er ist ganz nah«, flüstert sie mit angsterfüllten Augen. »Er ist …«

Etwas trifft mich am Rücken. Schmerz jagt in Wellen durch meinen Körper. Ich schiebe Court an der Wand entlang den Flur hinunter. »In dein Zimmer. Schnell.«

Wir rennen durch den Flur, schlittern auf dem Teppich und versuchen wegzukommen. Bilder fliegen von der Wand. Glas zersplittert. Court bekommt einen Bilderrahmen ins Gesicht. Sie schreit auf. Ich lege den Arm um ihre Taille und ziehe sie in ihr Zimmer. Ein zweites Bild trifft mich an der Schulter.

Ich schlage die Tür zu, die erbebt und stöhnt, als ich mich dagegen werfe.

»Aimee!« Court kauert in einer Ecke. Ihre Hände sind vor ihrem Körper zusammengebunden und ihre Augen suchen fieberhaft nach etwas. »Ich will ihn nicht! Er soll weg, Aimee!«

»Wehr dich gegen ihn.«

»Ich kann nicht.«

»Wehr dich«, befehle ich ihr.

Die Tür hinter mir wackelt immer mehr. Ich richte mich auf und halte dagegen, damit sie zu bleibt, aber das Holz splittert und einzelne Holzspreißel bohren sich in meine Haut. Ich stöhne. Es ist ein aussichtsloser Kampf.

»Aimee!« Court rollt sich zusammen und zerkratzt sich mit den Händen das Gesicht.

Die Tür schweigt. Er ist da. Ich stürze zu Courtney und reiße ihr die Hände weg vom Gesicht. Tiefe, blutige Kratzwunden ziehen sich durch ihre Haut. Sie wehrt sich gegen mich. Nein, das stimmt nicht. *Er* wehrt sich.

»Hallo, du wahnsinnige Hure … Genau wie deine Mutter«, sagt sie. Aber nicht mit ihrer Stimme, sondern mit *seiner* Stimme, und die ist tief und böse.

Zorn brandet in mir auf. Nicht Angst, sondern Zorn. »Lass sie in Ruhe.«

Ihre Augen werden schmal und sie lacht.

Ich zerre immer noch an Courts Händen, damit sie sich nicht das Gesicht zerkratzt, aber Court tritt mit den Füßen nach mir. Sie trifft mich so heftig an der Hüfte und am Bauch, dass ich nach hinten gegen die Wand taumle. Alle Luft strömt aus mir heraus.

Lächelnd steht sie auf. »Du kannst mich nicht besiegen.« Sie zerrt an ihren Fesseln, sodass das Seil noch stärker gespannt ist. »Sogar gefesselt kann ich dich töten.«

Mühsam schluckend rapple ich mich auf. Ich stelle mir weißes Licht vor. Ich stelle mir vor, wie sehr ich Alan liebe, wie sehr ich Courtney liebe und wie sehr ich meine Mom geliebt habe. Und das hier … das hier hat sie umgebracht. Zorn erfüllt mich. Zorn, weil er verantwortlich ist für den Schmerz und den Verlust.

Er macht, dass Court lacht. Er macht, dass sie lächelt und einen Schritt auf mich zugeht. »Du hättest ihn retten können, weißt du? Den einen, den ich geholt habe.«

»Chris Paquette«, flüstere ich.

»Du hättest ihn retten können, wenn du ins Wasser gegangen wärst, aber du bist nicht hineingegangen. Du hattest zu viel Angst.« Sie kommt noch einen Schritt näher.

Ich richte mich auf und drücke den Rücken gegen die Tür, damit ich Halt habe und im Gleichgewicht bleibe. Mit ausgestrecktem Finger zeige ich auf ihn. »Halt den Mund.«

Noch einen Schritt näher.

Noch ein Lächeln.

Ich rühre mich nicht von der Stelle. »Nein.«

Verzweiflung strömt durch meine Adern. Genau das will er: dass ich verzweifelt bin. Aber das lasse ich nicht zu. Stattdessen suche ich in mir nach Licht, nach dem weißen Licht. Meine Hände. Meine Kräfte. Schon einmal habe ich Courtney geholfen. Und ich werde es wieder tun. Ich hebe die Hände, sodass die Handflächen zu ihr zeigen, und konzentriere mich. Weißes Licht. Heilende Kräfte. Liebe. Meine Stimme ist kräftiger, als ich erwartet habe. »Verlasse meine Freundin.«

Er sagt nichts.

»Ich kann es schwer machen für dich. Ich kann gegen dich kämpfen und dich schwächen.« Ich konzentriere all meine Gedanken auf den Heilungsprozess. Courtney soll ganz in weißes Licht gehüllt sein. Mein Körper zittert vor Anstrengung. Lange halte ich das nicht durch, aber ich muss. Es hilft Alan. Es hilft Courtney. Bestimmt. Aber es hat seinen Preis. Magie? Kraft? So was hat seinen Preis.

Courts Körper zuckt ein bisschen zurück. »Hör auf!«

Ich sage nichts, sondern konzentriere mich einfach. Reine Konzentration.

»*HÖR AUF,* hab ich gesagt!«, befiehlt sie.

Die Tür hinter mir bricht auseinander. Ein Stück Holz trifft mich und bohrt sich in meinen Arm. Der Schmerz ist heftig. Aber ich ziehe das Holz nicht einmal heraus, sondern bleibe mit ausgestreckten Händen stehen.

»*FORDERE MICH NICHT HERAUS!*«, schreit Courtney/der Flussmann.

Meine Hände zittern vor Anstrengung. Mein Puls ist bei ungefähr fünfhundert Schlägen pro Minute. Ich spüre, wie sich die Energie in mir aufbaut, wie sie sich bündelt, aber zugleich laugt sie mich auch aus.

Aber es ist der Mühe wert. Es ist der Mühe wert, Courtney zu retten.

»Courtney. Wehr dich gegen ihn!«

Er zwingt sie zu lachen.

»Ich hab dich lieb, Courtney!«, rufe ich. Sie schaut zu mir auf und eine Sekunde lang sehe ich wieder ihre Augen. »Ich hab dich lieb!«, rufe ich. »Hilf mir! Mom! Hilf mir!«

Keine Ahnung, warum ich nach meiner Mutter rufe, aber ich mache es. Und dann ist es, als würden Hände auf meinen Schultern liegen und es duftet nach Vanille.

»Wehr dich gegen ihn!«, beharre ich. »Hilf mir, gegen ihn zu kämpfen!«

Holz und Gips kreischen. Court schaudert und bricht keuchend neben ihrem flauschigen blauen Teppich auf dem Boden zusammen. Das Haus bebt. Auch ich falle vollkommen erschöpft zu Boden. Der Vanilleduft verfliegt.

»Mom«, flüstere ich. »Mom …«

Aber niemand antwortet.

Aimee

24
Alan

Ich bin nicht im meinem Körper. Ich bin nicht in der Schwitzhütte. Ich bin nicht in der physischen Welt.

Es ist ein merkwürdiges Gefühl, außerhalb deines Körpers zu sein, aber dort bin ich. Ich stehe in einem dunklen Raum, der von Bewegung erfüllt scheint, die ich nicht sehe. Als ob ich blind wäre und mitten auf einer modernen Autobahn stünde, während über und unter mir noch mehr Schnellstraßen entlang führten.

Ich kann wenig dazu beitragen, dich vorzubereiten.

Ich wirble herum. Vor mir steht Onawa. Zuerst zeigen sich nur ihre grünen Augen, aber dann nimmt in der Dunkelheit ihr lohfarbener, geschmeidiger Körper Gestalt an. Sie ist sehr groß, viel größer als die Pumas zu Hause im Zoo von OKC. Ihr Kopf ist auf Höhe meiner Brust. Spricht sie wirklich mit mir?

Es ist nicht an dir, das Schicksal deiner Cousine zu entscheiden.

Ihr Mund bewegt sich nicht. Es ist mehr so, als würden ihre Worte direkt in meinem Kopf entstehen, aber sie kommen zweifellos von ihr.

»Ist es ihre Aufgabe?«, frag ich.

Es ist die Aufgabe dessen, der dich erschaffen hat, der sie erschaffen, der alles erschaffen hat, was ist.

»Wie ...«

Du fragst einfach, Geisterjäger.

»Warum nennst du mich so?«

Er greift sie jetzt an.

Einen Augenblick lang erfasst mich Panik. Meiner Erfahrung nach zieht sich bei Panik das astrale Bewusstsein in den physischen Körper zurück, sodass die übersinnliche Erfahrung endet. Aber Onawa beruhigt mich.

Bleib ruhig, Geisterjäger. Schau mir in die Augen.

Ich gehorche und konzentriere mich vollkommen auf ihre großen grünen Augen, die grimmig und wild, aber zugleich beruhigend und weise sind.

Die Heilerin verschafft dir Zeit.

»Die Heilerin? Aimee?«

Sie ist nicht allein. Ihre Verbündeten sind schwach, aber gemeinsam werden sie eine Weile standhalten. Du musst bereit sein, zu ihnen zurückzukehren.

»Sag mir mehr.«

Dein Körper wird durch Hitze rein, aber wird auch dein Geist rein sein?

Ich kann sie nur anschauen.

Du musst deinen Hochmut ablegen, Geisterjäger. Nicht du wirst deine Cousine befreien.

»Der Große Geist? Durch mich?«

Du lernst. Dieser dunkle Geist wird dich angreifen. Er wird viel über dich wissen. Er wird Dinge sagen, die wahr sind, und Dinge, die nicht wahr sind. Er wird von Dingen sprechen, die geschehen sind, und von Dingen, die vielleicht geschehen werden. Du darfst ihn nicht beachten. Du darfst dem dunklen Geist nichts sagen, außer ihm befehlen, dass er gehen soll.

»Ich verstehe.«

Wenn du das tust, wirst du heute dein Schicksal finden, Geisterjäger.

»Alan?«

Die neue, weibliche Stimme ist sanft und schwach. Ich wende mich von Onawa ab und neben mir steht eine Frau. Sie ist fast durchsichtig, und ihre Gestalt erinnert an den Schal einer alten Dame, der vom Wind gebläht wird.

Sie kommt mir so vertraut vor. Und da erkenne ich sie: Aimees Mom.

»Sie braucht dich, Alan«, sagt die geisterhafte Frau. »Bitte hilf meinem Baby. Er kommt zurück. Er sollte nicht da sein …« Der Wind zerreißt sie in Fetzen und sie flattert davon in die Welt des Unsichtbaren.

Setz dich auf meinen Rücken, Geisterjäger.

»Was?« Ich kapier es nicht. Jetzt spricht Onawa zu

mir. Okay. Aber … hat sie gerade wirklich gesagt, ich soll mich auf ihren Rücken setzen?

Ich muss dich wegbringen. Setz dich auf meinen Rücken.

»Wohin?«

Sie antwortet nicht, sondern schaut mich mit ihren großen, geduldigen, grünen Augen einfach an. Wie betäubt schwinge ich ein Bein über Onawas Rücken und halte mich an ihrem Nacken fest. Wohin bringt sie mich? Sie macht einen Satz, und ich spüre, wie sich ihre Muskeln anspannen und entspannen, als sie durch die Dunkelheit jagt, die weder nach oben noch nach unten oder zu Seite eine Begrenzung hat. Sie bewegt sich schneller, als ich mich jemals bewegen könnte, schneller als der Schall, schneller als die Nacht.

Wir jagen auf einen Tunnel aus Licht zu. Der runde Eingang wird immer größer und dann brechen wir hindurch in das Licht hinein.

Wir haben die Geisterwelt zwar verlassen, sind aber immer noch Geister und stehen jetzt an einem vertrauten Ort der physischen Welt: Vor mir sitzt mein Körper mit gekreuzten Beinen in der Schwitzhütte. Meine Haare sind feucht und hängen mir über die nass glänzenden Schultern. Schweiß rinnt an meinem Körper herab. Die Luft ist feucht. Ich gleite von Onawas Rücken. Als Geist kann ich in der niedrigen Hütte stehen. Auch Onawa, die mir immer noch riesengroß vorkommt, passt hinein.

Kehre in deinen Körper zurück, konzentriere deinen Geist auf den Großen Geist. Dann geh und stell dich deinem Feind. Deine Cousine und die Heilerin brauchen dich jetzt.

Onawa verschwindet, wie Aimees Mutter an dem dunklen Ort verschwunden ist. Noch einmal betrachte ich meinen Körper und frage mich eine Minute lang, wie ich das machen soll, aber dann springe ich einfach auf ihn zu wie bei einem Angriff.

Ich falle zur Seite hin um, weil ich auf einmal wieder schwer bin, Fleisch, Muskeln und Knochen habe. Beim Aufrichten fließt mir Schweiß in die Augen. Ich wische ihn weg und gehe auf die Knie. Dann greife ich durch den Schlitz in der Plane, schnappe meine Kleider und ziehe mich an.

»Aimee, ich komme. Halt durch …«

Im Flur im Obergeschoss sieht es aus, als wäre ein Tornado, wie ich ihn aus Oklahoma kenne, hindurchgefegt. Nicht ein Bilderrahmen hängt noch an der Wand. Die Möbel, die Aimee und Courtney aus dem Zimmer geholt haben, sind in kleine Stücke zerschlagen. Courtneys Kleider liegen in Fetzen über den ganzen Flur verteilt. An beiden Wänden entlang ziehen sich tiefe Kratzspuren, die bis auf das Mauerwerk reichen. Noch schlimmer ist die Tür zu Courtneys Zimmer zugerichtet. Sie ist eigentlich gar nicht mehr da. An den Messingkloben im Türrahmen hängen nur noch ein paar zerfranste Splitter.

Teile der Tür liegen im Flur und in Courtneys Zimmer sind bestimmt noch mehr.

Ich möchte rennen. Ich möchte zu Aimee rennen.

Aber ich darf nicht. Ganz ruhig und konzentriert gehe ich mit langsamen Schritten weiter.

»Er kommt zurück, Aimee. Er kommt zurück! Er …« Courtney scheint sich an ihrer eigenen Stimme zu verschlucken. Dann spricht eine andere Stimme, eine tiefe, raue, böse Stimme. Seine Stimme. »Komm schon, kleiner Bastard. Komm, begegne deinem Schicksal.«

Ich trete in die Tür. Ein schrecklicher Anblick erwartet mich und erschüttert mich bis ins Mark, aber irgendwie bewahre ich die Fassung. Courtney ist an die Pfosten ihres Betts gefesselt. Um ihre Handgelenke sind Socken gewickelt, damit das Seil nicht einschneidet. Sie selbst trägt noch ihre Schuhe und Strümpfe und um ihre Knöchel liegen kurze Stücke von einem weißen Seil.

»Wir haben auf dich gewartet, Junge«, sagt Courtney mit der Stimme des Dämons.

Wo ist Aimee? Einen Augenblick lang kann ich sie nicht finden.

»Sie hat Aua gemacht.« Das Ding auf dem Bett kichert über seinen Scherz. Aimee, meine Aimee, ist an der Wand zusammengesackt. Ein langes splittriges Stück Holz ragt nur wenige Zentimeter unter ihrer Schulter aus ihrem rechten Arm. Ihr Gesicht ist blass und ausgemergelt. Sie sieht schrecklich schwach aus. Ich knie mich neben sie und nehme die Hand ihres verletzten Arms. Sie schaut mich aus ihren grünen Augen an.

»Wir sind zusammengebrochen. Für kurze Zeit hatte er keine Energie, da konnte ich sie ans Bett binden, aber dann ...« Sie verstummt, als ob das schnelle Sprechen sie erschöpfe.

»Ich habe deine Mutter gesehen, Aimee.«

Ihre Augen leuchten ein bisschen auf.

»Das wird jetzt wehtun. Reinige den Arm und binde ein sauberes Tuch darum, ja? Wir bringen dich ins Krankenhaus, wenn das hier vorbei ist.«

Sie nickt fast unmerklich. Ich umfasse das Stück Holz mit der linken Hand, während ich ihren Arm mit der rechten festhalte. »Großer Geist, mach, dass ihr das nicht so wehtut.«

Langsam und gleichmäßig ziehe ich das Holzstück aus ihrem Arm. Ihr wunderschönes, müdes Gesicht zuckt und verzieht sich vor Schmerz, aber dann ist der Splitter draußen. Ich werfe ihn weg. Ihr Arm blutet, aber das Blut spritzt nicht, also sind keine Venen oder Arterien verletzt. Ich bringe sie aus dem Zimmer, schaue noch, wie sie ins Bad taumelt, und gehe dann zurück zu Courtney.

»Beeindruckend«, sagt das Ding auf dem Bett. »Aber du wirst mich nicht aus diesem Mädchen herausziehen, wie du den Holzsplitter aus deiner Hure gezogen hast.«

»Nein, das werde ich nicht.«

Sprich nicht mit ihm! Onawas Stimme dröhnt durch meinen Kopf.

»Courtney! Du hörst mich. Du musst dich gegen ihn wehren. Wehr dich, Courtney. Du hast mir gesagt, du willst, dass dieser böse Geist dich in Ruhe lässt. Wehr dich jetzt gegen ihn.«

Ein unmenschliches Knurren ertönt, als ich einen Schritt zum Bett hin mache. Courtneys Körper wirft sich wild hin und her und einen Augenblick fürchte ich, dass die Fesseln reißen, dass die hölzernen Bettpfosten zerbrechen, dass ich nicht stark genug bin.

»GEH WEG!«

Ich strecke die Hand nach ihr aus.

»Alan, bitte nicht.«

Ich halte inne. Das ist Courtneys Stimme, fast. Ich betrachte ihr Gesicht einen Augenblick ganz genau: Es ist übersät mit roten, nässenden Wunden. In ihren Augen brennt ein fiebriger Glanz, und sie lächelt ein gemeines, böses Lächeln, das gar nicht ihr Lächeln ist.

Meine Fingerspitzen berühren ihre Seite. Ihr Mund öffnet sich weit, weiter als er sich jemals öffnen sollte, und sie stößt einen Laut aus, der nichts Menschliches mehr an sich hat. Der tiefe Schrei baut sich immer weiter auf und donnert gegen mein Hirn wie ein Anschlaghammer. Der Flussmann sorgt dafür, dass Courtney sich von mir abwendet. Ihre Arme zerren an den Fesseln. Ich sitze auf dem Bett und drücke die linke Hand in Höhe ihres Herzens auf ihren Rücken.

Dann schließe ich die Augen und konzentriere mich.

Du bis das Werkzeug von etwas Größerem.

»Großer Geist, wenn es dein Wille ist, dann verjage den dunklen Geist aus meiner Schwester. Erfülle mich und benütze mich, damit dein Wille geschehe.«

Bete weiter.

Er knurrt wie ein eingesperrter, wütender Bär.

Ich wiederhole mein Gebet.

Wieder fängt er an zu sprechen: »Du kannst dich nicht gegen mich wehren. Du bist ein Nichts. Dein Vater hat dich verlassen, weil er wusste, dass du zu nichts taugst.«

»Schweig!«, schreie ich ihn an.

Sprich nicht mit ihm!

Der Flussmann lacht mich aus. Sein tiefes, polterndes Lachen passt überhaupt nicht zu meiner schmalen Cousine, aus der es kommt.

»Weißt du, was sie früher mit Blake gemacht hat?«, fragt er.

»Großer Geist, ich bin schwach«, rufe ich. »Ich kann das nicht tun. Du musst es tun. Wenn es dein Wille ist, dann verjage diesen dunklen Geist aus meiner Cousine. Erfülle mich und benütze mich, damit dein Wille geschehe.«

Der Flussmann kreischt. Ich wiederhole das Gebet immer wieder, während sich der dunkle Geist in meiner Cousine hin und her wirft und sich gegen mich wehrt.

Immer wieder spreche ich das Gebet, bis die Wörter miteinander verfließen. Nein, sie verfließen nicht. Ich spreche eine andere Sprache.

Es ist die Sprache meiner Navajo-CDS.

Die Sprache meiner Ahnen.

Die Sprache meines Vaters.

Meine Hand auf Courtneys Rücken ist kalt, als würde etwas aus ihrem Fleisch in meines kriechen.

Bring ihn zu uns.

Zuerst bin ich mir nicht sicher, was Onawa meint, aber dann erinnere ich mich an den dunklen Ort mit all den Geistern, die sich dort bewegten. Ich schließe die Augen, presse aber zugleich die Faust gegen Courtneys Rücken. Die Kälte wandert meinen Arm herauf wie Eis und lässt mein Blut gefrieren. Wenn ich die Augen öffne, sehe ich, wie meine Haut hart und blau wird.

Bring ihn jetzt zu uns.

Ich erinnere mich konzentriert an jenen dunklen Ort, wo ich mit Onawa gesprochen habe. Dann bewege ich mich auf einmal wieder. Ich befinde mich wieder außerhalb meines Körpers, aber ich bin nicht allein.

Der Flussmann ist bei mir. Ich umklammre ihn und er wehrt sich gegen mich. Er ist ein glitschiger Schatten, der sich wie eine Schlange windet, und er schaut mich aus schwarzen Augen an, die irgendwie noch schwärzer sind als der Schatten, der sein Köper ist.

»Tu es nicht, mein Junge«, sagt er mit weicher,

zischender Stimme. »Ich gebe dir alles, was du willst. Football. Ich mache dich zum Besten, den es jemals gab. Ich mache dich zum Besten auf jedem Gebiet. Ich mache dich zu einem König unter den Menschen.«

Ich bin die ganze Zeit in Bewegung, aber ich gehe nicht. Es ist vielmehr ein schnelles Gleiten, eine Art Fliegen, aber nicht ausgestreckt wie Superman. Dem Scheusal in meiner Hand antworte ich nicht.

Er streckt sich wieder aus und windet seinen langen, klammen Körper um meinen Arm, bis sein Gesicht ganz dicht an meinem Ohr ist. »Alles was du willst, Alan. Alles.«

Mein Geist verrät mich. Ich denke an Oklahoma, an Football, stelle mir vor, wie Aimee im Memorioal Stadion in Norman auf der Tribüne sitzt und mir zujubelt, während ich mit Touchdowns Punkte für die Oklahoma Sooners mache.

»Jaaa«, faucht der Flussmann. »Auch das. Sag einfach, dass du mich willst. Dann bin ich dein.«

Wo ist Onawa? Warum spricht sie nicht mit mir?

»Sie hat dich verlassen. Sie hat Angst, Alan. Sie hat dich dazu gebracht, gegen mich zu kämpfen, aber sie traut sich nicht, dir zu helfen. Ich bin zu stark.«

Ich halte in meiner Bewegung inne und suche in der Dunkelheit nach Onawas glühenden grünen Augen. Welcher Geistführer lässt seinen Schützling im Stich, wenn der ihn am meisten braucht?

»Sie ist zu nichts nütze. Nutzlos und schwach, Alan. Aber wir. Zusammen sind wir stark. Bring mich zurück. Lass uns zurückgehen.«

Er zerrt an mir, zieht mich den Weg zurück, auf dem wir gekommen sind, zurück zu Courtney.

»Nein!« Es gelingt mir, mich gegen ihn zu wehren. Mein Arm ist so kalt. Die Kälte ist bis zu meiner Schulter heraufgewandert und breitet sich über meine Brust aus. Wenn sie mein Herz erreicht, dann hat der Flussmann auch mich in seiner Gewalt. »Nein.« Meine Stimme ist schwach.

Der Flussmann lacht wieder in sich hinein und wir gleiten langsam zurück zu Courtney.

»Onawa … wo bist du?«, flehe ich. »Aimee …«

Und auf einmal durchströmt mich eine Woge von Wärme, als ob eine Sonne in mir explodiert wäre, die mich wärmt und die Kälte aus meiner Brust vertreibt.

»Ich bin da, Alan.«

Es ist Aimees Stimme, aber sie ist nicht da. Nicht hier an dem dunklen Ort, sondern dort in Courtneys Zimmer.

Sie legt ihre heilenden Hände auf meinen Körper und fügt ihre Kraft zu meiner hinzu.

»Großer Geist! Ich bringe dir dieses dunkle Ding, das du aus Gründen, die ich nicht wissen kann, erschaffen hast«, schreie ich in die Dunkelheit hinein. »Wenn es dein Wille ist, so nimm es von mir und meiner Familie und meinen Freunden und lass nicht zu, dass es diesen Ort jemals wieder stört.«

Und endlich steht Onawa, mein Geistführer, mit ihren wunderschönen glühenden Augen vor mir. Ihr Puma-Mund lächelt mich an.

Das hast du gut gemacht, Geisterjäger. Gib ihn mir.

Sie reißt das Maul auf, und es sieht aus, als würde ihr Kopf auseinanderbrechen. Zwischen ihren Zähnen ist nur Licht und das Licht ist so hell, dass es eigentlich blenden müsste.

Ich strecke den Arm aus. Der Flussmann steckt immer noch in meiner Faust, aber er kämpft, er windet sich, schreit und flucht und macht Versprechungen, die er nicht halten kann. Ich stoße die Faust zwischen Onawas langen, scharfen Zähnen hindurch in ihren Rachen hinein, bis meine Schulter gegen ihr Maul drückt.

In ihrem Körper windet sich der Flussmann, ein zuckender Schatten, um meinen Arm herum, ist aber in Onawa gefangen. Er funkelt mich böse an, faucht und flucht, aber dann lasse ich ihn los und ziehe meinen Arm zurück. Onawa schließt das Maul.

Der Große Geist ist zufrieden mit dir, aber jetzt werden dich die dunklen Geister quälen, bis du dich deinen Ahnen angeschlossen hast.

»Wer sind meine Ahnen?«, frage ich. »Wer ist mein Vater?«

Auch für diese Antwort wird eine Zeit kommen, Geister-

jäger. Für den Augenblick wisse, dass es nicht die Ahnen eines Mannes sind, die bestimmen, wer der Mann ist, das bestimmt er selbst.

Ich bin so müde und fühle mich so schwach.

Onawa redet immer noch. *Jeder Mann hat ein Schicksal, Geisterjäger, aber jeder Mann muss entscheiden, ob er es annehmen will.*

Ich habe das Gefühl, als würde ich fallen. Ich strecke den Arm aus und meine Hand findet Onawas Kopf. Ich lehne mich an sie. Eigentlich sacke ich auf ihr zusammen.

Dein Körper ist dem Tod nahe. Das Gift des dunklen Geistes ist tief eingedrungen.

»Sterbe ich?«

Schau hinter mich.

Irgendwie finde ich die Kraft, den Kopf zu heben. Hinter Onawa leuchtet helles Licht, wie der Eingang zu einem Tunnel. »Was ist das?«, will ich wissen.

Die andere Welt. Dorthin gehen die Geister, wenn das Fleisch stirbt.

Wenn das Fleisch … stirbt?

Wir bewegen uns langsam auf das Licht zu.

25
Aimee

Mein Leben lang wollte ich ein heldenhafter Mensch sein und Menschen retten. Mein Leben lang habe ich mir gewünscht, ich hätte meiner Mutter das Leben gerettet, ich hätte sie davon abgehalten, zum Fluss hinauszugehen.

Aber ich habe versagt.

Als ich in Courtneys Zimmer zurückkomme und den Verwesungsgeruch wahrnehme, wird mir klar, dass ich wieder versagt habe. Ich hätte ihn niemals allein kämpfen lassen dürfen. Ich hätte niemals Verbandsmull suchen dürfen, um meinen Arm zu verbinden.

»Alan!« Ich rufe seinen Namen, als würde das helfen, als wäre er Magie oder ein Gebet.

Aber sein Name ist nur ein Name, und dass ich ihn rufe, ändert nichts daran, dass er zusammen mit dem Ding, das von Courtney Besitz ergriffen hat, bewusstlos auf dem Bett liegt. Eine Hand liegt unter Courtneys Rücken, sein anderer Arm seitlich, parallel zu ihrem

Bein. Er atmet, aber nur ganz schwach. Sein Mund zuckt. Er kämpft gegen ihn. Irgendwie kämpft er gegen den Flussmann.

Ich stürze zu ihm, zu ihnen. Das ganze Haus bebt. Der Fußboden scheint sich aufzubäumen. Die Wände schwanken. Er will, dass das Haus über uns einstürzt, denke ich. Er will alles zerstören.

Als ich beim Bett bin, reißt Court die Augen auf. Aber in ihnen ist nicht Court, sondern etwas Niederträchtiges, etwas so Böses, dass es niemals verstehen könnte, was Licht ist.

Courts Mund bewegt sich und sagt nur: »Meiner.«

Zorn brandet in mir auf. »Oh nein, keineswegs, Baby. Mit mir nicht.«

Das bringt mich fast zum Lachen. *Mit mir nicht.*

Ich mache einen Satz nach vorn und lege meine Hände auf Alans breiten Rücken. Er bewegt sich nicht. Im Flur fällt etwas krachend auf den Boden. Die Balken in den Wänden ächzen.

»Alan.« Ich sage seinen Namen und versuche, ihn zu etwas Magischem zu machen. Aber so funktioniert das nicht. Das Magische ist in mir. Ich bin so müde, dennoch zwinge ich mich, mich zu konzentrieren. In meinen Händen prickelt die Energie, die Energie des Lichts. »Ich bin hier, Alan«, flüstere ich.

Er rührt sich nicht.

Ich schiebe die Panik weg von mir und den Schmerz.

Wieder wirbeln Teile der Tür um uns herum und treffen uns. Alan bekommt ein Stück Holz an die Schulter, ich werde am Bein getroffen. Aber ich bleibe konzentriert. Das Licht wird stärker, sodass meine Hände zittern. Ich fühle mich ausgezehrt, vollkommen leer, aber das ist mir egal. Ich will nur Alan zurück. Ich will nicht noch einmal versagen. Etwas im Raum verändert sich. Courtneys Blick wird weicher, ihre Lider flattern und die Augen schließen sich, als wäre sie erschöpft. Es riecht zwar immer noch widerlich nach Fäkalien und Tod, aber etwas ist anders. Alan bewegt sich nicht mehr.

Er ist gegangen.

Ich drehe ihn um, überprüfe seinen Herzschlag. Nichts. Kein Puls. Seine Brust bewegt sich nicht.

»Aim?« Vom Bett her kommt ängstlich und schwach Courts Stimme.

»Ich bin da, Court.« Ich lege beide Hände auf Alans Brust. »Bleib bei mir. Bitte, bitte bleib bei mir.«

Ich schiebe alle Energie, die ich habe, zu ihm. Hoffentlich ist es nicht zu spät. Er darf nicht sterben. Nein. Er darf einfach nicht sterben.

Jede einzelne Faser von mir schiebt Licht zu ihm und bittet Gott, dass er nicht stirbt.

»Bitte«, flehe ich, »bitte …«

Nichts. Er bewegt sich nicht. Der Kloß in meinem Hals wird immer größer, sodass ich nicht schlucken kann. Ich will nicht wegschauen. Ich nehme seinen Kopf in beide

Hände, schlinge seine Haare um meine Finger und wispere seinen Namen.

Plötzlich ein Keuchen, er öffnet die Augen. *Seine* Augen, einfach seine Augen, nicht die Augen eines anderen. Heftig blinzelnd lächelt er mich an.

»Aimee?«, flüstert er. Er betastet meine Haare, als wolle er sich vergewissern, dass es mich wirklich gibt.

Ich lächle. Weil ich ihn gerettet habe, bin ich sehr schwach und muss mich sehr zusammenreißen, um nicht über ihm zusammenzubrechen. Meine Hände zittern, als sie sich zu seinem Gesicht bewegen.

»Du bist zurückgekommen?«, frage ich flüsternd und passe meine Lautstärke der seinen an.

»Wegen dir.« Er leckt sich mit der Zunge über die Lippen. Seine Stimme ist heiser, als hätte er laut geschrien. »Wegen dir.«

Ich beuge mich hinunter. Unsere Lippen berühren sich, und es ist so wunderbar, so gut.

Courtney krächzt mit einer Stimme, die nach Kehlkopfentzündung klingt: »He, Leute. Könntet ihr mal mit der Knutscherei aufhören und mich losbinden … irgendwie ist das … na ja … ein bisschen pervers, diese ganze Fesselgeschichte. Und … ich …?«

Ich lache und löse mich von Alan. Obwohl ich von der Rettungsaktion schrecklich müde bin, gibt mir Courtneys Anblick neue Kraft. Ihre Gesichtshaut ist ganz rein. Ihre Haare sind eine totale Katastrophe, aber ihre Augen sind Courtneys Augen, freundlich, ein bisschen sarkastisch, aber nicht böse.

»Ups.« Ich mache mich an den Knoten an ihrer Hand zu schaffen. Mein Arm schmerzt, wenn ich ihn bewege, aber ich achte nicht darauf. »Ach Court, du bist richtig schön.«

»Schön?« Sie schüttelte den Kopf. Ich befreie eine Hand und mache mich an die zweite. »Vielleicht sollten wir ein Foto machen?«

»Und es beim Wettbewerb um die Ballkönigin einreichen?« Die zweite Hand ist frei, und ich helfe ihr, sich aufzusetzen. »Oh, ja.«

Alan ist bemüht, sich ebenfalls aufzurichten.

»Du«, befehle ich, »bleibst liegen. Schließlich bist du gerade gestorben.«

Court hatte versucht, ihre Fußfesseln zu lösen, aber jetzt hält sie inne. »Alan ist gestorben? Du bist gestorben?« Ihre zitternde Hand legt sich auf ihren Mund.

Alan nickt langsam. Der tiefe, ferne Blick aus seinen Augen verlässt ihr Gesicht und richtet sich auf mich. »Aimee hat mich gerettet.«

Da wird es mir klar: Ich habe es getan. Ich habe ihn gerettet. Ich.

Wir sind so durcheinander und so müde, dass wir uns nur um uns und unsere Verletzungen kümmern. Irgendwie stolpern wir die Treppe hinunter und setzen uns zusammen auf das Sofa. Ich in der Mitte. Alans Arm ruht auf meinen Schultern, aber er fühlt sich fast an wie ein totes Gewicht. Er ist so müde. Court und mir geht es nicht besser.

Wir sitzen da und starren auf den Fernseher, der nicht einmal an ist, aber wir starren auf den schwarzen, leeren Bildschirm, als würde der tollste Blockbuster laufen.

»Wir sollten oben aufräumen«, meint Alan und fährt sich mit der freien Hand über die Augen. »Deine Mom kriegt die Krise, wenn sie das sieht. Und meine auch.«

»Aufräumen?«, schnaubt Court, den Kopf an meine Schulter gelegt. »An den Wänden sind Kratzspuren. Mein Bett taugt bestenfalls noch zum Anfeuern. Ich gehe nicht davon aus, dass einer von euch alles auf magische Weise, Simsalabim, in den Normalzustand verwandeln kann.«

Ich wackle mit den Fingern. »Nein, keine besonderen Zauberkräfte vorhanden.«

Sie stöhnt. »Du bist mir eine schöne Heilerin.«

Wir sitzen einfach da.

»Haben wir eigentlich einen Schock?«, frage ich schließlich.

Alan nickt.

Wir bleiben einfach sitzen.

»Glaubt ihr, er ist wirklich weg?« Court schaudert. »Ist er für immer weg?«

Wir warten beide auf Alans Antwort. Er holt so tief Luft, dass seine ganze Brust sich bewegt. »Er ist weg.«

»Und du bist dir sicher?«, setzt Court nach.

»Ich weiß es«, beharrt er.

Unsere Blicke treffen sich. In seinen Augen liegt so viel Schmerz, aber es ist auch Kraft in ihnen.

»Es tut mir so leid.« Court schluchzt fast. »Es tut mir so leid. Ich wollte doch nur meinen Dad, wisst ihr. Ich wollte ihn unbedingt zurück. Ich wollte nur …«

Ich schlinge die Arme um sie. Sie lässt sich hineinfallen und weint.

Im Haus ist nichts zu hören als die Geräusche, die Reue, Trauer, Schmerz und Verlust mit sich bringen. Und so soll es auch sein. Alan beugt sich zu uns und legt die Arme um uns beide. Einen Augenblick lang stelle ich mir vor, wie meine Mom mich anlächelt. Alan und ich haben vollbracht, was ihr nicht gelungen ist. Wir haben uns selbst beschützt.

»Es ist gut«, flüstere ich in Courtneys Haare. »Jetzt ist alles gut. Alles gut.«

Nach einer Weile hebt Court den Kopf. Sie schnieft und reibt sich die Nase. »Was ist eigentlich mit diesem blöden Cheeto? Haben sie es verkauft?«

Ich wische ihr die Tränen von der Wange. »Das letzte Gebot stand bei eintausendzweihundert Dollar.«

»Das ist nicht dein Ernst«, sagt Alan.

»Mann.« Court lässt sich nach hinten gegen die Armlehne fallen. »Diese Welt ist so verdammt verrückt.«

26
Alan

»Du hast dich wirklich verändert.« Mom streckt den Arm aus und berührt meine Haare. Das ist ungewöhnlich für sie, sie ist eigentlich nicht der Anfass-Typ. Aber seit sie nach Hause kam und uns drei auf Tante Lisas Sofa sitzen sah, ist alles ein bisschen merkwürdig. Nicht dass es vorher nicht merkwürdig gewesen wäre.

Die Haare, die Mom berührt, sind grau. Ich bin ein siebzehnjähriger halber Navajo mit grau melierten Schläfen. Das kommt wahrscheinlich daher, dass ich mich in der Geisterwelt herumgetrieben habe, dass ich gestorben, aber wieder zurückgekommen bin.

»Wir alle verändern uns, Mom«, sage ich zu ihr. »Das gehört zum Leben.«

»Sagt der Junge, der sich so sehr dagegen wehrte, aus Oklahoma wegzugehen«, foppt sie mich und lässt die Hand sinken. Ihre Hände wandern nach hinten und sie hakt die Daumen in die Po-Taschen ihrer Hose. Ihr Gesicht nimmt einen eigenartigen Ausdruck an: »Tut mir leid, dass ich dich von zu Hause weggeschleppt habe.«

»Zu Hause ist, wo du dich kratzen kannst, egal wo's juckt«, sage ich grinsend. Sie schüttelt den Kopf. »Aber da gibt's auch noch diesen anderen Spruch, du weißt schon.« Ich schaue durch die offene Eingangstür zu Aimee und Benji, die im Garten Pinsel auswaschen.

»Und was ist das für ein Spruch?«, will Mom wissen.

»Zu Hause ist, wo dein Herz ist.«

Da lacht sie mich an: »Wir mussten durch das halbe Land reisen, um ein Mädchen zu finden, das für meinen Jungen gut genug ist.«

»Ich denke, da gab es andere Gründe«, sage ich. »Aber Aimee ist definitiv eine Sonderzulage.«

»Du sprichst wieder in Rätseln?«

Ich lächle sie an, bin mir aber bewusst, dass es ein trauriges Lächeln ist. »Das ist das neue Ich.«

Es ist Sonntagnachmittag, über zwei Wochen nach dem Kampf mit dem Flussmann. Vieles hat sich verändert. Ich habe mit der Beisetzung von Chris Paquette meine erste Beerdigung in Neuengland erlebt und wäre froh, wenn es bei dieser einen bliebe.

Blake wurde am Tag nach dem Kampf mit dem Flussmann auf dem U.S. Highway 1 aufgegriffen, gute fünfzehn Kilometer von der Stadt entfernt. Ein älteres Paar, das auf dem Weg an die Küste war, sah ihn taumelnd aus dem Wald kommen und neben der Straße zusammenbrechen. Sie brachten ihn in die Stadt ins Krankenhaus, wo seine Unterkühlung behandelt wurde und die Polizei ihn verhörte. Blake wusste nichts von Chris' Tod. Die Nachricht traf ihn schwer. Nach der Prügelei sei er nach Hause gegangen, sagte er. Das ist seine letzte Erinnerung, bis er mit dem Gesicht nach unten auf dem Boden liegend am Ufer des Flusses wieder zu sich kam.

»Als ob ein Schatten aus meinem Kopf gesaugt worden wäre«, wurde er in einem Zeitungsartikel zitiert, der ein paar Tage, nachdem er gefunden worden war, erschien.

Heute riecht es im ganzen Haus nach frischer Farbe. Im Flur oben ist gestern eine neue Gipskartonplatte eingesetzt worden, die heute mit Hilfe von Aimee und ihren Männern gestrichen wird. Courtney hat neue Möbel, allerdings kommen die meisten Stücke aus einem Secondhand-Laden in Bangor. Sie redet von retro-schick, aber ich weiß ehrlich gesagt nicht, ob sie nur das Beste daraus macht, dass sie kein neues Bett hat, oder ob sie es wirklich cool findet.

Gramps und Mr. Avery kommen die Treppe herunter. Gramps grinst mich an: »Frauen stehen auf grauhaarige Männer«, meint er scherzhaft und streicht sich mit einer Hand über den Kopf.

Ich lache. »Noch mal danke für die Hilfe«, sage ich.

»Mir macht das nichts aus«, sagt Gramps. »Aber Benjis Preis kennst du ja.«

»Oh ja.« Ich grinse und schaue zur Tür hinaus. Benji und Courtney bespritzen sich mithilfe eines Pinsel gegenseitig mit Wasser. Der Himmel ist wolkenverhangen. Laut TV-Wettervorhersage soll es heute Abend schneien. »Abendessen und Film gucken mit mir und Aimee. Und einen neuen Football.«

»Er wird bei dem Date ein paar Küsse erwarten«, sagt Gramps. »Dann kann er sich den Mund darüber zerreißen. Außerdem musst du ihm beibringen, den Football wie Rom Brady zu werfen.«

»Wenn's sein muss«, willige ich ein. »Ich schätze, das ist ein recht guter Handel für die 1567,43 $, die ihr für ein Cheeto mit Titten bekommen habt.«

Ja, so viel haben sie für ihr Marilyn-Monroe-Cheeto bekommen. Und Benji hatte die Idee, das Geld Tante Lisa für die Reparatur ihres Hauses zu geben.

Benji ist vielleicht der Einzige außer mir, Aimee und Courtney, der wirklich glaubt, was wir über die Vorkommnisse in Tante Lisas Haus an diesem Tag erzählt haben. Vielleicht auch Gramps, aber er ist schwer zu durchschauen. Andererseits hat niemand richtige Einwände erhoben, vielleicht vertraue ich ihnen einfach nicht genug. Vielleicht spüren sie die Veränderung im Haus. Und in der Stadt. Vielleicht sind sie einfach froh, dass die Träume weg sind und Courtney wieder normal ist.

Gramps und Mr. Avery gehen nach draußen. Tante

Lisa kommt oben aus Courtneys Zimmer und lächelt mich an, als sie die Treppe herunterkommt. Auf der letzten Stufe stehend ist sie so groß wie ich. Sie bleibt stehen und legt mir die Arme um die Schultern.

»Danke«, flüstert sie mir ins Ohr. Vielleicht glaubt sie uns ja. Auch sie verlässt mich und geht nach draußen zu den anderen.

Jetzt sind nur noch Mom und ich im Haus und sehen den anderen draußen zu. Mom tritt näher und zieht ein zusammengefaltetes Blatt Papier aus ihrer Po-Tasche. Noch bevor sie es mir geben kann, erkenne ich das Logo der University of Oklahoma. »Das kam gestern für dich«, sagt sie. »Du warst so beschäftigt und ...« Sie seufzt. »Es ist vom Büro des Sportdirektors.«

»Oh.« Ich entfalte den cremefarbenen verschlossenen Umschlag. Auf dem Umschlag ist ein Stempel, mit dem er von unserer alten Adresse in Oklahoma City weitergeleitet wurde. Dann betrachte ich das rote OU-Logo im Absenderfeld. Ich öffne den Umschlag nicht, sondern betrachte ihn nur.

»Alan?«

»Ja, Mom?« Ihre Augen tränen ein bisschen. »Was ist?«

»Du siehst aus wie dein Vater.«

Ich lege den Arm um sie und umarme sie so fest, dass ihr Rücken knackt. Dann lasse ich ein bisschen locker. »Ich weiß, Mom. Manchmal stellt uns das Schicksal genau dorthin, wo wir sein sollen, aber wir merken es erst viel später.«

Sie erwidert meine Umarmung und entfernt sich dann von mir. Jetzt laufen ihr die Tränen über die Wangen, aber sie lächelt.

Dann sagt sie noch einmal: »Du hast dich wirklich verändert.«

27
Aimee

Langsam nehmen die Dinge wieder ihren neuen alten Lauf. Die Schritte in unserem Haus sind nicht mehr zu hören, aber gelegentlich riecht es nach Vanille. Dad wird nicht sauer, wenn Benji oder ich darauf anspielen. Stattdessen lächelt er und manchmal sagt er sogar: »Schön zu wissen, dass sie noch da ist.«

Und so ist es. Meiner Mom ist es zwar nicht gelungen, den Flussmann auszuschalten, aber sie ist gestorben, damit ihre Familie sicher leben kann. Wahrscheinlich hat sie den bemalten Stein hingelegt und das Gemälde zerstört, nicht er. Als Warnung. Sie ist immer noch um unsere Sicherheit besorgt.

Früher habe ich mich für meine Mutter geschämt, aber jetzt weiß ich, dass sie eine Heldin ist. Ich kann froh sein, wenn ich meine Gaben auch nur halb so mutig einsetze wie sie. Zuerst muss ich jedoch herausfinden, was genau meine Gaben sind. Aber das wird mir bestimmt gelingen.

Manchmal schreibe ich ihr ein paar Zeilen auf ein kleines Stück Papier und werfe es in den Fluss. Das ist irgendwie verrückt, ich weiß. Auf den kleinen Zetteln steht zum Beispiel »ich hab dich lieb« oder »danke« oder »halt nach Courts Dad Ausschau«. Die Strömung reißt die Zettelchen mit, sie werden nass und schwimmen noch ein Stück auf den Wogen, bevor sie schließlich im Wasser versinken. Vielleicht ist es verrückt, aber ich glaube, sie liest sie.

Das letzte Mal habe ich heute Morgen eine Botschaft losgeschickt. Benji war mit Gramps schon beim Schwimmtraining und ich bin mit Dad zum Fluss hinuntergegangen. Die Wasseroberfläche war ganz glatt und wunderschön. Nichts wies darauf hin, dass Menschen in diesem Fluss gestorben sind oder dass etwas Böses hier gelauert hatte. Wir holten die Kajaks, und als wir ungefähr einen halben Kilometer Richtung Bucht gepaddelt waren, sagte Dad: »Du kommst mir kräftiger vor, Aimee.«

»Ich denke, ich habe gelernt, mich selbst zu mögen.« Ich hörte einen Augenblick auf zu paddeln und ließ mich einfach von der Strömung treiben. »Es klingt schmalzig und vielleicht auch egoistisch, aber ich mag die Seiten an mir, die von Mom kommen, die merkwürdigen Heilkräfte und die Träume.«

»Ich mag diese Seiten auch«, sagte er.

Und das war keine Lüge.

Ich tauchte das große gelbe Paddel wieder ins Wasser und wir paddelten zum Eagle Point. Dort warf ich die letzte Botschaft ins Wasser. Der Fluss riss sie mit sich und tauchte sie unter, bis sie nur noch ein weißer Fetzen Papier war und dann nur noch eine Erinnerung. Als nichts mehr zu sehen war, erschien ein Robbenkopf an der Wasseroberfläche, der mich mit seinen großen Augen an sie erinnerte.

»Was stand drauf?«, fragte mein Dad.

Ich schluckte: »Da stand drauf ›Danke, dass du meine Mom bist. Ich bin so stolz, deine Tochter zu sein.‹«

»Sie wäre stolz auf dich«, sagte er. Seine Stimme brach, und dann rettete er sich vor allzu großer Rührseligkeit, indem er mich mit Wasser bespritzte. Es schmeckte nach Meersalz.

Ich spritzte ein bisschen zurück, aber dann konnte ich nicht anders und fragte ihn: »Und du? Bist du stolz auf mich?«

»Ja, das bin ich, aber das ist nicht wichtig.«

»Nein?«

»Nein. Wichtig ist, dass du selbst stolz auf dich bist.«

Dank

Carrie und Steve danken Jeaniene Frost und Melissa Marr, die sie miteinander bekannt gemacht haben, sowie Edward Necarsulmer IV. von der Agentur MacIntosh & Otis und Michelle Nagler und Margaret Miller von Bloomsbury, weil sie an dieses Projekt geglaubt haben.

Von Carrie:

Dank an Jackie Shriver, Karin Raymond, Chris LaSalle, Dave Lafleur, Dave Stoker und Joe Tullgern, die mir durch all das Unheimliche hindurchgeholfen haben, das vor der Zeit am College passiert ist. Dank an meinen Lieblingsritter Edward Necarsulmer, Lori Bartlett, Marie Overlock, Alice Dow, Kelly R., Laura Hamor, Amilie Bacon, Jennifer Osborn, Jim Willis, Emily Ciciotte, Betty Morse, Lew Barnard, Melodye Shore, Deb Shapiro, Fans of Awesomeness und Shaun Farrar, die mir durch alle Schrecken der Gegenwart helfen.

Von Steve:

Dank an Gayleen Rabakukk und Paul White, die mich dazu brachten weiterzumachen, wenn Schreiben mehr Frust als Lust war. Dank an Edward Necarsulmer, der Carries Freund akzeptiert hat. Dank an Ms. Dragoun, die mich nicht hat einsperren lassen, als ich in der zehnten Klasse meine erste Horror-Story schrieb, und an Dr. Gladys Lewis, die mir gezeigt hat, dass Literatur mehr ist als einzelne Bücher. Dank auch an die Schülerinnen und Schüler, das Personal und meine Kolleginnen und Kollegen an der Western Heights High School. Und in Erinnerung an Wilda Walker, die mich an das kreative Schreiben herangeführt hat und eine Freundin geworden ist.

Carrie Jones

Zara und ihre Freunde haben den Kampf gegen Zaras Vater, den umbarmherzigen Elfenkönig, gewonnen. Sie halten ihn gefangen – sie kontrollieren seine Macht. Aber das Problem ist damit noch lange nicht gelöst, denn die Schwächung des Königs ruft neue Thronanwärter auf den Plan. So auch den jungen Astley, der vollmundig verspricht, dafür zu sorgen, dass Elfen, Menschen und Werwölfe in Zukunft friedlich miteinander leben können. Für Zara hört sich das gut an. Aber Zaras Freund Nick, der Werwolf, rast vor Eifersucht. Erst recht, als der Elf Astley noch eine Prophezeiung ausspricht, die unglaublicher nicht sein könnte: Zara und Nicks Liebe wird enden – und Zara sei vom Schicksal auserkoren, Astleys Elfenkönigin zu werden ...

Nina Blazon

Der dunkle Kuss der Sterne

ca. 420 Seiten, ISBN 978-3-570-31036-6

Canda, eine junge Frau der obersten Kaste Ghans, wacht nach einem schrecklichen Albtraum auf und erkennt sich selbst nicht mehr im Spiegel: Es ist ihr Gesicht, das ihr entgegenblickt, aber etwas ist verloren gegangen. Ihr fehlt der Glanz, mit dem sie alle bezaubert hat. Und Tian, dem sie versprochen war, ist spurlos verschwunden ... Ihre eigene Familie verstößt sie und lässt sie wegsperren, doch Canda entkommt. Und trifft ausgerechnet auf die Mégana, die Herrscherin des Landes, die ihr einen erstaunlichen Handel vorschlägt: Sie stellt Canda einen Sklaven, den geheimnisvollen Amad, zur Seite, um Tian zu suchen. Doch der Preis, den Canda dafür zahlen muss, ist hoch, und ihre Suche führt auf ungeahnte Wege ...

30211